TROUBLE Maker

Couverture : Camille Decoster
Pour la présente édition,
Collection dirigée par Arthur de Saint Vincent

34-36 rue La Pérouse
75116 Paris
www.hugopublishing.fr

Collection New Romance® créée par Hugues de Saint Vincent,
dirigée par Arthur de Saint Vincent
Ouvrage dirigé par Sylvie Gand

ISBN : 9782755664645
Dépôt légal : septembre 2023
Imprimé en Espagne par CPI Black Print

Alfreda Enwy

TROUBLE *Maker*

Hugo Poche

NEW ROMANCE®

« Fauteur de troubles » :
Personne qui sème le trouble,
qui provoque le désordre.
En anglais, se dit : *Troublemaker*.

« Quand on lutte contre des monstres,
il faut prendre garde de ne pas devenir
monstre soi-même. Si tu plonges longuement
ton regard dans l'abîme, l'abîme finit
par ancrer son regard en toi. »

Friedrich Nietzsche,
Par-delà le bien et le mal

NOTE DE L'AUTEURE

Chers lecteurs,

Cette histoire est différente de celles que j'ai pu écrire jusqu'à maintenant.

Elle est plus sombre.

Mais j'avais envie d'explorer des chemins que je n'avais encore jamais empruntés dans la romance et écrire cette histoire m'a fait sortir de ma zone de confort. *Spoiler* : j'ai adoré ça.

Avant votre lecture, je souhaitais vous mettre en garde : meurtres, séquestrations, tortures, violences physiques sont des thèmes abordés dans ce livre. Et certaines scènes de violence sont parfois explicites et sanglantes. Je me suis inspirée des thrillers coréens, car je trouve qu'ils savent superbement manier le bizarre, la violence et le glauque aussi. *Troublemaker* n'est cependant pas une *dark romance*, il s'agit d'un *romantic suspense*. Comme dans chacun de mes livres, vous y trouverez une histoire d'amour. Elle est singulière car elle reflète ce que sont Jun et Hazel.

En parlant de Jun, il est spécial, unique. Hazel, quant à elle, est altruiste et fidèle à elle-même. Deux personnages différents tant au niveau de leur vie, de leur caractère que de leur monde, mais j'espère que vous les aimerez autant que je les aime.

Je vous souhaite une bonne lecture,

Alfreda.

PARTIE 1
L'infirmière et l'assassin

CHAPITRE 1

HAZEL

– Bon sang, c'est quoi cette odeur épouvantable ? râle Rosie.

– C'est moi, je dis en lui claquant mon plus beau sourire. Je viens de me faire vomir dessus.

Elle me regarde avec ses grands yeux verts puis elle fixe les éclaboussures de vomi sur ma blouse avec une moue de dégoût. Je comprends, ce n'est pas très ragoûtant en soi.

– T'en as même un peu dans les cheveux. Qu'est-ce que tu attends pour aller te changer ? Comment tu supportes ça ?

– Je pensais en faire un nouveau parfum à la mode. Le spécial « J'éloigne les connards ! ».

– Ouais 'fin, là, tu éloignes aussi les possibles prétendants. Ça ne vaut pas le coup, je t'assure.

Le vomi, c'est ignoble, on ne va pas se mentir, mais le pire du pire, c'est le bon vieux crachat qu'on te balance au visage. Le premier m'a tétanisée et m'a fait pleurer dans les vestiaires…

– J'y vais, je terminais juste de remplir le dossier de Mme Thomas.

Je tourne les talons pour aller me changer alors que je laisse Rosie dans le bureau. Une fois dans les vestiaires, je me débarrasse rapidement de ma blouse et j'en enfile une propre avant de me débarbouiller le visage. Comme à chaque fois que je viens ici, je regarde l'autocollant sur le miroir. Il y est écrit : « N'oubliez pas, un sourire fait toujours du bien. Un sourire peut changer le monde. »

Je quitte les vestiaires en me motivant pour le reste de ma journée. Comme il fait nuit, je suis éclairée par les veilleuses qui s'enclenchent dès qu'elles repèrent un mouvement. J'aime travailler de nuit, parce que l'ambiance est différente. Elle n'est pas forcément plus cool ni même plus détendue et on n'a pas forcément moins de travail non plus. Mais les conditions sont différentes. Il y a moins de bruit que le jour, et ça devient un facteur d'angoisse. Le calme de la nuit amplifie le bruit des machines et des plaintes des patients. Le travail doit être effectué le plus possible dans le silence afin de ne pas gêner l'endormissement et le sommeil.

Quand j'étais petite, je voulais être « fabriceuse » de bonbons, puis j'ai voulu devenir « testeuse » de chocolats et de confiseries. Je me voyais faire le tour du monde pour goûter toutes les friandises qui existent. J'adore manger, c'est un fait… Mais pour cela, les rêves et les utopies enfantines ne fonctionnent pas. Adolescente, j'envisageais d'être psychologue, mais je n'avais pas envie de faire de longues études. Alors j'ai trouvé un compromis. Je suis devenue infirmière, et je travaille dans un hôpital psychiatrique.

– C'est mieux ? je demande à Rosie en la rejoignant dans le bureau des infirmières.

– Légèrement, répond-elle.

Elle relève à peine les yeux de son ordinateur. J'ai rencontré Rosie ici. On a fait nos premiers pas ensemble puisqu'on a débuté le même jour. On s'entend super bien, je crois qu'avoir commencé ensemble et avoir subi les mêmes galères, ça aide. On s'entend tellement bien qu'on est devenue amies en dehors de l'hôpital et on s'arrange souvent pour avoir les mêmes horaires. C'est toujours plus agréable de bosser avec quelqu'un en qui on a entièrement confiance.

– Je vais faire l'inspection.

– OK, tu me bipes si tu as besoin d'aide.

Alors que je longe le couloir pour visiter les premières chambres, je repense à mes premiers pas ici, la nuit. C'est idiot, mais j'étais effrayée. Je m'attendais à entendre des hurlements, des cris et des bruits bien pires encore… C'est finalement arrivé en plein milieu de mon service. Un de nos patients s'est réveillé en faisant une crise de panique et ses cris en ont provoqué d'autres, mais une fois tout le monde apaisé, tout s'est bien passé. Si on me proposerait maintenant de travailler ailleurs en tant qu'infirmière, je dirais non. Parmi les gens que je rencontre au fil des jours, il y a des dépressifs, des alcooliques, des toxicomanes, des suicidaires et surtout des gens exceptionnels. Des gens vulnérables, touchants et terriblement humains.

Je regarde par la petite fenêtre de la porte de la troisième chambre et je me rends compte que Kassie est assise sur son lit, cachée sous sa couette. Même si chaque personne a une histoire, il y en a des plus troublantes que d'autres. Kassie était battue par sa mère toutes les nuits quand son père s'en allait, alors elle a du mal à dormir. Je frappe doucement à la porte avant d'entrer.

– Tout va bien ? demandé-je doucement.

– Oui, répond-elle d'une petite voix.

Parfois, j'aimerais être capable d'effacer ces douleurs qui les font tant souffrir et de leur permettre de souffler un peu, loin de ces traumatismes qui les rendent si vulnérables et les enferment dans un monde dont ils ont du mal à sortir.

– Tu as fait un cauchemar ?

– Oui…

Elle reste dissimulée sous sa couverture, alors j'avance un peu. Je l'imagine, quand elle était petite, se cacher ainsi pour essayer de fuir sa mère et ça me fait de la peine. Je sais qu'elle n'aime pas la nuit, que ça lui rappelle des souvenirs très douloureux et même si elle travaille beaucoup sur sa peur, même si ses cauchemars sont plus espacés maintenant, il y a toujours un moment où ils refont surface. La mémoire est une bombe à retardement qui s'enclenche quand bon lui semble et qui peut faire des ravages. Kassie a été admise ici parce qu'elle ne contrôle pas ses angoisses. Elle a peur des gens et parfois de son ombre. Un geste brusque peut déclencher une grosse crise de panique.

– Tu veux en parler ?

– Non.

– C'est toi qui décides, dis-je d'une voix douce.

***

Le jour est presque sur le point de se lever quand les portes de l'ascenseur s'ouvrent à mon étage. Même si j'adore mon travail, je suis contente de rentrer chez moi après une longue nuit de garde. Je bascule la tête en arrière en marchant vers mon appartement quand quelque chose attire mon regard tout à coup. Je détourne légèrement les yeux et fixe le mur d'ordinaire beige qui est recouvert de…

Mon corps se fige lorsque je découvre l'empreinte d'une main ensanglantée ornant le mur. Il y a d'autres traces moins nettes qui s'arrêtent devant la porte de mon voisin. Porte qui semble entrouverte. Bien que mon cœur batte la chamade, bien que mon instinct me dicte d'aller me réfugier chez moi, d'appeler les flics et d'oublier ce que je viens de voir, mes doigts frôlent le battant en bois.

– Il y a quelqu'un ?

Je tends l'oreille, je guette le moindre bruit. Rien.

Je frappe encore. La réaction la plus logique serait de partir et d'appeler la police mais, déformation professionnelle oblige, je me sens le devoir d'aider, de m'assurer que tout va bien et que… Rosie me traiterait de folle dingue alors que je pousse la porte avec mon pied. Elle aurait parfaitement raison, cela dit. Je ne suis pas du genre à ignorer ce que je vois. Il y a du sang sur le mur, sur cette porte, comment puis-je faire semblant de ne rien avoir vu ?

– Il y a quelqu'un ? répété-je.

Toujours aucun bruit.

L'appartement est plongé dans la pénombre, alors je sors mon téléphone de ma poche et j'allume le flash pour m'éclairer. Un cri aigu m'échappe lorsque le rai de lumière éclaire le corps inerte d'un homme ensanglanté. Mon portable me tombe des mains dans la panique. J'essaye d'oublier les tremblements qui me parcourent et mon cœur qui bat la chamade lorsque je me baisse pour le récupérer. J'appuie sur l'interrupteur et me penche vers l'homme. Mon premier réflexe est de chercher son pouls pour vérifier qu'il est toujours en vie. Malgré le sang qui macule sa chemise noire, il respire.

Je me sens légèrement soulagée.

– Bon sang !

Je ne le connais même pas, je ne peux pas certifier que c'est mon voisin puisque je ne l'ai jamais vu ; peut-être est-ce un cambrioleur… Alors que je fais les cent pas en me demandant ce qu'il serait plus utile ou logique de faire, je remarque une photo dans un cadre noir. Il semblerait que ça soit lui, aux côtés d'un homme plus âgé. Je me penche vers lui et le soulève tant bien que mal pour l'amener vers la chambre. Dans un effort surhumain, je parviens à le mettre dans son lit. Je finis par me débarrasser de mon gilet et me tamponne le front avec, essoufflée et en sueur à cause de cette séance de musculation. Puis, je déboutonne précautionneusement sa chemise pour regarder d'où vient le sang. À première vue, c'est un coup de couteau.

– Oh, Seigneur…

Alors que je me tourne, prise de panique, oscillant entre l'envie d'appeler les flics ou les secours et celle de me barrer loin d'ici, j'entends un râle. Je fais volte-face et rencontre des yeux noirs en amande qui me fixent avec autant de curiosité que de peur. Alors qu'il tente de se lever et de m'empoigner, je secoue la tête pour lui faire comprendre de rester calme.

– Qui…

Sa voix est rauque.

– Je vais appeler les secours. Ne b…

Il parvient cette fois à m'empoigner dans un geste vif que je ne peux esquiver et mes mots se perdent dans la brutalité de son regard noir barré par une cicatrice à l'œil gauche. Je souffle, tandis que la peur me saisit le cœur. Il bat tellement fort qu'il m'en fait mal.

– Pas… secours…

– Votre état est inquiétant.

Il serre davantage mon poignet et, dans un geste d'une force inattendue, il donne une impulsion pour m'attirer à lui. Bien que mal en point, il est terrifiant. Il semble que s'il n'était pas épuisé à cause de sa blessure, il me dégagerait d'ici sans le moindre ménagement.

– N'appelez pas les secours et foutez le camp d'ici…

Il perd connaissance à nouveau et sa voix se meurt, laissant sa phrase en suspens. J'ai compris l'essentiel et s'il ne veut pas que j'appelle les secours, j'imagine que je ne devrais pas appeler les flics non plus. Il faudrait que je le fasse, mais je ne veux pas avoir d'ennuis.

– D'accord, alors…

Je sens que je perds mon sang-froid. Je ferme les yeux quelques secondes, j'inspire profondément puis j'expire. Je recommence trois fois. À l'hôpital, on demande à nos patients de faire cet exercice quand ils ne se sentent pas bien, histoire qu'ils parviennent à se calmer et se contrôler par eux-mêmes, plutôt que de réagir impulsivement.

Je rouvre les yeux une fois que je me sens plus calme. Je fixe l'inconnu, puis je regarde sa main, toujours accrochée à mon poignet. Je me libère de sa poigne. Qu'il ne veuille pas aller à l'hôpital ni que la police vienne, très bien, ça le regarde, mais je veux au moins le soigner un minimum. Je ne peux pas le laisser dans cet état. Je rentre chez moi à la hâte, j'attrape ce dont j'ai besoin et je retourne à son chevet. Il n'a pas bougé, mais ses cheveux lui collent au visage dorénavant à cause de la transpiration qui luit sur son front. Son torse orné de tatouages se soulève laborieusement. Avec une serviette, je nettoie d'abord le sang, puis je désinfecte avec de l'alcool. Malgré son inconscience, son visage se crispe, mais je poursuis mes soins. Une fois la plaie propre, je l'observe attentivement pour constater les dégâts. Elle ne me semble pas très profonde… du moins je l'espère. Je pense que je devrais pouvoir la recoudre et y mettre un pansement.

Tandis que je m'attelle à ma tâche avec précaution, une ombre se jette littéralement sur moi et je lâche un cri. Baissant les yeux, je croise le regard aux pupilles dorées d'un chat à l'allure princière. Un bâillement déforme son museau carré et je me rends compte que ses pattes ont trempé dans le sang, mais surtout, il est en train de ruiner mon jean.

– Tu me gênes, le chat, râlé-je.

Il me répond d'un miaulement et tourne la tête vers son maître avant d'aller s'allonger près de lui et de tenter d'attirer son attention en lui léchant la main. Vu l'état de ses mains, légèrement bleutées, j'imagine qu'il s'est battu. Bon sang, qu'est-ce qui m'a pris de pousser la porte de chez lui ? Il aurait probablement été moins dangereux de faire comme si je n'avais rien vu…

Je termine de le recoudre et je coupe le fil avec mes petits ciseaux. Puis je pose un pansement serré sur la blessure pour que ça tienne bien en place si jamais il bouge dans son sommeil. Après ça, je me redresse, et souffle. *Bon sang, quel coup de pression !* Je n'avais pas prévu de faire des heures supplémentaires aujourd'hui. Avant de quitter sa chambre, je lui retire ses chaussures et je remonte la couverture sur son torse pour qu'il n'ait pas froid.

Je me retourne dans mon lit. *Putain, pas moyen de dormir.*

J'ignore pourquoi je pense à cet inconnu, mais mon esprit tourne à plein régime. Je crois que je suis encore un peu abasourdie d'avoir trouvé ce gars inconscient et de l'avoir soigné du mieux que j'ai pu. Secourir des gens, ça fait partie de mon job… mais là, c'était quand même différent.

Je me retourne une nouvelle fois.

Il y a toujours du sang sur les murs du couloir et chez lui, à l'endroit où je l'ai retrouvé inconscient, et ça me perturbe. Je ne vais quand même pas aller nettoyer, ce n'est pas à moi de faire ça… Pourtant, comme une idiote, je me redresse et j'enfile un gilet par-dessus mon tee-shirt. Je ne sais pas ce qui me prend… Je me dis juste que quelqu'un pourrait le voir et prendre peur, qu'un enfant pourrait tomber dessus.

***

Je rentre à peu près à la même heure le lendemain. J'ai nettoyé hier, du mieux que j'ai pu, et il ne reste aucune trace. Je suis même retournée dans l'appartement de l'inconnu pour nettoyer le sang au sol et les marques de son imbécile de chat. Alors que ma porte est à quelques pas de moi, je ralentis. Je m'arrête devant celle qui la précède et je lève le bras pour frapper…

J'ignore vraiment ce qui me prend. J'ai fait ma bonne action, ça devrait suffire. C'est sûrement dû à ma déformation professionnelle qui me pousse à savoir s'il va mieux ou pas. Les secondes défilent et personne ne répond. Je ne sais pas s'il est sorti, s'il s'est réveillé ou pire… Mon instinct me pousse à partir alors que mes doigts se referment sur la poignée. La porte s'ouvre et je la pousse. *Bon sang, qu'est-ce qui cloche chez moi ?*

– Il y a quelqu'un ? Vous êtes réveillé ?

Rien, pas le moindre bruit. Bien que je n'aie pas fouillé son appartement, rien ne semble avoir bougé. Je devrais probablement partir. Mais s'il se passe un truc grave, je… je ne veux pas avoir ça sur la conscience. Je veux juste m'assurer qu'il est en vie.

– Miaou…

Je manque de trébucher lorsque le matou se glisse entre mes jambes. Il se frotte contre ma paume quand je me penche vers lui. Avec ses oreilles de lynx, il est magnifique. J'attrape le médaillon autour de son cou qui s'agite à chaque mouvement de sa tête.

– Hector, je lis. Voilà un prénom princier qui… te sied plutôt bien.

Je le caresse et vois ses gamelles vides sur le sol de la cuisine ; il a peut-être faim et soif. Je remplis un des bols avec de l'eau du robinet et pour l'autre, j'ouvre plusieurs placards avant de trouver de la nourriture pour chat. Alors que je laisse Hector se régaler, je m'avance vers la chambre de l'inconnu.

– Je vais entrer dans la chambre.

Mon cœur tambourine dans ma poitrine. J'ai la sensation que ce que je suis en train de faire est tabou, interdit. J'ai la sensation que je ne devrais pas être là du tout… La porte est entrouverte, je la pousse avec précaution et j'avance. Il est toujours dans son lit et je constate avec soulagement qu'il respire encore.

C'est déjà ça, pensé-je.

J'observe son pansement rougit par le sang. Il a dû bouger dans la nuit. Je devrais peut-être vérifier si les points de suture n'ont pas sauté et le refaire puis ne plus m'inquiéter pour cet homme que je ne connais pas. Je fais volte-face pour aller chercher de quoi le soigner quand une ombre m'enveloppe rudement de son étreinte. Je lâche un cri muet alors que l'inconnu me maintient contre son torse d'une main et qu'il m'étrangle de l'autre. Plaquée ainsi contre lui, je ne peux pas bouger.

– Je…

Sa main se déploie tout autour de mon cou et je sens la pression de ses doigts contre ma trachée.

Mon cœur semble battre des records de vitesse, et je prends difficilement une goulée d'air pour essayer de contrôler ma panique. Puis, sa voix sortie tout droit des abysses s'élève à mon oreille :

– Qui êtes-vous ?

La peur me paralyse des pieds à la tête et je ne parviens pas à sortir les mots que j'ai sur le bout de la langue. Il veut probablement savoir ce qu'une inconnue fait chez lui, ce que je comprends aisément. Peut-être qu'il panique aussi, mais sa réaction me semble légèrement démesurée.

– Je n'aime pas devoir répéter les choses, mais je vais faire une exception. Qui êtes-vous ?

Sa voix est cinglante, glaçante. Pour qui se prend-il à réagir de cette façon ?

– Lâchez-moi ! réponds-je.

– Qu'est-ce que vous faites chez moi ?

– Lâchez-moi !

De mes mains valides, je tente de lui faire relâcher sa prise, mais il serre plus fort en réponse.

– Non, souffle-t-il à mon oreille.

Le sang bat contre mes tympans, mon cœur est fou.

– J'attends les réponses à mes questions.

– Je vous… lâchez-moi !

J'ignore pourquoi, je relève soudain la tête pour le regarder par-dessus mon épaule. Mon regard croise ses yeux noirs, il semble calme, impassible, ce qui contraste avec ses bras et ses mains qui me retiennent rudement. Mes yeux descendent vers son nez en trompette, puis ses lèvres pleines sous lesquelles il a un grain de beauté. Je ne sais pas ce qui me prend, j'espère sans doute qu'il va se calmer en voyant ma détresse.

– Lâchez-moi, je répète une énième fois. Vous me faites mal.

– Qu'est-ce que vous faites chez moi ?

Il baisse les yeux vers moi.

– Je me le demande, craché-je soudain.

L'inconnu continue de me toiser d'un air hautain, et je me sens mue par une colère soudaine. Colère que je ressens envers lui, qui me traite comme si j'étais une voleuse, et contre moi qui ai franchi le seuil de cette porte alors que mon instinct me disait de fuir.

– Je vous ai soigné, j'ai... Vous êtes fêlé. Vous devriez me remercier de vous avoir aidé et d'avoir nettoyé le sang que... que vous avez foutu partout. Et, au lieu de ça, vous...

– Je ne vous ai rien demandé, me coupe-t-il d'une voix tranchante.

Si je m'attendais à ça.

– Vous avez raison.

Sans réfléchir une seconde, j'appuie sur sa blessure avec autant de force que je le peux. Peu importe qu'elle s'ouvre de nouveau, ce mec est dingue. Il lâche un profond grognement et desserre enfin ses mains de mon corps, alors j'en profite pour m'arracher à son étreinte.

– Allez vous faire foutre ! je dis sans me retourner. Vous êtes…

Il se redresse alors, le visage impassible, masquant la douleur qu'il ressent probablement, et je recule d'un pas en arrière. Quel profond connard. Je fais volte-face pendant qu'il reste imperturbable et je cours jusqu'à mon appartement sans me retourner, le cœur battant.

CHAPITRE 2

JUN

Clark Hubson.
Homme de race blanche, 36 ans.
1,80 m – 95 kg
Particularités physiques : une cicatrice sous l'œil droit et une croix nazie tatouée dans le cou.
Délits : vols à main armée, violences aggravées, agressions sexuelles.
Cinq ans de prison ferme pour viol. Relâché après avoir purgé sa peine.

Je fixe les photos récentes jointes avec les informations.

Les cheveux rasés très court, un nez droit, des rides sur le front et au coin des yeux. Un regard froid et dur, des traits tirés. Il me donne l'impression de faire dix ans de plus que son âge. Il est récemment sorti de prison après avoir purgé une peine de quelques années pour viol sur mineur.

Souvent les violeurs de gosses ne font pas long feu en prison, mais il s'en est sorti. Une fois dehors, il a récidivé, mais faute de preuves et d'ADN, la police ne peut rien faire. Quand les gens n'ont plus d'espoir, quand la police est impuissante et que la justice ne peut rien faire pour les aider, alors ils se tournent vers la vengeance et vers des solutions moins orthodoxes pour se faire justice eux-mêmes. Aujourd'hui mon client est un père de famille aussi glaçant que dévasté qui m'a payé pour buter le violeur récidiviste de sa fille.

Je ferme le dossier et comme pour tous les autres, j'y mettrai le feu.

Courbaturé, je me glisse sous la douche. Même si je me lave toujours quand je rentre de mission, je le fais aussi avant de partir. C'est une habitude. Je ferme les yeux et je lève le visage vers le pommeau de douche. Bien que j'essaye de l'ignorer, je ressens une pointe de douleur dans mon ventre. Frustré, je baisse les yeux vers ma blessure. Une seconde d'inattention stupide vers mon téléphone que j'avais oublié d'éteindre et ma victime a retourné le couteau contre moi. Je ne pensais pas perdre autant de sang, je croyais pouvoir me recoudre comme je l'avais déjà fait, mais j'ai merdé lamentablement. Il faudra que je prenne des antidouleurs ce soir, je ne dois pas me laisser distraire par la souffrance pendant que je bosse.

Une fois séché, j'enfile un boxer, puis je change mon pansement, songeant à cette drôle de femme au regard apeuré. Je ne me souviens jamais de mes rêves, mais elle, j'ai la sensation qu'elle y était… et ça m'a perturbé de la trouver bien réelle quand je me suis réveillé. Je n'aime pas qu'on fasse intrusion chez moi, je n'aime pas qu'on perturbe ma routine et je n'aime pas qu'on foute le désordre dans ma vie. Or, en étant chez moi, elle a brisé deux de ces trois règles. Je n'aime pas me sentir redevable, et pourtant c'est encore ce qu'il se passe. J'imagine que cette femme m'a sauvé la vie en me recousant…

Bon sang quel abruti !

Hector est allongé à côté de mes affaires quand je rejoins ma chambre pour m'habiller. Il lève péniblement la tête. Je n'en voulais pas, je n'ai jamais vraiment eu d'affection pour les animaux. Enfin peut-être pour le chien que j'avais quand j'étais gosse… Toujours est-il qu'on me l'a offert, ou plutôt imposé, quand il était encore un chaton et que je n'ai jamais eu la force de m'en séparer. Il me toise de son regard doré alors que j'attrape mon pantalon. Je crois qu'on est un peu pareil, lui et moi. Solitaires, sauvages et sans doute un peu sombres… J'agite la main et il se redresse pour venir frotter le haut de son crâne contre ma paume. Je glisse mes doigts dans son pelage.

– Oui, je bosse encore ce soir. Mais je ne reviendrai pas dans un état aussi lamentable.

Je m'habille sous son regard.

Pantalon cargo, boots, sweat à capuche, gants et masque chirurgical en tissu, la tenue de ce soir ne change pas vraiment de l'ordinaire. Je porte toujours la même chose, c'est un rituel, c'est comme ça que je me sens le plus à l'aise pour bosser. Flingues, couteaux, menottes en plastique, les armes en revanche changent en fonction des demandes de mes clients. Ces dernières se divisent en deux catégories : la liquidation rapide et celle qui prend du temps. Certaines personnes veulent juste tuer quelqu'un alors que d'autres ont besoin de savoir que la personne a souffert avant de mourir pour se sentir apaisés. Moi, je me fous de la méthode demandée. Je fais juste mon job. Tout ce que je veux, c'est être payé et pouvoir me la couler douce d'ici quelques années.

Une fois prêt, je vais à la cuisine. Je prends un cachet de Percocet[1] avant d'attraper mon téléphone.

– Allô ?

– Shelby, c'est moi.

– Tiens, ça faisait quelques jours, raille-t-il.

– Ouais. J'apporte à bouffer ce soir.

– Pas de souci, ils sont affamés.

– Bien, je t'envoie un message avant de décoller.

Je raccroche et je glisse mon téléphone dans la poche de mon blouson en cuir. J'ai tout ce qu'il me faut, ne manque plus qu'à buter ma cible.

***

1. Le Percocet est un antidouleur.

Je n'ai jamais eu d'ambition dans la vie. Enfin, je n'ai jamais réellement rêvé de devenir médecin, pompier ou ce genre de chose. Rien ne m'a jamais vraiment fait fantasmer. Travailler et gagner de l'argent me semblait être un bon deal, peu importe le boulot. J'ai écumé toutes sortes de jobs depuis mes 16 ans, jusqu'à ce que je rencontre Hank Briskar dans le club de strip-tease où je bossais à l'époque comme vigile. Il était flic et il émanait de lui ce charisme que certaines personnes ont naturellement. En me voyant emplâtrer un mec qui touchait une des danseuses du club, il lui est venu à l'esprit de me proposer un job. Un job percutant qui consistait à botter des culs, casser des gueules. Je l'ai pris pour un foutu cinglé la première fois qu'il m'a suggéré ça. Et pourtant me voilà dix ans après à faire pire encore que ce qu'il me demandait au départ et à gagner plus d'argent que j'en espérais.

Ma cible est dans le même bar chaque jour et boit toujours la même bière. Il ne sait pas encore qu'on m'a payé pour le liquider, il ne sait pas encore qu'il ne verra pas le prochain lever de soleil et il ne sait pas non plus que la bière qu'il est en train de boire est la dernière. J'imagine qu'elle aurait une tout autre saveur, sinon… Quand on voit l'âge des filles qui viennent ici, j'imagine qu'il n'est pas là pour rien et ça me répugne qu'il puisse vivre sa petite vie tranquille après ce qu'il a fait.

Tout est prêt, il a juste à tomber dans les filets de Mira. Je préfère travailler seul, que ce soit pour les exécutions, ou pour « aborder » ma cible, mais certains ont besoin de distractions pour se laisser appâter. Les siennes, ce sont les jolies filles, d'apparence plutôt candide. Mira est une prostituée ; elle a beau avoir la vingtaine passée, quand elle s'apprête comme il le faut, elle peut largement se faire passer pour une gosse de 16 ans. Aujourd'hui, dans sa jupe plissée noire et son gilet rose bonbon, l'illusion est parfaite. Ce n'est pas la première fois que je fais appel à ses services pour qu'elle m'aide à attirer un type. Je la paye grassement pour ça et les mecs n'ont jamais le temps de lui faire du mal. Je n'aime pas trop cette méthode, parce que ça peut capoter et aussi me nuire, mais il faut savoir s'adapter aux situations.

Du fond du bar, je vois ma cible et Mira. Je l'observe se dandiner au bar, pour réclamer à boire. Elle attire tous les regards, pas seulement celui de ma proie. Tout ce qu'elle a à faire, c'est le chauffer puis le faire sortir et moi, j'interviendrai à ce moment-là pour prendre les choses en main. Je patiente, j'ai le temps. Pour que le boulot soit bien fait, il faut que tout se passe sans anicroche. Quand elle sort enfin et qu'il la suit, je dissimule non sans mal mon petit sourire derrière mon masque. Je leur laisse un peu de distance pour donner le temps à Mira de continuer à jouer la comédie, pour qu'il baisse sa garde et que je puisse le prendre par surprise. Elle l'entraîne dans une ruelle et se colle dos au mur. Littéralement absorbé par Mira, il ne me remarque pas.

– Je vais prendre le relais, dis-je.

Elle me sourit et le type percute qu'il vient de tomber dans un traquenard au moment où je pose un tissu imbibé de chloroforme sur son nez et sa bouche. Mira s'écarte alors qu'il tombe au sol, inconscient.

– Tiens.

Elle attrape l'enveloppe que je lui donne. Sans vérifier le montant, elle la fourre dans son sac à main.

– Tu vas faire quoi, avec ce dingue ? Il s'est mis à bander comme un porc quand je lui ai dit que j'avais 16 ans.

– Tu peux y aller.

Elle hausse les épaules.

– Tu sais où me trouver si jamais tu veux que j'accoste encore un mec pour toi.

Je ne réponds rien, je la laisse partir, les yeux rivés sur la masse inconsciente à mes pieds.

À nous deux.

Je regarde mon invité de ce soir. Bâillonné sur une chaise, il est encore évanoui. Je pourrais le tuer d'une balle dans la tête, ce serait vite fait et j'en aurais vite terminé, mais ce serait trop facile. Je veux qu'il tremble, qu'il ait peur, qu'il désespère, qu'il crie, qu'il supplie, qu'il sache qu'il va crever et que personne ne viendra l'aider. Après ce qu'il a fait, c'est une maigre compensation pour ses victimes. Je lui balance un seau d'eau sur le coin de la gueule et il se réveille brusquement. Il panique, essaye de reprendre le contrôle de son corps, mais il se rend compte que ses pieds et ses mains sont ligotés et qu'il n'a aucun moyen de bouger d'ici.

– Putain, c'est…

Il regarde autour de lui, se débat comme un dingue et enfin me repère. Ses yeux s'agrandissent, puis se rétrécissent, comme s'il cherchait à me reconnaître, comme s'il cherchait à deviner qui j'étais. Je ne suis personne. Je ne suis rien de plus qu'un être humain parmi tant d'autres. D'ailleurs, avec mon masque noir, il ne voit que mes yeux. Je m'avance jusqu'à lui.

– Libère-moi, putain ! hurle-t-il.

– C'est pas prévu !

– LIBÈRE-MOI, FILS DE PUTE !

Il tente encore de se débattre et de se défaire de ses liens. Il lutte comme un véritable damné, quitte à s'arracher la peau pour gagner le moindre centimètre d'espace qui pourrait l'aider à se libérer. J'ai l'habitude de voir ça. Certains tentent de se rebeller jusqu'à la dernière seconde tandis que d'autres abandonnent vite.

– Qu'est-ce qui se passe, putain ? T'es qui, bâtard ? Pourquoi… Pourquoi je suis attaché ?

– Je n'aime pas poser des questions, alors encore moins y répondre, je raille d'un ton las. T'as vraiment aucune idée de pourquoi tu es là ?

– C'était ta meuf que j'ai emballée, c'est ça ?

– Mauvaise réponse. Je sais que t'es con, mais pas à ce point, ou alors le déni est ton pote.

Sa mâchoire se crispe.

– Va te faire foutre, fils de pute !

Il hurle à s'en péter la voix, mais personne ne l'entendra ici.

– Tu t'es trompé de mec et tu vas le regretter.

– Faut voir, on va vérifier les informations ensemble. Clark Hubson, violeur de gosses, ce n'est pas toi ?

– Non… t'es un taré…

– C'est bizarre… il a une cicatrice sous l'œil droit et une croix gammée dans le cou.

Je me penche vers lui et l'examine. Me voir m'approcher l'agace et lui fait peur. Je le remarque à son corps qui se tend et à ses pupilles qui se dilatent.

– Soit t'as un sosie, soit je ne me suis pas trompé de gars et c'est bien toi.

– Je peux te payer. Combien tu veux pour faire croire à ma mort ? Je ne veux pas crever…

Tu m'étonnes.

Il sanglote comme un gosse. Ce sont souvent les types les plus répugnants qui chouinent le plus et pourtant jamais ils n'avoueront être désolés pour ce qu'ils ont fait. Parce qu'ils ne le sont pas.

– Tu m'étonnes, ce serait vraiment dommage de renoncer à violer des gamines.

– Peu importe ton prix, je te jure que je trouverai l'argent. Laisse-moi en vie, je t'en supplie.

Que valent les promesses d'un type comme lui ? Valent-elles plus ou moins que celles d'un type qui n'a jamais rien fait de mal ? Sa vie a-t-elle plus d'importance que celle de celui qui a scellé son sort en me payant pour le tuer ? J'en sais rien et j'en ai rien à foutre…

Je ne réponds pas.

– Je peux te trouver une gosse ou deux si tu veux… ou même une plus vieille. T'as l'air aussi barré que moi…

Mon bras part impulsivement et mon poing lui atterrit en pleine gueule. Je peux reconnaître qu'on a tous un côté barré, mais de là à me mettre au même niveau qu'un violeur… Le marchandage, ils passent presque tous par là. Ils essaient de marchander leur vie et leur dignité pour sauver leur peau. J'imagine que c'est un sentiment on ne peut plus humain quand on se retrouve face à la mort. Parfois quand ils sont trop bruyants, je les bâillonne ou je leur coupe la langue, ça dépend de mon humeur et du nombre de conneries qu'ils peuvent dire. Lui, il devrait s'estimer heureux à l'idée de savoir qu'il va juste se retrouver avec une balle dans la tête. Parce que ça pourrait être pire encore.

– Si c'est la baston que tu aimes, je peux te trouver de quoi nourrir tes fantasmes. Tu sais, chacun son trip. Si tu aimes tabasser des gars ou te taper de grosses brutes, je…

Je le frappe tellement fort qu'il recrache une de ses dents.

Dans un autre contexte, ce type aurait très certainement fait partie de ceux à qui j'aurais coupé la langue pour ne plus entendre ses complaintes. Mais vu qu'on m'a juste payé pour le buter, je ne vais pas m'infliger des heures sup. Normalement les types comme lui, on me demande de leur faire subir mille et un sévices avant de les tuer pour qu'ils souffrent au moins autant que leurs victimes.

– On aime tous quelque chose, alors dis-moi comment, je peux te satisfaire… J'ai des relations, je connais des gars…

J'incline la tête vers lui, le sourire aux lèvres. Il ne le voit pas à cause de mon masque chirurgical, mais il le devine à mes yeux.

– Tu perds ton temps, je n'aime que moi, je lui dis.

Je vois dans son regard la détresse d'un homme qui cherche comment marchander, à s'en sortir, mais… qui n'entrevoit aucune issue et lorsqu'il m'observe mettre le silencieux sur mon flingue, son visage passe par plein d'émotions. C'est à cette seconde précise qu'il ressent sans doute un millième de ce qu'ont subi ses victimes.

– Je vais te buter, hurle-t-il soudain. Je vais… te buter.

J'empoigne sa gorge d'une main et je colle mon flingue contre sa tempe.

– J'ai pas peur des fantômes, je dis en appuyant sur la gâchette.

CHAPITRE 3

HAZEL

Je suis vannée.

La nuit a été longue au boulot et je n'ai pas bien dormi ces derniers jours. Entre mon étrange voisin et mon taré d'ex qui recommence à m'appeler et à m'envoyer des messages, je suis vernie. J'aimerais que ce type me laisse tranquille, mais visiblement il ne comprend pas les expressions « Laisse tomber » et « Fous-moi la paix ». Je n'ai qu'une hâte, me prélasser dans un bain bien chaud avec un verre de vin, de la musique et ensuite, m'écrouler devant la télé.

J'appuie sur le bouton de l'ascenseur. Je m'engouffre dedans quand il arrive enfin. Les portes sont en train de se refermer lorsqu'une main se faufile brusquement entre les battants pour les arrêter. Des frissons désagréables dévalent mon échine alors qu'une silhouette étrangement sinistre et sombre se dessine devant mes yeux. Silencieux, l'inconnu fait un pas pour entrer dans la cage. Mon cœur s'emballe dans ma poitrine. J'ai toujours trouvé débiles ces musiques d'ascenseur, pourtant dans ce silence de mort, j'ai la sensation qu'on n'entend que mon pauvre cœur palpitant qui bat. Je regrette qu'il n'y ait justement pas une foutue musique pour détendre cette atmosphère soudain pesante. Il est grand… plus grand que dans mon récent souvenir et son look grunge totalement noir ne fait qu'accentuer cette étrange et étouffante aura qui semble l'entourer. J'ai l'impression qu'il est un rôdeur dont la présence n'augure rien de bon. Comme si les ténèbres semblaient attirées par lui et qu'elles avaient décidé de l'envelopper dans une sorte de manteau obscur.

Je lève la tête, me tords presque le cou pour le regarder et je constate qu'il me toise en retour, le regard hautain. Son visage est à la fois dur et impassible, comme s'il voulait dissuader quiconque de lui parler. Je sens que je vais rougir alors qu'on se regarde en chien de faïence. Pendant une fraction de seconde, il semble étonné par mes yeux. Il faut dire qu'ils sont atypiques et qu'ils troublent plutôt les gens puisque j'ai les yeux vairons. On se moquait de moi, adolescente, alors je mettais des lentilles de la même couleur, mais plus maintenant. J'assume leur différence. Reportant mon attention sur l'homme à côté de moi, je l'observe : ses cheveux de jais qui tombent sur ses pommettes et descendent le long de sa nuque mettent en valeur ses yeux en amande et sa peau légèrement dorée.

Son regard me donne l'impression d'être aussi minuscule qu'un insecte et je n'aime pas cette sensation d'affolement et d'oppression qu'il m'inspire. Dire que j'ai soigné ce type, que je l'ai recousu et qu'il n'a même pas amorcé un simple merci… Il n'avait peut-être rien demandé, mais quand même. Je détourne le regard, mal à l'aise. Décidément, ce type est flippant et, forcément, le temps que met l'ascenseur pour monter me semble une éternité. Quand il s'arrête enfin à notre étage, je bondis hors de la cabine et j'avance jusqu'à mon appartement sans plus lui prêter attention. Mais tandis que je traverse le couloir, c'est plus fort que moi, je m'arrête et me tourne vers lui.

– Merci c'est pour les chiens ? balancé-je.

Alors qu'il est en train d'ouvrir la porte de son appartement, il suspend son geste. Et quand je pense qu'il va se tourner vers moi, il entre chez lui en me claquant le vent le plus magistral de l'année. Le bruit de la porte qui se referme me fait vriller.

– CONNARD ! gueulé-je pour qu'il m'entende bien.

Une fois rentrée, j'abandonne mes affaires dans mon salon et je me dirige vers la salle de bains. Je verse une tonne de bain moussant avant de faire couler l'eau. Puis je retourne au salon, pour me servir un verre de vin. Quand j'entends mon téléphone sonner dans ma poche, je grimace et réprime un frisson des plus désagréables. Il n'y a qu'une personne capable de m'appeler aussi tôt le matin ou tard dans la nuit. Derek, mon putain d'ex. J'aimerais oublier ce type, mais visiblement il n'est pas d'accord avec ça. Nous avons rompu il y a presque neuf mois après une relation qui a duré moitié moins de temps, pourtant il continue de me faire chier.

Je l'ai connu *via* une application de rencontres. Au départ, c'était juste pour un coup d'un soir, mais on s'est bien entendus et on a transformé ça en relation. Au début, tout allait bien et du jour au lendemain, son masque est tombé. Il est devenu méprisant, insultant et oppressant, voire agressif. Je me disais que ça irait, qu'il allait changer et comme souvent dans ce genre de cas, je pensais que c'était peut-être ma faute et qu'il avait probablement de bonnes raisons de se comporter ainsi. Je crois aussi que mon métier me donnait envie de persévérer avec lui et de l'aider. Quand je l'ai retrouvé dans mon propre pieu avec une autre meuf et quelques grammes d'héroïne, j'ai tout arrêté, mais depuis il continue de me harceler, de m'appeler, de me supplier… Comme s'il ne voulait pas lâcher prise, comme s'il ne digérait pas le fait que je suis partie. Je suis déjà allée à la police pour leur dire qu'il me harcelait, mais rien n'a vraiment changé, il continue de m'appeler à n'importe quelle heure, à m'attendre en bas de l'immeuble…

Je sors un verre à pied et me sers du vin rouge. Je le pose sur le rebord de la baignoire, puis je regarde mon téléphone. C'est bien Derek qui a essayé de m'appeler, je l'ignore et je balance une playlist sur Spotify. Les premières notes de la chanson *The Reason* du groupe Hoobastank résonnent autour de moi. Je pose mon téléphone et après m'être déshabillée, je me glisse dans mon bain.

***

– Il te fait encore chier ?

J'agite mon téléphone alors que l'écran allumé affiche un numéro inconnu. Je suis lasse de ce petit jeu, j'en ai vraiment ma claque et je ne sais pas quoi faire pour me débarrasser de lui. J'ai beau lui dire de me foutre la paix, il s'obstine à me pourrir la vie… En plus, je ne sais pas pourquoi il s'entête. Nous n'avions qu'un semblant de relation, on ne s'était rien promis du tout. Et quand bien même, ça aurait été le cas…

– Ouais, ça fait deux semaines qu'il recommence à m'appeler non-stop.

– Quel cafard ce type ! soupire Rosie. Il est aussi résistant que ces sales bestioles. Faudrait trouver un moyen de l'empêcher de nuire.

Je soupire en raccrochant, mais il insiste et alors que je veux ranger mon portable dans mon sac, Rosie l'attrape.

– Quoi ? Qu'est-ce que tu veux ? Non, ce n'est pas Hazel… tu vas m'écouter maintenant, espèce de sombre merde, va falloir penser à passer à autre chose. Tu te fais tellement chier dans la vie que t'es obligé de la harceler ou quoi ?

Je roule des yeux, tandis que les gens assis aux tables proches de la nôtre nous regardent, choqués. Il faut dire que nous sommes dans un restaurant et qu'elle vient de gueuler comme si elle était en plein milieu de son salon. Je me mordille la lèvre pour ne pas rire.

– Tu vas arrêter de l'appeler, parce que t'es ridicule avec ton intimidation à deux balles, et qu'Hazel, elle n'en a rien à faire de toi. Elle est passée à autre chose et tu ferais mieux d'en faire autant.

Elle raccroche, le sourire aux lèvres, et plante ses jolis yeux verts dans les miens.

– Je me suis peut-être laissée emporter.

– Tu crois ?

– Si peu…

Je ris. Je devrais être terrifiée de la réaction de Derek, mais étrangement je m'en fiche. Peut-être que si c'est une autre personne qui lui dit ce que je m'évertue à lui répéter, il va comprendre.

– Faudrait trouver un type qui lui passe l'envie de revenir.

– Du genre ?

– Du genre, te trouver un mec, mais ça, c'est compliqué. Faudrait trouver autre chose… Tu payes un gars pour qu'il vienne expliquer au type qui t'emmerde comment ne plus t'emmerder ? Je suis sûre que ça ferait fureur sur Internet. Mon Dieu, peut-être que ça existe…

– T'es folle… Je te rappelle que harceler des gens, les tabasser, c'est illégal. Alors je ne pense pas qu'il existe, ton site.

Elle lève les yeux au ciel avant de prendre une gorgée de son cocktail rose.

– Ouais, bah quand les flics sont inutiles, il faut bien trouver des moyens détournés. Je suis certaine que sur le Dark Web on peut trouver des trucs bien crades.

– C'est-à-dire ?

Rosie pose ses coudes sur la table et fait une moue sérieuse, comme si elle réfléchissait. Elle va encore me sortir des trucs invraisemblables que je ne suis pas certaine de vouloir entendre.

– Je sais pas, moi… J'imagine qu'on peut trouver des armes spéciales, qu'on peut parler à des types pas recommandables comme un chef de gang ou de guerre, engager un tueur à gages, dégoter des drogues spéciales… Ça serait fascinant d'y aller juste pour rire.

Je secoue la tête.

– Je ne crois pas qu'on aille sur le Dark Web pour se marrer.

Rosie éclate de rire.

– Mouais, t'as peut-être raison… Non, mais imagine mon idée… je t'explique : ce serait une application sur téléphone pour les filles qui se font emmerder par des types lourds. Comme toi, t'as un ex qui t'emmerde, tu te connectes sur l'appli, tu peux expliquer ta situation et là, t'as un gars qui s'amène et qui te défend. Il fait comprendre à l'autre qu'il ne doit pas revenir et basta.

– C'est très utopique, ton truc. Dans la réalité, on se démerde tout seul. Une appli où tu peux payer des gars pour qu'ils viennent t'aider avec un type trop collant… mais franchement, où tu vas chercher des idées pareilles ?

– Elles me viennent naturellement. J'aime à penser que c'est un don. Tu sais, la frontière entre la folie et le génie est très mince.

– Je n'aimerais pas être dans ta tête.

– Ne sois pas si sûre de toi, quand j'ai envie de me faire du bien, j'ai une imagination ultra-débordante et parfois, je pars tellement loin dans mes délires, mais putain, je prends mon pied.

– Faudra que tu me racontes ça, tiens.

– Je t'ai pas raconté la dernière ? Ouvre grand tes oreilles, c'est du lourd…

***

Alors que je prends l'allée pour rejoindre mon immeuble, je me rends compte que je suis suivie. Je fais volte-face et déglutis quand je me retrouve nez à nez avec Derek. Je n'ai pas le temps de reculer qu'il m'attrape par les épaules. Je le repousse aussi fort que je le peux pour qu'il s'éloigne de moi. Ce n'est pas bien loin, mais il chancelle légèrement.

– Espèce de salope, tu envoies tes copines maintenant ?

Son haleine est imbibée d'alcool et son regard est noir. La pression qu'il m'impose depuis des mois devient bien trop pesante. J'en ai vraiment ma claque, de ce taré. Je passe mes journées ou mes nuits à soigner les autres, alors j'aimerais parfois ne penser qu'à moi et ne pas devoir gérer une autre personne.

– Vu que le message a du mal à passer, on essaye d'autres méthodes, répliqué-je. Fous-moi la paix !

La douleur est mordante quand il me gifle. Je sens ma tête partir lourdement sur le côté. *Oh bon sang...* Je me redresse lentement ; la haine que j'éprouve pour lui à cet instant a atteint son paroxysme.

– Finalement t'es encore plus pitoyable que je le pensais… Ça te fait kiffer de me cogner ?

– C'était assez jouissif, ouais. Pour qui tu te prends ? crache-t-il. Va falloir que tu trouves autre chose si tu veux te débarrasser de moi. T'es à moi et c'est comme ça !

– T'as un problème, Derek ! Il faut que tu te fasses soigner et que tu passes à autre chose.

Alors qu'il baragouine je ne sais quoi et tente de m'attirer contre lui, je le repousse de toutes mes forces. Il titube sans faire attention au rebord du trottoir et tombe dans le caniveau dans un bruit sourd. J'en profite pour faire volte-face afin de rentrer chez moi. Je l'entends se relever alors je presse le pas pour atteindre la porte de l'immeuble.

Soudain, elle s'ouvre à la volée et mon connard de voisin apparaît. Nos regards se croisent le temps que l'on avance l'un vers l'autre. Alors qu'on arrive à la même hauteur, je sens qu'il agrippe mon poignet. Mon premier réflexe est de me défaire de sa prise, mais lorsqu'il se penche vers moi, je reste figée.

– Ta joue est enflée.

Il est tellement impassible que je ne sais pas si ça lui fait plaisir ou si ça l'indigne. Mon étrange voisin regarde derrière moi quelques secondes et je baisse la tête, terriblement mal à l'aise. Je voudrais être n'importe où ailleurs qu'ici, d'autant qu'il m'inspire encore cette impression de supériorité.

– Je dois intervenir ?

Ses mots me choquent tellement que je relève la tête vers lui. Mon cœur bat plus fort. Si je m'attendais à ça… je ne sais pas quoi penser. Il veut me débarrasser de Derek ? Si Rosie était là, elle se féliciterait d'avoir des idées de savant.

– Eh ! T'es qui, espèce de fils de pute ? gueule Derek.

Je ferme les yeux. Peut-être que si c'était un homme qui lui disait de me foutre la paix, le message passerait mieux.

– Je ne peux t'aider que si tu le veux, ajoute-t-il d'un ton impatient.

Il est si proche de mon visage que je sens son souffle. Mes yeux plongent dans les siens. Il a toujours cet air arrogant et cette suffisance dans le regard. Et dans un look similaire à celui qu'il avait dans l'ascenseur quand je l'ai traité de connard, il semble toujours aussi redoutable. Il dégage quelque chose de sombre et de magnétique à la fois. Je ne sais pas comment le décrire…

– Eh ! Lâche-la !

J'ignore s'il obéit alors à Derek ou si c'est mon silence, mais il lâche mon poignet. Derek arrive à notre hauteur. D'instinct, mon corps réagit, et cette fois c'est ma main qui se referme sur le bras de l'inconnu pour le retenir.

– Oui. Tu peux.

– Hazel, t'es qu'une espèce de…

Sans un mot ni même un regard, il se tourne vers Derek et lui enfonce violemment son poing dans la figure. La brutalité du coup résonne à mes oreilles et le cri de douleur de mon ex aussi. Mon voisin silencieux s'avance vers lui alors que Derek titube en reculant, les mains sur le visage.

– Casse-toi d'ici, elle ne veut pas de toi, grogne mon voisin.

– Mais ferme ta gueule, espèce de petit merdeux. T'as pas à te mêler de nos histoires.

Un filet de sang coule le long de sa lèvre.

– Je ne vais me mêler de rien, je vais juste te dégager d'ici et te passer l'envie de revenir.

Derek se redresse et fait face à l'inconnu. Bien qu'ils soient à peu près de la même taille tous les deux, il émane de mon étrange voisin quelque chose de dangereux. Mon ex n'est pas à la hauteur. C'est comme si on mettait un poids plume face à un poids lourd dans un combat de boxe…

– T'as rien à faire ici, le Chintok…

Derek tente de le pousser, mais mon voisin est plus rapide et il le frappe encore au visage. Les yeux grands ouverts, je vois son poing s'écraser sur le visage de Derek. Il tombe sur les fesses et avant même qu'il ne réagisse, mon voisin se penche vers lui et le maintient par une clé de bras.

– Je vais t'expliquer comment ça va se passer.

Sa voix est blanche ; elle me fait peur.

– Soit t'es pas trop con et tu comprends par toi-même qu'il vaut mieux que tu ne reviennes pas ici. Soit t'es un abruti fini et tu décides de rester, ce qui va m'agacer et donc m'obliger à te péter les phalanges ou la mâchoire. Voire les deux…

Mon ex éclate de rire, mais moi, ce sont d'étranges frissons qui glissent le long de ma colonne vertébrale, car il ne rigole pas… Ses menaces sont sérieuses et soudain, je pense à l'état de ses mains quand je l'ai soigné, et aussi au coup de couteau… *Merde !* Ce type est réellement dangereux.

– Maintenant, je te laisse trois secondes pour dégager d'ici avant que je te fasse comprendre que tu aurais dû te barrer. Trois…

– Va te faire foutre, le bridé, lâche Derek en essayant de se débattre.

– Deux…

Oh bon sang, il décompte vraiment.

– Derek, casse-toi, lancé-je désespérément.

Je ne sais pas pourquoi j'ai parlé, je crois juste que les menaces de cet homme ne sont pas à prendre à la légère et que je regrette presque de lui avoir demandé de m'aider. Je ne comprends pas pourquoi Derek s'inflige ça… c'est ridicule. Juste par pure fierté masculine ou par pure débilité, mais ça ne vaut pas la peine de se faire malmener.

– Elle essaye de te sauver la mise, tu devrais l'écouter. Un… c'est ta dernière chance.

– Hazel, t'es qu'une petite salope qui…

J'ai l'impression que mon voisin esquisse un sourire alors qu'il lui tord les doigts. Quelques secondes plus tard, le cri de Derek me fait frissonner et la façon dont son visage se tord de douleur aussi. Il… lui a vraiment cassé les doigts ? J'en ai la nausée.

– Mes doigts, putain ! Tu m'as pété les doigts !

– Si tu ne fermes pas ta gueule, ce sont tes dents que je vais péter.

– Va…

Il n'a pas le temps d'en placer une qu'il lui donne un coup de poing, puis un autre et encore un autre… C'est différent de voir un homme se faire tabasser à la télé et en vrai. Dans la réalité, c'est franchement brutal. Derek est en sang et complètement acculé. Il ne cherche même pas à se défendre. Il faut que ça cesse. Ça suffit, c'est trop… ce n'est plus de l'intimidation, c'est presque un passage à tabac. Mon corps est littéralement figé, mon cœur bat à tout rompre dans ma poitrine et mon sang est comme gelé. La violence des coups est inouïe et bientôt la voix de Derek supplie mon voisin d'arrêter. Mais il n'en fait rien, il continue… Il faut que je fasse quelque chose, il faut que je le raisonne, que je l'arrête, il n'a pas à se mettre dans un tel état. Je réussis à me mettre en mouvement et je m'avance vers eux.

– Arrêtez…

J'attrape son bras.

– Arrêtez, vous allez le tuer !

Je suis persuadée qu'il ne va pas m'écouter, mais il tourne la tête vers moi et plante son regard en amande dans le mien. Il est parfaitement neutre et son visage, parfaitement serein, comme s'il n'était pas en train de défoncer la tête d'un homme. Il me décontenance, il me perturbe… c'est comme s'il avait fait exprès de le frapper aussi longtemps pour me faire réagir, comme s'il attendait que je lui dise d'arrêter.

L'inconnu se tourne vers Derek et se penche vers son oreille :

– La prochaine que tu l'approches de près ou de loin d'elle, je te pète les genoux avant de te faire bouffer le trottoir. N'essaye même pas d'aller voir les flics, parce que je te jure que ce sera pire encore…

En se redressant, il donne un coup de pied dans le buste de Derek, qui se roule tant bien que mal sur le côté afin de se mettre debout. Je me sens un peu mal à l'aise quand je vois son visage en sang.

– Espèce de…

La phrase de mon ex reste en suspens alors qu'il s'enfuit en boitant sans rien ajouter. Mon cœur s'affole quand je me retrouve seul avec mon dangereux voisin.

– Vous…

– Maintenant on est quittes, me coupe-t-il avant de tourner les talons.

Je suis sonnée quand je prends l'ascenseur, et ce n'est qu'une fois chez moi que mes jambes tremblent puis me lâchent. *Bon sang !*

CHAPITRE 4

JUN

Je hais les contretemps, bien que celui-là soit entièrement ma faute.

J'ai quinze minutes de retard sur l'horaire prévu, et même si ça ne changera pas l'issue de ma soirée ni la face du monde, je n'aime pas ça. Depuis plus d'un an que je viens ici, ce sera la première fois. J'appuie sur le bouton de l'appartement numéro 7 et la porte de l'immeuble se débloque dans les secondes qui suivent en émettant un petit bip. J'entre et je monte l'escalier jusqu'au deuxième étage. J'avance jusqu'à l'appartement et je frappe à la porte. Annette m'ouvre aussitôt et m'invite à entrer en s'écartant légèrement, un sourire plaqué sur les lèvres. Elle m'attendait probablement derrière la porte.

– Bonsoir, dit-elle.

– Bonsoir.

Même si je ne suis pas fan du style, son appartement est plutôt chaleureux. Il sent l'encens ou la bougie parfumée et la lumière est toujours tamisée à cause des foulards qu'elle met au-dessus de ses lampes de chevet. La décoration m'importe peu, ce n'est pas ça que je viens chercher ici. Annette ne porte qu'un peignoir en satin noir qui laisse entrevoir sa poitrine plantureuse. Je sais déjà qu'elle ne porte rien en dessous.

– Tu es en retard, ça ne te ressemble pas.

– J'ai eu un léger contretemps, je réponds en haussant les épaules.

Mes poings me font encore mal d'avoir frappé ce type. Je ne sais pas bien ce qui m'a pris. Ce genre d'aide, de coup de main, ce n'est vraiment pas moi. Ma voisine m'a paru tellement vulnérable avec sa joue rouge, quand nos regards se sont croisés. On aurait dit qu'elle préférait que personne ne la voie et qu'elle m'en voulait de surprendre un moment de vulnérabilité. Qu'est-ce que je devrais dire alors qu'elle m'a vu dans un état lamentable ? Quand j'ai aperçu le type se relever derrière elle, j'y ai lu une opportunité d'être quitte avec elle pour les soins qu'elle m'a prodigués. Je me suis dit qu'ainsi, je pourrais me débarrasser de cette désagréable impression que je lui devais quelque chose.

– Comment ça ? demande Annette.

– Rien d'important.

Elle me sourit sans insister, et s'avance vers le salon. Elle sait que je ne parlerai pas davantage. De toute façon, à quoi bon évoquer des choses sans importance et qui de surcroît ne la concernent pas ?

Je ne viens pas ici pour raconter ma vie. Je la suis après avoir retiré mes chaussures dans l'entrée. La pièce principale est divisée en deux : d'un côté un salon avec une petite cuisine et de l'autre, un lit. Les deux parties sont séparées par un rideau de franges.

– Mets-toi à l'aise, j'arrive.

Je me dirige vers la chambre, et je m'assieds sur le rebord du lit. Quand Annette revient, elle me tend un verre de whisky.

– Merci, dis-je en m'en emparant.

Je la regarde défaire son chignon. Je préfère quand ses cheveux sont défaits. Non pas qu'elle soit moins jolie quand ils sont attachés, c'est juste que je préfère les empoigner pendant que je la baise. Tandis que sans un mot, elle monte sur le lit et s'installe derrière moi, je fixe le liquide brun que je fais tournoyer dans mon verre.

– Désolée, j'ai oublié de refaire des glaçons.

Sa poitrine se presse dans mon dos puis ses mains se posent sur mes épaules alors que je marmonne un « Ça ira ». Je baisse légèrement la tête pendant qu'elle me masse fermement, et je me laisse aller quelques secondes à l'agréable sensation que ça me procure. Je viens ici parce qu'Annette sait ce que j'aime et comment je l'aime. J'ai toujours été solitaire, même quand j'allais à l'école. Je n'ai jamais rencontré de personnes qui me donnaient envie de les garder à mes côtés. Les relations ne m'intéressent pas et rien n'a changé au fil des années. Je suis toujours solitaire. Et je préfère payer une femme qui ne parlera pas si je le lui demande, plutôt que faire semblant de m'intéresser à quelqu'un juste pour baiser. Il n'y a qu'à travers ces murs un peu ternes que je décompresse et que, pendant quelques instants fugaces, je me laisse aller à la luxure. Même si les mains d'Annette me font un bien fou, je ne lui dis rien. Elle sait du simple fait que je la laisse faire que ça me plaît. Je bois une gorgée de whisky avant de lui dire :

– Tu viens ?

À ces mots, elle descend du lit, s'agenouille à terre et fait glisser mon pantalon puis mon boxer. Je la regarde agir, je cherche un soupçon de vulnérabilité, mais je ne vois rien d'autre qu'une femme qui sait ce qu'elle entreprend et qui n'en éprouve aucune honte. Bien que je vienne la voir assez souvent et que je ne baise qu'avec elle, je ne sais presque rien d'elle. Je n'ai besoin que de son corps qu'elle me laisse utiliser comme je le veux. Le reste, sa vie, ses rêves, ne m'intéresse pas, comme je suppose qu'il en est de même pour les miens. Annette libère mon sexe et, toujours silencieuse, le caresse de ses doigts agiles. Je termine mon verre et me penche légèrement pour le poser sur la table basse alors qu'elle me prend dans sa bouche. Profondément. *Bon sang.* C'est pour ça que je viens ici, parce qu'elle sait exactement ce que j'aime et qu'elle fait ce que je veux.

Mon corps tangue et tressaille. Sa bouche danse sur mon sexe, sa langue caresse mon gland, elle me suce de plus en plus profondément. Je baisse la tête vers elle, et la regarder me satisfaire m'excite davantage. Je pourrais lui dire qu'elle est belle, qu'elle est douée, me montrer plus expressif, mais les mots restent coincés dans ma gorge. D'un geste brusque, je glisse mes doigts dans ses cheveux noirs, les serre dans mes poings afin de guider sa tête pour qu'elle aille plus vite, plus loin, pour qu'elle me fasse jouir entre ses lèvres roses. Soit elle est douée, soit j'en avais très envie, car je sens que le plaisir est déjà là, et que je vais jouir si la cadence ne ralentit pas. Mes hanches vont à la rencontre de ses lèvres d'elles-mêmes et je desserre mes poings autour de ses cheveux.

– Tu veux que je te termine ou que je ralentisse ? demande-t-elle, haletante.

Sa langue qui lèche ma bite tout du long suffit à me convaincre.

– Vas-y, dis-je.

Elle s'exécute et le mouvement inlassable et frénétique de sa bouche autour de mon sexe me fait complètement basculer dans les méandres du plaisir. Annette se redresse en me souriant, je tire alors sur le nœud qui retient son peignoir. D'un mouvement d'épaules, elle le fait glisser le long de ses bras. Je le regarde tomber à ses pieds avant de remonter lentement mon regard vers elle. Elle est tout en chair, c'est ce que je préfère. J'ai besoin de m'accrocher à de la peau quand j'y vais un peu brutalement. Je n'aime pas les corps fragiles qui me donnent l'impression d'être facilement brisables.

– Qu'est-ce que tu veux aujourd'hui ?

– Retourne-toi et mets-toi à quatre pattes sur le lit.

J'ai besoin de contrôler, de dominer et de faire comme j'en ai envie. Je suis sans doute ce que le commun des mortels appelle un égoïste ou un connard. J'en sais rien… je ne paye pas une prostituée pour lui faire du bien, mais pour qu'elle m'en fasse.

Annette hoche la tête et se place à ma guise, sans un mot. Ses fesses rebondies se tendent vers moi et la dévoilent tout entière sans la moindre pudeur ni candeur. La voir ainsi offerte fait de nouveau gonfler mon sexe. Elle est magnifique et pour un instant fugace, elle est tout ce qu'il me faut. J'attrape le préservatif posé sur la table de chevet et je le déroule sur mon sexe avant de caresser l'arrondi de sa fesse puis de la palper fermement. Elle a ses limites et ses exigences et je respecte ça. Elle refuse d'embrasser ses clients, par exemple. Elle ne donne pas non plus dans les pratiques sadomasochistes.

– Étale-toi un peu plus.

Elle obéit et s'ouvre un peu plus.

– Comme ça…

Je guide mon sexe vers le sien et je m'enfonce en elle jusqu'à la garde. Elle semble s'alanguir, s'allonger, pour me laisser plus d'espace, pour me permettre d’y aller plus fort et plus loin. *C’est tout ce dont j’avais besoin et c’est bon.* Mon sexe glisse dans le sien lentement, mais profondément, et ce cocon étroit qui enserre ma bite à chaque mouvement me rend déjà dingue. Les yeux fermés, je m’enivre de mes va-et-vient et de sa respiration saccadée. Je tire sur ses cheveux pour lui faire comprendre que je veux qu’elle se cambre, elle s’exécute et, me penchant davantage, je lèche son dos. Annette fait onduler son corps, elle m’invite à rejoindre le sien avec plus de vigueur, à prendre ce que je suis venu chercher sans ménagement. Je m’exécute de plus en plus rapidement, de plus en plus brutalement.

– J’y vais, je grogne entre mes dents.

Elle hoche la tête pour me donner son consentement, alors j’agrippe fermement ses hanches et je laisse mes coups de reins me guider vers la délivrance.

– Je t’ai laissé l’enveloppe sur la table de nuit, je lance en fermant le bouton de mon pantalon.

– Merci, me répond-elle depuis la salle de bains. J’imagine que tu ne veux rien à boire.

– Tu imagines bien.

Je n’aime pas les ronds de jambe, les caresses, ni les niaiseries. Je ne supporte pas qu’une femme gémisse alors que je la touche à peine ; je ne supporte pas non plus qu’on me donne des petits surnoms ni même qu’on me balance des phrases toutes faites pendant que je baise. Je n'aime pas m'éterniser non plus.

– Tu es tellement différent de mes autres clients… certains ont dû mal à partir et toi, tu files comme si tu avais le feu aux fesses.

– Je t'ai rajouté de l'argent pour le retard, ajouté-je.

– Tu… Merci.

Elle s'interrompt comme si elle savait que c'était peine perdue d'essayer de me parler.

– On se voit la semaine prochaine. Pas la peine de me raccompagner.

CHAPITRE 5

HAZEL

Mon esprit divague un peu tandis que je prends ma pause dans le jardin de l'hôpital. Une semaine a beau s'être écoulée, je pense toujours à Derek et à mon voisin… Je songe à ses mots, à son comportement et à ce que je l'ai autorisé à faire. À vrai dire, je ne sais pas bien comment me positionner face à ça. Je n'ai plus de nouvelles de Derek depuis, pas l'ombre d'un appel ni d'un message sur mon téléphone. Si on oublie la méthode et la violence, on peut dire que ça a été plutôt efficace. Et que ça me fait du bien, de ne plus lire ni entendre de messages vulgaires ou suppliants.

– Tu vas bien ?

Je me tourne vers Rosie, qui me regarde avec un sourire moqueur, la tête inclinée. Je me gifle mentalement pour me forcer à me reconnecter avec la réalité.

– Oui.

– Tu parles ! T'as la tête complètement ailleurs. Tu vas te décider à me dire ce que tu as ? C'est encore Derek qui t'emmerde ?

Je ne lui ai encore rien raconté. Je ne sais pas pourquoi. Enfin si, je sais… parce qu'elle va vouloir que je lui dise tout, ce qui impliquera sans doute que je lui parle de ce que j'ai fait chez lui quand je l'ai trouvé inconscient dans une mare de sang. Et… je ne suis pas certaine d'avoir envie de confesser ça. Cela dit, je pourrais peut-être simplement parler de l'incident avec Derek… Je ne cache jamais rien à Rosie, je lui parle de tout. Je m'étonne d'avoir réussi à ne rien lui dire jusque-là.

– Non, je n'ai pas de nouvelles de lui, j'avoue finalement avant de croquer dans mon sandwich.

– Ah bon ? Pas même après ce que je lui ai dit au téléphone ?

– Si. Il m'attendait en bas de mon immeuble quand je suis rentrée.

Son sourire se transforme en moue contrariée.

– Oh non, c'est vrai ? Je… qu'est-ce qu'il a fait ? C'est à cause de moi ?

– Il n'a rien fait de plus que d'ordinaire et ce n'est pas ta faute, il serait venu à un moment ou à un autre, de toute façon. Pour être honnête, il s'est passé quelque chose que je ne t'ai pas dit.

Rosie m'observe, les yeux plissés. Je soupire, ne sachant pas si je fais bien de lui parler de ça ou pas. Enfin, maintenant que j'ai commencé… et puis je penserai peut-être à autre chose, comme ça.

– En fait, un de mes voisins est sorti alors qu'il était là et il m'a proposé de m'aider. Il a fait comprendre à Derek de ne plus m'emmerder.

– C'est vrai ? Mais comment ? Raconte-moi ! Il t'a défendu, genre c'était ton mec et il voulait plus qu'il t'approche ?

Je hoche la tête. On pourrait dire ça comme ça… enfin, vu l'attitude et le comportement du gars, je suis étonnée qu'il ait daigné me regarder et même prêter attention à moi. Comme il l'a dit, je pense qu'il voulait juste se dédouaner du petit « service » que je lui avais rendu en le soignant. Je reviens à la réalité quand je sens que mon amie me donne un coup de coude.

Bon sang, j'ai vraiment la tête ailleurs.

– Quelque chose dans le genre, je dis en prenant une nouvelle bouchée de mon sandwich. Il m'a demandé l'autorisation d'intervenir et quand j'ai oui, il a fait comprendre à Derek de se barrer.

Je n'ai rien oublié du spectacle qui s'est joué sous mes yeux. C'était vraiment glaçant et étrange. Je n'imaginais pas qu'il le frapperait de la sorte.

– Il l'a frappé ? s'écrie Rosie.

– C'est ça, j'approuve en hochant la tête.

– Comme mon idée de payer un type qui vienne te défendre qu'on avait évoquée juste avant, au restaurant ?

– Oui, un peu comme ton idée tordue.

– Tordue, tordue, ce n'était pas si tordu que ça, finalement.

Un peu quand même.

– Mais alors, ajoute Rosie, explique-moi un peu plus en détail. Tu l'as remercié ? Il t'a dit quoi ? Tu l'avais déjà vu avant ? Il est comment ?

– Je n'ai pas eu le temps de le remercier, il est parti tellement vite. Pas certaine que ce soit le genre à attendre ni à demander des remerciements.

– C'est fou quand même, quand le destin se met en branle, il fait des trucs de dingue. Je suggère quelque chose et quelques heures après, ça arrive. Ça me donne la sensation qu'on nous écoute parfois puis qu'on souffle nos idées à des personnes qui peuvent vraiment nous aider.

J'écoute les mots de Rosie tout en fixant le ciel bleu. C'est assez joli en soi, ce qu'elle dit. Ce serait bizarre, mais le monde se porterait peut-être mieux si c'était possible et que chacun donnait un peu de soi pour aider les autres.

– Oui, c'est sans doute un peu dingue…

– Tu vas chercher à le revoir ? demande-t-elle.

Si elle savait tout, j'imagine qu'elle ne poserait pas la question. Ce gars est désagréable, je m'étonne qu'il ait un chat, d'ailleurs. Vu son look, je l'aurais plutôt imaginé avec des araignées et des serpents.

– Non, pourquoi ?

Elle fait de gros yeux et se dépêche de finir sa bouchée.

– Parce qu'il t'a aidée à te débarrasser de Derek, déjà, et parce que tu ne lui as pas dit merci pour ça.

– C'est pas le genre de gars à attendre des remerciements ni… j'en sais rien, en fait.

– Comment ça, « pas le genre » ? Il est bizarre ? Il fait peur ? Il a été violent avec toi aussi ?

– Non, non… j'arrive plus à suivre, tu me poses trop de questions. Je dirais qu'il est inquiétant. Frapper un mec de sang-froid comme ça… Il était tout en noir et je ne sais pas, c'était assez flippant.

Sans parler du reste.

Rosie étant plus grande que moi, elle le trouverait sans doute moins impressionnant. Enfin, je crois que c'est un tout. Son allure et son attitude me disent qu'il n'est pas vraiment fréquentable ou alors peut-être est-ce le coup de couteau. Quand on y pense, le tout n'est pas très engageant.

– Oui, bah moi, ça m'intrigue plus qu'autre chose…

Le contraire m'aurait étonné.

– Je trouve ça tellement gentleman. Enfin, le principal, c'est que tu sois débarrassée de Derek.

– Tu as raison.

Nous continuons de manger. J'aime quand il fait bon et chaud, on peut manger dans les jardins de l'hôpital, à l'ombre du saule pleureur.

– Tu devrais lui faire ton fondant poire-chocolat et lui dire merci…

J'éclate de rire.

– Tu veux qu'on se fasse un film au ciné ou qu'on aille manger quelque part ce soir ?

– Non, je ne peux pas.

– Pourquoi ?

– Je vais au refuge, je dis en souriant.

Je sais déjà ce qu'elle va répondre et ce qu'elle va faire. Elle va soupirer d'abord, puis lever les yeux au ciel. Quand elle le fait, je souris de plus belle.

– Ah, c'est vrai… je t'aime et tu le sais, mais franchement, tu ferais mieux de traîner dehors, dans les bars, en boîte ou n'importe où ailleurs plutôt que de t'occuper des chiens.

Un, voire deux, soirs par semaine, je fais du bénévolat dans un refuge pour animaux. Je les lave, je les sors, je leur donne à manger, je leur consacre un peu de mon temps. Je me sens bien quand j'arrive à aider quelqu'un ou à lui redonner le sourire. Et j'aime aussi m'occuper des animaux. Je crois que si j'avais une maison, j'aurais dix chiens et au moins autant de chats.

– J'adore aller là-bas.

– Mouais, tu passes tes journées à soigner et à t'occuper des gens, et tu fais quoi de ton temps libre ? Tu vas caresser la papatte de clébards et tu t'occupes encore d'autrui. Tu ne penses même pas à toi.

– J'aime ce que je fais.

– Je sais et c'est pour ça que tout le monde t'adore, mais tu t'oublies.

Elle a sans doute un peu raison, mais c'est plus fort que moi.

– Qu'est-ce que tu veux, on ne se refait pas.

Rosie s'affale sur le banc et laisse sa tête partir légèrement en arrière. Je l'imite et, les yeux fermés, je laisse le soleil caresser ma peau. La chaleur est agréable, j'ai la sensation qu'elle me nourrit, qu'elle me redonne de l'énergie.

– On devrait se faire une virée shopping ou alors aller chez le coiffeur. Un truc entre filles, un truc qui te permette de prendre soin de toi, ensuite on rentrerait pour enfiler nos nouvelles tenues, on sortirait et on se ferait inviter par des types sexy et plus si affinités.

– Ça m'a l'air prometteur.

– Et comment, soupire Rosie.

Elle m'a traînée un soir dans un bar, on avait rencontré deux frères très ouverts et très sexy, je dois bien l'avouer. On avait vraiment passé une bonne soirée. Si bien qu'on l'avait prolongée dans une chambre d'hôtel… Pour la première fois de ma vie, je me suis retrouvée en train de baiser avec un type alors que ma meilleure amie faisait la même chose sur le lit d'à côté.

– Je ne suis pas certaine d'avoir envie que ça se termine comme la dernière fois.

Ça aurait pu être plus chaud encore, ricane Rosie. On n'a pas mélangé les couples.

– C'est vrai, pouffé-je.

– Bon sang, ça me donne envie de me trouver deux gars et de faire ça à trois…

– T'as encore faim, visiblement.

J'ouvre un œil et je constate qu'elle me regarde.

– Toujours. Je suis insatiable quand il s'agit de sexe. Si tu veux mon avis, tu ferais mieux de t'y remettre, ça ne peut pas te faire de mal, sauf si c'est ce que tu aimes, quand ça fait mal…

***

Je ne sais pas ce que je fais, ni pourquoi je le fais. J'ai hésité six cents fois pendant que j'étais en train de préparer la pâte et j'hésite encore alors que je m'apprête à frapper à la porte de mon voisin avec un putain de gâteau dans les mains. J'ai l'air de quoi, sérieusement ? L'époque de Laura Ingalls[2] est dépassée depuis longtemps. Il n'y a que moi pour faire ça. Mais il faut croire que mon côté infirmière ressort encore. Il m'a aidée et j'ai envie de le remercier et je ne sais pas… peut-être de repartir sur de bonnes bases pour établir un semblant de relation.

La porte s'ouvre brusquement au moment où je veux frapper et dans la panique, mon gâteau me tombe des mains et s'écrase au sol dans un *splash* lamentable. *Putain, pas ça...*

– Oh merde…

Je ne sais pas ce qui me perturbe le plus. Que mon gâteau soit foutu ou qu'il soit tombé sur les bottes en cuir de mon voisin. Il y en a partout.

– C'est pas vrai, siffle-t-il.

---

2. Personnage de la série de livres et télévisée *La Petite Maison dans la prairie*.

J'ai les joues cramoisies lorsque je lève les yeux vers lui. Il est encore habillé en noir. Son regard est toujours hautain, mais cette fois, il semble également exaspéré, voire en colère. Je me demande s'il est possible qu'il ait encore grandi depuis la dernière fois que je l'ai croisé. Je repousse mes cheveux derrière mes oreilles, en me dandinant presque sur place.

– Je peux savoir pourquoi j'ai de la bouillie sur mes pompes ?

Sa voix est cinglante et mon cœur palpitant devient encore plus fou. J'aurais mieux fait de me péter une jambe plutôt que d'avoir cette idée à la con.

– Je… c'était un gâteau, réponds-je bêtement.

– Pas vu d'ici ! raille-t-il.

– J'ai pensé que…

Je perds mes mots et je n'arrive pas à en retrouver le fil, si toutefois j'en avais un. Il me déconcerte complètement et me perturbe. Bon sang, non seulement je n'arrive plus à parler, mais en plus il a parfaitement raison. Qu'est-ce qui m'a pris de faire ça ? *Faire un gâteau, putain !* Je suis tellement en colère contre moi-même.

– Je vais nettoyer. Vous auriez de quoi ramasser ?

– J'imagine que oui.

Je me sens mal à l'aise, honteuse, et son attitude ne m'aide pas du tout à me sentir mieux. Au contraire, c'est pire. Je fais un pas en arrière lorsqu'il se penche pour dézipper puis retirer ses bottes. Je l'observe en me faisant la réflexion soudaine qu'il est aussi magnétique que flippant. Et pourtant, il me donne toujours cette constante impression que je ne suis qu'un vulgaire insecte. Alors pourquoi je suis là ? Il m'a aidée avec Derek, mais je lui ai rendu un fier service aussi, qu'il l'ait voulu ou non. Je n'avais pas de comptes à lui rendre après tout, on était quittes comme il l'avait dit. Lorsqu'il revient et qu'il me tend un sac et de l'essuie-tout, je l'attrape et je me penche au sol. Alors que je pense qu'il va m'aider, il s'appuie contre le chambranle de la porte, et m'observe. Je relève les yeux vers lui.

– Vous n'allez pas m'aider ?

– Ce n'est pas moi qui l'ai renversé, que je sache.

Sa phrase tourne en boucle dans mon esprit et je me sens aussi frustrée qu'en colère. Je m'en veux tellement. Je voulais repartir sur de bonnes bases, je ne sais pas pourquoi, j'avais envie d'oublier mes *a priori* sur lui… mais visiblement, sa personnalité est aussi mauvaise que son regard est hautain.

– Essayez de ne rien oublier et de faire ça correctement.

Dans un silence pesant, je tente de ramasser les restes de mon gâteau tout en sentant son foutu jugement de merde. Je ne crois pas m'être sentie aussi honteuse un jour. Dire qu'il ne se baisse même pas pour m'aider, qu'il me regarde comme si j'étais insignifiante. Et ses paroles… C'est comme du poison. Il ne parle pas souvent, mais quand il le fait, c'est pour être encore plus désagréable. Ce mec est probablement le roi des trous du cul au pays des Connards. Même les chiens au refuge me regardent avec plus de respect que lui. Je me redresse quand j'enfourne le dernier papier dans le sac.

– Et les chaussures ? Elles vont se nettoyer toutes seules ?

Je plaque le sac plastique contre son torse aussi fort que je le peux. Il semble légèrement surpris par mon geste, car il me regarde deux fois avant de l'attraper. Je suis étonnée de me comporter ainsi, mais je ne mérite clairement pas ce manque de respect. Je ne le méritais pas non plus la première fois, d'ailleurs.

– Bon appétit, craché-je sans le quitter des yeux.

Sur ces mots, je tourne les talons, puis, j'ignore pourquoi, c'est comme si mon propre moi intérieur me forçait à l'affronter de nouveau. Je me retourne brusquement et le fixe ; il ne m'a pas quittée des yeux. Il faut croire que j'aime les volte-face dramatiques avec ce mec.

– Pour les chaussures, allez vous faire foutre. Et pour tout le reste également.

CHAPITRE 6

JUN

– T'es en retard gamin, lance Hank en regardant sa montre.

Je sais. Ça fait deux fois en l'espace de deux semaines et je déteste ça. Toujours à cause de la même personne, en plus. Cette fille… une fauteuse de troubles. Fureur et tristesse, voilà les émotions qui ont voilé et assombri son regard quand elle s'est redressée en plaquant le sac-poubelle contre mon torse. Le regard dit parfois bien plus de choses que les mots. Il est l'expression silencieuse de nos émotions. J'en ai croisé beaucoup avec mon boulot, du coupable au criminel, du timide au craintif… mais le sien, il m'a figé le temps d'un instant.

Bleu et vert. Un bleu clair à droite et un vert parfois teinté de doré à gauche. *Des putains d'yeux vairons !* J'en ai vu, des yeux, mais jamais des comme les siens. Des cheveux blonds, un nez fin parsemé de taches de rousseur. Elle a un visage qui ne s'oublie pas.

– Un contretemps sans importance, je réponds en m'asseyant en face de lui.

– Mais encore ?

Je n'ai pas envie de parler de ça. Ça m'oblige à repenser à son foutu regard et à cette étrange sensation qu'elle fait planer en moi depuis que je l'ai rencontrée. Je connais quelqu'un, un médecin qui bosse au noir, je vais le voir quand j'ai une vilaine blessure. Moyennant de l'argent, il soigne à la perfection. Je ne sais pas pourquoi, ce soir-là, je me suis mis en tête que ça irait. Que je pourrais me recoudre sans souci… Si j'étais allé le voir, je ne l'aurais pas rencontrée et son foutu regard ne me perturberait pas à l'heure qu'il est.

– Ma voisine a fait tomber un gâteau sur mes pompes, je lâche finalement.

– Comment ça ?

Ce vieux loup esquisse un sourire. Il se fiche sans doute de moi et je peux le comprendre. Hank Briskar, 60 ans, flic bientôt à la retraite. Il est mon meilleur ami, plus que ça encore, je le considère comme un père. Je l'ai rencontré il y a une dizaine d'années quand il est venu me parler dans le bar à strip-teases où je bossais. Je crois qu'il voit en moi le fils qu'il n'a jamais eu. En fait, j'en suis certain. Sa femme et lui n'ont jamais réussi à avoir d'enfants, et moi j'ai perdu mes parents. Il me semble qu'on s'est trouvés pour combler le manque affectif qu'on ressentait chacun de notre côté. Même si on n'est jamais vraiment affectueux. Il m'a autorisé à le voir pleurer le jour où il a perdu sa femme. Un cancer découvert à un stade avancé. En deux mois, elle était partie. Il a les cheveux grisonnants, une légère barbe qui lui ombre les joues et quelques rides sur le visage, cependant il a toujours une carrure impressionnante.

– Elle m'apportait visiblement du gâteau. Je lui ai fait peur, elle l'a fait tomber à mes pieds.

– Faire peur aux gens, je te reconnais bien là ! Ce que j'ai du mal à comprendre en revanche, c'est pourquoi ta voisine t'apporte du gâteau ? J'ai raté un truc…

Hank lève la main pour attirer l'attention d'un serveur. Chaque fois qu'il veut me parler d'un job, d'une cible, ou de quelque chose de plus intime, on vient dans ce bar. La première fois qu'il m'a proposé de travailler pour lui, on s'est retrouvés ici.

– Une bière et un whisky, dit-il quand la serveuse se tourne vers nous.

Elle n'est pas encore arrivée qu'elle fait déjà demi-tour. J'aime la simplicité de cet endroit et le fait que ce soit calme. Non pas que les bars animés me dérangent, mais quand on ne peut pas faire un pas sans bousculer quelqu'un ni même parler sans gueuler, je ne suis pas fan.

– Alors ?

– Je l'ai aidée à se débarrasser d'un type, je réponds.

– Tu aides les gens sans te faire payer, s'esclaffe-t-il.

Je passe une main dans mes cheveux.

– Il faut croire, mais là, j'étais carrément redevable.

– Il semblerait.

Difficile de lui cacher quelque chose. Cependant, je ne lui ai pas dit qu'elle m'a sauvé la mise en me recousant et je ne crois pas avoir envie de le faire. Parce que je n'aime pas l'idée que cette étrangère m'ait vu vulnérable, ou de lui avoir été redevable… maintenant on est quittes alors c'est bon. La serveuse nous apporte nos boissons. Hank boit une gorgée de sa bière. On dirait qu'il est légèrement contrarié, ou plutôt préoccupé.

– Tu vas bien ? demandé-je.

– J'ai presque fini de retaper ma vieille maison sur le lac. Elle n'attend plus que moi, je compte les jours avant la retraite.

Je lui souris. Il avait pour projet de s'y installer à la retraite avec sa femme. Je suis content qu'il ait encore envie de s'y ressourcer sans elle. Après ses années de service, il mérite bien de souffler un peu.

– Tu vas t'ennuyer là-bas.

– Je suis impatient de m'ennuyer, gamin. Un frigo rempli de bière, un étang pour pêcher, quelques outils pour jardiner et une maison au calme.

Quand j'y réfléchis deux secondes, c'est un peu la vision que j'ai du futur.

– Il y a quelque chose que tu voulais me dire ? Il y a un truc qui te tracasse ?

– Oui…

Le premier job qu'il m'a donné, c'était pour venger sa nièce. Elle avait rencontré un type pas net qui la battait et à cause de qui elle avait fait une tentative de suicide. Comme il était flic, il avait les pieds et les mains liés… il ne pouvait pas faire de vendetta. Alors il m'a demandé de la venger.

Cinq mille dollars pour passer à tabac le mec.

Je l'ai pris pour un cinglé. Je lui ai ri au nez. J'ai même décliné son offre.

Je n'avais peut-être pas de scrupules à défoncer les types qui emmerdaient les strip-teaseuses dans le club où je bossais, mais là… Là c'était différent. Hank m'a dit qu'il comprenait, mais il avait de la ressource. Il m'a montré les nombreuses photos de la police quand elle était venue porter plainte, mais ce n'est pas ça qui m'a convaincu. Non, ce qui m'a convaincu, c'est que nous n'étions pas dans ce bar par hasard. Hank le savait. Il savait que le gars dont j'ai oublié le prénom serait là, avec ses potes, en train de se vanter.

Je l'ai défoncé. Littéralement. Mais, ça n'a pas suffi, il a recommencé et elle a été admise à l'hôpital avec une commotion cérébrale. Alors il m'a de nouveau appelé. Mais cette fois son offre était différente. Plus radicale.

Dix mille dollars pour le tuer.

Je n'ai pas hésité longtemps à lui foutre une balle dans la tête. Je n'ai pas ressenti de remords, pas une once de scrupules. Il battait sa femme, il la trompait et s'en vantait auprès de ses potes… Aujourd'hui, quand j'y pense, c'est loin d'être la pire de mes affaires.

– Alors, dis-moi.

Hank se passe une main dans les cheveux et hoche la tête.

– Je suis fatigué de l'être humain. Pas plus tard que la semaine dernière, des parents arrivaient en panique pour signaler la disparition de leur fille, Amanda. Elle aurait disparu près d'un lac alors qu'elle ne savait pas nager. Les parents étaient en pleurs. On a lancé des recherches, mais on n'a rien trouvé. Pourtant un corps, ça ne disparaît pas comme ça.

Il me fait un clin d'œil avant de boire une gorgée.

– Mais écoute bien, j'ai une petite nouvelle au bureau. Elle me dit qu'elle aimerait retourner voir ses parents car ils pressent l'assurance pour recevoir l'argent. Donc on y retourne. On va chez les parents pour leur poser plus de questions, leur dire qu'on est désolés de ne pas retrouver le corps et là, ma collègue demande à aller aux toilettes. Au bout de plusieurs longues minutes, je vois la mère mal à l'aise et ma collègue ne revient pas. Soudain, elle réapparaît avec la gamine.

– Comment ça ?

– Ils la séquestraient dans le grenier, tout ça pour…

Il se tait, comme dégoûté par la nature humaine.

– Tout ça pour faire une fraude à l'assurance et toucher des sous. En vérité, après enquête, on a découvert que la gosse était en état de malnutrition et qu'elle avait plusieurs bleus sur le corps. Ce métier me dégoûte de plus en plus.

Je le sais et je ne peux malheureusement pas faire grand-chose pour le soulager, si ce n'est l'aider à faire le ménage de temps en temps.

– Tu veux que je m'occupe d'eux ?

– Non, non. Ils ont été arrêtés et la gosse est placée chez sa grand-mère pour l'instant. Le pire, c'est qu'elle pleurait ses parents. Elle n'a même pas conscience que c'était de la maltraitance. J'ai l'impression que les gens sont de plus en plus ingénieux pour être odieux. Qu'ils essayent d'être le plus créatif possible pour marquer les esprits.

– Tu m'inclus dans le lot ? raillé-je.

– Bien sûr que non.

– Pourtant ce n'est pas très catholique, ce que je fais.

– Tu es une bonne personne, tu aides les gens, tu aides la société en butant des crapules.

Quelque part, je crois que j'ai besoin d'entendre ça et d'avoir son approbation. Parce que si lui me dit que ce n'est pas si ignoble que ça, alors ça va…

– Tu es sur une sale affaire en ce moment ?

– Je ne sais pas encore…

– Explique !

Je bois une gorgée de whisky.

– J'aimerais que tu cuisines un gars et qu'en fonction de ses réponses, tu l'exécutes. Je le soupçonne d'abuser, et peut-être même pire, des jeunes filles.

« La routine », j'ai envie de dire.

– La semaine dernière, une gosse arrive en pleurs au commissariat. Je prends sa déposition ; elle dit que la fille qui est avec elle en famille d'accueil a disparu. La famille confirme, mais ce sont d'immondes connards qui reçoivent le plus de gosses possibles pour toucher les sous de l'État et ils n'en ont rien à foutre. Bref, la gosse m'explique qu'elle a suivi l'autre quand elle a vu qu'elle faisait le mur. Elle a juste aperçu un mec assez jeune et beau selon elle, et a retenu la plaque d'immatriculation.

Hank sort alors un dossier de sa sacoche et me le montre. Il n'y a pas grand-chose, juste deux ou trois notes et des ratures sur une feuille blanche et des photos du type en question.

– Archie Fuller, lance Hank. Il faisait noir, mais elle confirme que c'est lui qu'elle a vu.

– Des antécédents ?

– Rien de rien. Juste des contraventions impayées.

– Tu l'as interrogé ? je demande.

– Oui, il dit avoir passé la soirée avec la fille, mais qu'il ne l'a jamais revue après leur rendez-vous. Selon lui, elle lui a parlé de sa famille d'accueil et qu'elle avait envie de partir car elle se sentait mal là-bas.

– C'était peut-être le cas.

Mon vieil ami secoue la tête, l'air contrit.

– Elle en avait certainement envie, mais… c'est trop facile. En plus, celle qui est venue signaler sa disparition a disparu elle aussi. Quand je suis retourné poser d'autres questions à la famille d'accueil, ils m'ont dit qu'ils ne l'avaient pas vue depuis deux jours. Et je ne le sens pas, ce gars. Il y a chez lui quelque chose qui m'a dérangé. Mon flair ne me trompe jamais… Et je n'ai absolument rien contre lui, je ne peux rien faire…

– Tu veux que je m'en occupe alors ?

Hank hoche la tête.

– C'est bizarre, la deuxième gosse qui disparaît. Je me dis qu'un interrogatoire percutant le ferait peut-être avouer et en fonction de ce qu'il te dit, tu le zigouilles.

Je fixe la photo du gars. Cheveux blond foncé, yeux bleus, il est plutôt bel homme et assez jeune.

– OK, je vais me charger de lui. Laisse-moi quelques jours pour le filer, prendre des renseignements sur lui et je t'appellerai quand j'en saurai plus.

Il hoche la tête avant de terminer sa bière. Je range les photos et les pose à côté de moi afin de m'en servir pour trouver Archie.

– Bon et sinon, quoi de neuf ? demande Hank.

Son téléphone sonne avant que je réponde. Quand il décroche, j'ignore pourquoi, mais je repense à elle. Son regard, ses foutus yeux vairons me reviennent en mémoire. Merde alors… J'en ai vu, des mecs, me supplier avec les yeux, me dévisager aussi, mais les siens, c'était autre chose. Comme si elle avait réussi à me surprendre. Comme si son côté frêle et fragile avait été balayé par une tempête de rage soudaine. Cependant, je ne comprends pas du tout pourquoi le regard qu'elle a eu à ce moment-là me perturbe encore.

– À quoi tu penses ? demande Hank en me fixant.

Je n'avais pas remarqué qu'il avait raccroché.

– Rien.

– Bien sûr que si. Tu fais cette tête.

– Quelle tête ?

Il rit.

– Celle que tu as quand tu te mords les lèvres en grimaçant. Tu fais ça quand il y a quelque chose qui te perturbe ou t'énerve.

Est-ce qu'elle me perturbe ou bien est-ce qu'elle m'énerve ?

Je n'ai pas la sensation d'être agacé alors c'est forcément la première option. Bon sang, pourquoi j'y pense comme ça ? C'est n'importe quoi. Ce n'est pas cohérent. La vérité, c'est que je pense à elle depuis qu'elle m'a soigné. La vérité, c'est que je n'ai pas aimé me sentir redevable et que je n'aime pas non plus que son foutu regard puisse avoir un quelconque impact sur mon esprit.

Cette fille. Hazel, je crois. Une fauteuse de troubles.

Elle m'a secouru et malgré mon comportement, elle est revenue à la charge avec son stupide gâteau. Ce soir, elle était là, toute petite, toute menue, toute fragile, j'avais la sensation de pouvoir la briser en mille morceaux rien qu'avec mes mots. Quand il est tombé à mes pieds, j'ai vu combien ça l'avait troublée et presque même apeurée. Si je m'étais baissé pour l'aider, j'aurais admis qu'elle me perturbait et je lui aurais donné l'opportunité de croire qu'un semblant de relation était possible entre nous. Je ne sais pas où elle a vu que je suis quelqu'un à qui on apporte des putains de gâteaux.

Et puis soudain, elle a plaqué le sac contre mon torse puis elle s'est retournée vers moi, et à ce moment, elle n'était plus fragile. Au contraire, elle m'a paru assurée, invulnérable. Comme si elle me mettait au défi de recommencer à la snober. Et je crois que ça a éveillé quelque chose chez moi. De la curiosité, peut-être.

Oh putain ! Il faut que je me ressaisisse, Hank vient de me donner du boulot et je ne peux pas me laisser distraire par des conneries ni par une nana que je ne connais pas. Et rien de mieux qu'un connard à interroger pour reprendre le fil de mes pensées.

CHAPITRE 7

HAZEL

Il est environ 20 heures lorsque quelques coups contre ma porte d'entrée m'arrachent à ma série. Bien que je n'attende personne et que je n'aie aucune idée de qui ça peut être, je me redresse pour aller ouvrir. Je sursaute presque quand je me retrouve face au torse de mon voisin. Je lève les yeux vers lui. Ses cheveux tombent sur ses pommettes et son regard se veut, je crois, plus doux que toutes les autres fois.

C'est pas vrai...

Je m'attendais à tout sauf à lui. Même la venue du Père Noël me semble plus probable que la sienne. Toujours est-il que je n'ai pas oublié qu'il m'a traitée comme un chien. Alors que je m'apprête à lui claquer la porte au nez, il la bloque avec sa main.

– Je… Non… Merci…

Je me fige en entendant sa voix grave et je lui rends de nouveau son regard. J'ai rêvé ou il a dit « Merci » ?

– Pardon ?

– Merci de m'avoir soigné. De m'avoir, je ne sais comment, traîné jusqu'à mon lit pour me soigner.

On dirait qu'il est sincère. Puisqu'il s'est comporté comme un connard jusqu'à présent, j'imagine que ses mots le sont réellement et qu'il essaye d'être plus gentil. Cela dit, je ne comprends pas bien pourquoi il s'excuse maintenant. Il voulait que je lui foute la paix et c'est ce que je comptais faire. Je n'attendais plus rien de lui…

– D'accord, je dis.

Il hoche légèrement la tête tout en me fixant. Je me sens terriblement mal à l'aise quand le silence devient des secondes et qu'il commence à s'éterniser. Je ne m'attendais pas à le voir et je crois que nous n'avons pas grand-chose à nous dire. Je me suis sentie tellement insignifiante la dernière fois, et maintenant, il me prend au dépourvu, mais ça ne change pas vraiment ce que je ressens.

– Je m'appelle… Jun.

Jun.

Mes yeux s'écarquillent alors qu'il me tend la main. Il me faut quelques secondes pour glisser ma paume contre la sienne. Je regarde ses doigts se refermer sur ma main en me faisant la réflexion que je suis vraiment petite à côté de lui.

– Hazel, réponds-je.

Lorsqu'il me lâche, je croise les bras sous ma poitrine, mais alors qu'il m'observe attentivement, je regrette de lui avoir ouvert sans enfiler un gilet avant, car le tissu un peu trop fin me donne un sentiment de vulnérabilité.

– Il vous faut autre chose ? demandé-je.

– J'aimerais savoir si vous pourriez nourrir mon chat en mon absence, balance-t-il en hochant la tête.

Nourrir son...

Il se fout de moi ? Il me traite comme un vulgaire insecte et après de ridicules excuses, il me demande de nourrir son chat ?

– Pardon ?

Mon ton est cinglant.

– Je dois m'absenter quelques jours, j'aimerais savoir si vous pourriez vous occuper de lui, explique-t-il calmement.

Je ne sais pas pourquoi, je me sens irritée tout à coup.

– C'est pour ça que vous me remerciez ? Pour me demander ensuite de nourrir votre chat ? C'est pas des excuses, ça.

– Je m'excuse parce que votre regard m'a perturbé.

Sa voix est grave et mes bras se couvrent de chair de poule alors que j'entends l'écho de ses mots dans ma tête. Je rougis quand il s'en rend compte et que son regard glisse sur moi. Je n'aime pas qu'il sache qu'il m'intimide, je trouve ça désagréable.

– Je… Attendez-moi ici.

Je ne lui laisse pas le temps de répondre, je cours jusqu'au salon dans lequel j'enfile un gilet puis je le rejoins sur le palier. Je ne me sens pas vraiment plus à l'aise face à lui, mais plus en sécurité. Je peux paraître un peu stupide, mais je crois que les vêtements peuvent être une armure parfois.

– Je vous ai… perturbé ? je bafouille.

Je me surprends à reprendre la conversation à ce moment-là, mais je crois qu'après la manière dont il m'a traitée, j'ai besoin d'entendre ce qu'il va dire ou d'avoir un minimum d'explications.

– Votre regard, oui, et s'il me reste en mémoire, c'est sans doute parce que je me suis comporté comme un connard.

– C'est peu de le dire… vous pourriez peut-être ajouter que vous êtes désolé de m'avoir étranglée.

Il m'intimide toujours autant et j'ignore ce que je risque à être désagréable avec lui, mais c'est visiblement plus fort que moi. Je ne sais pas si ce sont les vêtements noirs ou juste cette étrange aura magnétique qu'il dégage, mais… il est toujours inquiétant à mes yeux. Ses mots semblent en total décalage avec son attitude qui, elle, dissuaderait n'importe qui de lui chercher des ennuis.

– C'était une clé de bras.

– Pas de mon point de vue.

– C'était de la légitime défense. Je trouve un inconnu chez moi, je le maîtrise, je ne lui demande pas ce qu'il a bouffé le midi.

– Et moi si je trouve un type en sang, j'appelle les flics, mais je ne l'ai pas fait.

– Parce que c'était inutile de les déranger pour une éraflure.

– Une…

Sa réponse est tellement inattendue que j'en perds mes mots. Il est si différent des autres gens. C'est comme s'il se complaisait à être désagréable, comme s'il n'avait aucun filtre, comme s'il ne cherchait pas à être poli ou gentil…

– Alors, est-ce que vous acceptez de nourrir Hector ? demande-t-il.

Je ne sais pas pourquoi, j'ai un rictus soudain. L'entendre parler de son chat, je trouve ça assez drôle.

– C'est étonnant que vous ayez un chat, vous semblez plus proche de la mygale ou du serpent niveau animaux de compagnie.

– On me l'a imposé, lâche-t-il en se passant une main dans les cheveux. Et je n'ai jamais eu le cœur de m'en débarrasser.

– J'ai un peu de mal à croire qu'on ait pu vous imposer quelque chose. Il semble plutôt que vous ayez un semblant de cœur, raillé-je.

– Il semblerait.

Son regard reste hautain, mais il esquisse un léger sourire, ce qui me fait rougir. Décidément, je ne sais pas comment le cerner.

– D'accord, j'accepte de le nourrir. Mais je viendrai chez vous, je travaille et je ne suis pas souvent à la maison, je ne veux pas le laisser seul la journée dans un appartement qu'il ne connaît pas.

– Très bien, de toute façon vous vous êtes déjà familiarisée avec les lieux. Je viendrai vous déposer une clé de l'appartement demain soir.

– D'accord, réponds-je. Si je ne suis pas là, laissez-moi un mot avec vos clés dans ma boîte aux lettres.

Il hoche la tête.

– Vous partez et revenez quand ?

– Demain pour deux ou trois jours, je viendrai récupérer les clés.

Cette fois, c'est moi qui acquiesce.

– Bien, je ne vous embête pas plus longtemps. Merci encore pour Hector.

Alors que je claque la porte derrière moi, je me demande si je ne suis pas une bonne poire. Ce type se pointe, me sort de brèves excuses et voilà que je me retrouve à m'occuper de son chat.

***

– T'as accepté de nourrir son chat après le coup du gâteau ? s'écrie Rosie.

Les patients et les visiteurs présents dans la salle de repos lèvent la tête vers nous. Je lui fais de gros yeux pour qu'elle se taise ou qu'elle baisse d'un ton au moins. On s'écarte légèrement pour se déplacer vers le mur, à l'abri des oreilles indiscrètes.

– Je suis trop conne, je soupire.

Comme ma meilleure amie ne dit rien, je me tourne vers elle. Elle hoche la tête en soupirant exagérément. Non, mais quelle pétasse !

– Merci de ton soutien !

– Je réfléchis à combien il doit être sexy si tu as dit oui pour garder son chat alors que le type t'a regardé ramasser un gâteau sans bouger le petit doigt. Moi, je serais partie en le traitant de tous les noms et je lui aurais claqué la porte au nez.

– Je lui ai claqué la porte au nez, il l'a arrêtée… je n'allais pas lui péter les doigts.

– Bah, ça t'aurait soulagée.

– En plus, il est… flippant.

– Mmh, alors on est sur du spécimen « dangereusement sexy », roucoule Rosie, un sourire particulièrement lubrique plaqué sur le visage.

Je ne sais pas ce qui m'a pris de vouloir discuter de ça avec elle, surtout maintenant. Et elle ne sait pas tout, vu qu'elle pense qu'on s'est rencontrés quand il m'a débarrassée de Derek.

– Alors quoi ? Il est du style John Wick, du genre sexy barré ?

– J'arrête de discuter avec toi.

Je scrute la salle des yeux. Il y a un léger brouhaha dû aux visites de cet après-midi, mais c'est tellement réconfortant de voir les visages heureux des patients quand ils reçoivent leur famille ou leurs amis.

– Dis-moi ou je me moque de ta trop grande gentillesse.

– Frank Castle, je bougonne.

– The Punisher ? lance Rosie en tirant sur mon bras. Sérieux ? Il est dangereusement sexy comme The Punisher… Ah bah, je comprends mieux pourquoi tu voulais garder son chat. Moi, je me porte volontaire pour garder les deux.

Le contraire m'aurait étonnée, tiens !

– Il ne lui ressemble pas physiquement, mais dans ce qu'il dégage.

– Et physiquement, il est comment ?

Rosie se rapproche de moi. Si je devais oublier son attitude, et le fait qu'il est légèrement flippant, je dirais qu'il est plutôt sexy. Même si j'étais impressionnée par ce qui émanait de lui quand nous étions dans l'ascenseur, je n'ai pas manqué de constater qu'il était… beau. Très beau même. Une beauté brute, singulière.

– Bel homme, réponds-je.

– C'est tout ? Dans le genre frustrant, t'es la championne. Il est comment ? Grand ? Petit ? Noir ? Cheveux longs ?

Je secoue la tête. C'est amusant de la mettre en boîte et de rester silencieuse, parce que je sais qu'elle vendrait son âme au diable pour des détails croustillants.

– Chérie, ce qu'on a fait, toi et moi, dans cette chambre d'hôtel, ça scelle une amitié à vie, alors franchement tu pourrais au moins me le décrire.

Celle-là, elle me la sort à chaque fois, et le pire, c'est que ça marche. Je capitule toujours.

– Imposant et charismatique, je souffle. J'en sais rien, Rosie… il a quelque chose de troublant. Grand, musclé, les yeux et les cheveux noirs, une cicatrice qui lui barre un œil, et la peau dorée.

Elle esquisse un grand sourire. *Si elle savait.* Quand je vois son sourire intéressé et son regard pétillant, je me sens à deux doigts de lui avouer que j'ai soigné ce type et de lui dire aussi qu'il m'a étranglé pour avoir fait ça. Cependant, je ne fais rien.

– Maintenant, j'ai tellement hâte que tu m'en racontes plus sur lui… Je vais attendre tes *updates* comme une folle.

Tes updates ? Mais elle se croit dans un jeu vidéo ou quoi ?

Je me retiens de rire. Comme s'il allait se passer quelque chose. Ce n'est pas parce qu'il a fait un effort une fois que ça va changer grand-chose. Au vu du gars et de ce qu'il dégage, je ne suis pas non plus certaine d'avoir envie qu'il y ait quelque chose.

– Il y aura zéro *update*. Je vais nourrir son chat, pas baiser avec lui.

– Il ne faut jamais partir battue, il faut toujours croire en soi.

Je mets la main devant ma bouche pour ne pas éclater de rire devant tout le monde et rester un minimum professionnelle. On aura tout entendu ici.

– Ce que je crois surtout, c'est que ta connerie est légendaire.

Elle me claque un grand sourire.

– Peut-être, mais c'est pour ça que tu m'aimes et ce n'est pas la peine de le nier, je le sais.

– Il a bon dos, l'amour, dis-je en regardant l'heure sur la grande horloge. Bon, il va être l'heure des médicaments.

– Je te suis.

Je prends une longue douche quand je rentre à la maison. La journée était plutôt calme au boulot, mais je suis crevée. Je dors encore mal la nuit. Tellement que j'en suis à fantasmer de passer une nuit complète sans me réveiller. Après m'être séchée, j'enfile un legging et un débardeur. Il fait chaud ces derniers jours et visiblement, d'après la météo, les températures vont continuer de grimper. Il y avait les clés de mon voisin dans ma boîte aux lettres, visiblement j'étais absente quand il a voulu me les apporter. Quand je pense que j'ai dit oui… n'importe qui aurait dit non, mais pas moi, bien évidemment. Je n'en reviens pas qu'il soit venu frapper chez moi.

Votre regard m'a perturbé…

Je n'arrive pas vraiment à saisir l'effet qu'il me fait, enfin je crois que je n'arrive pas à saisir tout court quel genre de personne il est. Pas que je sois une experte pour sonder les gens, loin de là même, mais lui… me semble obscur et mystérieux et en même temps, il m'a clairement avoué que mon regard l'avait perturbé. C'est si bizarre.

J'enfile une paire de tongs et je me décide à y aller avant de me vautrer dans mon canapé pour regarder un film et perdre toute motivation. J'entre dans l'appartement de mon voisin avec précaution. Sait-on jamais, au cas où ce serait un guet-apens pour me tuer… Les lieux sont légèrement différents sans lui, évanoui au sol, ni sang sur le carrelage. Je m'avance vers le salon que j'examine d'un rapide coup d'œil. Les murs couleur ivoire font ressortir les meubles noirs.

– Hector ! lancé-je

Il n'a pas l'air d'être là. Je vais jusqu'à la cuisine sur le comptoir de laquelle je trouve des boîtes de conserve pour chat. Je me penche pour ramasser son bol d'eau que je remplis dans l'évier et puis je mets de la pâtée un second récipient.

– Hector, la nourriture est prête.

Toujours rien. Je retourne dans le salon, je regarde sous le canapé au cas où il aurait peur de moi, puis derrière le meuble télé, rien. Visiblement il n'est pas là.

– Hector ? Minou, minou…

J'avance dans le couloir et lorsque je vois que la porte de la chambre est entrouverte, je me dis que le chat est peut-être là. Il m'a seulement demandé de le nourrir, alors je devrais sans doute partir d'ici, mais… je n'ai pas envie qu'il arrive quelque chose et qu'il me reproche la mort de son chat. *Mort ?* Mais pourquoi il serait mort ? Sérieusement, il faut que je me détende. Je pousse la porte de la chambre.

Là encore, c'est bizarre de ne pas le voir allongé, souffrant dans le lit.

– Hector ?

J'ai l'impression d'entendre un faible miaulement, alors je fais un pas de plus. Comme pour le salon ou la cuisine, tout est parfaitement rangé. Le lit est impeccablement fait. L'armoire encastrée dans le fond de la pièce est remplie de piles de vêtements noirs… les chaussures et bottes au sol sont noires également. Il n'y a pas une seule touche de couleur. Pas même un blue-jean. Je scanne rapidement la pièce du regard.

– Hector ?

Je ne le vois toujours pas.

Je me baisse pour vérifier sous le lit, mais il n'y a rien.

– Hector ?

Je tends l'oreille et perçois un autre miaulement. Il provient de la chambre, j'en suis certaine, mais ce foutu chat est comme son maître, il me fait tourner bourrique.

– Tu viens ?

Il miaule encore. Plus longuement cette fois, comme s'il se plaignait. J'avance davantage dans la chambre. Je vais vers l'armoire d'où semble venir le bruit. J'observe les vêtements, mais pas de trace du chat. Je m'abaisse vers les chaussures : rien du tout. Bon sang, je deviens folle. Il est peut-être retourné au salon.

– Le chat ?

J'ai l'impression de l'entendre bouger. C'est alors qu'en me penchant davantage, j'aperçois une petite ouverture dans la cloison de l'armoire. Il est peut-être coincé là… J'y glisse les doigts pour tirer. Le faux fond s'ouvre et j'y découvre Hector qui me saute dessus en me voyant. Il me laisse le caresser et ronronne. Quand je le repose par terre pour fermer le double fond, je remarque soudain sur quoi il était allongé. J'ai un mouvement de recul, et manque même de tomber. Des armes. Un sac rempli d'armes. Du coin de l'œil, je repère des flingues, des menottes, ce qui ressemble à un poing américain et il y a probablement d'autres choses… *Putain, c'est quoi ce bordel ?* D'étranges frissons glissent le long de mon échine tandis que des tas de questions me traversent l'esprit. Pourquoi a-t-il ça ? À quoi peuvent-elles servir ? Que fait-il comme métier ? Peut-être qu'il est flic ou une espèce d'agent de la CIA ? Je ne sais pas bien quoi penser de cette trouvaille si ce n'est qu'il semble encore plus dangereux à mes yeux maintenant. Autant d'armes dans un sac, c'est… flippant. Surtout quand il est ainsi dissimulé dans un double fond. Je sursaute quand le chat miaule dans mes bras et je relève les yeux vers lui.

– Tu aurais pu te faire mal.

Mieux vaut fermer la porte de la chambre. Tant pis, M. Hector devra se contenter du canapé pour paresser. Je l'emmène vers la cuisine et je glisse mes doigts dans son pelage, ce qui, au vu des ronronnements et de la façon dont il allonge le cou, lui plaît assez. Je finis par le poser près de ses gamelles pour lui montrer qu'il a à boire et à manger.

Lorsque je rentre chez moi, je ne peux pas m'empêcher de penser à mon voisin. Lui d'abord, la blessure que j'ai soignée ensuite, et finalement les armes… Putain, mais c'est qui, ce mec ?

CHAPITRE 8

JUN

Il n'est pas trop tard lorsque je reviens de chez Annette. Il fait une chaleur étouffante aujourd'hui. La température est montée jusqu'à 33 degrés dans l'après-midi et bien que le soleil soit maintenant couché, il fait encore chaud. L'air est presque irrespirable. C'est en partie pour ça que j'ai fui l'appartement d'Annette qui n'est pas climatisé. Quoique d'habitude, je n'aic pas besoin d'excuses pour me barrer après avoir baisé. Il y a du monde dehors. Les gens sont visiblement mieux dans les rues que chez eux. Mon immeuble est situé dans un quartier assez animé. Bars, clubs, magasins, restaurants, il y a toujours de la vie et de l'animation. D'autant que généralement, les bars et les clubs restent ouverts tard dans la nuit, ou tôt le matin, selon la manière dont on prend les choses.

Alors que je m'apprête à tourner vers l'immeuble, je la repère près de la porte d'entrée. Hazel est au téléphone et ses cheveux sont relevés en une queue-de-cheval. Je ne sais pas pourquoi je ralentis le rythme soudain. J'aimerais me persuader que c'est pour lui laisser de l'intimité et ne pas entendre ce qu'elle dit à son interlocuteur, mais dans n'importe quelle autre situation, ça ne m'aurait pas dérangé. Je crois que c'est plutôt à cause de la robe d'été qu'elle porte. Elle est blanche, courte, fluide, avec un imprimé citrons. Elle lui sied à merveille et j'ai envie, je crois, de prendre le temps de la regarder. Je ne l'avais pas revue depuis que j'ai récupéré mes clés, il y a presque une semaine. J'arrive près d'elle quand elle raccroche. Comme à chaque fois qu'elle me voit ou me fait face, elle semble déglutir et m'observer attentivement. On dirait qu'elle me craint. Je peux comprendre, cela dit, je n'ai pas été tendre avec elle. Elle cherche sans doute à piger, mais je n'ai pas vraiment de réponse, si ce n'est qu'elle m'a désarçonné.

– Bonsoir, dit-elle.

Ses joues sont rouges et elle lève légèrement la tête pour soutenir mon regard. De plus près, je remarque que sa robe épouse les formes de son corps. Comparée à Annette, elle semble fluette, un peu trop fine. Difficile d'imaginer qu'elle a réussi à me porter jusqu'à mon lit.

– Bonsoir.

On dirait qu'elle veut me dire quelque chose à la façon dont elle se mord l'intérieur de la lèvre et se frotte nerveusement l'avant-bras. J'attends, silencieux. Je ne veux pas lui donner plus de raisons de me parler. Bien que j'aie fait un effort pour m'excuser, car son regard me restait en mémoire et que je ne supportais pas qu'il puisse avoir un quelconque impact sur mon esprit, je ne crois pas qu'il soit bon ni nécessaire de se forcer à être amis.

– Ma pote m'a fait faux bond, alors est-ce que ça vous dirait de sortir boire un verre avec moi ?

Non. Une des bretelles de sa robe glisse de son épaule sur son bras et mes yeux la suivent. Elle est jolie, lumineuse. Elle est à des années-lumière de moi.

– Laissez tomber, reprend-elle. J'imagine qu'on apprendra à se connaître une autre fois.

Je ne sais pas ce qui me prend alors. Mon bras part de lui-même, impulsivement, quand elle me dépasse pour s'avancer dans la rue. Je lui attrape le poignet. Elle tourne la tête vivement, le nez et les sourcils froncés.

– OK, je dis d'une voix grave. Je n'ai rien de mieux à faire.

Elle, enfin… Hazel me toise d'un air à la fois contrarié et moqueur.

– Je ne veux pas vous forcer à faire quoi que ce soit.

Cette idée me tire un sourire, ce qui semble la surprendre.

– Est-ce que j'ai l'air d'être forcé ? raillé-je.

– Je ne sais pas, répond-elle sincèrement. Difficile à dire. Enfin, allons-y. Je connais un bar sympa.

Je la suis en silence puis je marche à côté d'elle. Entre elle et moi, c'est le jour et la nuit, la lumière et l'obscurité. Avec ses cheveux blonds et sa robe blanche, elle évoque la vie, quelque chose de joyeux. Moi, avec mes yeux et mes vêtements noirs et peut-être accessoirement mon métier, je suis la mort. Nous continuons d'avancer dans le quartier en silence. Nous croisons beaucoup de monde, et je constate que les hommes la regardent. Elle semble y faire attention, car elle sourit, mais j'imagine que ma présence dissuade certains de venir l'aborder.

– On y est, dit-elle en tournant la tête vers moi.

Je regarde alors la devanture du bar. Je m'attendais à quelque chose de plus guindé, de plus… fille. La vitrine est noire et il y a des guirlandes lumineuses qui pendent aux vitres. Le Black Baccara. Je n'avais jamais vraiment fait attention à ce café, il faut dire que le quartier est en pleine expansion. Les établissements changent de propriétaire, de nom, et d'ambiance aussi souvent que je bute des gens. Nous entrons, il y a du monde, mais comme partout ailleurs ce soir, j'imagine. L'intérieur est dans un style industriel alliant mur noir et mur de briques. Hazel se faufile jusqu'à une table dans le fond de la salle, juste à côté d'un jeu de fléchettes. J'ignore encore pourquoi je l'ai suivie.

– Vous n'avez pas chaud avec votre sweat ? demande Hazel.

– Non.

Elle sourit et s'installe à table.

– Si on veut apprendre à se connaître, il va falloir répondre des phrases un peu plus longues.

– D'accord.

J'ignore pourquoi elle éclate de rire soudain, pour se moquer de moi sans doute. Je l'observe silencieusement. Ses yeux et la façon dont ils changent quand elle rit, son sourire généreux qui dévoile ses dents, ses cheveux attachés qui ne couvrent ni n'encadrent son visage et laissent donc voir les émotions qui la traversent. Elle n'est en rien différente des gens que je fuis d'ordinaire, alors pourquoi je suis ici ?

– Alors pourquoi vous êtes là ? demande-t-elle en appuyant ses coudes sur la table. Si vous n'aviez pas envie de me parler, il fallait dire non.

J'ai essayé. Enfin, je crois.

– Je ne sais pas, avoué-je sincèrement.

Elle incline la tête et me regarde à son tour. Je n'ai pas l'habitude de ce genre de comportement, et ça me met légèrement mal à l'aise. Je n'ai pas choisi la vie que j'ai pour faire ce genre de choses. Si elle savait ce que je fais, si elle avait ne serait-ce qu'une infime idée de ce en quoi consiste mon boulot, elle s'enfuirait en courant et elle aurait raison de le faire, car… elle ne pourrait pas vivre en connaissant mon secret. Sans le savoir, elle m'a vu plus vulnérable que n'importe qui d'autre.

– Bon, alors, je vais faire le premier pas. Pourquoi avez-vous recommencé à me vouvoyer alors que vous m'avez tutoyée devant Derek ?

– Je vous ai tutoyée pour lui donner l'illusion que nous étions intimes, qu'on se connaissait et que s'il cherchait à recommencer, je serais sans doute au courant. C'était logique.

– Ah… je n'avais pas pensé à ça. Est-ce qu'on peut se tutoyer maintenant qu'on apprend à se connaître ?

– Sans doute, oui.

Elle sourit au moment où un serveur arrive près de nous.

– Bienvenue au Black Baccara, que voulez-vous boire ?

Je veux prendre la parole, mais elle est plus rapide que moi. Elle me semble joyeuse.

– Qu'est-ce que tu veux boire ? me demande Hazel.

– Qu'est-ce que tu me proposes ?

– On peut faire un *boilermarker* pour commencer puis boire du whisky.

Le serveur m'adresse un coup d'œil et comme je n'ajoute rien, il note sur son calepin.

– Vous pourriez apporter une bouteille de whisky et deux verres à shots supplémentaires, s'il vous plaît ?

Le jeune homme acquiesce avant de faire demi-tour. Son comportement m'intrigue. Elle n'est pas comme je le pensais. Je l'imaginais siroter des cocktails roses avec ses amies plutôt qu'essayer de faire connaissance avec un type comme moi. Elle aurait pu venir ici, elle serait restée seule à peine plus de deux minutes au vu des regards des hommes braqués sur elle. Je crois que ses yeux lui donnent quelque chose de plus.

– Rien de tel que l'alcool pour désinhiber les esprits.

Si on veut.

– Merci pour Derek, au fait. Enfin, je crois…

– Il t'embête encore ?

– Non, je n'ai pas de nouvelles de lui depuis… ça.

Ça ?

– J'imagine que je devrais dire merci, d'ailleurs, même si c'était violent.

– Certaines personnes ne comprennent que la violence. Je lui ai laissé le choix de partir, il a refusé.

– Je sais, dit-elle en hochant la tête.

– S'il a compris le message, tant mieux.

– Si…

Hazel secoue la tête cette fois et je suis étrangement intrigué par les mots qu'elle ne prononce pas. Elle a l'air mal à l'aise ou alors frustrée, je ne sais pas bien.

– Je t'écoute, je dis d'un ton que j'espère encourageant.

Ses yeux vairons croisent les miens et elle tente de remettre ses cheveux derrière ses oreilles, mais se souvient qu'ils sont attachés, alors elle dessine le contour de son oreille avant de faire retomber son coude sur la table.

– Si je ne t'avais pas soigné, est-ce que tu aurais essayé de faire quelque chose pour Derek ?

– Non, réponds-je du tac au tac.

Ses lèvres prennent la forme d'un O.

– Au moins, c'est honnête.

Je n'arrive pas à savoir si elle est déçue de ma réponse ou pas.

– Je n'aime pas me mêler des histoires des autres. Dans ton regard ce soir-là, tu m'en voulais de croiser ta route, tu aurais préféré que personne ne te voie. Je suis intervenu parce que tu m'as aidé. D'ailleurs, pourquoi tu as fait ça ?

– Déformation professionnelle sans doute.

Elle fait la moue, comme si elle réfléchissait, puis elle hoche la tête, comme si elle s'était convaincue.

– Tu fais quoi comme métier ?

– Je suis infirmière. Il y avait du sang sur les murs quand je suis rentrée et la porte de chez toi était entrouverte. Je ne sais pas, je prends soin des gens la journée, alors ça m'a semblé logique.

Infirmière. Ce qui explique son travail impeccable.

– J'étais carrément flippée en te trouvant. Mais je ne pouvais pas te laisser comme ça.

– N'importe qui d'autre aurait appelé les flics, les pompiers…

– Il faut croire que je ne suis pas comme les autres.

Tandis que nos regards curieux se croisent encore, je me demande ce qui l'a poussée à nettoyer le sang que j'ai dû perdre chez moi et que j'ai négligemment laissé dans le couloir de l'immeuble. Quand je pense que j'ai fait une telle erreur, ça me fout hors de moi. J'étais tellement dans les vapes, j'avais perdu tant de sang que tout ce qui importait, c'était atteindre mon appartement. C'était altruiste, irraisonné, stupide. Et elle n'attendait en retour qu'un simple merci. Je crois que j'aurais dû continuer de l'ignorer, me comporter comme un connard, histoire de l'éloigner de moi.

Je ne sais pas trop quoi dire pour orienter la conversation vers un autre sujet, je dois avouer que lorsque le serveur s'avance vers nous avec son plateau à la main, je suis soulagé. Il dépose deux chopes de bière accompagnées de deux shots de whisky avant de rajouter des verres supplémentaires et une bouteille de whisky comme elle l'a demandé. Est-ce qu'elle veut se saouler ou me saouler ? Elle pense sans doute que ça m'aidera à parler un peu plus. Peut-être qu'elle commence à comprendre qu'elle ne peut pas tirer grand-chose de moi. J'ignore encore ce qui m'a pris de la suivre et ce que je fous là.

– Merci, dis-je au serveur.

Hazel me sourit en attrapant son shot de whisky. Je l'imite quand elle le renverse dans sa chope et la porte à ses lèvres.

– Santé !

Je bois plusieurs gorgées. La bière combinée au bourbon a un goût fruité, mais surtout, elle est fraîche et par cette chaleur, c'est vraiment agréable.

Hazel balaye la salle du regard. Je me demande si elle souhaiterait être avec quelqu'un d'autre en ce moment. *Probablement.* Puis, son regard se pose sur moi et alors son doigt se met à caresser le rebord de son verre. Impossible d'interpréter son regard. À quoi pense-t-elle ? J'ai envie de la libérer de ma présence, de lui dire de ne pas se forcer, qu'elle n'a rien à attendre de moi, que je ne suis pas le genre de personne qu'elle cherche ni dont elle a besoin. Sauf si elle me paye pour buter le mec qui la faisait chier.

– Tu…

– Bon ! me coupe-t-elle. Et si on jouait aux fléchettes ? Celui qui perd boit un shot de whisky.

Elle a anticipé un futur malaise entre nous ? C'est pour ça qu'elle a commandé une bouteille ?

– Tu sais, c'est ta faute, cette situation, ajoute-t-elle face à mon silence.

– Pardon ?

– Tu m'as humiliée, tu m'as parlé comme si j'étais un vrai chien et après le coup du gâteau… je ne comptais pas faire un pas vers toi pour apprendre à te connaître et puis tu te pointes en t'excusant. Si tu n'étais pas venu, on ne serait pas ici ce soir.

Elle a entièrement raison. J'ignore encore ce qui m'a pris, mais l'entendre de vive voix me dire qu'elle s'est sentie humiliée me provoque la même étrange sensation que son regard ce jour-là.

– Tu le regrettes, n'est-ce pas ?

Oui.

– Qu'est-ce qui te fait dire ça ? je demande.

Elle boit une gorgée de bière.

– La façon dont tu me regardes, tes silences… c'est juste avec moi ou tu es toujours comme ça ?

– Je suis… comme ça.

– Alors j'ai dû vraiment te perturber pour que tu viennes t'excuser.

– Oui.

Hazel esquisse un nouveau sourire, puis elle saute de son tabouret et se dirige vers la cible. Je me lève à mon tour, je retire ma veste puis remonte les manches de mon pull et prends les fléchettes qu'elle me tend.

– On joue au 501 ? Ou alors au Count up ? demandé-je.

– Le Count up, en 10 manches. Je commence ?

Je hoche silencieusement la tête et je continue de l'observer. Elle lance sa fléchette au centre de la cible et se met à sautiller en criant comme une enfant. Les gens autour de nous l'observent, mais ça ne semble pas lui importer. Moi qui ai l'habitude de me terrer dans l'ombre et le silence, je me sens un peu à l'étroit. J'envoie le projectile à mon tour, malheureusement, c'est elle qui remporte ce lancer.

– Aha ! C'est toi qui bois !

Je me sers un shot d'alcool et je remplis les verres pour la suite. Je n'avais pas franchement imaginé que ma soirée puisse prendre ce tournant, mais ce n'est pas si désagréable. La partie se poursuit tranquillement et je remporte les trois lancers suivants. Elle m'envoie un regard en coin avant de descendre son verre.

– Mes fléchettes sont nulles, se lamente-t-elle.

– Les fléchettes ? ironisé-je.

Elle hoche la tête et se penche vers moi pour regarder les miennes.

– On échange ?

Je n'arrive pas à dissimuler le sourire qu'elle fait naître je ne sais comment chez moi ; quand elle le perçoit, son regard est d'abord surpris, puis joyeux.

– D'accord, dis-je finalement. Voyons si ce sont les fléchettes ou tes lancers.

Nos doigts se frôlent quand nous les échangeons. Je la regarde lancer à nouveau la fléchette qui se plante avant de tomber.

– Mais non, soupire-t-elle.

Les lancers qui suivent sont meilleurs, elle me bat une fois sur les trois manches que nous jouons. Je me demande sur quoi elle va rejeter la faute maintenant. Tandis que je lui lance un regard en coin, je constate qu'elle semble bien s'amuser. On dirait même qu'elle a chaud. L'alcool joue sans doute un petit rôle là-dedans. Moi, ça me… divertit. Disons que ce n'est pas ainsi que j'imaginais passer le reste de ma soirée, mais ce n'est pas si terrible, finalement.

– Jun, ton prénom, il est de quelle origine ?

– Mon père était coréen. Il est de coutume d'avoir deux syllabes dans un prénom coréen, mais ma mère qui était américaine avait peur que ça me porte préjudice, alors ils ont opté pour un prénom qui sonnerait bien dans les deux pays.

– Ça veut dire quelque chose ?

– Ça signifie « fort », réponds-je.

Elle semble rougir un instant. La bretelle de sa robe glisse à nouveau et j'ignore pourquoi, j'ai envie de la remettre en place. Quand elle le fait, mes yeux suivent son geste. Je remarque alors qu'elle a verni ses ongles en jaune.

– Ils ont bien choisi on dirait. La façon dont tu as défoncé Derek…

C'est un peu étrange de parler de ça, mais elle m'a demandé ça assez naturellement et j'ai répondu sans vraiment réfléchir. Je crois que ça faisait des années que je n'avais pas parlé de moi à quelqu'un, hormis Hank.

– Bon, dernier lancer. Va-t-il sauver l'honneur ? T'as pas une astuce, histoire que l'humiliation ne soit pas totale ?

– Il faut viser, je dis.

– Ah, ah. Très drôle.

– Essaye d'imaginer Derek ou moi et lance.

– Je ne te déteste pas, dit-elle. Je te crains…

Je me raidis un peu et me perds dans le regard qu'elle me lance. J'imagine que c'est l'alcool qui lui délie la langue. Je veux lui demander pourquoi, mais je connais la réponse. Mon look, mon attitude, la clé de bras… Sans compter que je ne fais rien pour me montrer rassurant ni sociable. Et je n'ai pas envie de l'être.

– Bon, imaginons Derek…

Comme elle vient de s'enfiler plusieurs shots de whisky, je décide de lancer à côté pour la faire gagner. J'imagine qu'elle est suffisamment pompette et la chaleur n'aide pas vraiment.

– Oooh ! s'écrie-t-elle lorsque ma flèche atterrit dans les cases les plus faibles.

Je bois à mon tour.

– Est-ce que tu l'as fait exprès ?

– Non.

Elle fait la moue et m'examine pour savoir si je mens ou pas.

– On rejoue ?

– Il fait un peu chaud, tu ne préfères pas qu'on aille faire un tour dehors ? Je crois que tu as suffisamment bu.

Hazel s'avance vers moi et j'ai un léger mouvement de recul quand elle prend les pans de mon sweat. Elle ne semble pas le voir. La tête baissée vers elle, je lui rends son regard. Un sourire lui échappe. Elle ne me craint pas tant que ça ou alors, elle joue en pensant qu'elle va gagner… Je ne sais pas.

– Forcément que tu as chaud, tu portes un pull. Tu devrais l'enlever. Toutes les filles ici en meurent d'envie.

– Je vais payer et on y va, dis-je.

Elle fait la moue.

– Je n'ai pas envie de rentrer, se lamente-t-elle.

Merde.

Je n'ai pas la patience de gérer ça. Pas l'envie non plus. Mais au vu des hommes qui la regardent, je ne peux pas partir et la laisser là. Certains risqueraient d'en profiter et je n'ai pas la tête à casser des gueules ce soir. J'aurais dû anticiper les effets de l'alcool et faire semblant de perdre.

– Je vais payer.

Elle hoche la tête tandis que je sors plusieurs billets de mon portefeuille et elle me suit jusqu'au comptoir. Une fois dehors, je suis surpris de voir que l'air est plus respirable. Je lève la tête vers le ciel. Bien qu'il soit dégagé, il n'y a pas d'étoiles. J'ai un autre mouvement de recul quand Hazel tire sur mon bras. Je baisse les yeux vers elle.

– Un… problème ?

– Je veux monter sur ton dos ! répond-elle, les joues rouges.

Je secoue la tête, perplexe.

– S'il te plaît ! Tu me dois bien ça après avoir triché sur le dernier lancer.

– Je… voulais être galant.

– Je veux monter sur ton dos ! En plus, j'ai mal aux jambes, j'ai bossé toute la journée et puis avec ton prénom tu ne peux pas dire non…

Elle tire à nouveau sur mon bras. Les gens qui filent et défilent dans la rue nous regardent parfois. Quand elle se met à tirer plus fort en haussant le ton, les émotions qui déferlent en moi me font peur, car ce n'est ni de la colère ni de l'agacement que je ressens, non, c'est… je ne sais pas.

– Allez ! insiste-t-elle.

Mon esprit et mon corps me lâchent quand je m'accroupis un peu. Le sourire qu'elle m'offre, je n'en ai jamais vu de pareil. Même Annette qui est pourtant très joyeuse ne sourit jamais aussi… pleinement. Elle grimpe sur mon dos, noue ses mains sur mon torse tandis que je glisse les miennes sous ses jambes.

Putain, mais qu'est-ce que je fous ?

– Je suis lourde ? demande-t-elle.

– Non.

J'ai l'habitude de soulever ou de traîner des corps morts, elle, en comparaison, c'est un poids plume. Hazel se presse dans mon dos et pose sa tête sur mon épaule. Elle est proche. Beaucoup trop proche. Je sens sa poitrine, et son parfum. On dirait une fragrance de lilas. C'est… agréable.

– Jun ?

Le souffle de ses mots est chaud contre ma joue. J'avance dans la rue. Étonnant de constater que les gens ne semblent pas vraiment réagir au fait que je la porte sur le dos.

– Quoi ?

– Quelque chose me dit que tu n'es pas fréquentable du tout… ton allure, tes vêtements, tes yeux. Tu sens…

Elle glisse alors son nez dans mon cou et me respire. *Elle me sent, putain !*

– … le danger. Tu sens le danger.

Hazel recommence, elle respire mes cheveux cette fois et quand je bouge la tête, elle soupire.

– Ah bon ? je lâche.

Je suis perturbé. Elle me trouble.

– Oui, il y a comme une aura sinistre et sombre qui t'entoure. Et pourtant…

Je n'ai pas le temps de réfléchir à ses mots qu'elle court-circuite mes neurones en posant ses lèvres dans mon cou. J'ai un mouvement de recul, mais elle reste accrochée à moi et elle m'embrasse. *Bon sang...*

– … pourtant, je te trouve sexy. Tu sens bon.

Ses lèvres dansent sur ma peau et je prends conscience d'une chose effrayante. Ça m'excite. Moi qui ne supporte ni les câlins ni les caresses, je suis troublé par ses lèvres douces qui laissent des traces humides dans mon cou. Je veux lâcher ses jambes pour arrêter de la porter, mais mes bras restent solidement autour d'elle et ne m'obéissent pas. *Foutue fauteuse de troubles.*

– Arrête ! grogné-je. Hazel, arrête !

Elle ne m'écoute pas, elle ne m'obéit pas non plus. Et je bande, putain.

– Je vais t'appeler M. DS Jun.

– Quoi ?

– Traduction : M. Dangereusement Sexy Jun.

Je grogne ou jure entre mes dents, je ne sais pas bien, mais je sens son sourire contre ma peau. Il faut que je me ressaisisse, que je me reprenne et que je dompte le trouble qu'elle laisse en moi. Le pire, c'est qu'elle est ivre, et qu'elle ne pense certainement pas ce qu'elle dit et encore moins à ce qu'elle fait. Arrivé devant notre immeuble, je déverrouille la porte. Lorsque j'entre, elle est toujours sur mon dos, mais je la pose une fois devant l'ascenseur. Elle parvient à conserver son équilibre en saisissant les pans de mon pull.

– Le sol n'est pas stable.

– Ce n'est pas le sol.

– J'étais mieux dans tes bras.

– Je n'en suis pas certain.

– Tu comptes me contredire chaque fois que je vais parler ?

La cage d'ascenseur s'ouvre avant que je ne réponde. Il est temps que je rentre chez moi. Je la surveille du coin de l'œil. Elle reste anormalement silencieuse. Les portes s'ouvrent finalement.

– C'est ici qu'il y avait du sang, dit-elle en pointant le mur.

Je lui lance un coup d'œil en coin. Elle semble avoir peur pendant une fraction de seconde. D'accord, peut-être que je la fusille du regard plutôt…

– Comment tu t'es fait ça ?

Je me rends compte que j'ai ce foutu tic. Celui de me mordiller l'intérieur des lèvres et de grimacer. Je l'ai chaque fois que je suis énervé, sauf que là, c'est autre chose.

– Une bagarre qui a mal tourné.

– Mais tu vas bien grâce à moi.

– C'est vrai.

Son visage s'adoucit et elle se dirige vers son appartement. Je m'arrête devant chez moi. Il est temps de mettre fin à cette soirée.

– Bonne nuit, dit-elle.

– Bonne nuit.

Je suis sur le point de rentrer chez moi quand elle me rappelle.

– Jun ?

J'inspire profondément, puis je me tourne. Pourquoi je ne fais pas comme d'habitude ? La regarder avec condescendance comme elle l'a dit et lui faire comprendre qu'elle me les brise ?

– Je n'arrive pas à ouvrir la porte.

J'avance vers elle. Je déverrouille le battant à sa place et la rattrape quand elle se prend les pieds dans le tapis. Je n'aurais jamais dû accepter de sortir ni la laisser boire autant. Elle…

– Ta chambre ? Où est-elle ?

– Dans le couloir. Pourquoi, ce sont des avances ?

Tu n'aurais pas envie de coucher avec moi !

– Je vais juste te mettre au lit.

J'ai envie d'en finir. J'ai besoin d'en finir. Ce que je fais, ce qui se passe là, c'est différent, ce n'est pas moi. Hazel s'avance dans le couloir, puis dans sa chambre. Elle s'affale dans ses draps couleur pastel. La robe remonte sur ses fesses, les dévoilant presque. Je grogne à nouveau.

– Installe-toi confortablement.

Elle m'obéit et pose sa tête sur son oreiller après avoir détaché ses cheveux. Je retire ses chaussures et remonte le drap sur ses jambes.

– Merci, Jun, dit-elle.

Elle se tourne, s'affale davantage sur son oreiller. Ses cheveux lui tombent sur la joue. Ses mots me percutent. Plus encore qu'un coup de poing dans la gueule. Bon sang, je bute des gens d'habitude, je ne suis pas aux petits soins pour eux. Qu'est-ce qui me prend ?

CHAPITRE 9

HAZEL

Entre les draps qui me collent à la peau à cause de la chaleur et le pic vert qui a élu domicile dans mon crâne, je ne sais pas ce qui est le pire. Je me redresse en me massant les tempes, puis je me lève. Je ne sais même pas quelle heure il est, mais comme j'ai pris une journée de repos pour avoir un week-end de trois jours, je ne panique pas. Mon portable est posé sur la table. Il est 11 heures passées… Ce n'est qu'une fois devant le miroir de la salle de bains que je constate que je porte encore ma robe d'hier. J'ai les yeux rouges, mes cheveux emmêlés forment une espèce de nid de paille sur ma tête. On est loin des canons qui se réveillent toutes fraîches dans les séries. Je tourne le robinet de la douche et, une fois nue, je me glisse dans la cabine. Il me faut encore quelques minutes, mais quand je me souviens, le rouge me monte aux joues.

C'est pas vrai !

Je lui ai demandé de sortir comme ça. Rosie a eu un empêchement, elle ne pouvait pas venir finalement et je ne sais pas… quand je l'ai vu, j'ai eu envie qu'il m'accompagne. Ensuite… je me refais le film de ma sortie avec Jun.

Oh, c'est pas vrai…

Je suis montée sur son dos.

La honte.

J'ai aussi le vague souvenir de lui avoir dit que je le trouvais dangereux et sexy. Mais surtout… je l'ai embrassé dans le cou. Je l'ai…

Bon sang, mais qu'est-ce qui cloche chez moi ? Je crois que c'était définitivement une mauvaise idée de boire tant. D'autant que je n'ai pas la sensation d'avoir vraiment appris à le connaître. Je me souviens qu'il m'a ramenée chez moi. Bon sang, il faut que je m'excuse de lui avoir bouffé le cou.

Je me lave rapidement, puis j'enroule une serviette autour de mes cheveux et de mon corps. Comme j'ai toujours mal à la tête, je prends une aspirine dans l'armoire à pharmacie et je la jette dans un verre d'eau. Je m'assieds sur mon lit, avant de brancher mon téléphone et d'envoyer un message à Rosie :

À cause de toi, j'ai fait des bêtises
hier. Appelle-moi quand tu auras
le temps.

Je suis en train d'enfourner le gâteau que je prépare pour Jun quand mon téléphone sonne depuis ma chambre. Et dire que je prépare un deuxième gâteau après ce qui s'est passé la première fois... Je baisse légèrement le thermostat avant d'aller décrocher.

– Allô ?

– Tu as dit mon mot préféré dans ton texto, s'écrie Rosie.

– Je pensais que ton préféré, c'était orgasme.

– Mon deuxième alors. Allez, explique !

Et c'est ce que je fais : je lui explique en long, en large et en travers ce que j'ai fait hier soir avec Jun. De mon invitation quand il m'a mis au lit. Et plus j'en reparle et plus je me souviens de lui, de ses réactions... Comme sa façon de m'observer, les sourires qu'il a esquissés et comment il bougeait la tête pour ne pas que je l'embrasse dans le cou. Seigneur, j'ai harcelé sexuellement un homme.

– Waouh et j'ai manqué ça... décidément, ma mère a un timing d'enfer, marmonne-t-elle.

– J'ai tellement honte.

– Faut pas, tu étais bourrée, ça arrive aux meilleurs d'entre nous.

Je soupire tandis qu'à l'autre bout du combiné, Rosie continue de pester contre sa mère.

– Je suis certaine que tu as fait craquer le Punisher.

– Je ne pense pas. Rosie, je l'ai harcelé sexuellement en lui bouffant le cou. Il faut que je m'excuse.

Elle éclate de rire. Pourquoi j'ai pensé qu'elle pourrait m'aider ? Je soupire encore. Même si j'ai eu la sensation qu'il était plus gentil, qu'il faisait des efforts et semblait plus détendu, il n'en reste pas moins *lui*. Heureusement, je n'étais pas assez bourrée pour parler des armes que j'ai découvertes dans sa chambre. Je suis carrément perplexe.

Rosie finit par raccrocher, elle est de service. Je sors le gâteau du four quand il est cuit et je le laisse refroidir sur le plan de travail de la cuisine. L'odeur embaume la pièce. *Poire et chocolat, mmh.* J'enfile une paire de baskets et un gilet fin et quand le gâteau me semble assez refroidi, je prends mon courage à deux mains et je vais sonner chez Jun. J'attends, mais ça ne répond pas. Je ne sais pas si je me sens soulagée ou pas. Je retenterai plus tard. Je dépose un linge au-dessus du gâteau et je prends mon sac, mon téléphone et mes clés.

Il fait encore une chaleur étouffante lorsque je sors de l'immeuble. Je me dirige vers ma voiture et pousse la climatisation à fond. Je passe une partie de la journée au refuge. Je nettoie les cages, prépare les gamelles, remets plusieurs fois de l'eau afin de les désaltérer et j'oriente certaines personnes qui viennent pour adopter des animaux. Parmi tous les pensionnaires poilus qu'il y a ici, mon préféré est Jeep, un caniche nain au pelage si noir qu'il se confond avec les ténèbres parfois. Il est joyeux, et il adore jouer. Dès qu'il me voit, il me fait une fête du tonnerre. Il est là depuis quelques mois maintenant et je suis étonnée que personne ne l'ait encore adopté.

– Oh, maman regarde ! s'écrie une petite fille aux cheveux blonds alors que je fais faire des acrobaties à Jeep.

La mère, aux cheveux tout aussi blonds que sa fille, sourit.

– Bonjour, me salue-t-elle.

Je lui réponds d'un sourire.

– Il est trop mignon, lance la petite fille.

– Et il est très gentil en plus, ajouté-je pour plaider la cause de mon pote canin.

– Est-il disponible à l'adoption ? Il est gentil avec les enfants ?

– Oui et oui, il est très affectueux. Et il sait faire quelques tours. Tu veux voir ? demandé-je à la petite fille.

Son sourire s'élargit alors qu'elle hoche la tête.

– Jeep, tu donnes la patte ?

Il m'obéit, ce qui la fait sourire.

– Jeep, tu fais une roulade ?

Je fais tourner mes doigts dans les airs pour accompagner mon ordre et il roule sur lui-même avant d'atterrir sur ses pattes. La mère comme la fille semblent conquises.

– Tu peux le caresser si tu veux.

Après un regard à sa mère, elle s'approche de lui. Jeep la sent d'abord puis fourre sa truffe contre sa paume pour réclamer plus de caresses. *J'ai l'impression que c'est dans la poche, mon petit pote.*

– Tu veux voir une dernière chose ?

Elle hoche vivement la tête.

– Mets tes mains comme un pistolet et tu dis : « Jeep pan ! » Tu vas voir ce qu'il va faire, chuchoté-je à son oreille.

La gamine s'exécute et répète mes mots avec sa petite voix. Jeep se laisse tomber et fait le mort avant de se redresser et de quémander d'autres câlins.

– Il adore les enfants, les promenades, et les câlins. C'est mon préféré ici.

Quand Jeep part avec une nouvelle famille, j'ai des foutues larmes aux yeux. Je suis si heureuse pour lui. Mon après-midi de bénévolat se déroule tranquillement. Je m'arrête chez le primeur avant de rentrer à la maison. La chaleur me sape toute envie de faire les magasins. En revanche, je ne résiste pas à acheter des fleurs quand je passe devant la boutique du fleuriste. J'adore en avoir à la maison. J'achète des roses fraîches ainsi que des lys blancs et j'écoute la dame me dire comment en prendre soin pour qu'elles durent plus longtemps. Lorsque je passe devant la porte de Jun, les bras chargés, je repense à mon gâteau et aux excuses que je dois lui faire pour mon comportement. Je ne sais pas comment il va réagir ni ce qu'il va bien pouvoir me dire. Il est tellement… spécial que je ne sais pas vraiment à quoi m'attendre. Avant tout, je mets mes fleurs dans l'eau et je dépose le vase avec les roses sur ma table basse et celui avec les lys sur mon buffet, puis je fais un peu de rangement.

Quand je commence à tourner en rond, je me dis qu'il est temps que je retourne le voir.

J'ai le cœur qui bat la chamade lorsque je frappe chez lui. J'ai de nouveau l'impression d'être dans *La Petite Maison dans la prairie* avec mon foutu gâteau à la con. Cette fois, il est là, car la porte s'ouvre au bout de quelques secondes. Il porte une casquette à l'envers. Son regard croise le mien et je sens une pointe de stress me tordre les entrailles. Parce que je suis impressionnée, sans doute, et frustrée par cette drôle d'aura qui émane de lui et à laquelle je semble sensible. Mais surtout parce que j'ai tellement honte d'être ici devant lui après hier soir. Et le connaissant, il ne va rien faire pour m'aider à me sentir plus à l'aise.

– Bonjour, dis-je.

– Bonjour.

Il baisse les yeux sur moi et observe mon gâteau. Et… j'ai l'impression de voir un petit sourire étirer légèrement ses lèvres.

– Je viens m'excuser pour hier soir. Et te remercier aussi.

– Me remercier ?

– Oui, dc m'avoir ramenée chez moi alors que j'étais ivre et de m'avoir mise au lit.

– D'accord, dit-il.

Visiblement, il n'a pas envie de causer.

– Du coup, j'ai fait un gâteau.

– Tu fais des gâteaux chaque fois que tu veux t'excuser ?

– En quelque sorte…

– Quelle drôle d'idée, lance Jun d'un air exaspéré.

– C'est sûr que si tu devais faire un gâteau à chaque fois que tu joues les connards, à l'heure qu'il est, tu serais un chef pâtissier reconnu dans le monde entier.

Je sens mes joues devenir écarlates quand il me lance un regard en coin.

– Tu veux le goûter cette fois ou alors le dénigrer ?

– Va pour le goûter.

Il s'écarte légèrement pour m'inviter à entrer. Je ne m'attendais pas à ce qu'il m'invite, je pensais plutôt qu'il le dégusterait seul. Visiblement je me suis trompée.

– Merci, souris-je d'une petite voix.

Jun ferme la porte, puis me dépasse, c'est alors que je remarque qu'il est pieds nus et en tee-shirt. Ça change des grosses bottes ou du sweat à capuche. Son bras droit est couvert de tatouages. Mon regard est captivé par l'encre noire sur sa peau. Différents dessins, formes et ombres s'y mêlent. Parmi elles, je repère un lys noir, un œil, des mots que je n'arrive pas à lire… Je me souviens qu'il en avait aussi sur le torse quand je l'ai recousu. C'est un peu étrange de le voir si peu habillé, bien que ça ne retire rien à son intensité. Son aura irradie toujours et elle le rend toujours aussi dangereux. Je m'arrête au comptoir de la cuisine et je pose le gâteau dessus en me forçant à ne plus le regarder avec autant d'insistance.

– Pas trop la gueule de bois ? demande-t-il d'une voix grave.

Je replace mes cheveux derrière mon oreille.

– Un léger mal de crâne au réveil. J'imagine qu'on a évité le pire… enfin, que tu m'as évité le pire.

Il s'approche du comptoir et je me rends compte que j'ai un réflexe de recul. J'ignore pourquoi. Jun me regarde avec moins de dédain, mais il n'en reste pas moins intimidant.

– Tu veux en prendre une part avec moi ? demande-t-il.

– Oui…

Je m'assieds lorsqu'il me désigne le tabouret du doigt. Je m'installe en silence et tente de me calmer. C'est juste qu'il est différent de toutes les personnes que j'ai pu rencontrer. Il ne cherche pas le contact, pas comme la plupart des gens, et sa façon de se comporter n'est pas commode non plus. Il est sans doute solitaire, ce que je peux tout à fait comprendre.

– Je voulais m'excuser pour hier. Je… quand je t'ai embrassé, tout ça… Je ne sais pas bien ce qui m'a pris.

Mon ventre est barbouillé, je me sens tellement gênée quand j'y repense. C'est surtout que je lui ai également avoué que je le trouvais sexy malgré son allure. Et même si c'est plutôt vrai, je n'avais pas envie qu'il soit au courant que je le trouve beau.

– Je m'en remettrai, ironise-t-il.

Je me souviens alors lui avoir dit qu'il sentait le danger. Une infime partie de moi voudrait que ça ne soit pas vrai, mais mon cerveau, ce traître, me rejoue la scène. Mon Dieu, rien de tel que de se taper la honte en étant bourrée pour vous faire arrêter de boire.

– Je suis tellement gênée.

J'ai l'impression qu'il sourit quand il me tourne le dos pour ouvrir un des tiroirs. Je l'observe : son dos, sa silhouette, son corps. Il est taillé, musclé, imposant. Je n'avais jamais croisé un homme d'une telle magnitude avant lui. Il sort des couverts qu'il pose à côté du gâteau. Jun va ensuite jusqu'au frigo.

– J'ai de l'eau, du lait et de la bière au frais. Sinon, je peux te proposer un café.

– Un verre de lait, ça ira.

La situation est vraiment étrange. Il n'a pas vraiment la tête du gars qui boit du lait, mais soudain, je pense aux campagnes de pub *Got Milk?* et je me dis qu'il ferait un modèle très adéquat pour booster les ventes.

– J'espère ne pas avoir gâché ta soirée.

– Non.

Comme à chaque fois, ses réponses sont brèves. Je regarde ses bras tandis qu'il coupe deux parts et les dépose dans des assiettes. Il en pousse une devant moi. Nous commençons à manger en même temps. Sans vouloir me vanter, il est délicieux. Je relève la tête et je le regarde du coin de l'œil.

– Ça fait longtemps que je n'avais pas mangé de gâteau.

– Et… c'est plutôt une bonne chose ou pas ?

Au moment où je repose ma cuillère, Hector saute sur mes genoux. Je lâche un petit cri en baissant les yeux vers lui, puis je glisse mes doigts dans son pelage noir smocké. Ce chat est vraiment magnifique.

– Bonjour Hector.

Il ronronne tout en s'installant sur moi et ignore le regard appuyé de son maître.

– Une bonne chose. C'est délicieux, confirme-t-il alors.

Je tente de dissimuler mon sourire en prenant une autre bouchée. Je ne m'attendais pas à entendre ça venant de lui.

– Merci.

Il me fixe tandis qu'il boit. Il a fait la même chose hier soir, comme s'il cherchait à me cerner, à m'étudier. Son regard me rappelle un bouclier, comme s'il se protégeait des gens. Quelque part, j'ai envie de croire que je lui fais un peu peur moi aussi, que ma présence l'intimide un peu ou le bouscule.

– J'ai l'impression que le noir est ta couleur de prédilection. Je crois que si un jour je te croise avec ne serait-ce qu'une touche de couleur, même du marron, je serai choquée.

– J'aime bien le noir.

– Je n'aurais pas deviné, raillé-je.

– Ça me va bien, ajoute-t-il.

Je ne dis rien, je me contente de soutenir son regard. On peut dire ça, oui. C'est vrai que sans le regard hautain, limite de dégoût, il est encore plus séduisant. Je caresse Hector qui dort sur mes jambes.

– Qu'est-ce que tu fais comme métier ? demandé-je.

– Vigile, répond-il.

Ça peut expliquer la tenue obscure, le fait qu'il soit aimable comme une porte de prison et aussi qu'il se soit pris un coup de couteau, mais pas vraiment les armes que j'ai vues dans sa chambre ; je préfère oublier ce détail pour l'instant.

– Je n'aime pas les vigiles. Sous prétexte que je suis petite, ils me demandent toujours ma carte d'identité à l'entrée des clubs.

Le sourire qu'il esquisse me laisse pantoise. Car même si c'est pour se moquer de moi, il est généreux. Sexy.

– C'est moche de se moquer. Je suis grande par l'esprit.

– Il faut bien se rattacher à quelque chose.

Pour la première fois en sa présence, je ris.

– Est-ce que tu en veux encore ? demande-t-il.

– Non merci. Je vais t'aider à…

Jun secoue la tête.

– Non, c'est bon.

Je le regarde s'affairer tout en caressant Hector quand je remarque que sur l'envers de la casquette qu'il porte, il y a le logo de la série *The Punisher*. Je ne peux pas m'empêcher de sourire, ce qui lui fait plisser les yeux quand il se retourne vers moi.

– Oui ?

Encore une fois, on dirait que ça lui écorche la gueule de faire une phrase avec plus d'un mot.

– La casquette… c'est *The Punisher*, n'est-ce pas ?

– Oui.

– Je trouve ça simplement drôle parce que… c'est un peu comme ça que je te vois.

Jun incline la tête et continue de me fixer. Je dois avouer que c'est un peu troublant. Dans son style, il est vraiment déconcertant. Je crois que je n'avais jamais rencontré de gars comme lui. Les gens sont chaleureux la plupart du temps, parfois c'est juste une façade, mais en public ils revêtent toujours un masque pour plaire à la société. Lui, il est naturel, il ne se force pas à être quelqu'un d'autre ou à se faire passer pour ce qu'il n'est pas.

– Tiens donc et pourquoi ?

On dirait que j'ai piqué sa curiosité ou que j'ai éveillé un soupçon d'intérêt.

– Ton total look grunge et noir, ton air… aussi aimable qu'une porte de prison.

Je me rends compte de mes mots à l'instant où ils franchissent mes lèvres et je me dis que je n'aurais peut-être pas dû dire ça. *Je l'ai pris pour Rosie ou quoi ?* Il me regarde attentivement, le visage impassible. Impossible de déchiffrer ce à quoi il peut bien penser.

– Merci, opine-t-il alors comme s'il le prenait vraiment pour un compliment. Ensuite ?

– Le fait de tabasser quelqu'un avec autant de sang-froid pour le « punir » et le décourager de me faire chier.

– C'est un peu cliché tout ça.

Sept mots. Il a fait une phrase de sept mots. Je lui adresse aussitôt un sourire sincère.

– Comme dans tous les films ou séries avec des antihéros. En plus, tu es vigile et…

Je rougis d'un seul coup et je m'interromps. J'ai failli lui dire que j'avais vu des armes dans sa chambre. Je crois que je ferais mieux de garder cette information pour moi. Sans ciller ni changer de posture, il continue de me fixer.

– Et ?

– Et donc, tu me fais penser à lui.

Il retire sa casquette et se passe une main dans les cheveux. À cet instant précis, il devient un vrai cliché sur pattes. *Plus sexy, tu meurs.*

– Tu es fan de la série ?

– J'aime assez. Disons que j'aime les films un peu violents.

J'ouvre la bouche quand mon téléphone sonne. C'est Rosie.

– Tu ne réponds pas ? me demande-t-il.

– Non, enfin si… je vais rappeler.

– De toute façon, je dois me préparer pour aller bosser.

Je comprends qu'il me met à la porte. Hochant la tête, j'attrape Hector avant de descendre du tabouret et je le pose dessus.

– Ton gâteau.

– C'est pour toi. Comme ça, j'apporte un peu de douceur pour tes prochains en-cas.

CHAPITRE 10

JUN

La sueur ruisselle sur mon corps, mon visage. Mes muscles sont tendus, bandés et quasiment douloureux. Je m'entraîne depuis plus d'une quarantaine de minutes maintenant, alors je m'arrête. Du moins pour ce qui est de la musculation.

Après m'être épongé le visage et le torse, je bois la moitié de ma bouteille d'eau. J'aime me dépenser à fond, ça m'aide à canaliser mon énergie et à me vider la tête. Il n'y a que lorsque je suis crevé que j'ai la sensation d'avoir vraiment bien bossé. Je commence à faire quelques mouvements de taekwondo. J'ai toujours vu ça comme une danse, comme un ballet de coups de pied. Je n'ai jamais oublié les leçons de mon père. Quand je m'entraîne, j'ai la sensation de me rapprocher de lui, d'honorer sa mémoire. J'allais souvent dans son club après l'école et je le regardais entraîner les grands et les petits. Voir ces gens l'appeler « Maître » et obéir à ses ordres ou le regarder avec respect, c'était mon plus grand trésor. Je le voyais comme un grand guerrier. Continuer à pratiquer cette discipline me permet de le faire vivre encore dans mon cœur, même si, je le sais, il n'aurait pas aimé l'homme que je suis devenu. Parfois cette pensée me terrifie. Et souvent, je me demande si ma vie aurait été différente de celle que je mène aujourd'hui s'il était toujours vivant.

Je ferme les yeux, je maîtrise ma respiration et j'enchaîne les mouvements. Je ne pense plus à rien, mon esprit se vide et je me laisse porter au gré des techniques. Je poursuis l'entraînement jusqu'à ce que mes muscles me fassent mal, jusqu'à ce que soulever la jambe soit presque impossible. J'ai fini par perdre la notion du temps quand je me laisse tomber au sol. Je fais ça une à deux fois par semaine, c'est important. J'ai besoin de garder une bonne condition physique.

Je reste plus longtemps que d'habitude sous la douche pour profiter des bienfaits de l'eau chaude sur mes muscles endoloris. Dans ma chambre, j'enfile un boxer et je file à la cuisine pour boire un verre d'eau. Lorsque j'ouvre le frigo, mon esprit si léger s'encombre à nouveau de broutilles, d'elle. La dernière part de gâteau dans le frigo me la rappelle et je le regrette. Je ne veux pas penser à cette femme pourtant, j'ai l'impression d'échouer lamentablement. Elle m'agace, elle est fragile comme une fleur et l'instant d'après elle est aussi puissante qu'une bombe. Elle rougit pour un rien et la seconde suivante elle est capable de me dire que je suis aussi aimable qu'une porte de prison. Hazel éveille mon intérêt, pique ma curiosité et… je n'ai clairement pas le temps ni l'envie pour ça. Mais mon putain de cerveau est traître, car il ne semble pas décidé à m'obéir. Mes pensées m'entraînent jusqu'à cette drôle de dualité qui l'habite et qui me donne, je crois, envie de me confronter à elle. *Putain !* Frustré, je claque la porte du frigo et retourne chercher mon téléphone portable sans avoir pris d'eau. Je me demande à quel moment je me suis écarté de mes habitudes. À quel moment j'ai foiré ? En fait, j'ai merdé à de nombreuses reprises. Après l'avoir humiliée avec son gâteau, j'aurais dû tracer ma route, ignorer la culpabilité que faisait naître son regard et agir comme à chaque fois que je croise les yeux d'une personne que je m'apprête à tuer : n'avoir ni remords ni scrupules. Je ne comprends pas pourquoi je ne l'ai pas fait et je le regrette quand je suis, comme maintenant, perdu dans mes pensées à cause d'elle.

Archie Fuller.

Ce soir, toi et moi, on va discuter, je pense en fixant sa photo. Aussi propre semble-t-il, Hank a raison, il cache quelque chose. Déjà, ce n'est pas très sain, à 23 ans, de traîner devant des collèges et de s'intéresser à des gosses de 13 ou 14 ans. Et puis, il y a les deux gamines qui ont disparu aussi…

Je n'ai rien trouvé à ce sujet en le suivant. Je dois même avouer qu'à part ces deux faits, je n'ai rien noté de suspect. Soit il est innocent et juste attiré par des gosses, soit il est coupable et il cherche sa prochaine victime. Dans tous les cas, je compte lui soutirer des réponses ce soir. Et en fonction de ce qu'il me dira, je le tuerai peut-être.

J'attrape mon téléphone.

– Salut gamin, lance Hank en décrochant.

– J'ai suivi ton gars, je lance tout de go.

Une fois qu'il me donne un nom et un ordre, il me laisse faire comme je l'entends et tout le temps dont j'ai besoin pour apprendre à connaître ma cible. Je ne me pointe pas derrière la personne pour la buter comme ça. Il faut observer ses habitudes, essayer d'en apprendre plus sur elle, connaître ses points faibles et attendre le bon moment pour lui tomber dessus.

– Et alors ?

Je passe une main dans mes cheveux et me laisse tomber dans mon fauteuil.

– Il a passé la semaine à faire des allers et retours entre la maison de ses parents où il vit encore et quelques lycées et collèges de banlieue. Je l'ai suivi dans un bar le soir, il était avec des amis. Il n'a rien dit de suspect, et il avait plutôt la cote, mais visiblement, il préfère les lycéennes et les collégiennes.

– Ouais, c'est ce que je craignais.

– Il en a repéré une je pense, il lui a parlé plusieurs fois devant le lycée. La gamine est subjuguée, il a une bagnole, il est beau et il s'intéresse à elle… Il n'a pas grand-chose à faire, s'il lui donne rendez-vous, c'est du tout cuit pour lui.

– Tu attends encore un peu pour lui faire un petit coucou ?

La confiance qui s'est installée entre nous au fil du temps m'est précieuse. Hank est à ce jour la seule personne permanente dans ma vie et qui connaisse tout de moi et ce que je fais. S'il voulait me trahir ou me dénoncer, je serais bon pour la chaise électrique. Bien que je sois devenu l'homme que je suis aujourd'hui un peu à cause de lui, je suis soulagé de ne pas tout garder pour moi.

– Je ne sais pas quand il compte faire son coup. Je vais le surprendre pour voir ce qu'il a à me dire.

Comme on est au téléphone, je ne révèle rien de plus. Briskar comprend très bien. Il sait. On ne sait jamais si la conversation est sur écoute ou ce genre de chose. Je balance mon téléphone sur le fauteuil et laisse ma tête partir en arrière. Les yeux fermés, j'inspire et expire calmement, mais mon repos est troublé par une boule de poils qui s'installe sur mes jambes. J'ouvre un œil et le toise autant qu'il le fait.

– Quoi ?

Il miaule. Parfois j'ai l'impression qu'il est aussi insolent que moi… Il se redresse légèrement et colle le haut de son crâne sous mon menton alors je glisse mes doigts dans son pelage pour le caresser. Sauf que soudain, je repense à Hazel. Et à ses sarcasmes à propos du fait que j'ai un chat. Décidément, elle s'insinue dans chaque pensée et je ne comprends pas bien pourquoi. Si ça continue, il va falloir que je me comporte à nouveau comme un connard pour lui faire comprendre que je ne veux pas d'elle dans ma vie. *Tu parles !* J'aurais dû le faire depuis longtemps. Rectification, je n'aurais pas dû revenir auprès d'elle. Elle était humiliée, et puis quoi ? Elle serait passée à autre chose. Il aurait mieux valu qu'elle sache qui je suis réellement. Enfin, ce n'est pas grave, je n'ai qu'à le lui faire de nouveau comprendre. Je me redresse à la hâte, pose Hector sur le fauteuil et me dirige vers ma chambre.

J'ai toujours la même routine quand je pars au boulot. D'abord, je prépare les outils dont j'aurai probablement besoin, ensuite mes vêtements, je prends une douche, puis je m'habille. Après avoir rentré mon tee-shirt à manches longues dans mon pantalon, je glisse un poing américain dans une des poches. Généralement, ça marche plutôt pas mal pour obtenir des réponses. Pour les plus résistants, il faut parfois des outils plus petits ou plus minutieux. On n'y pense pas, mais des aiguilles enfoncées sous les ongles peuvent faire des ravages et vous forcer à avouer les pires péchés. Comme c'est Hank qui me demande lui-même de régler le compte d'un gars en fonction de ses réponses, c'est moi qui choisis la façon de tuer. Lente ou rapide, je ne sais pas encore ce que celui d'aujourd'hui me réserve. Assis sur mon lit, j'enfile mes chaussures. D'après le compte

Facebook de ma cible, ce soir il sort dans un club. Je vais le surprendre à ce moment-là.

***

HAZEL

Je déteste les clubs où il est impossible de parler sans gueuler ou être collé à l'oreille de son interlocuteur. J'aurais préféré qu'on aille dans un endroit moins bruyant. Pour être tout à fait honnête, je n'avais pas tellement envie de sortir. J'aurais préféré lézarder à la maison, mais Rosie avait envie de s'amuser et m'a convaincue qu'on allait s'éclater. Je vais probablement la maudire demain quand je serai incapable de garder les yeux ouverts au boulot. Mais elle m'en a donné le droit, alors tout va bien.

Troy et Louison nous accompagnent ce soir. Troy est l'un de mes plus vieux amis. On s'est rencontrés au collège ; aujourd'hui, il est cuisinier dans un restaurant. Louison est une connaissance de Rosie. Depuis qu'on sort de temps en temps ensemble tous les quatre, j'ai pu noter que Louison a un faible pour Troy, mais Troy semble avoir un faible pour Rosie, et Rosie… ma foi, elle ne capte rien du tout. Ou alors elle le sait, mais elle continue d'être elle-même, car elle ne veut pas donner de faux espoirs à Troy. Il est adorable pourtant et avec ses cheveux blond foncé et son sourire tout en fossettes, il est même plutôt sexy. Mais je crois que Rosie préfère les mauvais garçons. Alignez cinq types devant elle, mettez-en quatre qui s'apparentent à l'homme parfait et un dernier qui se la joue bad boy, elle tombera dans les bras de ce dernier, quitte à avoir le cœur brisé. Enfin, je ne pense pas que ça la dérange. En tout cas, je ne l'ai jamais vue déprimer bien longtemps après une rupture. Moi, je ne cherche pas. Je prends les relations comme elles viennent et je me laisse aller. Je dois avouer que depuis Derek, je ne me suis pas vraiment remise en selle. Ce genre de mec, c'est aussi efficace que la contraception… Ils arrivent à te dégoûter du sexe ; pire que les chaussettes blanches remontées jusqu'au milieu du mollet comme tue-l'amour !

– T'es sûre que tu vas bien ? lance Troy.

Je lui souris en hochant la tête. J'avoue, j'ai un peu l'esprit ailleurs ce soir. Je me gifle mentalement pour me redonner un peu de contenance et pour profiter de la présence de mes amis. Je me penche pour attraper mon Bloody Mary.

– Elle pense sûrement au Punisher, balance Rosie.

Louison et Troy me regardent avec curiosité. Je sens que je rougis et je remercie la lumière tamisée. C'est pas vrai ça, fallait qu'elle le sorte.

– Tu craques pour Jon Bernthal ? demande Louison, perplexe.

– Non, non. Enfin si, explique Rosie, mais je parle de son voisin. Visiblement il est sexy comme The Punisher.

J'ai envie de lui sauter à la gorge pour qu'elle la ferme.

– C'est n'importe quoi, grogné-je.

– Mais c'est quoi, cette histoire ?

Sans même me demander la permission ni attendre que j'en parle moi-même, Rosie leur explique qu'il m'a défendue contre Derek. Elle raconte tout ça avec entrain, alors qu'elle ne sait pas tout. En plus, il y a mieux comme rencontre, quand on y pense. Et les sourires et les regards appuyés que mes amis me lancent après le monologue de Rosie valent leur pesant d'or. S'ils l'avaient déjà vu, ils ne riraient probablement pas autant, vu l'amabilité qu'il dégage.

– Quand je t'ai dit : « Quoi de neuf ? », tu m'as dit rien, soupire Troy, alors que visiblement, il y a du croustillant.

– Croustillant, mon cul, râlé-je. C'est juste mon voisin, il est un peu étrange et alors ?

– Alors c'est mieux que de me laisser parler de la fuite d'eau dans ma salle de bains, ajoute Lou en souriant. Un mec sexy qui tabasse ton ex alors que tu ne le connais pas. On dirait le début d'un film.

J'éclate de rire. OK, niveau épique, on a vu mieux que la fuite d'eau, mais quand même.

– C'est ce que je n'arrête pas de dire !

– Pour sa défense, un mec qui te cède sa place à la caisse du magasin, tu trouves ça sexy, s'esclaffe Troy.

– Ah, merci ! m'exclamé-je.

Il secoue alors la tête et me pointe du doigt.

– Laisse-moi finir, toi ! (Rosie éclate de rire.) Mais Rosie a raison, ce type qui te défend comme ça, c'est assez exaltant.

Pourtant, ce n'est pas comme ça que je l'ai vécu, mais encore une fois ils ne connaissent pas toute l'histoire et je n'ai pas envie de leur expliquer. Car il n'y a rien de sexy à voir un mec en tabasser un autre, sans parler de la tentative de strangulation. Tout ça n'est pas vraiment conventionnel, ni sexy.

– En plus, elle l'a revu. Elle a passé la soirée avec lui et elle était bourrée, elle l'a embrassé dans le cou.

Je soupire et comme je n'ai pas les moyens d'arrêter Rosie, je continue de siroter mon cocktail.

– Tu vas le revoir ?

– Je ne crois pas. Il est silencieux, assez spécial.

Et je n'ai pas l'impression qu'il ait très envie d'approfondir la moindre relation. À dire vrai, je ne sais pas, car c'est la première personne que je n'arrive pas à cerner. Je ne sais même pas comment l'expliquer. Je ne comprends même pas pourquoi il est revenu s'excuser, car il semble à chaque fois un peu troublé, un peu mal à l'aise.

– Ça peut avoir son charme, lance Lou d'un air songeur.

– Du moment qu'il est sexy et qu'il baise comme un dieu, moi, il ne m'en faut pas beaucoup plus, enchérit Rosie.

Bon sang. S'il nous entendait parler de lui, il nous tuerait du regard ou nous mépriserait.

– Comment il s'appelle, au fait ? demande Troy.

– Jun… mais franchement il faut que vous arrêtiez de faire des plans sur la comète. Il m'a défendue, c'est tout. Et d'accord, il est sexy dans son genre. Mais ça ne va pas plus loin que ça.

– Pour l'instant…

– Pour l'instant, mon cul, la coupé-je.

– T'es pas drôle.

– Je sais.

Je la vois bouder alors que Troy rigole. Je dois avouer que pour le moment mes relations amoureuses sont plutôt ennuyeuses. Il faut dire que mon histoire avec Derek a légèrement ralenti mes relations avec les mecs en général.

– Tu fais ta maligne, mais je suis certaine qu'il t'intrigue.

– C'est pas vrai, on parle encore de moi ?

– T'as décidé toute seule de clore la conversation.

– Bon sinon, j'ai décidé de me lancer et d'ouvrir mon petit bar-resto.

– C'est pas vrai, m'écrié-je. Vraiment ?

– Ouais, mon apport est solide. J'ai tellement mis de côté pour ça et j'ai monté un dossier en béton. Je dois visiter un local et j'ai rendez-vous à la banque pour un prêt.

– C’est génial ! lance Rosie.

Troy sourit largement. Il a été commis de cuisine dans tellement de restaurants. D’ailleurs il nous a raconté pas mal de trucs sur ce qui s’y passe et parfois, c’est à gerber. Ces derniers temps, il rêvait d’avoir sa propre affaire, alors je suis vraiment heureuse qu’il se donne du mal pour y arriver. Sa cuisine est délicieuse en plus.

Je scrute le club du regard. Il y a du monde pour un soir en semaine, il faut croire que la hausse de température donne envie aux gens de s’amuser.

– Tu nous diras comment ça s’est passé ?

Il hoche la tête avant de terminer sa bière.

– Bon sang, c’est ridicule.

Je me penche vers Louison, qui regarde l’écran de son téléphone portable.

– Quoi ? dis-je.

– Oh rien, c’est une espèce de top des débats stupides.

– Vas-y, dis ! lance Rosie. C’est le genre de truc interminable.

Je hoche la tête. Si ça peut éviter que la conversation ne dévie encore sur moi…

– OK, alors la crêpe, on la mange par la pointe ou par les bords ?

– Les bords, réponds-je. C’est logique.

– La pointe, dit ma meilleure amie en me défiant du regard.

– Mais non, même pas tu commences par la pointe.

– Et pourquoi pas ?

– Parce que la pointe, ça se mange en dernier, c'est là où il y a le meilleur. Du chocolat, de la confiture, peu importe. La dernière bouchée, la plus délicieuse. Alors que si tu commences par la pointe, tu te retrouves à bouffer les bords où excuse-moi, ma belle, mais il n'y a pas grand-chose, si ce n'est de la pâte.

– Je dois avouer que je suis d'accord avec Hazel, lance Troy.

Rosie secoue la tête et feint de bouder, mais son sourire la trahit.

– Ensuite ? Et par pitié, ne dis pas le lait avant ou après les céréales, ce débat est bizarre. Tu mets d'abord les céréales dans ton bol et ensuite tu verses le lait, c'est logique.

– Dis-toi qu'il y a des gens qui aiment le lait chaud et qui le boivent après, se moque Louison.

– Non, c'est n'importe quoi, parce que le temps que tu les bouffes, tes céréales, le lait, il a déjà refroidi.

Je ris comme une idiote.

– Bon alors… on a quoi d'intéressant ? lance Louison. Pourquoi les parents de Marty McFly ne le reconnaissent-ils pas ?

– C'est ça que tu appelles intéressant ? soupire Rosie.

– Parce qu'ils ne s'en souviennent pas, dis-je. Ils avaient quoi, 16 ou 17 ans, alors c'est possible qu'ils aient oublié son visage.

– Je ne pense pas, enchérit Troy. Marty fait trop de bourdes, il appelle son père plusieurs fois « papa » au lieu de George et il fait bon nombre de références au futur. Notamment quand il joue du rock et quand il réveille son père en disant qu'il est Dark Vador de la planète Vulcain. Je suis certain que son père le sait, mais qu'il ne dit rien.

Nous continuons de débattre sur des sujets stériles et sans importance. Alors que je bâille, je regarde autour de moi. Je commence à fatiguer et à regretter mon lit.

– Je ne vais pas tarder. Il commence à se faire tard et demain, je vais être un vrai zombie.

– Tu veux que je te raccompagne ? demande Troy.

Je secoue la tête.

– Non, je vais marcher un peu.

Il y a encore pas mal de monde, mais quelque chose ou plutôt quelqu'un attire mon attention. Une silhouette, une allure. Dans le fond de la pièce, mon regard est happé par un homme en noir. Pas n'importe quel homme. C'est lui, c'est Jun. Bien que sa capuche lui cache le visage, je le reconnais. Je pourrais dire à mes amis qu'il est là, comme ça, ils le verraient et ils comprendraient peut-être pourquoi il est troublant. Mais connaissant Rosie et même les deux autres, ils iraient le voir. Il est seul à sa place et son regard semble rivé sur… je tourne la tête afin de voir ce qui retient son attention de la sorte. Au comptoir, il y a un groupe d'amis.

Je me redresse et je dépose quelques billets sur la table.

– Ne vous couchez pas trop tard et ne faites rien que je ne ferais pas.

– Au contraire, s'exclame Rosie.

– Ne compte pas sur moi pour t'aider demain quand tu n'auras pas les yeux en face des trous.

Elle m'envoie des baisers dans le vent. Je leur adresse un signe en souriant avant de faire volte-face. Discrètement, je regarde à nouveau vers Jun en me disant que je pourrais peut-être le saluer, mais il n'est plus là. Je salue mes amis avant de me diriger vers la sortie. Je le repère alors. Il me devance de quelques pas. Peut-être que je pourrais lui dire bonjour ou rentrer avec lui, si toutefois il a décidé de rentrer…

À l'extérieur, j'enfile mon gilet par-dessus mon tee-shirt. Je scrute la rue, mais je ne le vois plus. *Tant pis.* Alors que j'avance en direction de la maison, je l'aperçois au fond d'une ruelle. Tout mon être me pousse à poursuivre mon chemin, à tracer ma putain de route, pourtant quand il disparaît de ma vue, je m'avance dans la mauvaise direction. La sienne. Il fait assez sombre, les lampadaires n'éclairent plus vraiment le chemin et une odeur désagréable d'urine et de poubelles flotte dans les airs. Malgré tout, j'avance encore. À mesure que mes pas me mènent au croisement où Jun a disparu, j'ai la sensation étrange et dérangeante d'entendre des bruits sourds accompagnés de gémissements.

– Je ne vois pas de quoi tu parles, espèce de taré.

– Ce n'est pas grave, je vais te rafraîchir la mémoire.

Le bruit recommence une fois. Cachée derrière une pile de vieux cartons, je me penche pour regarder. Et soudain, j'ai la sensation de vaciller dans une autre galaxie. Un homme est allongé à terre, maintenu par le pied de Jun.

– Alors toujours pas décidé à parler ? crache-t-il.

Il est de dos, alors je ne vois pas son visage, mais si je me fie à la haine glaciale dans sa voix, je n'ose pas imaginer son regard.

– J'ai rien à dire… tu vas le regretter, tu t'attaques pas au bon gars.

Le pied de Jun lui atterrit en pleine tête. La violence est inouïe et l'homme gémit de douleur. Je me rends compte que je me suis mordu la langue jusqu'au sang quand un goût métallique glisse le long de ma gorge.

– Je l'ai entendue tellement souvent, cette tirade, qu'elle me sert de berceuse le soir.

Je devrais m'enfuir loin d'ici, courir le plus loin possible, et tout oublier, mais mes jambes sont paralysées et mon cerveau, tétanisé. Alors, sans un mot, il se penche vers l'homme à terre. Je remarque que ses doigts sont brillants et je me rappelle le poing américain que j'avais vu dans son sac. Mon Dieu, mais qui est ce type ? J'ai tellement peur de la réponse que je suis prise de nausée.

– Alors, tu me parles des deux gosses ou tu me forces à te briser quelque chose ?

L'homme reste silencieux, du moins si on oublie les couinements de douleur qui lui échappent. Alors Jun lui attrape le bras, puis les doigts, et avant même que je ne me rende compte de ce qu'il se passe, j'entends le bruit d'os qui se cassent. La seconde d'après, l'inconnu hurle. Son cri résonne au plus profond de mon âme et me coupe le souffle. La chair de poule recouvre mon corps, me lèche la peau. J'ai peur. *Très peur.* Cet homme… je croyais que ce qu'il avait infligé à Derek était violent, mais ça… c'est pire encore. Il est terrifiant, redoutable. Sa force est effrayante. C'est comme si les autres n'étaient que des poupées de chiffon entre ses mains, comme si briser des os était facile et normal pour lui.

Jun se redresse, maintenant sa victime par la gorge. Le visage de son adversaire est tuméfié, ensanglanté. Je ferme les yeux, bien qu'il soit déjà trop tard, je veux me protéger de plus de violence. C'est si brutal.

– Arrête par pitié.

– Alors, dis-moi ce que je veux entendre.

– Tu vas me laisser partir ?

– Tout dépend de ta réponse.

Il y a un monde entre la voix suppliante de l'homme à terre et celle presque trop calme de Jun. Il faut que je m'éloigne de cette ruelle, de cette scène, de cet homme… si toutefois il est seulement humain. Alors que je recule aussi discrètement que possible, mon pied heurte une vieille canette de bière et trahit ma présence. Dans la panique, je trébuche et fais tomber un carton. Jun se retourne et son regard croise instantanément le mien.

– Hazel, crache-t-il.

Mon prénom semble lui échapper dans un grognement de rage. La menace dans son regard est réelle. Je suis autant pétrifiée par son ton que par ses yeux ténébreux. Il va me tuer, c'est la première pensée qui m'assaille.

Cours. Cours. Cours !

Mon cerveau semble se réveiller et, les larmes aux yeux, je fais volte-face pour courir aussi vite que je le peux. Mais je suis bousculée et je vacille contre le mur, alors que l'homme qui était en train de subir le courroux de Jun me dépasse. Je n'ose pas regarder en arrière, tout ce que je veux, tout ce que j'espère, c'est parvenir à sortir d'ici pour le fuir et me mettre en sécurité.

Cours ! Enfuis-toi ! Dépêche-toi !

Mais l'ombre dans mon dos est plus rapide et je sens qu'elle m'étreint avec force. Je me débats, des bras plus solides que des barreaux de fer me maintiennent si fermement contre eux que j'étouffe presque.

– Ne me fais pas de mal, supplié-je.

La peur me lèche la peau, l'angoisse me saisit le cœur et soudain, une douleur sourde me vrille la tête. Je tente de garder les yeux ouverts, mais impossible, les ténèbres m'engloutissent et me dévorent, m'enchaînant dans le noir.

CHAPITRE 11

HAZEL

Une douleur lancinante irradie l'arrière de mon crâne. Au milieu des ténèbres, je me dis que la souffrance signifie que je suis en vie.

En vie ?

Pourquoi une telle pensée me traverse-t-elle l'esprit ? Je sens mon cœur s'affoler comme si quelque chose le détraquait. Je sais. Parce que la mort est à mes trousses, parce qu'il voulait me tuer. Je l'ai vu dans ses yeux.

Je me réveille en sursaut. Il y a quelque chose qui cloche avec mes mains et mes bras, ils sont coincés dans mon dos et je n'arrive pas à les bouger. Mes jambes semblent avoir subi le même sort. Qu'est-ce qui se passe ? Je baisse les yeux et je constate que mes jambes sont attachées au niveau de mes chevilles. Je veux crier, mais je n'y arrive pas. Mon cri et mes mots sont retenus par quelque chose. Mes lèvres aussi sont soudées, comme si…

Je comprends qu'un ruban adhésif ou un truc du genre me bâillonne la bouche. La panique me saisit le corps et le cœur. Qu'est-ce qui va m'arriver ? Les larmes coulent sur mes joues. Je tente de me débattre, mais la position devient plus inconfortable et, n'ayant aucun appui ni aucune prise, je me sens glisser sur le côté.

– Ne bouge pas, siffle une voix rauque.

Des frissons coulent le long de mon échine et me font trembler de part en part. Il est là. En me tordant légèrement le cou, je constate que l'endroit où je me trouve ressemble à la chambre de Jun. Je ne sais pas si je suis vraiment rassurée d'être ligotée sur son lit plutôt que sur une chaise dans un entrepôt délabré. Mon espoir se raccroche au fait que je suis encore en vie, mais vu la façon dont il tabasse les gens, je ne suis pas certaine que ce soit une très bonne chose non plus. Je finis par le trouver. Il est adossé au mur, les bras croisés sur son torse. Il semble tellement calme qu'on dirait presque qu'il est endormi. Cette fois, il ne porte pas de masque ni de capuche. Jun redresse lentement la tête et plonge instantanément son regard dans le mien. Ses yeux sont tout aussi assassins que l'expression sévère peinte sur son visage.

– Je vais retirer le ruban adhésif. Évite de crier ou je le remets. D'accord ?

Je hoche la tête, alors il se détache du mur et s'avance vers moi. Mon cœur devient complètement cinglé lorsqu'il pose un genou sur le matelas et m'attrape par les bras. Je tente de me débattre dans un accès d'impuissance et de colère, pour lui montrer que je ne veux pas qu'il me touche. Il grogne sans dire un mot et il me redresse. Puis, il porte ses mains à mon visage.

– Ne crie pas, c'est un conseil que je te donne.

Il arrache le ruban d'un geste sec. Je veux hurler, mais je ne le fais pas. Mon instinct m'en empêche, comme s'il voulait me protéger. Cependant, c'est plus fort que moi, je lui crache au visage.

– Laisse-moi partir, sifflé-je. Détache-moi !

– Non, répond-il d'une voix blanche.

Jun s'essuie du revers de sa manche.

– Je ne peux pas te laisser partir après ce que tu as vu.

– Je n'ai rien vu, glapis-je.

– Et qu'est-ce que tu n'as pas vu, au juste, Hazel ? D'après tes regards apeurés et tes supplications, tu as vu quelque chose qui t'a effrayée.

Je secoue la tête. La façon dont il me parle est aussi glaçante que ses foutus yeux qu'il ne fait que braquer sur moi, comme s'il me prenait pour une bombe à retardement. Et puis, cette façon de prononcer mon prénom avec sadisme. Mais surtout, il parle beaucoup. Pas comme quand j'essayais d'apprendre à le connaître. Il est à l'aise dans le chaos et la domination.

– Si tu n'avais pas fait ta fouine, tu ne serais pas là. Et je ne serais pas obligé de faire ça non plus.

Cette façon accusatrice de dire ça. Il recommence à se la jouer hautain.

– Et qu'est-ce que tu vas faire ? Me tuer ? Me violer ?

– Je n'ai pas encore réfléchi à la suite, mais sache que tes idées manquent cruellement d'originalité. Il y a bien d'autres moyens pour s'amuser.

Ses mots sont froids. Moqueurs. Détestables. Tout comme lui. Perturbée par sa réponse, je lutte pour ne pas pleurer. Une part de moi cherche l'amusement dans ses yeux, tout en espérant qu'il se mette à rire en disant : « Non je déconne. » Mais l'autre part tout à fait rationnelle sait qu'il ne plaisante pas. Je l'ai vu à l'œuvre, avec Derek et ça encore, ce n'était rien…

J'ai envie de parler, mais j'en suis soudain incapable. La boule dans ma gorge est si douloureuse et imposante qu'elle me rend muette. Mon instinct me disait de fuir et je ne l'ai pas écouté. À cause de ça, je suis prise dans les griffes de ce taré et je n'ai aucune issue. Parce que même si par miracle je me retrouvais avec un couteau dans les mains pour m'aider à défaire mes liens, il me connaît, je ne pourrais pas me réfugier chez moi.

– Alors ? Qu'est-ce qui t'as fait si peur, Hazel ?

– Toi ! craché-je.

Le plus troublant je crois, c'est cet étrange calme sur son visage. Il semble tout à fait à l'aise maintenant, alors que boire un verre avec moi paraissait compliqué.

– Qu'est-ce que tu as vu ? répète-t-il. Dis-le.

– Toi qui passais tes nerfs sur un pauvre type. Ta violence, c'est ça que j'ai vu.

Il a un rictus. Un peu le même qu'il a eu quand nous avons passé la soirée ensemble et que je lui ai rappelé que sur le mur, il y avait son sang. J'ai l'impression qu'il sourit ainsi quand il est irrité, perturbé. Et c'est légèrement flippant.

– Tu as peur, mais tu ne comprends pas pourquoi. Tu ne sais même pas ce que tu as vu exactement.

– Je t'ai vu tabasser un homme à coups de pied et avec un poing américain. Je t'ai vu frapper un homme avec ton masque pour qu'on ne te reconnaisse pas… Je ne vois pas ce que je n'ai pas compris.

– Le contexte, c'est ça que tu n'as pas compris, lâche-t-il, comme si cette réponse suffisait. Et par ta faute, il s'est échappé et nous sommes tous les deux en danger. Toi, surtout.

« Échappé », « danger », il parle bizarrement. Je ne comprends absolument rien de ce qu'il dit, mais au ton de sa voix, je n'ai pas l'impression qu'il plaisante et une autre forme de peur m'enlise un peu plus dans les ténèbres. D'instinct, je cherche encore à libérer mes bras, les menottes me mordant la peau.

– Le seul danger, c'est toi. C'est toi le…

– Tu as raison, me coupe-t-il. Et c'est une chose que tu ferais mieux de garder en tête. Je suis dangereux, Hazel. Et même si tu t'approches de la vérité, tu n'as pourtant aucune idée de ce dont je suis capable. Si tu avais été plus maligne, tu m'aurais craint un peu plus fort encore. Cette situation est entièrement ta faute.

– Ma faute ?

Ma voix est hystérique.

– La tienne oui, gueule-t-il plus fort que moi. Parce que tu es une fauteuse de troubles.

Fauteuse de troubles ?

– Tu es complètement fou.

– Je me demande si c'est moi le plus fou de nous deux.

Je tourne la tête pour fuir son regard. Au-delà de la peur que je ressens, je suis épuisée aussi bien physiquement que mentalement, mais également perdue et impuissante. Je n'ai absolument aucun contrôle sur ce que j'éprouve ni sur la suite des événements et je crois n'avoir jamais senti un tel poids dans ma poitrine. Je veux croire que tout cela n'est qu'une vaste blague, mais tout ce qui me ravage de l'intérieur est bien réel.

– Laisse-moi partir. Je ne dirai rien à personne, ni à la police… je me fiche de ce que tu foutais dans cette rue. Je me fiche de qui tu es, de ce que tu fais, de… toi. J'oublierai jusqu'à la moindre parcelle de ton existence, mais laisse-moi partir.

– En es-tu seulement capable ?

Il s'avance vers moi. Mon cœur loupe un battement quand il s'assied tranquillement sur le rebord du lit. Jamais je n'aurais cru qu'un cœur qui bat serait aussi douloureux.

– Pourras-tu oublier ce que tu es en train de subir en ce moment ? demande Jun. Tes mains et tes jambes attachées, cette image de moi qui frappe cet homme sans hésitation ni remords, cette peur qui te glace le sang, cette conversation entre nous. Sauras-tu oublier tout ça ? Je ne crois pas.

– Si, si…

Ma supplique est navrante et désespérante. Je tente de m'accrocher à un espoir que je ne vois pas, que je n'espère même pas.

– Non, et c'est normal.

– Alors quoi ? Tu vas me tuer parce que je t'ai vu faire du punching-ball sur un mec et que je suis ta voisine ? Tu vas me tuer parce que je voulais simplement te dire bonsoir ? Je t'ai soigné je te signale.

– Je ne t'ai rien demandé.

– J'aurais dû te laisser crever…

– Sans l'ombre d'un doute. Me soigner était d'une bêtise et d'une inconscience sans nom.

Interdite, je secoue la tête et bien que je ne le veuille pas, les larmes coulent désespérément le long de mes joues.

– Hazel, grogne-t-il soudain, si j'avais voulu te tuer, tu serais déjà morte à l'heure qu'il est ou ailleurs qu'attachée sur mon lit. Crois-moi quand je te dis que ce que tu crois être de la peur maintenant se transformerait en terreur.

Ses mots font presque exploser mon cerveau. Une espèce de rage et de colère me lèchent férocement la peau. S'il n'y avait pas tous ces liens qui me retenaient, je lui aurais arraché la trachée à pleines dents.

– Tu les attaches où, les filles, d'habitude ? crié-je. Libère-moi de ces putains de liens, laisse-moi… je te jure que je vais…

– Je vais attendre que tu sois un peu moins hystérique alors.

Je me débats, mais je ne réussis qu'à me faire mal et à glisser le long du mur. Jun me redresse à nouveau.

– D'habitude, j'emmène les gens dans des endroits beaucoup moins sympathiques qui feraient dresser les poils de ta nuque ou te feraient te pisser dessus. Tu peux t'estimer heureuse de ce traitement de faveur.

– Heureuse ?

J'ai l'impression de vomir ce mot.

– Très heureuse, rectifie Jun.

– Va te faire foutre.

Un bref éclat de rire lui échappe. J'ignore si c'est flippant ou rassurant.

– Je ne suis pas un violeur si c'est ce que tu te demandes.

Et pas vraiment vigile non plus j'imagine.

– Alors tu es quel genre de taré ?

– Le genre dangereusement sexy, se moque-t-il en reprenant mes mots.

Je n'arrive même pas à imaginer une pique bien sentie à lui balancer dans la gueule.

– À ton avis, je suis quoi, Hazel ?

– Pas vigile.

– En effet.

– J'ai vu des armes dans un sac quand je suis venue nourrir ton chat. Tu es flic ? Agent de la CIA ?

Il semble tiquer, il fait même une grimace. Vu comme elles étaient bien cachées, il doit se dire que j'ai fouillé.

– Alors tu as joué les fouines ?

– Non, ton foutu chat était coincé dans le faux fond de ton armoire. Tu es quoi, Jun ?

– Je vais te donner un indice. Quand nous avons mangé une part de ton gâteau, tu brûlais presque sur mon véritable métier.

Je suis perplexe. Puis tout à coup, je me souviens : *The Punisher.*

– Tu es…

Je m'interromps parce qu'en réalité, je ne sais pas et je ne comprends pas. Ou peut-être que j'ai peur de comprendre.

– Dis-moi.

– Tu… es un vengeur ?

– Disons que nous sommes opposés, toi et moi. Toi, tu soignes les gens, moi, je les aide d'une autre manière. On loue mes services pour que je fasse un peu de ménage, pour que je me débarrasse des ordures.

– Tu…

Je secoue la tête. Je ne veux pas le croire. Cette information ne veut pas s'ancrer dans mon esprit.

– Dis-le.

Je secoue à nouveau la tête, alors il grogne mon prénom comme une menace.

– Tu tues des gens ?

– Bonne réponse. Et maintenant que tu le sais, j'ai une raison de tuer.

Ses mots se répètent en boucle dans mon esprit. Je ne sais pas comment interpréter sa dernière phrase. Il est tellement troublant et froid. Puis, sans un mot, il se penche et fouille dans la poche de son pantalon. Du coin de l'œil, je le vois sortir quelque chose qui scintille à la lumière. D'un mouvement bref, il déplie la lame du couteau et se penche vers moi. La peur me prend aux tripes tandis que sa lame se rapproche de moi. Il a dit qu'il ne me tuerait pas, mais Jun m'effleure avec son couteau. Mon cœur est plus fou que jamais, mais soudain, je ressens un soulagement physique. Je peux bouger les jambes à ma guise. Bien que j'aie envie de m'enfuir loin de lui, je me maîtrise. Mais lorsqu'il libère enfin mes bras, je passe outre la douleur et je lui enfonce mon poing le plus violemment possible dans la gueule. Jun tombe sur le lit et je me jette sur lui. Ma rage explose. Je le frappe autant et aussi fort que je le peux ; je m'égosille en le traitant de tous les noms.

– Tu m'as étranglée, humiliée, kidnappée, attachée, séquestrée…

– Peut-être, mais tu es en vie, lâche-t-il d'un air hautain.

– Rien ne peut justifier ce que tu es en train de me faire subir. Rien.

Je m'épuise, je force sur mes bras douloureux d'être restés trop longtemps attachés, et ça ne m'aide pas à aller beaucoup mieux, mais je continue jusqu'à ce que ce soit impossible. Lorsque je relève la tête, je comprends qu'il m'a laissé faire et ça me rend encore plus folle de rage.

– Tu es qu'un pauvre connard.

– D'accord, grogne-t-il. La récréation est terminée. Tu t'es assez défoulée.

– Tu mérites tellement plus. Tu…

Jun enroule ses bras autour de ma taille, roule sur le lit et se redresse en m'entraînant avec lui. Je heurte son torse. Lorsque je veux le fuir, je me rends compte que mes jambes sont engourdies et lourdes. Merde.

– Écoute-moi, ne me force pas à te rattacher. Ça va m'agacer et me faire perdre du temps.

– Tu…

– Ce que tu as interrompu ce soir pourrait te mettre en danger.

– Je ne comprends pas.

– Bien évidemment, alors écoute-moi. Il y a quelques points importants que tu dois savoir. En premier lieu, il t'a vue, il a entendu ton prénom et il a probablement aussi remarqué ta blouse et ton badge d'hôpital.

– Et alors ? Je l'ai aidé à t'échapper, il est probablement content.

– Effectivement, on en arrive au deuxième point : l'homme que j'ai tabassé ce soir sait que je connais son sombre petit secret et n'en restera pas là.

– Et c'est quoi, son secret ? Tu vas me faire…

Il lève le doigt en l'air et me foudroie du regard pour m'intimer le silence.

– Je fréquente assez souvent ce genre de gars pour savoir qu'il va essayer de me retrouver pour me tuer et pour ça, la seule piste qu'il ait, c'est le nom de ton hôpital et ton prénom.

– Pourquoi je serais plus en danger auprès de ce type plutôt que toi ? C'est toi, le fou qui m'a kidnappée, qui me séquestre. Il était sans défense, apeuré…

Il éclate de rire. Un rire sans joie.

– Bien sûr qu'il était apeuré et c'était une chose parfaitement légitime. Il savait qu'il allait mourir parce que j'étais là pour le tuer.

Je souffle, le cœur au bord des lèvres.

CHAPITRE 12

JUN

Tout a foiré. J'ai tout foiré.

J'aurais dû la tuer. Non, je ne pouvais pas.

Fauteuse de troubles. Par sa faute, je l'ai laissé s'échapper et il est au courant que je sais ce qu'il trafique. Il va falloir que je lui tombe dessus rapidement et que je termine ce que je n'ai pas pu terminer. Bon sang, mais qu'est-ce qu'elle foutait là ? Elle a tout gâché et ça me frustre tellement que mes poings se serrent dès que j'y pense.

C'est la première fois de ma vie que j'échoue à une mission, pire, que je laisse s'échapper un potentiel prédateur. J'ai pu lui mettre une raclée avant qu'elle ne foire tout, heureusement. J'espère juste qu'il n'a gagné qu'un peu de temps et que je pourrai lui retomber dessus avant qu'il ne fasse une connerie. Il va falloir que je prévienne Hank et que je lui explique le souci. Mais avant ça, il faut que je règle mon autre souci. Et je ne sais pas quoi faire. Cette situation est nouvelle pour moi et je ne sais pas par où commencer. J'aurais pu la tuer lorsqu'elle était inconsciente, ça m'aurait pris quelques minutes à peine, mais ce n'est pas mon *modus operandi.* Je ne tue pas les gens comme ça parce que j'en ai envie. Je les tue uniquement quand on me paye pour me débarrasser des ordures.

– Je veux rentrer chez moi.

La peur et le doute transparaissent dans sa voix. Sans doute parce qu'elle sait que ce n'est pas possible, que je ne vais pas la laisser m'échapper si facilement.

– Non, on n'a pas fini de parler, toi et moi.

Ses yeux s'écarquillent. Elle a peur. C'est bien, c'est ce qu'il faut. Je veux qu'elle me craigne et qu'elle prenne conscience qu'elle est potentiellement en danger à cause du taré qui est je ne sais où à l'heure actuelle.

– Je crois qu'on n'a pas grand-chose à se dire…

– Détrompe-toi. Ce n'est pas parce que je t'ai détachée que j'ai pour autant terminé.

– Et si je n'ai pas envie de t'écouter ?

– Il va falloir te forcer.

Bien qu'il y ait toujours de la crainte dans ses yeux, il y a également de la rage. Elle a une étrange fougue qui m'intrigue. Je m'adosse contre la porte de ma chambre, puis je me laisse tomber au sol. Hazel fait les cent pas entre mon lit et le mur. Son regard balaye la pièce à toute vitesse. J'ai l'impression qu'elle cherche quelque chose. Les armes, sans doute. Elles ne sont plus là. De toute façon, elle serait incapable de s'en servir. Si ses mains ont déjà saigné, c'est uniquement pour soigner les gens, pas comme moi.

– Alors ? Je t'écoute... puisque tu as tant de choses à me dire, vas-y.

Je ne sais pas encore ce que je veux lui confier. Je ne crois pas qu'elle ait les épaules pour tout entendre. Ce qu'elle a subi entre hier soir et maintenant doit l'épuiser physiquement et mentalement. Et d'une certaine manière, même si je suis beaucoup plus à l'aise dans cette situation que devant une part de gâteau, je ne peux m'empêcher d'être perturbé par sa présence et par ce qu'elle sait sur moi. C'est une situation tout à fait inédite et je ne suis pas certain de pouvoir la gérer. Une part de moi se demande si je ne fais pas exprès de lui parler pour avoir une raison de la tuer. Parce que c'est vrai, elle ne peut pas vivre en sachant mon secret. Et pourtant, même si mettre mes mains autour de son cou ne me poserait aucune difficulté, j'en suis physiquement incapable.

– Archie Fuller, c'est le nom de l'homme que tu m'as vu tabasser hier soir, je lance d'une voix grave.

– Et alors ?

Hazel me fixe comme si j'étais fou.

– Alors puisque tu semblais te soucier de son sort, je te donne son nom. Archie Fuller, 24 ans, il a un faible pour les mineurs.

Elle se fige quelques secondes avant de se remettre à marcher à travers la pièce.

– Co… comment ça ?

– Il a une préférence pour les adolescentes. Il y a quelques semaines, il est sorti avec une fille de 14 ans. Quelques jours plus tard, une de ses amies a signalé sa disparition. Et durant les jours qui ont suivi son signalement, cette fille a également disparu.

– Il les a…

– Je ne sais pas. Ta divine intervention m'a empêché de lui tirer les vers du nez.

Elle tourne la tête vers moi et me lance un regard assassin. On dirait qu'elle meurt d'envie de me sauter à la gorge. Malgré la peur panique qui l'habite, elle a une rage de vivre, comme lorsqu'elle s'est mise à me frapper. Je l'ai laissée faire parce que je savais qu'elle en avait besoin pour se défouler.

– Ne me… ne me fais pas culpabiliser pour… Comment peux-tu faire ça alors qu'il te suffisait de le rattraper lui, plutôt que de me kidnapper ? Je t'interdis de me faire porter cette faute.

– Tu étais une plus grosse menace que lui. Parce que tu me connais et que tu pouvais alerter la police. Lui n'avait aucun moyen de remonter jusqu'à moi. Si tu n'avais pas fait ta fouine, on n'en serait pas là.

– Tu es un tel connard.

– Décidément, ta véritable nature est un poil plus vulgaire que je l'imaginais.

– Va te faire foutre.

– Je te dirais bien que ce n'est pas joli dans la bouche d'une fille, mais je trouve que ça te donne un côté effronté qui te va bien.

Je l'ai perturbée, car elle ouvre la bouche plusieurs fois, mais ne parle pas.

– Mon côté effronté, rêve de t'éclater les pruneaux.

– Et je rêve de te voir essayer.

Elle secoue vivement la tête.

– Il est peut-être innocent, tu as dit que tu ne savais pas. Si ça se trouve…

– Après cette deuxième disparition, je l'ai suivi, la coupé-je. Il a passé ses journées à guetter les filles et les garçons dans les collèges. Il avait une nouvelle cible en ligne de mire.

Hazel arrête de faire les cent pas et, comme moi, elle se laisse tomber au sol.

– Je suis en danger…

Elle a prononcé ces mots si bas que j'ignore si c'est une réflexion qu'elle se fait à elle-même ou si c'est une question qu'elle me pose.

– Il a vu ton visage, il a entendu ton nom et, surtout, celui de l'hôpital dans lequel tu bosses est bien visible. C'est un peu mince comme piste pour remonter jusqu'à toi, mais avec les réseaux sociaux, c'est facile de retrouver quelqu'un.

– Tu dis ça pour me faire peur ?

– Oui, réponds-je sincèrement. Mais également pour te mettre en garde.

– C'est impossible qu'il me retrouve. Il faisait noir et sombre dans la ruelle, il avait le visage plein de sang et… c'est impossible.

– Tu serais étonnée de ce dont sont capables les gens pour protéger leurs petits secrets. Surtout ceux qui pourraient anéantir leur vie tout entière.

– Toi en revanche, tu en connais un rayon.

– Exactement.

Étonnamment, je crois que j'aime cette façon qu'elle a de me répondre et de se montrer sarcastique parfois. C'est un moyen de se défendre comme un autre.

– Qui es-tu exactement ?

Sa question est simple, mais la réponse l'est un peu moins. Je ne suis personne en particulier. Je me fonds dans la masse la plupart du temps.

– Un homme que le destin n'aurait jamais dû mettre sur ton chemin.

Son regard croise le mien et elle éclate de rire. Un rire sans joie, limite hystérique. Je l'observe attentivement. Elle est troublante. Bon sang, si seulement elle ne m'avait pas vu hier soir, on n'en serait pas là en ce moment. Je la rends responsable de toute cette histoire, mais je sais que c'est moi le premier qui ai fauté.

– Tu ne veux pas vraiment savoir qui je suis.

– Et pourquoi ?

– Parce que je suis persuadé qu'avant ce soir, tu voulais en savoir plus sur moi, mais que maintenant, tu as peur et tu te fiches de qui je suis. Ce qui t'intéresse, c'est ce que je fais. Alors, je ne crois pas que ce soit la bonne question que tu te poses.

– Quel métier exerces-tu exactement ? demande-t-elle.

– Je suis payé pour tuer des gens.

Hazel secoue la tête, comme si cette idée lui était vraiment difficile à accepter. Ce que je peux comprendre. Ce n'est pas une activité tout à fait banale. Elle reste silencieuse et moi aussi. J'attends sa réaction, je guette les changements qui s'opèrent sur son visage et dans sa posture. Plusieurs émotions altèrent son expression : l'inquiétude, la peur, l'hallucination, le déni… Ses doigts qu'elle noue nerveusement entre eux. Les secondes passent, puis se transforment en minutes.

– Tu es un meurtrier.

Cette phrase tombe comme un cheveu sur la soupe.

– Je préfère le terme « nettoyeur ». Je m'occupe des déchets.

– Déchets ? Comment ça ?

Elle est interdite, elle ne comprend pas bien. Et je ne la ménage pas.

– Des gens qui ne méritent pas de vivre, réponds-je d'un ton las.

– Qui es-tu pour décider qui mérite de vivre ou pas ? Tu n'as aucun droit de vie ou de mort sur les gens, c'est…

– Je ne décide pas, je ne fais que ce pour quoi on me paye.

Si elle croit pouvoir me faire culpabiliser, il y a bien longtemps qu'elle aurait dû intervenir pour sauver mon âme, car je n'éprouve aucun remords à tuer un type qui viole des gamines et que la justice a laissé filer.

– C'est pareil, lance-t-elle. C'est toi qui portes le coup de grâce.

– Les gens prennent leur décision, ensuite j'interviens. Ce sont eux qui scellent le destin de mes victimes.

Je ne m'attendais pas à ce qu'elle me comprenne ni à ce qu'elle accepte ma vérité, même si elle voulait l'entendre. Je ne m'attends pas non plus à ce qu'elle approuve, je ne lui demande pas de le faire.

– Alors quoi, les gens te demandent de tuer une personne et tu t'exécutes comme un toutou ?

– Ne me sous-estime pas, Hazel. Ne m'insulte pas non plus.

– Chaque vie est…

J'éclate de rire avant qu'elle ne finisse sa phrase et elle me lance un nouveau regard assassin.

– Chaque vie est précieuse ?! répliqué-je, plein de sarcasme. Je t'en prie, épargne-moi ton baratin d'infirmière bien sous tous rapports. C'est d'une hypocrisie à vomir.

– Tu es un monstre. Tu joues avec la vie des gens et ça t'amuse, tu…

– Selon toi, quelle vie a le plus de valeur entre celle d'une gamine de 14 ans et celle de son violeur ?

Elle reste silencieuse.

– Je ne te demande pas d'approuver ce que je fais, mais dis-moi, Hazel. Dis-moi, selon toi, quelle putain de vie est la plus précieuse entre ces deux-là ? Réponds !

– Celle de la gamine de 14 ans, souffle-t-elle comme si elle me confiait un secret.

– Voilà, tu vois, tu viens de peser le pour et le contre en trente secondes, alors ne viens pas me dire que toutes les vies sont précieuses. Peu importe ce que devient cette gosse plus tard, à l'instant T, c'était soit elle, soit l'homme qui la pervertit et lui fait du mal. Et la solution est simple.

– Et c'est quoi, la morale de l'histoire ? lance Hazel d'une voix hystérique. Parce que j'imagine que tu en as une et qu'elle t'aide à bien dormir la nuit. C'est quoi, ton truc, pour te convaincre que ce n'est pas mal, ce que tu fais ?

– Il n'y a pas de morale, on n'est pas dans un putain de conte de fées, Hazel. Dans la réalité, les hommes sont pourris jusqu'à la moelle. Je tue les ordures, j'aide les gens qui souffrent, je les débarrasse de leurs bourreaux.

– La justice est faite pour ça. Tu n'as pas à faire le boulot à sa place.

– La justice ? C'est justement quand la justice les a laissés tomber que les gens font appel à moi. Qu'est-ce que tu crois ? Que toutes les histoires finissent bien ? La plupart du temps, c'est le méchant qui gagne et il recommence. Alors pour qu'il arrête, il y a une solution radicale.

Hazel n'ose plus me regarder, elle fixe mon armoire.

– Alors tu tues quel genre d'ordures ? Des hommes comme Derek ?

– Ce gars est aussi insignifiant qu'un cafard. Généralement, les gens dont je m'occupe sont d'un niveau au-dessus. Des violeurs, des hommes très violents…

– Et des femmes, tu tues des femmes aussi ?

– Oui, je l'ai déjà fait.

Mais il faut avouer que je tue des hommes la plupart du temps.

– C'est… terrible.

Hazel a l'air horrifiée. J'éclate de rire. Elle est naïve, elle est d'une candeur, c'est affligeant. Qu'est-ce qu'elle croit, que les monstres ne sont que les hommes ? Il y a aussi des femmes capables de faire des choses effroyables.

– Parce que je tue une femme, c'est terrible ? La vie d'une femme vaut plus que celle d'un homme, selon toi ?

– Je…

– Je ne fais pas la différence entre une femme qui met son enfant dans un micro-ondes et un homme qui bat sa femme et ses gosses. Pour moi, ce sont juste des cibles à abattre.

– Je…

– Quoi ?

Je ne la ménage pas.

– Tu as tué une femme qui a mis son enfant dans un… micro-ondes ?

– Oui.

Le regard qu'elle plonge dans le mien est perturbé. J'ai la sensation que quelque chose s'est brisé en elle. Pas au point de me comprendre, mais assez pour la faire douter légèrement. Je pourrais lui dire ce que je fais, lui parler plus en détail de mon boulot, mais elle n'est pas prête à entendre ça ni moi, à le lui dire.

– J'ai besoin d'air… c'est trop.

Elle se redresse subitement. Je l'imite.

– En plus, il faut que j'aille aux toilettes, alors si tu as fini de parler et si tu ne me tues toujours pas, je peux y aller ? Je veux rentrer chez moi et… ne te vexe pas, surtout, mais je veux m'éloigner de toi.

– Non, il me reste encore des choses à dire.

Elle souffle, on dirait qu'elle est prête à fondre en larmes. Je comprends qu'elle soit perturbée et qu'elle ait du mal à encaisser tout ce que je viens de lui dire, mais je dois m'assurer qu'elle comprenne bien les enjeux de ce qu'elle a déclenché. Nous sortons de la chambre en silence.

– Va aux toilettes, je t'attends.

Je la laisse faire et je l'attends, adossé contre le mur. Quand elle sort, elle essuie ses mains sur son jean. Je me dirige vers la cuisine et l'entends me suivre. Nous nous arrêtons au niveau du bar.

– Je vais te donner mon numéro de téléphone.

– Pour quoi faire ? Tu m'excuseras, mais je n'ai plus tellement envie d'un rencard.

Je lui lance un regard en biais et elle rougit.

– Cette nuit, on a laissé filer un éventuel prédateur…

– Tu dis « on », il y a du progrès, raille-t-elle.

– Je dis « on » pour ne pas dire toi, grommelé-je.

Qu'elle est exaspérante !

– C'est impossible qu'il me retrouve.

– C'est une possibilité qu'il faut absolument prendre en compte. Je connais ce genre de tarés. Ils sont prêts à tout.

– C'est… rassurant. Merci.

– Hazel, je ne le laisserai pas te faire du mal.

Elle se fige et alors que je pensais croiser son regard apeuré, je découvre des yeux pleins de colère.

– Arrête de me faire peur. On dirait que c'est acté alors que tu n'en sais rien. Et ne me dis pas que tu vas me protéger alors que tu as envie de me tuer.

– Acté ou non, je connais ce genre de gars. Ils sont vicieux, malhonnêtes et brutaux. Aussi doux puissent-ils paraître, je t'assure que lorsque tu vois leur vrai visage, c'est autre chose. Et je ne veux pas te tuer. J'ai bien assez de mon boulot pour faire des heures supplémentaires.

Elle hoche la tête, par fatigue, ou par résignation, je ne sais pas. Je sors alors un bout de papier avec mon numéro de téléphone que j'avais préparé quand elle était encore inconsciente.

– Si tu as le moindre doute, si tu as l'impression que tu es suivie ou en danger, tu m'appelles. Si je ne réponds pas et que tu n'es pas chez toi, tu m'envoies un message avec tes coordonnées pour que je puisse te rejoindre.

– D'accord, dit-elle en serrant le papier contre sa paume. Je peux y aller ?

– Oui.

Sans un mot, elle me dépasse et se dirige vers la porte d'entrée.

– Tu as oublié quelque chose.

Elle se tourne vers moi, l'air désabusé. Je n'aimerais pas être dans son esprit.

– Quoi encore ?

Je lui montre son sac à main. Elle rougit comme une tomate et s'approche de moi pour le récupérer. Quand elle est à ma portée, j'attrape son poignet. Elle essaie aussitôt de se dégager.

– Qu'est-ce que…

– Une dernière chose. Je compte sur toi pour ne rien dire de tout ça à personne. Si ça venait à se savoir, j'imagine que je pourrais faire un petit tour du côté de chez Rosie par exemple.

Son regard change. Je me suis permis de fouiller dans son téléphone portable. Ses mots de passe étant enregistrés pour les applications des réseaux sociaux, j'ai pu y trouver quelques informations sur ses amis. De quoi faire pression pour l'empêcher de parler.

– Tu… comment ?

– Peu importe comment. Tu es prévenue.

– C'est une menace ? souffle-t-elle.

– Appelle ça comme tu veux.

– Tu as dit que tu ne tuais que les pervers. Rosie, elle… je te jure que si tu lui fais du mal à elle, je t'enverrai rejoindre tes victimes en enfer.

– J'ai aussi dit que les gens feraient tout pour garder leur secret.

Je lâche son poignet, elle m'arrache son sac des mains si brutalement qu'une des lanières s'arrache.

« Va au diable » sont les derniers mots qu'elle laisse échapper avant de disparaître de ma vue.

Putain, j'ai vraiment tout foiré.

PARTIE 2

La maison du lac

CHAPITRE 13

HAZEL

Je crois que je me rends compte que je suis sous la douche seulement lorsque l'eau dévale sur mon visage. Je dois être un peu à l'ouest, car je réalise que j'ai encore mes vêtements sur moi quand ils me collent à la peau. J'ai même gardé mes baskets. Zut !

Je me déshabille et laisse mes vêtements tomber à mes pieds. Mes mains tremblent. Non, en fait, ce ne sont pas mes mains, c'est tout mon corps qui est en proie à de violents spasmes, si bien que mes jambes me lâchent brutalement et je tombe sur les fesses. Je ne prête pas attention à la douleur. Recroquevillée sur moi-même, j'enroule mes bras autour de mes jambes et cache mon visage dans mes genoux. Des sanglots m'échappent sans que j'aie le moindre contrôle sur eux. Je pleure comme un bébé et je n'arrive pas à m'arrêter alors je cesse de lutter et j'accepte mes larmes. J'en ai besoin. J'ai besoin de craquer.

J'ignore le temps qui s'est écoulé quand je sors de la douche. Je démêle mes cheveux et j'enfile un peignoir avant de me laisser tomber dans mon lit. Mon réveil affiche 12 h 54. Le boulot a probablement essayé de m'appeler, Rosie aussi. Mais pour le moment c'est le cadet de mes soucis. Tout ce qui m'importe, c'est l'épais brouillard qui a obscurcit mon esprit et que je voudrais dissiper avant qu'il ne me rende folle pour de bon. Je voudrais que ces dernières heures s'effacent, je voudrais n'avoir jamais tourné dans cette ruelle, de ne l'avoir jamais surpris et n'avoir jamais vécu ce qui s'en est suivi. J'aimerais oublier ses regards, ses mots, ses explications, ses rires, mais c'est impossible. Je n'y arrive pas. Tout joue et rejoue à l'infini dans ma tête.

Jun, Jun, Jun, Jun…

Ce connard, ce sale type, ce goujat, ce… Incroyable de voir à quel point il était devenu un autre homme. Adieu le gars timide et mal à l'aise dans les conversations normales et bonjour le mec sûr de lui dans cette… sombre ambiance.

Je me frotte nerveusement le bras alors que je repasse en boucle notre conversation. J'aimerais arrêter de penser à ça, mais c'est peine perdue. Comment je pourrais oublier qu'il m'a séquestrée et attachée ? Comment je pourrais oublier cette conversation si flippante et irréelle ? Et surtout, comment oublier qui il est et ce qu'il fait ?

C'est un meurtrier. Non, un assassin. Enfin, c'est la même chose, le résultat est identique. Je ne peux pas oublier ça. C'est gravé au fer rouge dans mon esprit. Je me roule en boule et enfouis mon visage dans mon oreiller quand mes pensées divaguent vers l'homme qu'il était en train de tabasser. Je me repasse cette scène en boucle. J'ai encore du mal à assimiler tout ce qu'il m'a dit. Cet inconnu représente un danger.

Je suis en danger.

Non, je ne suis pas en danger, c'est ridicule, ça aussi. Il a dit ça pour me perturber, pour pouvoir me contrôler… et il a réussi. Un violent frisson me parcourt et une peur panique me saisit le cœur. Bien qu'il fasse chaud, je suis gelée. Impossible de me réchauffer, c'est à l'intérieur que j'ai froid. C'est dans ces moments-là que je regrette ma mère, qu'elle me manque. Son étreinte, je donnerais tout pour la sentir à nouveau. Si seulement je pouvais trouver ce réconfort avec Rosie, je lui… Et puis soudain, cela me revient en pleine figure. Rosie et les autres… Mes amis sont en danger eux aussi. Il a menacé de les tuer, de leur faire du mal si je disais quoi que ce soit…

Pourquoi ? Pourquoi il a fait ça, alors ? Pourquoi est-ce qu'il m'a parlé de lui, de ce qu'il faisait ? Pourquoi m'a-t-il forcée à l'écouter, à prendre part à sa vie d'une certaine manière ? Je n'ai rien demandé… C'est injuste. Ce mec est un connard. Je ne voulais pas savoir, je voulais continuer de croire qu'il se donnait un genre mystérieux, qu'il était juste un peu spécial. Au lieu de ça, je sais tout.

Je le déteste. Je le hais d'avoir fait ça, de m'avoir dit tout ça. Je sens que des sanglots refont surface, mais je les arrête en secouant la tête. Non, je ne peux pas faire que pleurer, je dois…

C'est plus fort que moi, je pleure encore.

Une heure plus tard, je me force à me lever. Je récupère mon téléphone portable dans mon sac. Pour que Jun soit au courant, j'imagine qu'il a fouillé dans mon sac et dans mon téléphone. L'enflure. Je déverrouille l'écran. Effectivement : Rosie a essayé de me joindre plusieurs fois, en m'appelant ou en m'envoyant des messages. Je lui réponds brièvement par SMS que j'ai été nauséeuse toute la nuit et que ce matin ça n'allait pas mieux, pour éviter qu'elle ne s'inquiète davantage, puis je me fais porter pâle auprès de l'administration de l'hôpital. Je mets mon téléphone en charge et… je tourne en rond. Je n'ai pas envie de regarder la télé ni de lire un livre… Je n'ai envie de rien. On fait quoi quand on vient d'apprendre que son voisin est un tueur et qu'il est probable qu'un prédateur sexuel vous traque ? Et bien évidemment, comme je ne sais pas quoi faire, mon esprit continue de tourner à plein régime. Il a du mal à assimiler tout ce qu'il a appris et entendu. Il faut que je sorte, que je prenne un bol d'air frais. Ça devrait me faire du bien. En théorie. Une fois dans ma chambre, j'enfile un short cycliste avec un sweat par-dessus et des baskets, puis je sors.

J'ai tellement pleuré que le soleil me blesse les yeux. Je ne fais jamais de jogging et pourtant, une fois passé la grille de l'immeuble, je me mets à courir comme une folle. Je traverse la ville, je zigzague entre les gens qui se promènent. Je veux échapper à mes pensées, naïvement j'espère m'épuiser tellement physiquement que je vais m'écrouler de fatigue en rentrant. Toujours aussi naïvement, je me dis que si je vais plus vite, j'arriverai à les semer…

***

Il tue des gens. Oui, mais des violeurs, des gens violents… Il tue des gens. Oui, mais il en aide d'autres à se débarrasser de leur bourreau… Il tue des gens. Oui, mais… ce n'est pas normal.

C'est un putain de tueur, point final.

Cinq jours ont passé depuis ma fameuse discussion avec Jun. Je me suis découvert des talents d'actrice, car Rosie ne soupçonne rien du tout. Elle a cru à ma fulgurante gastro. Moi qui pensais ne jamais lui mentir ni même être capable de le faire… je me rends compte que s'il s'agit de la protéger alors j'y parviens sans problème. Enfin, je me dis qu'en cinq jours je n'ai pas eu de nouvelles de lui ni de ce fameux homme dangereux non plus. Alors je devrais peut-être essayer de me calmer.

Bon sang, je suis en colère. Contre moi, d'être si faible et perturbée mentalement. Contre lui, de m'avoir fait ça.

Je me sens ravagée d'une façon totalement nouvelle. Et je ne sais absolument pas comment le gérer. Comment gérer une situation aussi folle ? À cause de Jun j'ai peur, je suis parano. Pas plus tard qu'hier, j'avais la sensation d'être suivie alors que c'est totalement ridicule. S'il ne m'avait pas planté cette foutue idée dans la tête, je ne serais pas aussi stressée pour rien.

Lorsque je pousse la porte de l'armurerie, je me dis que je ne devrais pas être ici. le commerçant devrait se moquer de moi. Une clochette annonce ma présence, je trouve ça assez drôle dans ce genre de magasin. Un homme se tient derrière le comptoir, il me salue avant de s'occuper de son client ; derrière lui, il y a toutes sortes d'armes à feu. Je m'avance prudemment dans la boutique. Il y a aussi des étalages de vêtements, de chaussures, des accessoires pour la chasse… je vagabonde dans les allées à la recherche de… je ne sais pas vraiment, en fait. Je voudrais quelque chose avec quoi je puisse me défendre. Un genre de spray au poivre et peut-être que je pourrais aussi trouver un poing américain comme lui. Histoire d'avoir une arme de défense. Mon regard vagabonde jusqu'à ce que je trouve ce que je cherche. Il y a des dizaines de produits et je ne sais pas quoi choisir. Je prends une bombe au hasard et lis la description : « Provoque des larmoiements intenses, incontrôlables, aveuglant le sujet, une toux très importante qui engendre une détresse respiratoire et des sensations de brûlure cutanée insupportables là où le produit s'est répandu. Actionnez le jet de gaz sans laisser votre assaillant approcher. Vous constituerez ainsi un nuage dans lequel il sera pris telle une mouche dans une toile d'araignée, et restera immobilisé, incapable de réagir durant une quinzaine de minutes. »

Bla-bla-bla. Ça fera l'affaire. J'en prends deux. Malgré tout, j'aimerais trouver autre chose. Je pourrais peut-être demander. Je me dirige vers le comptoir. L'armurier me sourit et délaisse l'homme avec qui il discute.

– Je peux vous aider, mademoiselle ?

– Je vais attendre que vous finissiez avec votre client.

– Oh non, ne vous en faites pas pour lui, il a le temps.

Je hoche la tête et pose les bombes sur le comptoir.

– Il vous faut autre chose ? demande-t-il.

– Je… j'aimerais une arme de défense. Quelque chose qui pourrait m'aider à me protéger.

– C'est pour repousser un gars un peu lourd ? Parce ces bombes, je vous garantis qu'elles font des ravages.

– Oui, c'est ça.

Je crois. Quelque chose comme ça, en tout cas.

– Si vous savez donner des coups de poing, j'ai une gamme de poings américains. Sinon, j'ai des tasers. Ça fait son petit effet également.

– Je peux prendre les deux ?

Je demande ça d'un air parfaitement ahuri. Comme un enfant qui ne sait pas choisir entre deux jouets et qui demande s'il peut avoir les deux. Je sais que j'ai l'air affreusement ridicule, mais pour ma défense, je me sens affreusement paumée.

– Bien sûr, dit-il en plissant les yeux. Ce sont des armes de défense, elles peuvent être achetées librement, si vous êtes majeure.

Je hoche la tête.

– Je ne peux pas vous vendre d'armes si vous n'avez pas le port d'armes qui va avec. Mais vous pouvez aller voir la police si quelqu'un vous embête ou vous harcèle.

Il me regarde avec une sorte de bienveillance, alors je lui souris.

– Oui, je sais. Mais je préfère être prudente.

– D'accord, je vais vous emballer tout ça.

– Merci.

Quand je sors de la boutique, j'ai toujours la sensation de planer dans un monde qui ne m'appartient pas.

Une fois à la maison, j'étale mes produits sur la table basse et je les prends dans mes mains à tour de rôle pour bien les regarder. Je lis la notice qui les accompagne pour pouvoir m'en servir correctement en cas de besoin. Lorsque j'enfile le poing américain et que je l'enferme dans ma main, j'ai… l'air affreusement ridicule. Qui je vais impressionner avec mon mètre cinquante et ce foutu truc ? Comme j'ai déjà plus ou moins lu la notice de la bombe au poivre, j'ouvre le carton du taser. L'armurier m'a brièvement expliqué comment l'enclencher et m'en servir, mais je préfère y jeter un coup d'œil pour être sûre. Deux millions de volts. Deux millions, c'est énorme, non ? J'attrape mon téléphone portable et je tape dans ma barre de recherche internet : « Combien de volts avec un taser pour assommer un homme ? » Internet me répond que deux millions, ce n'est pas si énorme que ça. Je poursuis ma lecture et regarde comment enclencher l'appareil. Je trouve ça tellement flippant que mes mains tremblent, mais je veux pouvoir me protéger un minimum, et si ce n'est pas de l'homme que Jun tabassait alors ce sera de Jun lui-même.

Précautionneusement, j'actionne le *shocker*. L'arc électrique se met en action et un éclair bleu jaillit du bout de l'appareil. Je suis surprise par le bruit de l'onde sonore, mais au moins ça a l'air efficace. Plus qu'à le voir en action. Mon Dieu, j'espère ne jamais l'utiliser !

Quand l'heure d'aller au boulot approche, je me prépare. Je ne travaille pas de nuit cette semaine normalement, mais un de mes collègues m'a demandé si on pouvait échanger nos gardes.

J'ai accepté. Ça fait plusieurs jours que je ne dors pas, alors quelque part, c'est une bénédiction d'être affairée la nuit.

Je passe la nuit à m'occuper des patients, à voguer d'une chambre à l'autre pour répondre à leurs besoins quand ils sonnent ou à leur donner leurs médicaments. Je remplis les dossiers afin d'assurer le suivi pour la prochaine garde. Et j'observe les lieux à la fois calmes et étranges. Je ne sais pas pourquoi, je me dis toujours qu'un hôpital serait un endroit parfait pour un film d'horreur. J'ai récemment lu un article sur des lieux délabrés. Parmi les photos qui l'illustraient, on découvrait des endroits abandonnés dans lesquels la nature avait repris ses droits. Il y avait l'intérieur d'un hôpital où se mêlaient matériels abandonnés et végétation. C'était à la fois flippant et magnifique.

Ça me fait du bien d'être occupée, même si je suis éreintée. C'est un peu bizarre de travailler sans Rosie, mais quelque part, je préfère, ça m'évite d'avoir à lui mentir. Enfin, il va quand même falloir que j'arrive à oublier tout ça.

Il est 4 heures du matin quand certains des malades se réveillent. L'une d'elles, Dani, s'est installée dans la salle de repos, un livre à la main.

– Est-ce que tout va bien ? me demande-t-elle.

Elle doit avoir une cinquantaine d'années. Elle est ici parce que de temps en temps, elle a de grosses périodes de déprime. Dani a perdu sa fille il y a quelques années. Elle m'a raconté une fois qu'elle s'était disputée avec elle juste avant qu'elle ait un accident. Tous les ans à la même période, elle vient se reposer ici, parce qu'elle a peur de faire des bêtises.

– Oui, réponds-je en souriant, et vous ?

– La nuit a été courte, j'ai fait un cauchemar, mais ça va.

On arrive à les endormir si le besoin s'en fait sentir, malheureusement, on ne peut pas les protéger de leurs rêves ni de leurs cauchemars.

– Et vous ? Votre sourire me paraît crispé et votre mine, fatiguée.

– Oui, c'est vrai, je suis peu fatiguée.

Elle hoche la tête, pourtant, le regard qu'elle me lance me dit qu'elle ne me croit pas.

– Ce n'est pas de la bonne fatigue, n'est-ce pas ? Vous êtes préoccupée par quelque chose, ça se voit.

Parfois j'oublie que certains patients sont de fins psychologues. Comme ils sont ici très souvent, ils nous connaissent eux aussi. Je ne sais pas pourquoi je ne dis rien. J'ai la sensation que je pourrais exploser si j'ouvrais la bouche.

– Je compatis, je sais ce que c'est, de ne pas dormir à cause d'un esprit qui cogite trop. J'espère que vous trouverez un remède assommant pour parvenir à vous reposer.

Tandis qu'elle se replonge dans la lecture de son livre, je me dis qu'un coup de taser pourrait m'endormir.

Je suis littéralement éreintée quand je m'adosse à la paroi de la cage d'ascenseur. Je réussirai peut-être à dormir. Je m'avance jusque chez moi, frissonne bizarrement en passant devant l'appartement de Jun et enfonce mes clés dans la serrure. Je retire mes chaussures à l'entrée et je m'effondre sur le canapé. Les armes de défense que j'ai achetées ce matin sont toujours là. J'aurais dû en prendre une au boulot. Quelle idée de les avoir achetées et de les laisser à la maison ! Je soupire lorsque je remarque que mon frigo est vide. Je n'ai pas mangé depuis hier soir. Prenant mon courage à deux mains, je me décide à aller à la supérette pas loin d'ici. Juste histoire d'avoir de quoi grignoter en attendant de faire les courses demain. J'ouvre la porte, quand je tombe nez à nez avec des hommes.

– Bonjour, lance gaiement l'un d'entre eux.

Je le sens mal.

Ils sont trois au total. Un blond. Un grand à lunettes. Et un homme au visage couvert de bleus. Je le reconnais immédiatement : c'est l'homme que Jun a tabassé. Alors deux constatations éclatent dans ma tête : il n'a pas réussi à l'attraper et il avait raison, il est là…

Bouge-toi ! Bouge-toi !

J'obéis à mon instinct à la seconde alors qu'ils me regardent tous les trois comme s'ils allaient… me tuer. Je claque la porte et fonce vers ta table. J'attrape mon téléphone à l'arrache, mais je n'ai pas enregistré le numéro de Jun, il est posé sur ma table de chevet. Putain de merde ! J'aurais dû l'écouter. Je n'arrive pas à y croire, j'aurais dû… La porte s'ouvre à la volée et claque dans un bruit sourd, ce qui me fait sursauter. Alors, les doigts tremblants, j'attrape le taser et la bombe.

– C'est elle ? siffle le blond.

– Ouais.

Ils s'avancent vers moi tous les trois et prennent soin de fermer la porte derrière eux. J'ai peur. Terriblement peur. Je vais mourir. Je le sens dans mes entrailles. Tellement que mon instinct mesure mes chances de survie si jamais je sautais par la fenêtre. Il faut que je passe outre ma peur, il faut que je m'en aille d'ici, il faut que je frappe chez Jun.

– Qui… êtes-vous ? soufflé-je.

Ma voix est complètement cassée, apeurée.

– Ferme ta gueule, siffle l'homme à lunettes.

Son ton et la haine manifeste dans son regard ont tous les deux raison de l'infime courage que j'avais. Quand le blond s'avance vers moi, je recule d'un pas. Il ricane entre ses dents.

– Tu es con, tu lui fais peur ! On ne veut pas te faire du mal, on veut juste parler avec toi, après on s'en ira.

Il me prend vraiment pour une conne, lui.

– Menteur !

Il éclate de rire et avant même qu'il ne réagisse, je brandis la bombe et je lui asperge le visage. Il se met à hurler comme un damné en essayant d'avancer vers moi pour me frapper. Ses cris sont un mélange d'insultes et de gémissements. Lorsqu'il m'attrape malgré tout, je brandis le taser, le colle contre son ventre et l'actionne. Il tombe à mes pieds. Raide. Inconscient.

Tremblant de tous mes membres, je relève la tête. Le mec au visage couvert de bleus semble légèrement mal à l'aise alors que l'autre, le mec à lunettes, a un regard particulièrement lubrique.

– Alors tu veux qu'on se la joue « musclés » ? Ça me plaît beaucoup.

– Sortez de chez moi, je…

– Il est où ?

– Quoi ?

– L'Asiatique. Celui qui a refait le portrait à ce merdeux, il est où ? me demande-t-il en désignant son camarade.

– Je ne sais pas.

Il grimace.

Pourquoi j'ai dit ça ?

Pourquoi je le couvre alors qu'il me suffirait de dire qu'il est juste à côté ?

– Bon, soupire-t-il en retirant ses lunettes. Si tu ne veux pas que je t'éclate ta sale petite gueule, tu ferais mieux de me dire où est ton pote.

– Je ne sais pas.

Lorsqu'il arrive près de moi, j'ai la sensation qu'il est plus imposant encore. Je brandis le *shocker* mais il me l'arrache d'un revers de la main et la seconde d'après, son poing heurte violemment mon visage. La douleur est intense, mordante. Et son coup, si violent que mon dos heurte le canapé avant que je tombe au sol, le souffle complètement coupé. J'ai la tête engourdie et je ne sais pas si je pleure, mais je vois flou. L'homme ne me laisse pas le temps de me reprendre qu'il m'attrape par les cheveux et tire dessus pour me forcer à me relever. Je crie.

– Alors, il est où ce putain d'Asiatique ?

Tout ce que je sais, c'est que je n'avais jamais expérimenté ce niveau de douleur. Du moins d'un point de vue physique.

Je sens qu'il me frappe dans le ventre. Sans doute parce que je ne réponds pas, mais je n'en ai pas la force, pas le courage, pas l'envie…

– Va te faire foutre, je crache.

Il lâche un rire guttural qui me donne des frissons et l'instant d'après il me frappe à nouveau.

– Tu sais, j'ai tout mon temps moi, et quand mon pote sera réveillé de sa sieste, grogne-t-il en lui donnant un coup de pied, il sera très heureux de prendre le relais.

J'essaye de le frapper, de faire quelque chose, de me défendre, mais c'est peine perdue.

– C'est presque trop mignon, on dirait un chaton qui essaye d'échapper à la noyade.

Jun…

JUN !

Je veux lui répondre, mais je n'y arrive pas.

– Alors, il est où l'Asiatique ?

Je me prépare mentalement à recevoir le coup, mais il n'arrive pas.

– C’est moi que tu cherches ? siffle une voix blanche.

L’homme à lunettes me lâche et je m’écroule à terre. Jun, il est là et… en un mouvement qui semble naturel pour lui, il lui brise le bras dans un craquement horrible. Je devrais éprouver de la tristesse quand l’homme hurle, mais je n’en éprouve aucune. Jun, lui, semble dans une rage folle. Je tente tant bien que mal de ramper loin du gars inconscient au sol et d’eux, mais mon corps refuse de m’obéir. Je ne vois que Jun, que ses yeux si noirs qu’ils semblent être les ténèbres elles-mêmes. L’aura de Jun est… magnifiquement terrifiante. Son assaillant pourrait être son égal, Jun le domine par sa prestance et sa rage.

– Tu…

– J’espère que t’as pris le temps de t’amuser parce que maintenant, c’est toi qui vas servir de punching-ball.

Il n’a pas encore bronché que Jun lui assène un uppercut en pleine mâchoire, puis il continue. Il est agile, déchaîné, et l’autre en face n’arrive ni à esquiver ni à attaquer. Le monstre qui m’a martyrisée me semble maintenant insignifiant. C’est lui qui a mal maintenant, c’est lui qui gémit. Et puis d’un coup, tout s’arrête. Jun lui tient la tête et plonge son regard dans le mien. Les yeux de l’autre s’écarquillent et la seconde qui suit, son corps n’est plus dans le même axe que sa tête.

Il lui a rompu le cou. En me regardant dans les yeux.

Il lui a tordu le cou, comme à une vulgaire poupée de chiffon, comme si c'était facile d'ôter la vie d'un homme. Je sens que tout mon corps tremble et sans prévenir, je me mets à vomir. Jun ne prête pas attention à moi, il s'avance jusqu'au gars que j'ai immobilisé et s'agenouille à terre.

– Tu l'as grillé ? dit-il.

Il n'ajoute rien, mais à voir le petit sourire satisfait qu'il esquisse, on dirait que ça lui fait plaisir. Qu'il soit là me rassure et en même temps me terrorise. J'ai la sensation de prendre conscience de qui il est. La manière dont il se déplace, dont il a tué et semble prêt à recommencer est terrifiante. C'est comme une seconde peau, comme si c'était normal. Alors que je le regarde, il semble ajouter un silencieux à son arme, puis la colle sur le front de l'inconnu et tire. Du sang gicle sur mon visage et un liquide rouge s'échappe de sa tête. Je vomis à nouveau et réussis cette fois à me lever.

– Tu… les as tués.

Il ne me regarde même pas en se relevant, non, il se tourne vers le dernier homme. Je comprends seulement maintenant qu'il est inconscient au sol. Il l'avait sans doute frappé avant qu'on ne se rende compte de sa présence.

– Oui, lâche-t-il alors.

– Tu…

Je ne sais pas quoi dire. Je suis perturbée, parce qu'il y a deux cadavres chez moi.

– C'était toi ou eux.

Des larmes coulent sur mes joues et soudain, je sens une étreinte m'envelopper. Il me faut quelques secondes pour comprendre que c'est lui. C'est Jun. Une de ses mains m'enlace la taille alors que l'autre est posée sur mes cheveux.

– Ça va aller.

Non.

Pourtant, je choisis de le croire et je me retiens à son tee-shirt, comme si c'était mon seul point d'ancrage.

– Écoute-moi, on va procéder comme je le dis, d'accord ? Et tout ira bien.

Non.

Mais encore une fois, je choisis la facilité et je hoche la tête.

CHAPITRE 14

JUN

Ses doigts serrent mon tee-shirt avec force, comme si elle avait peur que je ne m'envole soudain. Elle est fragile dans mes bras. Vulnérable. Pourtant, elle a réussi à mettre un type KO. Putain, elle a réussi à s'en faire un ! Au vu de la bombe qui traîne au sol à côté du cadavre et du taser plus loin, j'imagine qu'elle s'est acheté des armes de défense. J'avais hésité à lui en donner une, elle a bien fait.

– Écoute-moi, on va procéder comme je le dis, d'accord ? Et tout ira bien.

Je sens qu'elle se crispe, pourtant elle hoche la tête. Ça me soulage. Je dois la mettre en sécurité. Je dois la protéger. Maladroitement, je caresse ses cheveux pour la rassurer. Je n'ai jamais fait ça… réconforter les gens, ce n'est pas vraiment ma spécialité.

– Je veux que tu mettes des affaires dans un sac de sport. N'importe quoi. Prends tout ce dont tu as besoin et qui est important. Vêtements, chargeur de téléphone…

– Pourquoi ?

– Tu ne restes pas là aujourd'hui. Je vais t'emmener ailleurs.

– Où ?

– On va aller à l'hôtel. Tu dois te reposer.

– Je…

– Tu ne peux pas aller chez tes amis ni rester ici, ce n'est pas prudent. Je t'y emmènerai de force.

Il vaut mieux qu'elle ne reste pas ici au cas où d'autres types débarqueraient, et ni qu'elle aille pas chez ses amis, elle les mettrait en danger.

– Et les… enfin, ça… comment on va…

– Ne t'occupe pas de ça, je m'en charge.

– Et lui, il est… mort aussi ?

Je sais qu'elle a beaucoup de questions à poser, et que j'ai probablement beaucoup de réponses à lui donner. Mais pour le moment, on n'a pas le temps. On doit s'occuper des cadavres et je dois aussi terminer de cuisiner et de buter ce fils de pute.

– Prépare des affaires, je te dirai tout ce que tu as besoin de savoir quand on partira d'ici.

Elle hoche la tête, puis lentement, se détache de moi. Sans un mot de plus, elle va dans le couloir. J'attrape mon téléphone.

– Salut Shelby, c'est Jun.

– Quoi de neuf ?

– J'ai besoin de Winston et Churchill.

– Combien de personnes ?

– Deux. Trois, le temps qu'ils arrivent. Je t'envoie les coordonnées par message.

– Pas de souci, ils se mettent en route dès que je reçois l'adresse.

Je raccroche et j'envoie les coordonnées à Shelby. Son équipe est composée de « nettoyeurs ». Ils nettoient des scènes de crime comme personne. Ils ne laissent aucune trace, aucun indice, aucun cadavre. Ce sont des professionnels. Je fais appel à eux dans ce genre de situation, sinon, je m'occupe de mes cadavres et je les apporte moi-même à Shelby pour qu'ils s'en occupent. Là, je n'ai pas le choix.

Bien. Maintenant, il est temps que je m'occupe de mon pote. Je l'ai cherché toute la semaine, et Briskar était aussi sur le coup, mais il devait se terrer bien sagement dans son coin. Je savais qu'il allait forcément lui tomber dessus. J'étais en train de rentrer quand j'ai entendu mon nom dans un hurlement guttural. Je me demande si c'était inconscient ou pas, d'ailleurs.

Je me penche vers Archie et je le menotte à une chaise avant de remplir des verres d'eau et de les lui balancer à la gueule.

– Enfin réveillé, ironisé-je.

Il crie et essaye de se débattre. Je lui fous un premier coup dans la gueule. Vu que son visage est encore bien amoché, ça doit piquer un peu.

– Combien tu veux pour me laisser partir ?

– On m’a déjà payé pour te tuer. Et j’en ai très envie.

Archie déglutit.

– Combien ? Je te donne ce que tu veux, j’ai du fric, assez pour doubler la somme qu’on t’a proposée. C’est qui ?

– Ferme.

Je le frappe.

– Ta putain.

Je recommence.

– De gueule.

Je donne un dernier coup.

– C’est moi qui pose les questions. Je crois plutôt que tu vas me donner les réponses que je veux et qu’ensuite je reconsidérerai ton offre. Si elle est vraiment alléchante, alors pourquoi pas.

Je dis ça dans le seul but de le faire parler. Parce qu’il a vu mon visage, puis celui d’Hazel, et il connaît même son adresse, alors il ne peut pas rester en vie. Sauf que si je lui dis tout de suite que je vais le tuer, il n’aura aucune raison de parler. J’ai besoin de savoir ce qu’il a fait des gosses.

– En revanche, rien ne m’empêche de m’amuser un peu avec toi et de t’endommager un peu.

– Pourquoi tu fais ça ?

Il a peur.

– Tu te souviens d’où on en était la dernière fois qu’on a été interrompus ? Si oui, vas-y, j’écoute.

– Les gosses, je ne les ai pas touchés…

– Je ne te crois pas.

– C'est la vérité. Je le jure.

Il cache un truc, ce mec n'est pas net. Mais je commence à croire qu'il n'a pas tout à fait tort quand il dit qu'il ne touche pas aux gosses. Peut-être qu'il y a autre chose.

– Dis-moi, je demande d'un ton las, tu tiens à tes doigts ou pas ?

Archie panique carrément. Ses yeux lui sortent presque des orbites, alors que je souris. Je ne suis pas adepte de la torture. Si je devais choisir, je dirais que je préfère les morts rapides. Mais ça, il n'est pas obligé de le savoir.

– Je te jure que les gosses, je ne les ai pas touchés. J'ai…

Il s'interrompt brusquement, comme s'il sentait la menace de quelque chose.

– Ah c'est dommage, j'avais l'impression que tu allais me dire un truc sympa.

Je vais à la cuisine et j'attrape un couteau après lui avoir enfoncé une serviette dans la bouche. Quand je reviens vers lui, il me regarde comme si j'étais fou. Je le suis sans doute un peu. En fait, je crois qu'on l'est tous un peu quelque part. Reste à trouver dans quelle proportion.

– Donc, tu parles ou je te coupe un doigt.

Comme il reste silencieux, j'attrape sa main. Il se débat comme un damné. Il bafouille, il est confus. Puisqu'il me prend pour un con, je vais lui montrer.

– Non, attends… je…

– Trop tard pour ton auriculaire, Archie.

D'un geste sec, je le lui sectionne. La serviette couvre son cri. Je lui donne un coup de poing avant de lui attraper le visage pour l'empêcher de crier davantage.

– Ferme-la, grogné-je. Tu hurles comme un porc, c'est loin d'être mélodieux. Je t'avais dit de répondre.

– Oh, c'est…

Je regarde par-dessus mon épaule. Hazel est revenue de sa chambre. Ses yeux sont écarquillés, son visage, horrifié. Elle a le teint blafard là où elle n'est pas tuméfiée. Et elle a du sang sur les joues.

– Tu n'es pas obligée de rester là. Tu peux m'attendre ailleurs, on a bientôt fini.

Elle hoche la tête, mais elle reste là. Je me concentre à nouveau sur Archie, conscient que pour la première fois de ma vie, quelqu'un observe ma violence et ma barbarie.

– Alors ?

– Les gosses, je ne les touche pas, gémit-il. Je les… attire. Je les piège.

– Comment ça ? Continue, explique-moi en détail.

– Je…

Comme il hésite, je lui attrape un deuxième doigt.

– Attends, souffle Archie. Les gosses, je les emmène là où on me demande de le faire. Elles sont récupérées par des gars qui les emmènent je ne sais pas où…

– Qui sont les gars et qu'est-ce qu'ils font des ados que tu ramènes ?

– Je ne sais pas qui ils sont, mais ils s'amusent avec les filles et les garçons. Ils les…

Pas besoin de faire un tableau.

– Ne te fatigue pas. J'ai compris.

– Oh Seigneur, gémit Hazel. C'est… immonde.

– Mais moi, je ne leur fais rien, lance Archie.

Quelle drôle de façon de se dédouaner. Il me rebute tellement que j'ai envie de le fumer sec.

– Tu aggraves ton cas, espèce de sombre merde. Tu séduis des ados et tu les amènes à des mecs qui les violentent et font je ne sais quoi avec eux… alors niveau sac à merde, t'es dans le top trois.

Tandis que j'entends Hazel sangloter, visiblement choquée par ce qu'elle vient de voir, je lui coupe un autre doigt. Archie jure de nouveau.

– Maintenant, dis-moi, ils sont au courant pour moi et pour Hazel ? Tu leur as parlé de nous ?

– Ils m'ont demandé pour toi quand je ne suis pas venu avec la fille prévue. Soit je te butais, soit ils me butaient… alors on a cherché un peu et on est remontés à elle.

– Comment tu l'as trouvée ? je demande.

– Sa blouse d'infirmière, je l'ai vue quand j'ai couru pour te fuir ; c'était facile de la trouver avec ça.

– Les autres savent comment remonter à elle ?

– Non, ils ne savent pas, répond-il. Ils m'ont dit d'appeler quand je l'aurais trouvée et de lui tirer les vers du nez pour savoir où tu te caches, et qu'ils me donneraient deux gars pour m'aider.

Ça répond à quelques-unes de mes questions, mais j'en ai encore trop en suspens. Je n'aime pas ce qu'il me dit et je crois que Briskar ne va pas aimer non plus. Parce que si cette grosse merde fournit des gosses à des connards pour qu'ils satisfassent leurs délires macabres et tordus, alors ça veut dire qu'il y a d'autres types à buter. J'ignore combien ils sont, ce qu'ils font exactement, où ils sont. Mais je suis en danger s'ils connaissent mon existence, et Hazel l'est aussi. Bon sang, comme si j'avais besoin de ça.

– Ils sont où ?

– J'en sais rien, souffle Archie. Mais je peux te donner l'endroit où je dois les amener.

– Vas-y.

Il me donne une adresse que je note sur mon téléphone. Il va falloir que je donne ça à Hank. Il va encore râler. Je dois avouer qu'il n'avait pas besoin de ça juste avant sa retraite.

– Je t'ai dit tout ce que je savais. Ils vont me faire la peau. Je te remets tout le fric qu'ils m'ont donné et toi, tu me laisses partir. Je disparais de la surface de la terre.

Sans réfléchir, je pointe mon arme en direction de sa tête et je tire. Hazel pousse un petit cri. Je suis désolé qu'elle ait dû voir ça, subir ça.

– Tu…

– Ne me dis pas qu'il méritait de vivre, je grogne. Ce gars est une raclure de la pire espèce.

– Non, dit-elle simplement. Je ne dirai rien.

– On ferait mieux de déguerpir rapidement, je siffle. Tu as besoin de repos.

– Jun… il faut… les cadavres… on ne peut pas laisser ça comme ça.

– Ne t'en fais pas, je t'ai dit que je m'en occupais. Ça va être nettoyé.

– Comment ça ? bafouille-t-elle.

– Je t'expliquerai. Si tu as tes affaires, on y va.

Bien qu'elle soit complètement sonnée, elle me suit, mais elle panique totalement quand elle trébuche sur un des cadavres. Elle tremble de tous ses membres, alors je m'agenouille et je la prends contre moi avant de la soulever. Hazel blottit son visage contre mon torse. Cette vision est si étrange pour moi. Fauteuse de troubles. Il est temps que je la sorte de là.

Le chemin jusqu'au motel s'est déroulé dans un silence de mort. Recroquevillée sur elle-même, le visage collé à la vitre de la voiture, elle n'a pas dit un mot et ne me prête aucune attention. Je devrais me sentir soulagé, mais, je ne sais pas pourquoi, je ne le suis pas. Je crois que j'éprouve de l'empathie pour elle.

Quand je sors pour payer la chambre, elle reste à l'intérieur. D'un air parfaitement aimable, je presse le gars à l'accueil pour qu'il me refourgue vite fait les clés de la chambre. Lorsque je reviens, j'ouvre la portière de son côté.

– Viens.

Elle lève la tête vers moi et plante son regard dans le mien. Putain, sa vulnérabilité me flanque un direct à l'estomac. Comme elle ne bouge pas, je défais sa ceinture et je l'emmène dans la chambre. La chambre est plongée dans la pénombre à cause des rideaux tirés. Elle est composée de deux lits avec deux tables basses. Une télévision accrochée au mur et des placards muraux intégrés. Plus loin, il doit y avoir la salle de bains et les toilettes.

– Assieds-toi où tu veux. Je vais chercher les sacs.

Quand je reviens, elle est toujours debout, au milieu de la pièce. Elle est en état de choc. Il faut que je fasse quelque chose pour l'aider à aller mieux. Je pose les sacs sur le lit et je l'attrape par la main. Elle se dégage aussitôt.

– Hazel, tout va bien, je tente d'une voix plus douce que d'habitude. Tu es en sécurité maintenant.

– Non, ça ne va pas bien. Il y a des gens morts chez moi… et ils m'ont…

– Je sais. Je t'assure que bientôt ce sera comme avant. Les hommes que j'ai envoyés chez toi vont tout nettoyer de fond en comble et il n'y aura plus aucune trace de sang ni rien.

Des larmes roulent à nouveau sur ses joues.

– Tu… ne comprends rien.

– Si, bien sûr que je comprends. Mais il faut que tu te mettes dans le crâne que c'était toi ou eux. Ils t'ont tabassée, ils t'auraient tuée. Hazel, dans un combat à mort, il y a forcément un gagnant et un perdant.

– Ils sont…

– Assieds-toi, ordonné-je.

Cette fois, elle m'obéit. Bon, c'est nouveau. En temps normal, je serais au téléphone avec Hank. Mais là, le plus urgent, c'est elle. Il faut que je l'aide. Même si j'ignore comment m'y prendre exactement. Je pourrais commencer par nettoyer son visage et m'assurer qu'elle n'a rien de cassé.

– Où as-tu mal ?

– À la tête surtout… et au ventre, à l'endroit où il m'a donné des coups de pied.

Quand j'entends ça, mon visage se crispe. Ma mâchoire se contracte sous le coup de la colère. Je suis tellement furieux qu'ils aient eu le temps de lui faire du mal. Sans un mot, je me dirige vers la salle de bains. Elle m'a soigné une fois, alors je dois faire la même chose pour elle. J'ai envie de lui apporter un peu de réconfort, un peu de douceur, même si ça ne changera rien à ce qu'elle vient de vivre. J'attrape tout ce qui me semble utile et je reviens dans la chambre. Quand je tombe à genoux devant elle, elle me regarde avec un drôle d'air. Doucement, je pousse son genou pour pouvoir me placer entre ses jambes. Même agenouillé à terre et elle assise sur le lit, je suis à sa hauteur. C'est dire à quel point elle est petite.

– Qu'est-ce que tu fais ? demande-t-elle, visiblement perplexe.

– Je vais te soigner, je réponds.

Elle secoue la tête.

– J'ai pas besoin de toi.

Je secoue la tête à mon tour.

– Laisse-moi t'aider.

Je sais qu'elle est troublée, mais pour ma défense, je le suis aussi. Me retrouver dans cette position, faire ce que je m'apprête à faire… Prendre soin des gens, je le fais dans l'ombre et d'une manière assez brutale. Pas comme maintenant… mais j'ai envie d'essayer. Pour elle. Je lève la main avec précaution et dans un premier temps, je nettoie le sang coagulé sur son visage. Elle grimace quand je passe sur ses blessures, mais elle ne dit rien.

– Comment tu as su qu'ils étaient chez moi ?

– Je t'ai entendu hurler mon prénom, je réponds.

– Ah… alors j'ai crié ? Je pensais avoir dit ton nom dans ma tête.

– Je suis désolé qu'ils aient eu le temps de te faire subir tout ça, Hazel. Sincèrement. J'ai accouru dès que je t'ai entendue.

– Ils voulaient savoir où tu étais. Ils étaient méchants, brutaux. Je savais qu'ils me voulaient du mal. Mais je n'ai rien dit.

Ses cinq derniers mots me détraquent le cerveau. Elle n'a rien dit ? Putain !

– Pourquoi ? je grogne. Pourquoi tu n'as rien dit ?

– Je ne sais pas.

– C'était inconscient, stupide…

Elle plisse les yeux, elle a une sorte de défi dans le regard.

– Je ne sais pas. J'étais… paralysée. Et même si j'avais dit quelque chose, ils m'auraient frappée. J'avais l'impression que ça ne changerait rien.

Je soupire et bien que je ne sois pas d'accord, je ne dis rien. Je ne suis pas du genre à ménager les gens, mais elle, elle en a besoin. Elle a subi un choc physique aujourd'hui. Et elle subit psychologiquement depuis la dernière fois.

– Merci d'être arrivé et d'avoir…

Ses mots se meurent. Il y a comme du regret, comme de la tristesse. Presque de la culpabilité en elle.

– Je ne culpabilise pas le moins du monde de les avoir tués. Je te le répète, c'était toi ou eux. Ils sont venus avec la ferme intention de te supprimer et ils allaient le faire. Tu l'as pressenti.

– Je sais, mais…

Elle tremble d'un seul coup. Et je m'immobilise. Je stoppe mes gestes.

– Comment tes mains peuvent-elles me soigner alors qu'elles ont rompu le cou d'un homme il y a une heure à peine ?

Je n'ai pas de réponse à cette question et au lieu de la fuir, de mettre de la distance entre nous, mon pouce effleure sa mâchoire en une brève caresse. Mes mains connaissent la violence. Même quand je baise. Je ne suis pas brutal avec Annette, mais je n'use d'aucune tendresse. M'agenouiller face à Hazel, prendre le temps de soigner son visage, c'est quelque chose de nouveau. La nouveauté est effrayante.

– C'est troublant, souffle-t-elle.

Étonnant d'entendre ce mot-là de sa bouche alors que c'est exactement ce qu'elle sème dans mon esprit : du trouble.

– Troublant, c'est le mot. Si tu veux que je m'éloigne, dis-le-moi et je te laisserai tranquille.

– Non, je ne veux pas.

Alors je continue de prendre soin d'elle. Quand je finis de nettoyer le sang, je remarque que sa lèvre est fendue, son œil est gonflé. Elle n'a pas l'air d'avoir besoin de points de suture, ce qui est plutôt une bonne chose. J'imagine qu'ils n'ont pas eu le temps de faire ce qu'ils voulaient d'elle. Son visage risque d'être bleu pendant quelque temps, en revanche.

– Tu vas douiller pendant quelques jours, mais tu n'as rien de trop grave.

Hazel acquiesce en grimaçant.

– Je vais te donner des médicaments pour soulager la douleur. Ça te détendra aussi pour que tu puisses dormir un peu. Je crois que tu en as besoin.

– Qu'est-ce que c'est ?

– Un antidouleur.

– C'est…

On dirait qu'elle réfléchit deux minutes à quoi me dire. Déformation professionnelle sans doute, puis elle semble se résigner.

– D'accord, je veux bien… Je ne sais pas si j'ai vraiment envie de dormir. Il y a tellement de choses à dire. Et puis, tu…

– Je sais que je suis violent, je sais que tu n'as pas forcément envie de me croire, mais je ne te ferai jamais de mal. Et oui, tu as raison, il y a des choses à dire, mais ce n'est pas urgent. On pourra parler quand tu te réveilleras.

Étonnamment, elle hoche la tête :

– D'accord.

– Tu as besoin de repos. Je vais t'aider à t'allonger.

Je me redresse et je la soulève pour l'installer dans le lit. Comme la fois où elle était ivre, je retire ses chaussures. Je l'observe quand elle pose sa tête sur l'oreiller. Elle est si fragile, mais je ne sais pas, elle a quelque chose de fort en elle. Et ça fait écho dans mon propre corps.

– N'empêche, tu as foutu un mec hors d'état de nuire, je dis en me dirigeant vers mon sac pour lui donner un médicament.

– C'est un coup de bol.

Je lui souris, ses yeux s'écarquillent un peu et elle rougit.

– J'avais peur alors j'ai acheté des armes de défense, ajoute Hazel.

J'ouvre le mini-frigo afin de prendre une bouteille d'eau et je lui donne le tout. Sans discuter, elle attrape le cachet et la bouteille.

– Je ne te pensais absolument pas capable de ça. Maintenant, je sais qu'il faut que je me méfie de toi.

– Mon corps a réagi tout seul. Mais passé l'effet de surprise, l'autre m'a défoncé.

– C'est très bien, tu as très bien réagi.

Elle hoche la tête.

– Je vais regarder si tu as des blessures ailleurs. Tu m'as dit que tu avais mal au ventre, c'est ça ?

– Il a donné quelques coups de pied, je crois.

– Soulève ton pull, je vais jeter un coup d'œil.

Sur la peau blanche et lisse de son flanc gauche, elle a un énorme bleu. J'essaye de voir si elle n'a pas une côte cassée, mais il ne me semble pas. Quand je rabaisse son pull, je remarque que ses yeux sont fermés et que sa respiration est calme. Elle s'est endormie. Je remonte la couverture sur son ventre et assis sur le lit d'à côté, je veille sur elle.

***

Il est tard dans la soirée quand Hazel se réveille. Elle semble confuse quelques instants, puis elle se rappelle où elle est. Son regard vagabonde dans la pièce, puis se pose sur moi. Je n'arrive pas à savoir si elle est soulagée ou pas.

– Comment tu te sens ? je demande.

– Groggy.

Je me suis retrouvé assez souvent dans cet état pour savoir qu'elle doit avoir mal. Elle se redresse un peu et rejette les couvertures. Son sommeil a été un peu agité, mais dans l'ensemble elle a plutôt bien dormi.

– J'ai dormi longtemps ?

– Quelques heures.

– J'ai besoin d'aller à la salle de bains.

– Tu veux que je t'aide ?

Hazel secoue la tête et se lève. Je la laisse faire toute seule. J'aurais dû appeler Hank pendant qu'elle dormait, mais je ne l'ai pas fait. Je me suis dit que ça pouvait attendre quelques heures. Je ne voulais pas la laisser toute seule. Shelby m'a appelé pour me dire que son équipe a nettoyé de fond en comble l'appartement d'Hazel.

– Oh, Seigneur ! s'écrie-t-elle soudain.

Je me lève d'un bond et ouvre la porte à la volée. Je ne sais pas pourquoi j'ai surréagi comme ça. Elle me fixe, horrifiée, avant de regarder son reflet dans le miroir.

– Je suis… immonde. C'est pire que ce que je pensais.

– Tu n'es pas immonde.

Je ne sais pas ce qui me prend de dire ça. Elle me toise.

– J'imaginc quc ça aurait pu être pire sans toi.

Je l'observe tandis qu'elle s'asperge le visage en grimaçant. Bon sang, si elle est comme ça, c'est de ma faute. Je n'aurais jamais dû revenir vers elle. Et je ne sais pas quoi faire pour me racheter, car maintenant, elle est en danger. Son ventre qui gargouille bizarrement me fait sortir de mes pensées. Je ne saurais expliquer pourquoi, mais je ressens l'envie de lui apporter un peu de réconfort, de normalité après ce soir.

– On va aller manger quelque part, proposé-je.

– Non, je ne sors pas dans cet état.

– Je ne te laisse pas le choix. Tu as besoin de reprendre des forces. Il y a un *diner* tout près. Ça va te faire du bien.

– Je ne veux pas. T'as vu ma tronche ?

Je tourne les talons en grognant, je fouille dans mon sac. Lorsque je reviens vers elle et que je la toise de toute ma hauteur, elle relève la tête lentement vers moi en se tordant le cou. D'un geste un peu maladroit, je passe une main dans ses cheveux et je dépose ma casquette sur sa tête. Elle rougit et ça la rend vraiment jolie. Quand je lui donne une de mes vestes à capuche, elle devient cramoisie.

– Tu n'as qu'à enfiler ça. J'imagine que c'est assez grand pour que tu puisses te cacher. Tu as besoin de manger, c'est non négociable.

– D'accord.

Une fois arrivés au *diner*, nous nous installons à une table en retrait. C'est troublant de la voir avec mes vêtements. Un peu excitant. Même si la situation ne s'y prête pas du tout. Ma veste est tellement grande qu'elle disparaît presque dessous.

– Est-ce que je vais pouvoir rentrer chez moi ? demande-t-elle une fois que la serveuse s'est éloignée.

– Oui, mais je ne sais pas quand. Archie a beau avoir dit qu'il était le seul connaissant ton adresse, je me permets d'avoir quelques doutes là-dessus. Je trouve plus prudent d'attendre un peu…

– D'attendre quoi ? J'ai un boulot, j'ai des amis, je ne peux pas disparaître comme ça.

– Il n'est pas prudent que tu retournes au boulot tout de suite. On ne sait jamais. Tu as entendu l'autre connard, visiblement il travaillait pour des types. Il vaut mieux que tu restes en sécurité.

Elle hoche la tête, l'air contrarié.

– Quand tu as dit que ce serait comme si de rien n'était dans mon appartement, tu voulais dire quoi, par là ?

– Des gens qui font le ménage…

– Mais encore ?

– Qu'est-ce que tu veux manger ?

– J'ai pas très faim, j'ai mal à la bouche et…

– Tu dois manger. On ne partira pas d'ici tant que tu n'auras pas avalé quelque chose.

– Ce que je veux, c'est comprendre.

– Et moi, je veux que tu manges, lâché-je d'un ton sec.

Je veux lui apporter du réconfort et ça va être plus compliqué si elle ne joue pas le jeu.

– Tu es un bourrin en toutes circonstances.

– Tu veux manger quoi ?

– De la soupe, ça ira…

Lorsque la serveuse, vêtue à la mode des années 1950, arrive, je passe commande. Hazel cache son visage dans la capuche de mon sweat.

– Pourquoi tu ne veux rien me dire ?

– Pourquoi tu veux tant savoir ?

En vérité, je comprends. Ses questions sont légitimes.

– Si tu ne me dis rien, je me lève, je dis à la serveuse derrière le comptoir que tu m'as fait ça et que tu me retiens de force.

Son regard planté dans le mien, elle me met au défi.

– Très bien, mais ne te plains pas si je deviens un gros connard et si tu entends des choses qui te déplaisent.

Hazel hausse les épaules.

– J'ai fait appel à des « nettoyeurs ». Ce sont des gens qui nettoient les scènes de crime comme celle-ci. Parfois pires… à l'heure qu'il est, ils ont déjà fini de s'occuper de ton appartement.

– Si vite ?

– Ils ont l'habitude de ce genre de chose. Ils sont préparés et méticuleux. Leurs services valent assez cher, mais tu sais que ton argent est placé dans une valeur sûre.

– D'accord et qu'est-ce qu'ils font des… cadavres ? souffle-t-elle tout bas.

– Ils les donnent à manger à des cochons.

Hazel ouvre la bouche, choquée. Son regard planté dans le mien, elle cherche à savoir si je plaisante ou pas.

– C'est… terrible.

– Terriblement efficace. Ils mangent de tout sans se poser la moindre question.

– Je regrette d'avoir demandé des détails.

– Tu trouves ça plus choquant qu'un cadavre jeté à la mer ? Ils se font bouffer par les poissons.

– Dit comme ça… bougonne-t-elle. Et qu'est-ce qu'il va se passer maintenant ?

– Je ne sais pas encore. Je vais appeler un ami pour lui parler de la situation. Mais une chose est certaine, ils connaissent notre existence et ils feront tout pour protéger leur secret.

J'ai l'impression que Hank est tombé sur un truc bien glauque sans le savoir. La serveuse nous apporte notre repas. Hazel joue d'abord avec sa soupe avant d'en avaler une cuillère, puis deux.

– Ta famille est au courant de tes activités ? demande-t-elle en toute innocence.

– J'ai perdu ma famille il y a quelques années maintenant.

Elle relève la tête.

– Je suis désolée.

– Ils sont…

Elle secoue la tête cette fois, comme si elle se raisonnait.

– Dis-moi.

– Non, c'était un peu glauque comme question.

– Tu crois sérieusement qu'après ce que tu as vu je suis du genre à m'offusquer pour une question « glauque » ?

J'ignore pourquoi, mais elle esquisse un sourire. Et moi aussi.

– Je me demandais si des gens avaient tué ta famille et si c'est pour ça que tu es devenu ce que tu es aujourd'hui.

– Absolument pas. Ils ont perdu la vie dans un accident de voiture. Je suis devenu l'homme que je suis dans un concours de circonstances.

Elle me considère d'un drôle d'air.

– Tu vas me faire croire que tu t'es levé un matin en te disant : « Tiens et si je butais un mec aujourd'hui ? »

– Non, ça ne s'est pas passé comme ça. Mais je n'ai pas été mû par une soif de vengeance lorsque j'ai commencé.

– Je suis désolée pour tes parents. Je sais ce que c'est. J'ai perdu ma mère il n'y a pas si longtemps.

– Comment ?

– Un cancer du pancréas. Ça a été fulgurant. Elle est partie en trois mois.

– Je suis désolé pour toi et pour elle. Et ton père ?

– Il est toujours en vie, il habite en Australie. Il s'occupe de la faune et de la flore là-bas dans un parc national. Il est tombé amoureux durant un voyage et il n'est pas rentré. Je vais lui rendre visite chaque été.

Elle a l'air un peu rêveuse et mélancolique.

– Je dois avouer qu'il me manque aujourd'hui.

– Je suis désolé, Hazel. Quand je t'ai mise en garde pour Archie, je ne savais pas qu'il trempait dans quelque chose d'aussi sale. Au moment où j'ai débarqué chez toi et où j'ai vu deux gars avec lui, je me suis dit qu'il avait fait appel à des costauds pour essayer de nous tuer.

– Tu crois qu'il était vraiment mêlé à un trafic ?

– Il n'avait aucune raison de mentir là-dessus. Donc oui.

– Mais on ne sait rien d'eux, alors est-ce qu'on a tant d'importance que ça ?

Je sens qu'elle a besoin d'être rassurée, et outre le fait que je ne suis pas douée pour rassurer les gens, je ne sais pas quoi lui dire. Ce n'est pas lui rendre service d'assurer que tout ira bien, alors qu'il est fort possible que non. Lorsqu'ils vont s'apercevoir qu'Archie et ses deux potes ne reviennent pas, ils vont sérieusement s'inquiéter.

– On est une menace. Mais il ne t'arrivera rien. Je vais te sortir de là et te protéger. Tu peux me faire confiance.

– Je regrette tellement de t'avoir suivi dans cette ruelle, je…

– L'heure n'est plus aux apitoiements ni aux regrets, ce qui est fait est fait. Maintenant, il faut trouver comment se sortir de là.

– La police ? Il n'y a qu'à tout lui dire.

– L'ami dont je te parlais est capitaine de police justement.

– Tu es en train de me dire qu'il y a un flic qui est au courant de ce que tu fais ?

Je lui souris.

– Oui.

CHAPITRE 15

HAZEL

Je suis estomaquée. Décidément tout ce que je vois, subis ou entends ces derniers jours me semble à chaque fois un peu plus surréaliste et dingue. Comment un flic peut-il être au courant des activités de Jun ? Il liquide quand même des gens. Bon sang, plus j'en apprends et plus je suis larguée.

– Tu plaisantes ?

Il sourit toujours. Je ne devrais sans doute pas trouver ce sourire si sexy et si chaleureux… et pourtant. Dans le chaos et l'horreur de la soirée que je viens de passer, Jun est un réconfort. Une lumière. Étonnant de le percevoir tout à coup de cette manière alors qu'il est… qu'il est si sombre. Disons qu'il est devenu une sombre clarté.

– Absolument pas.

– C'est hallucinant.

– Tu pourras lui dire, il ne devrait pas tarder.

– Ah bon ?

– Oui, il faut bien que je lui parle de ce qu'a dit Archie.

Alors il travaille avec la police ? Pour la police ? Je ne sais pas trop quoi penser. C'est tellement étrange. Tout est de plus en plus perturbant. Et j'ai la sensation de me perdre dans un monde parallèle qui ne m'appartient pas. Je voudrais que rien de tout ça ne soit jamais arrivé, je voudrais ne jamais avoir poussé la porte de l'appartement de Jun. Je sens que mes mains tremblent et j'entrelace mes doigts pour ne pas qu'il s'en aperçoive.

– Tu vas lui dire pour les cadavres chez moi, pour ce que tu as fait ?

– Oui.

Le retour des réponses cash et courtes. Enfin, je ne sais pas si j'avais vraiment envie d'une explication plus complète. Je trempe ma cuillère dans la soupe. Même si j'ai mal à la mâchoire, ça me fait du bien de manger, ce qui m'étonne un peu après ce que j'ai subi. Ne devrais-je pas avoir l'estomac noué ? Mais au lieu de ça, je me dis que j'ai la chance de manger, car j'ai failli mourir.

– Qu'est-ce qu'il y a ? demande Jun.

Je constate en relevant les yeux qu'il me fixe attentivement et intensément.

– Rien… de vraiment important.

– Dis toujours.

– Je me disais que ce n'était pas normal de manger après ce qui s'est passé ce soir. Si ?

– Hazel, tu ne peux pas t'arrêter de vivre. Même si ce que tu as vécu hier est terrible, il va bien falloir que tu manges à un moment ou à un autre.

– Je sais, mais…

– Il n'y a pas de « mais », c'est comme ça. Manger, c'est aussi normal que boire, ou respirer. Tu dois manger pour reprendre des forces et pour guérir de tes blessures. Si tu as foutu une de ces enflures KO, c'est que tu avais une putain d'envie de vivre, tu m'entends ?

Je baisse les yeux.

– Tu m'as dit que c'était un coup de bol, mais c'est avant tout une décision que tu as prise. Tu aurais pu mourir, te laisser faire, tu ne l'as pas fait parce que tu avais envie de vivre. Alors puisque tu es là, tu manges, ton corps en a besoin et toi aussi.

Je tourne la tête vers la vitre et mon reflet fait battre mon cœur. En une seconde, je revois tout, je me refais l'historique de tout ce qu'il s'est passé. Ces hommes, leurs visages, leurs coups, leur brutalité, la douleur mordante que je ressentais, la peur dans mes entrailles… et Jun et sa dualité. Et je prends peur. Une peur viscérale qui se loge au creux de mes entrailles. Mon appartement, je ne veux pas y retourner, comme si de rien n'était. C'était mon temple, c'était mon chez-moi et il est souillé.

– Jun ?

– Hazel ?

– Je ne sais pas si je pourrais rentrer chez moi. C'est… ce n'est plus pareil.

Il a l'air désolé.

– Est-ce que je ne pourrais pas m'installer chez Rosie ? Ils ne la connaissent pas, je ne lui dirai rien. Juste que je me suis fait agresser et…

– C'est dangereux, Hazel. Sans savoir ce qu'ils savent réellement de toi, je ne te conseille pas d'aller chez ton amie.

Je me sens désemparée et triste, pourtant une part de moi sait qu'il a raison.

– On va discuter avec Hank, ensuite, on avisera. D'ailleurs, quand on parle du loup…

Je me redresse sur mon siège, un peu stressée soudain.

– Salut gamin, lance une nouvelle voix.

Étrange d'entendre quelqu'un appeler Jun « gamin ». Un homme aux cheveux grisonnants s'assied alors en face de moi. Son regard croise le mien et il me dévisage. Je suis un peu mal à l'aise.

– Bonjour, je suis Hank Briskar, dit-il.

– Hazel Dash, je réponds.

– Comment vous sentez-vous ?

– J'ai connu mieux.

Je ne veux pas qu'on me prenne en pitié. J'essaye de cacher ma peur, mais j'ai l'impression qu'elle se lit dans chacun de mes gestes, de mes mots.

– Et puis, il faut dire que passer du temps avec celui-là ne doit pas aider à la guérison.

Je lui souris alors que Jun reste silencieux. Hank s'appuie contre le dossier de la banquette, les bras croisés sur son torse. J'ai encore du mal à croire qu'il soit flic et qu'il soit au courant des activités de Jun. Ça me semble surréaliste. À moins qu'il soit un flic complètement corrompu.

– D'ailleurs je suis désolé que vous ayez rencontré de la racaille de ce genre.

– Je suis en vie, j'imagine que c'est déjà bien.

Sauf que je sens des larmes couler le long de mes joues. Ils me regardent tous les deux avec de grands yeux, comme s'ils ne s'étaient jamais trouvés devant une fille en pleurs.

– Excusez-moi, dis-je en me frottant les yeux.

Je donnerais tout pour l'étreinte de ma mère ou celle de mon père. Je donnerais n'importe quoi pour me réfugier dans leur amour. J'ai conscience que j'ai sans doute l'air ridicule face à eux, mais je n'y peux rien. Mes nerfs craquent. Je m'essuie les yeux sur la manche de la veste de Jun quand je sens que quelque chose me touche la main. Je relève doucement la tête. Jun a pris ma main dans la sienne. Ce geste si simple fait battre mon cœur et je ressens à nouveau cet étrange sentiment, comme quand il m'a enlassée quand nous étions chez moi.

– Tout va bien, tu es en sécurité pour l'instant. Tu es en vie, c'est ce qui compte.

Je hoche la tête. Je ne sais pas si ce sont ses mots ou simplement ses gestes qui me calment, mais mes sanglots s'apaisent un peu.

– Tu veux rentrer au motel ? demande Jun. Tu peux aller te reposer. Je reviens dès que j'ai fini avec Hank.

Je perçois un sourire sur le visage du flic. Il a une expression presque douce que je ne comprends pas. Je pense aux mots qu'il vient de prononcer et immédiatement, imaginer me retrouver seule me fout une trouille monstre.

– Non, c'est bon.

Quand il retire sa main de la mienne, j'ai envie de la retenir, parce que j'ai besoin de ça, de ce contact, de cette chaleur humaine, d'une chose à laquelle me raccrocher, car je me sens capable de vriller à tout moment. C'est vrai, il a raison, je suis en vie, et oui, je suis en sécurité avec lui, mais ça ne me protège pas de mon esprit ni de ce que je viens de vivre.

– Bon alors, les nouvelles ? Qu'est-ce qui se passe ?

Je laisse Jun lui raconter les événements, ainsi que la conversation qu'il a eue avec cet Archie. Et j'ai l'impression de tout revivre à la façon dont mon cœur bat la chamade sous ma poitrine.

– Alors j'avais raison, ce type était bien louche. Mais plus que je l'imaginais. Manquait plus qu'une affaire de ce genre. Je suis désolé de t'avoir entraîné là-dedans, soupire Hank. Enfin, de vous avoir entraînés là-dedans, du coup.

Alors c'est lui qui a demandé à Jun de tuer Archie ? Je ne comprends pas.

– Je ne m'attendais pas à ça, avoue Jun. Mais c'est ma faute, je n'aurais pas dû me laisser déstabiliser lorsque j'ai chopé cette crevure. J'aurais dû le buter. Il m'aurait avoué bosser pour des connards, mais ils n'auraient pas été au courant pour moi et encore moins pour Hazel.

Mon cœur bat plus fort.

– C'est fait, ça ne sert plus à rien de se lamenter, il faut avancer. J'aurais dû creuser plus de mon côté.

– C'est vous qui avez dit à Jun de tuer cet homme ?

Il me fixe. Je sens également le regard de Jun. Je n'avais pas l'intention de parler, mais il faut croire que c'est plus fort que moi. C'est un flic, un homme de loi, alors j'ai du mal à comprendre comment il peut faire ça…

– Oui, répond-il de but en blanc.

– Mais vous êtes flic, et vous…

– À situations désespérées, mesures désespérées. Parfois, je n'ai plus que ce seul recours. Quand je ne peux plus aider une famille, faute de preuves, et que la justice baisse les bras, mais qu'on sait pourtant qui est le coupable, je les envoie vers un professionnel pour soulager leur souffrance. Je ne pouvais pas tabasser cette petite merde de Fuller, alors j'ai demandé à Jun de le faire.

– C'est dingue… tout ça, c'est parfaitement dingue.

– Ce qui est dingue, ce sont les gens. J'ai vu tellement de saletés dans ma vie de flic que je m'étonne encore de ne pas avoir perdu la boule.

– Si jamais ça arrive, elle pourra prendre soin de toi, elle travaille dans un hôpital psychiatrique, ricane Jun.

Hank sourit. Puisqu'on parle de mon job, je me rends compte que je n'ai pas touché à mon téléphone depuis des heures. Des jours, même. Hier quand on est revenus du restaurant, je suis tombée comme une masse. Rosie, et les autres doivent se demander où je suis et à force de manquer le boulot, je vais finir par me faire virer. Il faut à tout prix que je les appelle.

– Je suis las des gens, écœuré de ce métier. Ce que je fais, ce que fait Jun, c'est simplement aider les victimes à obtenir justice quand c'est impossible légalement.

– Et s'il décidait d'outrepasser vos demandes et qu'il se mettait à tuer une de ces personnes en train de manger par exemple ?

– Non, dit Hank en secouant la tête. Jun n'est pas comme ça.

C'est trop simple comme réponse.

– Et si un jour il se mettait à tuer des innocents, ça me crèverait le cœur, mais je le mettrais moi-même en prison, ou pire encore, poursuit-il.

Il me semble sincère. Quelque chose dans sa voix, dans son regard, me dit qu'il pense ce qu'il vient de me dire. Je ne connais rien de leur histoire, de leur rencontre, mais je comprends que Jun n'est pas juste son bras armé. Il compte pour lui et j'imagine que l'inverse est réciproque.

– D'accord. Alors qu'est-ce que vous allez faire ? Moi, qu'est-ce que je vais faire ?

– Je vais enquêter sur l'adresse que tu m'as donnée, lance Hank à Jun.

Celui-ci hoche la tête. Il a l'air de nouveau sombre, réfléchi, perdu dans ses pensées. J'imagine qu'il pense à cette drôle d'affaire lui aussi et qu'il cherche un moyen d'en sortir le plus rapidement possible.

– Je resterai en alerte si tu as besoin de moi.

– Tu fais bien, j'aurai peut-être besoin de toi. Je ne sais pas encore. Je ne peux pas me permettre d'attendre trop longtemps, si ce que cette petite merde a dit est vrai, alors il y a peut-être des gosses vivants quelque part.

Je perds le fil de leur conversation quelques instants, je crois que les antidouleurs que Jun m'a donnés ne font plus trop effet, car mon visage me lance à nouveau. J'ai envie de dormir.

– Quant à vous, je pense qu'il serait plus prudent que vous restiez auprès de Jun. Je ne peux pas vous mettre sous protection sans preuves ni explications rationnelles à fournir. Les hommes qui vous ont agressée sont morts et, de toute façon, parler d'eux mettrait Jun en danger. De plus, vous ne pourriez pas être plus en sécurité qu'avec Jun.

Et en danger, je pense.

– Tu veux que je m'occupe de Hazel ? demande Jun.

Je n'arrive pas à saisir si c'est une punition pour lui ou pas.

– Oui, je veux que tu veilles sur elle. Je pense que c'est plus prudent. La situation est trop instable et sans connaître les informations qu'ils détiennent vraiment sur vous, je préfère être sûr. Vu l'ampleur que semble prendre la chose, je ne veux pas perdre plus d'innocents encore.

– Pas de problème.

Hank lève le bras pour héler une serveuse qui arrive tout de suite.

– Vous désirez ?

– Je vais prendre un café. Vous en voulez un ?

Je décline, mais Jun hoche la tête. La serveuse repart, et Hank se tortille afin d'atteindre quelque chose dans la poche de son pantalon usé. Il en sort une paire de clés qu'il me donne.

– Qu'est-ce que ça ouvre ? demandé-je bêtement.

– Ma maison sur le lac.

– Tu veux vraiment qu'on aille là-bas ? s'étonne Jun.

Il hoche la tête tout en m'offrant un sourire bienveillant. Une part de moi se dit que c'est mal d'accepter parce que je ne cautionne pas ce qu'ils font et une autre se dit qu'ils ne sont pas foncièrement méchants. J'ai la sensation d'avoir le cul entre deux chaises.

– Vous y serez en sécurité. Hazel en a besoin et c'est la seule chose que je puisse faire pour vous aider dans l'immédiat.

– Merci, soufflé-je.

– Je vais aller chercher les affaires, lance alors Jun en se redressant. Je reviens.

Sans un mot de plus, il s'élance jusqu'à la sortie et me laisse seule avec Hank. La serveuse arrive avec les deux tasses de café.

– Vous ne voulez même pas un chocolat chaud ? Souvent ça met du baume au cœur.

– Ça ira.

Je me sens un peu mal à l'aise maintenant qu'il est parti aussi brusquement, mais je commence à le connaître un peu. Il ne l'aurait pas fait si Hank avait été une potentielle menace pour moi.

– Est-ce que Jun est digne de confiance ?

J'ai lâché cette bombe comme ça. Je n'ai pris conscience de mes mots que lorsqu'ils ont franchi mes lèvres. Il plante son regard dans le mien. Il n'y a ni colère ni moquerie dedans.

– Je lui confierais ma vie sans hésiter et si je lui en remet la protection, c'est parce que je sais qu'il s'en assurera comme personne.

– D'accord.

– Qu'est-ce qui vous fait peur ? Ses activités ?

– Disons qu'il y a un peu de ça.

– Je sais ce qu'il vous a dit de lui, je sais aussi ce que vous l'avez vu faire dans votre appartement. C'était de la légitime défense, il vous a sauvé la vie. Ce que vous avez vu était sanglant, brutal, j'en conviens parfaitement, mais c'était eux ou vous. Il ne vous fera jamais de mal. Il ne le ferait jamais à cette serveuse non plus. Il ne vous a jamais fait de mal, n'est-ce pas ?

Il m'a ligotée sur son lit, séquestrée, étranglée et assommée aussi… mais je préfère ne rien dire.

– Pas vraiment non… si ce n'est se comporter comme un vrai connard.

Hank éclate de rire. On dirait qu'il le reconnaît bien là.

– Jun est bourru, solitaire, asocial, mais on peut compter sur lui quand il le faut. Il se coupe de toute relation avec les gens parce qu'il fait ce métier et maintenant que je me fais vieux, ça me fait culpabiliser.

– Comment ça ?

– Disons que j'aimerais ne plus être sa seule relation stable. Le fait qu'il semble attaché à vous me fait plaisir.

Je tique sur ses derniers mots.

– Attaché à moi ? Je ne crois pas…

Il cache un drôle de sourire derrière sa tasse et boit une gorgée de son café. Celle de Jun, posée là où il était assis, est en train de refroidir.

– Il vous a pris la main tout à l'heure, vous portez une de ses vestes, il vous a emmenée ici… je ne l'ai vu faire ça avec personne.

– C'est juste un peu de gentillesse, ironisé-je.

– Pour vous, ça s'apparente à de la gentillesse, pour lui qui a l'habitude de se foutre de tout et de tout le monde, si ce n'est de sa petite personne, je pense que ce n'est pas si anodin que ça.

J'ai l'impression que, d'une certaine manière, vous le chamboulez.

Je n'avais pas vu les choses sous cet angle, mais je comprends… Hank a probablement raison. Enfin, d'une certaine façon. Ces dernières heures, Jun s'est montré protecteur et plus doux avec moi qu'il ne l'avait fait jusqu'à maintenant. Cette révélation me fait rougir.

– Je ne sais pas quoi penser…

– Vous avez envie de retourner à votre vie d'avant. Il fera tout pour vous y aider et moi aussi. On va régler cette histoire et vous serez de nouveau en paix.

Je hoche la tête.

– N'hésitez pas à lui répondre, ne vous laissez pas faire.

– C'est plus facile à dire qu'à faire. Parfois il dégaine un regard à vous faire regretter d'avoir grillé un stop.

– Il faut le déstabiliser tout simplement.

Lorsque nous arrivons à la maison de Hank, il fait nuit noire. Alors que je descends de la voiture de Jun, deux choses me frappent : le ciel noir parsemé d'étoiles et le lac. Je m'avance. La lune et les étoiles se reflètent sur l'eau parfaitement étale. Tout est calme, tranquille, d'une étrange quiétude. Seul le bruit de la flore et de la faune fait office de fond sonore. C'est apaisant. La dernière fois que j'ai ressenti ça, c'était dans la maison de mon père en Australie.

– Tout va bien ? demande Jun.

Je me tourne vers lui. Les bras croisés sur son torse, il m'observe, nonchalamment appuyé contre l'un des énormes piliers qui maintiennent le toit de la terrasse. Elle donne directement sur l'eau, il y a même une petite échelle qui se perd dans les profondeurs du lac pour plonger d'ici et remonter directement. Sur la terrasse traînent deux chaises longues, un brasero. Près de la baie vitrée, dont les portes sont grandes ouvertes, il y a un coffret fermé par un petit cadenas et il y a également des lampes à huile accrochées de part et d'autre des murs.

– C'est magnifique.

– C'est Hank qui a tout fait. Cette maison, c'est son havre de paix, il n'attend que ça : finir de bosser pour venir s'y cloîtrer comme un vieil ermite.

– Je comprends parfaitement.

Qui ne rêverait pas de ça après tout ?

– Tu veux visiter ?

Je hoche la tête.

– Oui.

Je suis Jun dans la maison et nous arrivons dans un grand séjour. L'intérieur me coupe le souffle. Poutres apparentes, pierres et plancher constituent l'essence de la maison. C'est réellement magnifique. Je caresse du bout du doigt le canapé en cuir usé marron qui est situé juste en face de la cheminée.

Les meubles sont en bois eux aussi. Je souris lorsque je remarque un billard.

– Ici, tu as la cuisine.

Je penche rapidement la tête, mais je reste figée devant l'énorme fenêtre qui offre un panorama sur l'immensité du lac et de la forêt qui l'entoure. Je suis Jun dans toutes les pièces de la maison. Après m'avoir montré la dernière, il s'arrête brusquement. Je manque de me cogner contre son torse. Je lève les yeux vers lui.

– Tu veux dormir en haut ou en bas ? demande-t-il.

– Je ne sais pas… va pour celle du haut.

L'autre chambre ayant une porte et un accès sur l'extérieur de la maison, j'aurais beaucoup trop peur de voir un taré débarquer en pleine nuit pour me buter. Bon sang, j'ai regardé trop de films d'horreur, moi.

– Bien, je vais monter ton sac. Demain, j'irai faire des courses.

Quand je le suis dans l'escalier et qu'il me regarde par-dessus son épaule, je me dis qu'il s'attendait sans doute à ce que j'aille me coucher. Je dois avouer que je n'ai pas tellement envie de me retrouver seule tout de suite. Je ne suis pas certaine d'être prête.

– Je pourrais te battre au billard, proposé-je.

– Comme avec les fléchettes, tu peux toujours essayer, raille-t-il.

Je me sens sourire et ça me fait du bien.

– Je te défie !

– Tu ferais mieux d'aller te coucher. Tu dois être fatiguée, Hazel.

Il pose son regard noir et autoritaire sur moi. Il doit être fatigué lui aussi alors je hoche la tête.

– Qu'est-ce qui se passe ?

– Je ne vais pas réussir à dormir, je dis d'une petite voix.

Je caresse le tapis vert du billard.

– Tu n'as même pas essayé, râle-t-il.

Je repense alors aux mots de Hank quand il m'a dit de ne pas avoir peur de le taquiner.

– Moi, je pense plutôt que tu as peur de perdre. Ou alors tu as peur de moi.

Il fait cette petite grimace avec ses lèvres. Touché.

– Je n'ai peur de rien. La peur, c'est moi qui la fais ressentir.

– Alors pourquoi tu me fuis, Jun ?

Son petit tic le reprend et je commence à le trouver absolument adorable.

– Va choisir ta queue, comme ça, je te mets une raclée et ensuite, tu m'obéis enfin et tu vas te coucher.

CHAPITRE 16

JUN

– Je n'aime pas ça. Je le sens mal.

C'est la quatrième fois qu'il le dit. Mot pour mot.

Hank est stressé. Trop occupé à contrôler mon propre stress, je ne dis rien, pourtant je n'en mène pas large. Alors que je fixe la vieille bâtisse qui s'élève devant nous, je me dis qu'elle pourrait figurer dans un décor de film d'horreur. Et j'ai tué assez de dépravés pour que mes sens me hurlent que cet endroit est maléfique. L'adresse que nous a donnée Archie nous a bien menés quelque part. Dans un endroit pas facile d'accès. Pour ne pas être vus par d'éventuelles personnes, nous avons avancé à pied à travers les bois.

À présent caché dans d'épais fourrés avec Hank, je me demande ce que j'attendais vraiment de cet endroit. J'aurais espéré quelque chose de moins glauque que ce manoir délabré au style victorien, perdu au milieu de la nature. Je me souviens de ce que m'a dit Archie sur le fait qu'il ramenait juste des filles ou des garçons… et je n'ai pas besoin d'avoir beaucoup d'imagination pour comprendre ce qui se trame très certainement entre les murs de cette foutue baraque.

Un homme, grand, balèze, habillé de noir surveille la porte. Il contrôle les allées et venues. Il a fait entrer ce qui s'apparentait à un couple plutôt fortuné et un homme seul depuis que nous les surveillons. Aucun n'est ressorti, pourtant ça fait déjà bien quarante-cinq minutes. Soudain, une pluie diluvienne s'abat et le tonnerre se met à gronder au-dessus de nos têtes.

– Manquait plus que ça, grogne Hank.

– C'est pas plus mal. Si je dois les observer de plus près ça camouflera mes bruits de pas et ils vont peut-être baisser leur garde et faire rentrer le gorille qui garde la porte.

– Il y a du mouvement, chuchote Hank.

J'examine alors qu'il regarde avec ses jumelles. Le grand balèze se déplace sur le côté tandis que le couple que nous avons vu tout à l'heure sort bras dessus, bras dessous, accompagné d'un homme habillé d'un costume noir et d'un chapeau haut de forme.

– C'était un divertissement des plus savoureux, lance la femme.

La pluie couvre pas mal la conversation alors je ferme les yeux et je prête une oreille plus attentive.

– La prochaine fois, je prendrai de nouveau un garçon, ils sont plus résistants.

– Tout ce que vous désirez, répond l'homme au chapeau.

– Allez, mon amour, rentrons à la maison.

– Bon retour, et n'oubliez pas que ce qui fait la beauté de cet endroit est qu'il n'existe plus une fois qu'on est sorti de ses murs.

– Quel endroit ? plaisante la femme.

Ils gloussent comme des abrutis tout en regagnant leur voiture. Le mec au chapeau rentre, le gorille reprend sa position et moi je me sens bouillir de l'intérieur. Je ne sais pas ce qui me retient de sortir de ma cachette pour les massacrer. Enfin si, il y a Hank et Hazel. Je ne peux pas me permettre de compromettre la situation. Je sens que Hank pose sa main sur mon épaule alors que mon bras est contracté au possible.

– On ne peut rien tenter de stupide.

– Je sais.

Notre cachette de fortune n'est plus très étanche. La pluie commence à me tremper.

– Je ne sais pas comment appeler mon équipe. Je ne peux pas débouler là sans mandat de perquisition.

– On ne sait pas encore ce qui se trame vraiment, même si on a plus ou moins une belle idée, mais si tu débarques là-dedans avec ton équipe et que vous arrêtez tout ce trafic, tu ne crois pas que ça sera suffisant ?

– On va me demander de faire un rapport.

– Hank, tu as pris la déposition de la gamine qui a signalé la disparition de sa sœur dans la famille d'accueil, tu as interrogé Archie, tu peux maquiller ça en disant qu'il t'a donné cette adresse.

– Comment tu veux que je justifie le fait que je l'ai laissé dans la nature ? Je ne peux pas. Et en plus, il est mort.

– Je peux demander à Shelby ce qu'il a fait du corps. Il ne l'a peut-être pas encore donné à bouffer à ses cochons. Tu peux aussi dire que la gosse qui a signalé la disparition et qui a disparu a suivi sa sœur jusqu'ici et qu'elle est rentrée après.

– Ouais, ça pourrait le faire, d'autant que je n'ai pas encore rendu le rapport…

– Je vais aller observer de plus près.

– Jun, t'es pas obligé.

– Si.

– Non, tu dois protéger Hazel alors ne fais rien de stupide.

Je lui lance un regard en coin. C'est bien la première fois que je le vois se soucier de moi comme ça. Et puis, Hazel ? Pourquoi me parle-t-il d'elle ?

– Pourquoi tu…

– Si les choses venaient à mal tourner, personne ne la protégerait mieux que toi. Elle compte sur toi.

– Si on met fin à tout ça, il n'y aura plus de danger pour elle.

– Je sais oui, mais fais attention, gamin. C'est tout ce que je te demande.

– Comme d'habitude.

Alors que je m'apprête à partir observer la maison de plus près, il me rattrape par l'épaule.

– Tu ne vas pas rentrer dans la maison ? me demande-t-il, visiblement inquiet.

Il me connaît pourtant, il sait que je n'agis jamais impulsivement. Je ne peux pas faire de conneries ; même si je meurs d'envie de me défouler, je m'abstiendrai.

– Non, je ne suis pas assez équipé pour égorger toutes ces pourritures.

– Si tu vois quelque chose de perturbant, envoie-moi un message, une photo… Mon téléphone est en silencieux, je le verrai et j'appellerai mon équipe en renfort pour qu'on mette fin à tout ça. Je les préviens de se mettre en route silencieusement dès que tu pars.

– OK.

– Si tu m'envoies ce message, je veux que tu te casses d'ici, que tu rentres. Tu ne dois pas être vu avec moi.

– Je le sais.

Hank me presse l'épaule. Ce n'est pas le geste le plus affectueux du monde pourtant pour nous, ça équivaut à un « Je t'aime » ou un « T'as intérêt de faire gaffe, fiston ». Je contourne les bois. Je reste à l'abri des regards jusqu'à ce que j'arrive à l'arrière de la maison. Il n'y a pas de gardes ici.

Comme nous voulions juste observer, je n'ai pas pris beaucoup d'armes. Enfin, j'ai quand même un couteau pour me défendre. Utiliser un flingue ferait tout capoter. Il pleut toujours, ma veste et mes cheveux sont trempés. Je m'avance prudemment jusqu'à la maison. L'une des premières fenêtres est une petite lucarne, elle semble mener à un genre de sous-sol. D'un rapide coup d'œil, j'aperçois ce qui ressemble à des cages. Je plisse les yeux et je sors mon téléphone portable de ma poche. Je filme en zoomant vers la cage. On dirait qu'il y a du linge au sol ou bien… quand le linge bouge et se réfugie vers les barreaux du fond, je comprends que c'est un gosse. Un homme ouvre la porte et le fait sortir de force. Quand il se débat, il l'attrape par le cou et lui dit quelque chose que je n'entends pas, puis ils disparaissent et un autre mec arrive avec un gosse complètement nu, visiblement inerte… Il le balance dans la cage. J'inspire calmement en coupant la vidéo. Je crève d'envie d'y aller, mais putain, je ne peux pas. Je me faufile de nouveau à travers les bois et j'envoie la vidéo à Hank. Je ne regarde même pas s'il me répond, je le laisse gérer.

Je suis étonné de voir les lumières allumées quand je me gare devant la maison de Hank. Hazel doit être réveillée. J'éteins le moteur. La pluie battante s'abat sur le pare-brise de la voiture, dans un bruit assourdissant. Il fait encore chaud, presque étouffant, et le tonnerre gronde sans que l'orage se déclenche vraiment. Je cours jusqu'à la terrasse et alors que je retire ma veste trempée et mes chaussures, je découvre Hazel. Penchée sur la rambarde, elle semble contempler le lac.

– Tu devrais pas être au lit ? bougonné-je.

J'ai conscience que mon ton est bourru et que je suis sans doute désagréable, mais après ce que j'ai vu ce soir… je me dis que n'importe quel type louche qui traîne dans le coin aurait pu la voir et lui faire du mal.

– Je peux te rétorquer la même chose, réplique-t-elle avec aplomb.

– C'est dangereux la nuit. Il pourrait y avoir des bêtes sauvages, des gens bizarres…

– Comme un type habillé tout en noir ? Ou un tueur professionnel ? C'est ce genre de gens bizarres à qui tu fais allusion ?

Elle…

Je grogne alors qu'elle ne s'est toujours pas retournée.

– La prochaine fois, reste dans la maison, c'est plus prudent.

– Chassez le naturel et il revient au galop.

Je grimace au moment où elle me fait face. Elle ne porte rien qui m'appartienne, mais c'est tout aussi joli, je dois bien l'avouer. Elle est vêtue d'une autre de ses robes d'été. Celle-ci est blanche avec des fleurs violettes. Elle est magnifique. La robe. Peut-être elle aussi et ça me fait tourner la tête. Elle semble m'observer attentivement à son tour. Surtout mes cheveux mouillés qui gouttent sur mon visage. Je passe une main dedans.

– C'est-à-dire ? grogné-je.

– Tu ne sais pas faire la part des choses. Soit tu es gentil, soit tu te comportes comme un connard. Tu ne connais pas le juste milieu ?

Ses mots me percutent comme à chaque fois qu'elle me trouble et j'ai l'impression que ça arrive de plus en plus souvent. Et ça me plaît, je crois.

– Non. Il faudra que tu m'apprennes.

– Je peux sans doute faire ça.

Elle esquisse un sourire.

– C'est la douleur qui t'a réveillée ?

– Non, c'est l'orage et je ne suis pas parvenue à me rendormir, ajoute-t-elle en admirant de nouveau la vue. J'adore l'orage, j'adore la pluie et l'odeur étrange qu'elle laisse derrière elle. C'est un parfum particulier… quand j'étais petite, on avait une immense baie vitrée et dès qu'il y avait de l'orage la nuit, je m'asseyais devant et je regardais les éclairs dans le ciel. Ça avait quelque chose de grandiose, je trouvais ça fascinant.

Je l'écoute en la rejoignant. La pluie tombe sur l'eau du lac, créant d'incessants remous. Je ne sais pas si c'est le bruit de l'averse ou si c'est sa présence qui m'apaise, mais je sens que mes nerfs ne sont plus autant à vif que dans la voiture. Au contraire, je ressens une étrange plénitude. Du coin de l'œil, je l'observe. Elle semble ébahie par la vue. Elle pose sa main sur son épaule et fait une légère rotation avant de reposer son bras contre la rambarde.

– Moi non plus, je n'arrivais pas à dormir.

– Tu aurais pu m'emmener faire un tour.

Ses mots sonnent comme un étrange reproche.

– Ce n'était pas une promenade de santé.

– Qu'est-ce tu as fait ?

– J'étais avec Hank. Et crois-moi, tu n'as pas envie de savoir.

La chair de poule couvre la peau de ses bras.

– Tu es allé à l'adresse qu'Archie a donnée. Elle a mené quelque part ?

Tout droit vers la maison de l'horreur.

– Ouais, on peut dire ça.

Elle me regarde. Je ne veux pas lui faire peur ni lui mettre d'autres images dans la tête, elle a déjà assez souffert. Je veux la préserver, encore un peu. Cette constatation m'étonne, et pourtant pas tellement. C'est confus dans mon esprit.

– C'était si terrible ?

Sa phrase n'est plus qu'un souffle, si bien que la pluie la couvre quasiment.

– On ne sait pas encore… je n'ai pas envie de parler de ça.

Hazel hoche la tête et refait ce mouvement avec son épaule. Elle a peut-être une gêne ou une douleur.

– Alors, tu veux parler d'autre chose ? Sauf si tu veux aller dormir.

Je ne sais pas ce dont j'ai envie. Je n'aime pas parler et je n'aime pas écouter les gens non plus, alors pourquoi je suis là, à espérer qu'elle n'aille pas se coucher ?

– De quoi tu veux parler ?

Je suis à peine étonné par ce que je viens de dire.

– De toi. Tu aimes l'orage par exemple ?

J'aurais aimé le regarder avec elle devant sa baie vitrée quand j'étais gosse. Un peu comme ce soir.

– Je n'ai jamais vraiment appris à l'apprécier comme maintenant.

– Moi, ça m'apaise… C'est étonnant, non ? Alors que c'est si bruyant.

Ce qui est étonnant, c'est la tempête qui se reflète dans son regard et qui le rend irréel, presque fantasmagorique.

– Un problème ? souffle Hazel.

– Non.

Elle baisse la tête, visiblement gênée. J'ai dû la dévisager un peu trop longtemps.

– L'orage rend ton regard encore plus onirique.

– Onirique ? On ne m'avait jamais dit ça…

Hazel rougit en m'observant de nouveau. Qu'elle assume être différente avec moi, après tout, moi aussi j'ai des yeux différents.

– Qu'est-ce qu'on t'a dit ?

– Que c'était moche, que ce n'était pas normal, répond-elle en haussant les épaules. Pendant une partie de mon adolescence j'ai mis des lentilles de couleur parce que j'avais honte.

Moche ? J'ai du mal à comprendre. Parce que tout ce qui me vient à l'esprit, c'est pourquoi quelque chose d'aussi différent, imparfait, peut-il être aussi somptueux ? Il y a tellement de choses à découvrir dans son regard que c'est impossible de ne pas s'y perdre.

– Pourquoi tu as arrêté d'en mettre ?

– Parce qu'ils me manquaient et que j'en avais marre de les cacher sous prétexte que c'était moche d'avoir un œil vert et l'autre bleu. Mes imperfections sont une partie intégrante de ce qui me rend belle.

Il y a de la conviction dans sa voix.

– Qu'on le trouve beau ou pas, ton regard ne s'oublie pas, Hazel.

Elle rougit encore.

– On n'est pas ordinaires avec nos yeux…

– Pas vraiment. Niveau originalité, tu gagnes. Niveau disgrâce, on peut dire que je te bats.

– Ce n'est pas moche… ta cicatrice, je veux dire. Je ne la trouve pas laide.

Je ne sais pas bien comment interpréter ses mots compte tenu du fait que d'habitude je me fiche que ça plaise ou non aux gens. Je crois que je ne suis pas totalement indifférent à ce qu'elle dit ni à ce qu'elle pense de moi.

– Je peux dire la même chose de tes yeux. Ils sont loin d'être moches.

– Comment tu t'es fait cette cicatrice ? demande Hazel.

– Une bagarre dans un bar, on m'a attaqué avec un morceau de verre.

Elle me lance un regard du coin de l'œil. Comment peut-elle encore s'étonner qu'il ait pu m'arriver ce genre de choses après ce qu'elle sait sur moi ?

– Je peux te poser une question, Jun ?

Je hoche la tête.

– Comment tu as commencé à faire ça ?

– Faire quoi ?

Je la force un peu, je veux qu'elle le dise, qu'elle n'ait pas peur de prononcer les mots. Je sais que je la bouscule, car elle voudrait encore que ce ne soit pas vrai, mais je suis ce que je suis et je ne peux rien changer à cela.

– Tuer des gens, dit-elle en plantant son regard dans le mien.

Ses grands yeux vairons ne dévient pas des miens alors je ne coupe pas ce lien invisible qui nous relie.

– C'était un peu un concours de circonstances, je travaillais comme vigile dans un club de strip-tease.

– Alors tu as vraiment été vigile ?

– Oui.

Elle sourit. Comme si apprendre que j'avais eu un métier normal lui faisait plaisir. Ou alors peut-être est-ce juste le fait que pour une fois, je parle un peu de moi.

– Je travaillais ce soir-là et Hank est venu me voir. Il m'a proposé un boulot. Un truc bien payé. Il cherchait un type pour un faire un travail particulier.

– Du genre ?

– Le premier job qu'il m'a donné, c'était juste tabasser un mec. Le mec de sa nièce, plus précisément. Il la battait. Je l'ai envoyé chier. Je l'ai pris pour un foutu cinglé, mais Hank a de la suite dans les idées. Il m'a emmené dans un bar où le fameux gars était. Il était en train de se vanter de dominer sa femme, de lui faire fermer sa gueule avec ses poings et pire… Le genre de sombre merde qui n'a aucune morale, aucun remords, rien…

– Alors tu l'as fait ?

– Oui. Je l'ai fait. Je lui ai mis la misère. Sauf qu'il a recommencé et il l'a presque achevée. Alors Hank m'a demandé de le tuer.

– C'est glaçant, souffle Hazel.

– Quoi donc ? Moi ou le type ?

– Les deux… le fait que tu aies tué un homme et que des monstres pareils existent.

Je crois que j'aime beaucoup qu'elle soit honnête et sincère.

– C'est Hank qui te paye à chaque fois pour ça ?

– C'est lui qui redirige les gens vers moi. Parfois c'est le bouche-à-oreille.

Je ne saurais dire si elle aime en savoir plus ou pas.

– Tu n'as jamais rêvé de quelque chose ? De faire un métier particulier ?

– Non, je n'ai jamais eu d'ambitions particulières. Si ce n'est avoir de l'argent et le mettre de côté pour plus tard.

– Alors tu as quand même de l'ambition. Qu'est-ce que tu souhaites faire quand tu auras assez d'argent ?

– Trouver mon havre de paix et m'y poser.

La bouche d'Hazel prend la forme d'un O et une drôle de lueur éclaire ses jolis yeux.

– Et il ressemble à quoi ce paradis, selon toi ?

– Je ne sais pas encore.

Elle hoche la tête, le sourire aux lèvres, mais grimace en étirant à nouveau son épaule.

– Tu as mal ?

– Un peu, j'ai dû faire un faux mouvement dans la nuit.

– Tu veux que je regarde ?

– Euh… Pourquoi pas ?

Je me place derrière elle, je suis le mouvement de ses doigts quand elle déplace ses cheveux, dévoilant ses épaules et son cou. Son parfum mélangé à celui de la pluie flotte dans l'air. Je lève le bras, mais j'hésite quelques secondes avant de poser ma main sur son corps. Je crains ma réaction. Sa peau est tiède sous la mienne. La chair de poule qui couvre la peau de son cou puis de ses bras me fascine. Annette ne frissonne jamais. Mais je ne touche jamais Annette. Enfin, jamais de cette manière. C'est elle qui me masse les épaules, pas l'inverse. J'écoute le bruit de la pluie qui s'abat en continu sur le lac, tout en essayant de maîtriser la tempête qui sévit dans mon putain d'esprit. Hazel, cette fauteuse de troubles. *Ma fauteuse de troubles.* J'ai envie de me rapprocher d'elle, de l'attirer au plus près de moi et d'embrasser son cou comme elle l'a fait avec moi. J'ai envie de me perdre dans son trouble, de m'abandonner à cette perturbation que je ne comprends et ne contrôle pas. Je veux voir jusqu'où elle m'entraîne, ou si elle me fout au tapis.

Je secoue la tête, fuyant à tout prix les pensées qui s'entrechoquent dans mon esprit.

– Est-ce que c'est Hank qui t'a appris à te battre ?

– Non, c'est mon père. Il était professeur de hapkido.

– Je ne connais pas.

– C'est un système de self-défense qui combine les coups de pied et les poings, tout en incorporant des projections, des clés de bras et étranglements. Il comprend aussi le maniement des armes.

Tandis que je masse son épaule, je me demande si elle pense toujours à ce qu'elle m'a dit quand je la pansais dans la chambre du motel. Sur mes mains qui avaient tué et qui la soignaient à présent. Je me demande si elle ressent toujours la même chose.

Hazel sursaute légèrement quand le tonnerre gronde au-dessus de nos têtes et j'ai le foutu réflexe de me rapprocher d'elle pour qu'elle ne prenne pas peur.

– Ça fait du bien, dit-elle.

En prononçant ces mots, elle allonge son cou de gauche à droite. Mon regard suit le mouvement, se perd sur sa nuque, dans la blondeur de ses cheveux. Je veux comprendre pourquoi je la perçois différemment. Je veux comprendre pourquoi, en quelques secondes à peine, elle a chassé ma morosité ce soir. Je suis persuadé qu'elle n'en a même pas conscience.

– Je crois que j'aime bien l'orage finalement.

Ces mots sont sortis tout seuls et je ne peux pas les ravaler. Lentement, elle relève la tête et me regarde par-dessus son épaule. Puis, elle m'offre un sourire étincelant. J'ai le réflexe de vouloir regarder derrière moi, mais je sais qu'il n'y a que nous. Alors, il est pour moi. À moi.

Nos regards plongent l'un dans l'autre ; ma main a cessé de masser son épaule. Je la remonte vers son cou, sa nuque que je presse entre mes doigts. Elle est si fragile. Je pourrais la briser sans le moindre effort, mais j'en suis physiquement incapable. Ses yeux semblent se voiler et je comprends qu'elle est sur la même longueur d'onde que moi. Elle est troublée, elle aussi. Je ne suis pas certain que ça me rassure.

Doucement, elle se tourne vers moi.

J'ai une irrépressible envie de l'embrasser. De sentir le parfum de lilas qui se dégage d'elle, de sa peau. De goûter à ses lèvres. Je me penche vers elle, les doigts toujours plaqués sur sa nuque. Ses lèvres s'entrouvrent quand plusieurs éclairs zèbrent le ciel et que le tonnerre gronde. L'instant d'après, la foudre frappe le lac dans une détonation assourdissante. Hazel pousse un petit cri en se blottissant dans mes bras.

– Bon sang, j'ai eu la peur de ma vie.

Je lâche sa nuque et mets de la distance entre nous, entre elle et mes pensées. Mon cœur bat anormalement vite dans ma poitrine. C'est la première fois qu'il s'excite de la sorte et je sais que ça n'a rien à voir avec la foudre. C'est elle.

Cet éclair, c'est le destin qui me rappelle à l'ordre. Je ne voulais pas qu'elle entre dans ma vie et même si c'est fait maintenant, même si elle y est, rien n'a changé. Je suis toujours le même, je suis toujours un tueur et elle mérite autre chose que moi, autre chose que la peur, la torture, et j'en passe…

– On ferait mieux d'aller se coucher.

Je tourne les talons sans attendre sa réponse. Je la connais, je sais qu'elle réussirait à me faire changer d'avis.

CHAPITRE 17

HAZEL

Rosie : Alors les nouvelles ? Tu arrives
à t'éclater quand même en Australie ?

Moi : J'essaye, mais tu me manques
beaucoup.

Il paraît que ce n'est pas grave de dire un petit mensonge quand c'est pour protéger quelqu'un. Alors je mens éhontément à ma meilleure copine. Je suis la pire des amies, mais j'ai fini par me dire que lui mentir serait mieux. Le temps que cette histoire avec Jun soit réglée. Je lui ai dit que mon père était tombé malade et que je devais aller le voir. J'ai prévenu l'hôpital aussi.

Rosie : Si seulement il y avait
un beau gosse pour t'aider à supporter
cette solitude…

Si elle savait.

Moi : T'en fais pas, je reluque
sans vergogne les surfeurs
dès que je le peux.

Rosie : Je suis si fière de toi.

Je me demande si je pourrai la regarder en face quand je la reverrai. Je ne suis pas sûre de garder ce drôle de secret. Mon père étant loin de moi, depuis la mort de ma mère, Rosie est l'une des personnes les plus importantes de ma vie. Qu'elle ne soit pas là alors que je me réveille en sueur en pleine nuit à cause de mes cauchemars me rend triste. Bien évidemment, ça ne changerait rien à ce que j'ai vécu ni à cette peur qui me prend aux tripes, mais je me dis que ce serait plus supportable si elle était là.

J'ai mal dormi cette nuit encore. Je me réveille souvent en sursaut et je n'arrive pas à me rendormir. Je ne fais que penser à ces trois gars dangereux, à Jun, lui aussi menaçant, et je me demande ce que j'ai fait pour me retrouver dans une situation pareille. Je mets mon téléphone en charge et me glisse sous la douche. Quand j'en sors, j'enfile un short cycliste et un tee-shirt par-dessus.

La maison de Hank est plongée dans le silence lorsque je descends. C'est toujours le calme ici, même quand Jun est là. Je m'avance jusqu'au salon, il n'y est pas, mais Hector dort sur le bras du canapé. Jun est allé le chercher et il en a profité pour rapporter des affaires. Selon lui tout est en ordre dans mon appartement, mais rien que penser à ce qu'il s'y est passé me fait frissonner. Je crois que je serais incapable d'y mettre les pieds. Il y a eu trois meurtres dans mon salon. Comment pourrais-je y retourner et faire comme si de rien n'était ? Ce n'est pas possible. Pourtant, je ne vais pas rester ici indéfiniment…

Jun n'est pas à la cuisine non plus. Je prends un mug et le remplis de café avant d'aller sur la terrasse. Le soleil brille déjà, il n'y a aucun nuage dans le ciel, c'est comme s'il n'y avait jamais eu d'orage. Cet endroit est vraiment magnifique et apaisant. C'est un retour à la nature. Il me donne envie de quitter la ville et de m'installer dans un coin plus tranquille.

Je bois une gorgée de café quand je remarque Jun, près de l'abri où est stocké le bois. Je manque d'avaler de travers. Il est torse nu. Le soleil caresse sa peau dorée. Il est… à se damner. Sexy en diable. Jun est un foutu délice pour les yeux et pas seulement à cause de ses abdos superbement dessinés ni à cause de ce V si sexy qui disparaît sous son pantalon, mais parce qu'il est également couvert de tatouages. Je les vois beaucoup mieux que la première fois et je prends conscience que l'encre qui orne sa peau a des allures d'œuvre d'art. Sur son épaule droite, il y a un léopard qui semble le protéger et dont le regard perçant presque hautain est braqué sur moi. Je poursuis mon exploration ;

sous le félin se dresse une espèce de temple dont les finitions sont volontairement déstructurées, puis se mêlent plusieurs dessins, dont un magnifique lys entouré des mots : « Craignez que Dieu ne pèche plutôt que les péchés. » Je remarque des caractères en hangul que je ne comprends pas. Sur son torse, il y a un arbre majestueux, dont les branches et les fleurs s'étendent sur ses pectoraux. Plus bas, je remarque la cicatrice qu'a laissée le coup de couteau.

– Bonjour, me dit-il.

Je relève la tête, écarlate. J'aimerais qu'il se mette quelque chose sur le dos, parce que ça me déconcentre un peu. Beaucoup. Même s'il n'est pas totalement vêtu de noir aujourd'hui, il n'a pas oublié de mettre sa cape d'intensité et cette aura magnétique.

– Bonjour.

Il s'avance vers moi. C'est vraiment troublant d'être encore là avec lui, dans cette vie en suspens qui n'est pas la nôtre. D'autant plus depuis l'autre nuit. Il s'est écoulé trois jours depuis et, je crève d'envie de savoir ce qu'il se serait passé si le ciel ne nous avait pas interrompus. Il voulait m'embrasser. J'en ai la certitude.

– Tu fais ça souvent ?

– Deux fois par semaine.

Je lève lentement les yeux vers son torse, soudain hypnotisée par une goutte de sueur qui glisse entre la ligne de ses abdos. La chanceuse. Je croise enfin son regard. Il a l'air légèrement irrité. Je crois que le fait de ne pas avoir de nouvelles de Hank le chagrine un peu. Il a même fini par m'expliquer ce qu'il avait vu ce soir-là et ça m'a glacé le sang. C'est… épouvantable. Personne ne devrait jamais subir d'atrocités de la sorte.

– Tu as souvent besoin de te battre ? demandé-je bêtement.

La combinaison du soleil qui tape déjà bien fort et d'un Jun torse nu semble un peu trop pour moi et j'en deviens parfaitement débile.

– Non, la plupart du temps je piège mes victimes sans en avoir besoin. Il y a quelques exceptions.

– Comme quand tu as reçu ce coup de couteau ?

Il baisse les yeux vers sa cicatrice et la touche du bout des doigts.

– Oui.

– Qu'est-ce qui s'est passé ?

– Je me suis laissé distraire et il a eu le temps de me planter.

Je me demande ce qui pourrait bien détourner son attention, lui qui semble tellement imperturbable.

– Tu faisais quoi ? Je ne voulais pas t'interrompre.

– Quelques enchaînements de hapkido. Tu as mal dormi ?

– Un peu…

– Je t'ai entendue t'agiter dans ton sommeil.

Je rougis et je me sens vulnérable. Difficile de lui cacher quoi que ce soit. Je hausse les épaules pour lui dire que ce n'est pas important, seulement il semble comprendre que je ne vais pas très bien. Quelques jours ont passé, mais je n'oublie pas pour autant. Mes blessures vont mieux, pourtant il reste encore quelques traces sur mon corps qui me rappellent sans cesse ce qui s'est passé. Les coups, la douleur… c'est difficile de ne pas s'effondrer alors qu'intérieurement je me sens gelée, apeurée… Et c'est encore plus étrange de ressentir tout ça quand lui semble s'en foutre royalement. Pour lui, c'est comme si tout était déjà oublié.

– Tu veux que je te montre ? demande-t-il.

– Comment ça ?

– Comment frapper, des mouvements de défense.

– Je ne sais pas.

– Je crois que tu en as besoin.

Je secoue la tête.

– Tu fais des cauchemars, tu as peur. Je pense que ça pourrait t'aider et puis ce n'est pas un mal de connaître une ou deux techniques d'autodéfense.

– D'accord.

J'abandonne ma tasse de café et je le suis jusqu'à l'endroit où il se tenait quand je suis arrivée. Je tente de rester concentrée sur ses mots, mais ce n'est pas évident alors qu'il est torse nu. Les premiers mouvements qu'il me montre sont des postures de défense, il corrige mes positions quand elles ne sont pas correctes et m'explique comment m'y prendre. Je dois avouer que je n'avais jamais envisagé d'apprendre ce genre de choses un jour. Le sport, de manière générale, je le fuis. Je n'avais jamais été confrontée à une telle situation, mais je suis contente qu'il soit là pour me donner des conseils. Je l'écoute avec intérêt.

– Tu te souviens du jour où je t'ai fait une clé de bras ?

– Comment oublier ? plaisanté-je.

Il esquisse un petit sourire en coin.

– Ce jour-là, tu as très bien réagi, tu savais que j'étais blessé à cet endroit, tu t'en es servie à ton avantage pour te libérer. Sauf que tes adversaires ne seront pas toujours vulnérables.

Jun se positionne derrière moi.

– Je vais te faire une clé et je vais te dire quoi faire pour te libérer, d'accord ?

Je hoche la tête. Un de ses bras enserre mon cou et de l'autre, il resserre l'étau.

– Quand tu te retrouves comme ça, tu dois à tout prix aller vers l'avant, pour libérer tes voies respiratoires. Tu dois te placer dans l'axe de mon coude et ramener tes bras par ici. Vas-y, essaye.

Je m'exécute.

– Bien, dit-il. Une fois que tu es comme ça. Tu frappes. Tu enfonces ton talon dans le pied de ton adversaire, tu racles son tibia, tu frappes dans les parties génitales, tu te baisses et tu le projettes loin s'il se cramponne encore à toi. À toi.

– Je ne vais pas te frapper les couilles !

– J'espère bien, c'est une simulation. Essaye en recommençant depuis le début.

Je hoche la tête et j'applique ses conseils. C'est vraiment bizarre de faire ce genre de chose. Je ne me reconnais pas, mais j'ai cette impression depuis plusieurs jours. Lorsque je dois le projeter à terre, je m'arrête. Je me sens incapable de faire ça.

– Pourquoi tu t'arrêtes ? demande-t-il.

– J'ai eu peur de ne pas y arriver.

– C'est bien d'avoir peur, ça permet d'être plus réfléchi parfois, mais il ne faut pas non plus que ça te paralyse. Il faut que tu penses à ta sécurité, à ta survie. Recommence !

J'ignore combien de temps s'écoule, mais on s'entraîne et s'entraîne encore. Les minutes qui défilent se transforment en heures ou alors je déteste tellement le sport que je me fais des films. Jun me montre des gestes de défense, des coups de pied, des coups de poing, et je finis par être complètement lessivée.

– Frappe ! ordonne-t-il.

Je n'en peux plus. Et lui, hormis quelques gouttes de sueur qui, en plus, lui vont à ravir, ne semble pas faiblir le moins du monde.

– Je suis fatiguée, râlé-je.

Et alors ? grogne-t-il.

– Alors j'arrête !

Il me domine de toute sa putain de taille.

– Tu crois que tu vas dire stop et que la personne en face de toi va s'arrêter pour te laisser te reposer ?

– T'es taré, ma parole. On s'entraîne, on n'est pas…

Il me bouscule et je titube en arrière.

– T'es dingue ou quoi ? gueulé-je.

– T'as encore de la réserve, j'en suis certain.

– Arrête !

Jun recommence.

– Ou alors t'es vraiment faible.

Je sens que mes poings se contractent, que j'ai envie de lui coller un pain dans la gueule pour lui faire ravaler son comportement de merde.

– Va te faire foutre.

– Tu as besoin de te défouler, de libérer quelques endorphines, d'évacuer ce que tu as dans la tête. Tu as besoin d'extérioriser, de crier…

– J'ai besoin que tu me foutes la paix surtout. Ne recommence pas, je te jure que…

– Que quoi Hazel ? Tu vas continuer à m'insulter, à ruminer en pensant que ça va me faire changer d'avis ?

Il me bouscule encore, mais cette fois je frappe son torse. Il ne bouge pas d'un poil, il reste là, parfaitement stoïque, imposant, et fier, le regard hautain comme dans l'ascenseur et le sourire moqueur comme avec le gâteau.

Enfoiré.

– C'est tout ? Pas étonnant que l'autre t'ait foutue au tapis. Même un chaton a plus de force que toi.

Ses mots sont terriblement vrais, et malgré tout terriblement vexants. Il a raison, physiquement je suis faible, et mentalement… eh bien, j'aimerais clamer que c'est différent, mais je suis faible aussi de ce côté-là, puisque je n'arrive pas à aller de l'avant et que je laisse ces événements venir jusque dans mes rêves pour me perturber.

Je suis en colère contre moi. Contre lui.

– Va te faire foutre.

– Envoie-moi me faire foutre, Hazel.

Je le frappe à nouveau. Puis encore et encore. Et il reste là sans bouger, me servant de punching-ball, me regardant toujours avec cette suffisance que je déteste, me provoquant encore avec son aura sinistre. Je l'insulte, je crie et je frappe en continu. Mes bras me font mal et pourtant je n'arrête pas. Je ne peux pas. Ils ne m'obéissent pas.

– Plus fort, grogne-t-il alors. T'es molle, Hazel.

Les larmes coulent le long de mes joues, je me sens acculée par ses mots et par les souvenirs de ces hommes qui m'ont fait du mal, par cette sensation terrifiante que ma vie était en train de m'échapper et que j'allais y rester.

– Plus fort !

Le rugissement qui s'échappe de ma gorge me fait peur, je ne reconnais pas ma propre voix et ne comprends pas non plus ce que je voulais dire. Je crois que ce sont juste mes nerfs qui lâchent. Je frappe. Et à chaque coup, j'enrage de frustration. Ça me fait du bien et du mal en même temps.

– C'est bien, dit-il soudain. Continue.

Je lui obéis et je me libère de mes pensées, je les projette dans mes poings et les envoie valser en cognant le plus fort possible. Soudain, je vacille.

Mon corps ne veut plus, il est à bout et je me sens presque bien. Jun me rattrape contre son torse et je pose mon front contre sa peau rougie par mes coups. Ma poitrine se soulève à un rythme effréné, et mon corps est douloureux, pourtant je me sens mieux.

– Ça t'a fait du bien ?

Malgré la rage que j'ai évacuée, je suis toujours en colère contre lui. Ses manières, ses méthodes, je ne suis pas certaine que c'était vraiment pour m'aider. Je me sens… je ne sais pas. Je suis perdue, il me rend complètement folle, et pas dans le bon sens du terme.

– Va te faire voir !

Je relève la tête, et je sens une main crispée sur ma nuque. Lentement, je croise son regard. Je ne sais pas comment l'interpréter, on dirait qu'il est content. En tout cas, il ne semble plus jouer et ça m'agace encore plus.

– T'es un enfoiré.

– Tu le savais déjà, ne fais pas ta mijaurée.

– Ma mijaurée ? Ma…

Je le repousse, mais il ne bouge pas d'un pouce. Pire : d'une main, il m'emprisonne et m'attire encore plus près de lui.

– C'est tout, grogne-t-il. Il y a un temps pour tout, l'heure du défoulement est terminée.

– Et tu vas faire quoi maintenant, hein ?

Ses lèvres s'écrasent brutalement sur les miennes et elles m'embrassent avec une telle férocité que mon corps tout entier en tremble. Sa main toujours collée contre ma nuque la presse entre ses doigts et il me guide à sa guise pour m'embrasser comme il le désire. Soumise au plaisir sauvage de son baiser, je me grandis et je presse mes mains contre son torse. Je veux qu'il m'en donne plus encore… Un gémissement m'échappe et se perd dans notre étreinte. Jun grogne tandis que son autre main se cale contre mes reins et m'incite à me coller plus fort contre lui. Je tremble lorsqu'il détache ses doigts de ma nuque. C'est pire qu'un effet de manque. Je ne veux pas que ça s'arrête, alors j'enfonce mes doigts dans ses pectoraux pour protester. Je ne comprends ce qu'il fait que lorsqu'il glisse ses mains sur mes fesses et me soulève dans ses bras. Mon cœur a un regain d'énergie et ses battements redoublent. On dirait qu'il vient de dévaler les montagnes russes.

C'est… inouï.

Nos regards troublés se croisent un instant alors que je me retrouve à sa hauteur. Je suis toujours en colère, mais au lieu de le repousser, je noue mes mains derrière sa nuque, ferme les yeux et l'embrasse plus fort. Je réponds à son baiser avec toute la fougue et toute la rage que j'ai en moi. C'est comme si je me libérais de toutes mes tensions à travers cette étreinte. C'est tellement intense, j'ai tant besoin d'extérioriser que je ne me reconnais pas. Et cette fois, c'est lui qui tremble et le grognement qui lui échappe est une ode à ce que nous faisons. Je le ressens dans mes entrailles, sur ma peau.

C'est… irraisonné.

Lorsqu'il éloigne ses lèvres, Jun plonge son regard dans le mien.

– Fauteuse de troubles, grogne-t-il.

– Tu t'es vu ? raillé-je sur le même ton.

Jun saisit ma nuque sans un mot et se contente de hocher la tête. Il est magnétique, dangereux, plus sexy que jamais. Il me donne la sensation qu'il tuerait celui qui nous dérangerait, et en même temps son regard perdu a des airs de reproche. Comme s'il m'en voulait, comme si je le troublais vraiment. Je ne sais pas bien quoi penser de ça. J'ai du mal à comprendre comment je pourrais le troubler de quelque manière que ce soit. Lentement, je détache mes mains de sa nuque et je les glisse sur ses épaules nues puis dans son cou. Je ne sais pas ce que je fais, c'est instinctif, j'en ai besoin. Je veux voir si… Je caresse sa pomme d'Adam, puis je remonte vers sa mâchoire. Le toucher, l'embrasser, sentir son corps contre moi alors qu'il m'a fait si peur par le passé, c'est si étrange. Je lève les yeux vers lui et je rougis. Il semble perdu dans ses pensées.

– Jun ?

Sa bouche s'écrase brusquement sur la mienne. J'en ai le souffle coupé, l'esprit ravagé. Il m'embrasse comme jamais, ce qui est ridicule, car c'est la première fois qu'on échange un baiser, mais c'est… tellement bon. Je me délecte de cette danse lascive dans laquelle il m'entraîne avec sa langue et me maintient prisonnière. Soudain, je sens quelque chose dans mon dos. Je suis contre un arbre.

Enfin, je suis plutôt prise en sandwich entre lui et un arbre. Peu importe, car ainsi blottie, je sens son cœur qui bat sous sa poitrine, je perçois aussi son sexe dur et je crois qu'avoir ce pouvoir sur lui, qui m'a semblé si souvent inaccessible et imperturbable, me rend un peu fébrile. Je me frotte contre lui et le désir qui s'étire dans mon bas-ventre n'est rien face à ses bras qui s'enroulent soudain autour de mon corps.

– Salut les enfants !

Je me retrouve soudain les pieds sur le sol, à côté de Jun. Mon cœur bat à tout rompre dans ma poitrine, j'ai l'impression d'avoir seize ans et de m'être fait gauler avec un garçon dans ma chambre. Hank nous regarde bizarrement tandis que le retour à la réalité est brutal.

En deux secondes, je suis passée du désir à la frustration.

– J'ai interrompu quelque chose ? lâche-t-il en retirant ses lunettes de soleil.

Putain de merde.

– Rien du tout, répond Jun d'un ton bourru.

Je me sens tellement frustrée, et quand Hank se racle la gorge, j'ai envie de disparaître.

– Étrange d'appeler ça rien… parce que d'ici, ce rien est assez explicite, gamin.

D'un geste du menton, il désigne l'entrejambe de Jun. Je baisse les yeux à mon tour et ce que je sentais contre moi est maintenant visible pour tout le monde. Merde !

– Tu ferais mieux d'aller prendre une douche froide, t'en as besoin, je crois.

Jun lâche un grognement de frustration.

– Tu fais chier, Hank !

Ouais, je n'aurais pas dit mieux.

CHAPITRE 18

JUN

Fait chier, putain !

Je ne sais pas si je suis plus frustré par le fait que Hank nous a interrompus ou que j'ai délibérément perdu la tête.

Putain, putain, putain !

Je ne sais pas ce qui m'a pris. Je suis incapable de foutre des mots sur ce que je viens de faire. C'est indescriptible. Je n'ai jamais cédé de la sorte avec une femme, je n'en ai jamais embrassé de cette façon non plus. Mes désirs et mon plaisir personnel passent en premier et là, j'ignore ce qui m'a pris. J'ai agi par impulsion, j'avais envie de l'embrasser, mais je n'ai jamais envie de ça d'ordinaire… et plus notre baiser s'éternisait, moins je comprenais et plus j'avais besoin de continuer. Si Hank n'était pas arrivé, j'aurais pu la prendre contre cet arbre. Merde alors ! J'ai vraiment perdu mon self-control. Je ne fais jamais rien d'irraisonné d'habitude, mais là…

ça l'était totalement. Le pire, c'est que je crois que je serais tout à fait capable de recommencer. Elle arrive je ne sais comment à créer ce foutu trouble en moi et je ne parviens pas à le combattre. Ce qu'elle me fait, je ne peux pas le dominer ni le contrôler comme je le fais avec les cibles que je dois tuer. Elle, c'est autre chose… et je ne suis pas certain d'avoir envie de savoir ce que c'est.

Je déteste ne pas avoir le contrôle de la situation, je n'aime pas être soumis à des pensées qui ne trouvent pas de cohérence. Je ne sais même pas mettre de mots sur ce que j'ai fait et ça me frustre. Je jette un coup d'œil à Hazel, elle se dandine à côté de moi, mal à l'aise. Nous nous sommes écartés si vite l'un de l'autre que j'ai encore la sensation d'elle contre moi, j'ai encore le goût de ses lèvres sur les miennes… Le plus terrible, c'est que j'ai toujours envie d'elle.

Je me gifle mentalement. Bon sang ressaisis-toi, mec ! Je bande et ce n'est pas de cette manière que je vais me calmer.

– Qu'est-ce qui t'amène ? demandé-je.

– L'appel du grand air.

Je pense qu'il a autre chose à me dire. Il s'est passé quelques jours depuis notre petite filature à la baraque de l'horreur et si je n'ai pas eu de nouvelles, j'imagine que c'était parce qu'il était bien occupé. Je suis content qu'il soit là, même si pour le coup, son timing est vraiment pourri.

– Mais encore ?

– Je voulais faire des travaux de rénovation et t'expliquer un peu ce qu'il s'est passé.

J'acquiesce alors qu'il nous regarde, Hazel et moi, comme s'il était content. C'est pas vrai ! Voilà qu'il va se mettre à imaginer des trucs.

– Je peux rester ou vous voulez que je vous laisse ? lance Hazel d'une petite voix.

– Vous pouvez rester, ça ne me pose pas de problème. Il faut avoir le cœur bien accroché en revanche. Cette affaire est sordide.

Je jette un coup d'œil vers Hazel. Elle se frotte nerveusement le bras. Je lève les yeux vers son visage et la vue de ses lèvres rouges et gonflées détraque mes pensées. Il faut que je m'éloigne de cette femme et de ce qu'elle m'inspire. Il s'appuie contre un des piliers en bois tandis qu'Hazel s'installe sur l'une des chaises. J'émets des réserves, mais c'est son choix et je le respecte. Je ne veux pas la brider ni lui donner d'ordres. Elle est assez grande pour savoir si elle va gérer ou pas les informations qu'elle va entendre, mais je veux également qu'elle sache qu'elle a le choix, que ce n'est pas une obligation.

– Quand mes hommes sont arrivés, on a débarqué en trombe. C'était l'horreur, gamin. Jamais vu ça de ma vie. Je pensais que trouver les restes d'un enfant dans un putain de micro-ondes serait la pire horreur de ma carrière, mais là…

Hank est bouleversé. Littéralement. Je le vois, je le sens. Il essaye de faire bonne figure, mais la vérité, c'est qu'il est humain et qu'il est las de voir une énième monstruosité dans sa vie de flic. Je n'ai pas envie d'entendre ce qu'il va me dire parce que j'en ai une vague idée, mais il a besoin de me parler alors j'encaisse, car je sais que ça lui fait du bien. Au vu de ce que j'ai aperçu, j'aurais préféré qu'Hazel parte quelques minutes et qu'elle n'ait pas à entendre ça, mais puisqu'elle veut rester…

– Dans le salon, il y avait des clients avec le mec au chapeau qu'on a vu. En bas, on a trouvé les cages que tu m'as envoyées en vidéo. Et…

Sa voix se brise un instant.

– En haut, c'était l'horreur. Il y avait des pièces à thèmes…

Hazel secoue la tête. Il n'a rien dit, mais elle est assez maligne pour comprendre.

– Ils étaient six. Trois garçons, trois filles. Entre douze et seize ans. Tous des gamins des rues ou logés dans des familles d'accueil.

– Comme ça, personne ne les cherche, interviens-je.

– Exactement, acquiesce Hank. Parmi les six, il y avait la gosse qui a signalé la disparition de l'autre. Ils sont traumatisés et je ne peux rien faire pour les aider.

– Tu les as déjà aidés. Tu les as libérés de cet enfer.

Il passe une main dans sa barbe mal rasée.

– Enfer, c'est un euphémisme. On a réussi à les faire parler, ils nous ont raconté ce qu'il se passait là-bas.

J'arrête Hank d'un geste de la main et je regarde Hazel. Je sais que je me fous du commun des mortels dans quatre-vingt-dix-neuf pour cent des cas. Le un pour cent restant, c'est quand j'aide les gens en acceptant de tuer des gars pour eux. Cette fois encore il est pour elle.

– Tu es certain de vouloir rester ? je dis à Hazel. Tu as le droit de ne pas vouloir entendre ça.

Le regard fiché dans le mien, elle hoche la tête. Elle est déterminée à savoir.

– Ça ira.

Je crois qu'elle veut savoir dans quoi traînent les hommes qui lui ont fait du mal et c'est plutôt légitime. Si seulement elle n'avait pas tourné dans cette foutue ruelle, elle n'en serait pas là. Elle serait chez elle, à vivre sa petite vie normale et moi… Ma foi, je ne divaguerais pas autant, c'est certain.

– Les gosses tournaient en fonction des clients et de leurs demandes. Ils nous ont raconté qu'il y avait plusieurs chambres à thèmes dans lesquelles ils subissaient des sévices. Je n'entrerai pas dans les détails, tout ça est trop gerbant. Mais visiblement d'après un des mecs interpellés, quand les gosses étaient trop épuisés ou amochés, ils les liquidaient et allaient en kidnapper d'autres.

– Archie, souffle Hazel.

– Oui, Archie, confirme Hank. On ne le saura jamais, mais il est probable qu'il n'ait jamais su ce qui arrivait aux gosses. Même s'il avait très certainement une idée…

– C'est… terrible. Heureusement, vous les avez arrêtés.

– Je ne sais pas combien de gosses sont morts avant qu'on intervienne.

Je passe une main dans mes cheveux. Pas évident de dire quoi que ce soit étant donné l'ampleur des dégâts. Je dirais même que ça se passe de mots.

– Tu dis toujours que les « et si » ne font pas avancer les choses, alors n'y pense pas. Tu as mis fin à ce trafic. Ces enfants-là, au moins, sont sains et saufs.

– Et c'est vrai, je le pense, lance Hank. Mais il n'empêche que ça me glace le sang.

Il se donne des allures de gros flic dur, mais en réalité, il a bon fond. C'est même l'une des meilleures personnes que je connaisse. Il se soucie des gens et c'est déjà beaucoup.

– Je ne sais pas depuis combien de temps vous êtes flic, mais je trouve ça plutôt honorable que des affaires aussi sordides arrivent encore à vous toucher. Certains deviennent insensibles avec le temps, vous non. Ça vous rend plus humain que bon nombre de personnes.

Il lui sourit.

C'était peut-être pas à moi de lui dire ça, mais communiquer, ce n'est pas vraiment mon point fort. Il sait ce que je pense de lui.

– Tu as pu arrêter tout le monde ? demandé-je.

– Ceux qui étaient sur place, oui. Il y a eu quelques échanges de coups de feu. Deux morts de leur côté et un blessé chez moi. Vu que j'ai lancé l'opération à l'arrache, je m'estime heureux de n'avoir qu'un blessé léger.

– Qu'est-ce qui va se passer maintenant ? Est-ce qu'Hazel peut retourner chez elle ?

– Je l'ignore. Je préférerais que vous restiez là encore quelque temps. Tout n'est pas réglé… et je ne veux pas vous mettre en danger. La maison a été saisie, on va la passer au peigne fin pour tenter de choper le plus d'ADN possible et de retrouver les clients qui allaient là-bas. On va fouiller dans les bois et les jardins pour voir si on ne trouve pas les cadavres.

– Les gars ont parlé ?

Hank hausse les épaules. Je comprends que c'est la merde.

– Le type qui gardait la porte a dit être payé pour protéger la maison et gérer l'entrée des clients. Ils devaient donner un mot de passe, une carte d'adhérent. Si les personnes n'avaient pas le mot de passe, ils étaient refoulés. Les clients qui étaient sur place ont balancé leur péché en moins de deux. Pleurs, supplications, j'en ai défoncé un qui n'arrêtait pas de pleurer. Ils font du mal à des gosses et ils perdent leurs putains de couilles dès qu'ils sont face à leurs problèmes. Je leur souhaite de s'éclater en prison.

Je soupire.

– Ils se dédouanent, ils espèrent qu'en balançant, ils amoindriront leur peine.

– Ils ne feront pas long feu en prison. Le mec au chapeau dit que c'est son œuvre, mais je n'y crois pas. J'en sais rien… il y a tellement d'informations qui arrivent d'un seul coup que c'est compliqué de s'y retrouver. Au vu de l'ignominie de la chose, le procureur a fixé sa caution à plus d'un million.

Hank passe le reste de sa matinée ici avec nous ; enfin, avec moi. Quand il va dans la salle de bains du bas pour continuer de l'aménager, je l'aide. Je ne suis pas très branché bricolage, mais j'aime bien apprendre avec lui en le regardant.

– Qu'est-ce que j'ai interrompu tout à l'heure ? me demande-t-il en se redressant sous la vasque.

Il se frotte les mains dans un vieux chiffon et teste le robinet plusieurs fois. Quand il semble satisfait, il me lance un regard appuyé et boit une gorgée de bière.

– Rien, grogné-je.

– Ouais, avec Aby, on faisait ce genre de rien aussi.

– Hank…

– Ce ton menaçant, il marche peut-être avec les autres, mais avec moi, ça ne prend pas.

Le pire, c'est qu'il a raison. Il rit quand je grommelle et me tape dans le dos.

– Il ne se passe rien. Je la surveille comme tu me l'as demandé. J'ai hâte qu'on en finisse avec cette histoire. Pour qu'on puisse tous reprendre une vie normale.

Il me lance un nouveau regard en biais. Je veux retrouver ma vie. Celle que je contrôlais d'une main de maître. Et je sais qu'Hazel a probablement envie de la même chose.

– Ce serait normal qu'il se passe quelque chose. Elle est très jolie.

Il dit ça tellement naturellement en plus, comme si on était deux potes qui avaient l'habitude de parler de ce genre de choses.

– Hank…

– Quoi ? Je ne fais que constater, ce n'est pas interdit.

Je n'arrive pas à croire que j'ai une conversation de ce genre avec lui. Ça me semble surréaliste. Hank me parle d'amour quand il est ivre. Cette fois il ne l'est pas, mais j'imagine qu'être ici, dans cette maison dont il rêvait pour lui et sa femme, ça le rend un peu nostalgique. Je comprends, je sais que la perte d'Aby lui a laissé un énorme vide dans le cœur. Je me souviens qu'une fois il s'est excusé en me disant que c'était sa faute si j'étais seul. On n'a jamais reparlé de cette conversation. Il n'y avait pas grand-chose à dire, de toute façon. Rien n'est sa faute, c'était stupide qu'il pense ça.

– Tu veux que je sois en couple pourtant tu te plaignais sans cesse de ta femme, le taquiné-je.

Et c'est vrai, même s'il l'aimait comme un fou. Je ne sais pas pourquoi il se met à me parler de ça ni pourquoi je l'y encourage de cette manière. Il me connaît pourtant, il sait que je me fiche éperdument des relations et que si je n'en ai pas, c'est que ça m'arrange.

– Tu as raison. Je la rendais complètement folle, mais elle savait me rendre la pareille. Je détestais qu'elle vienne au poste pour apporter des brownies maison, mon équipe se foutait toujours de ma gueule, même s'ils dévoraient les gâteaux qu'elle apportait. Ça fait des années que je n'ai pas bouffé de brownies et ça me manque. Quand je bosse et qu'on toque à ma porte, parfois j'espère que ce sera elle. Je donnerais tout pour que ce soit le cas.

– Pourtant, tu râlerais à la seconde où elle franchirait la porte.

– Certainement, dit-il en hochant la tête. Cette manie qu'elle avait de toujours laisser la télé allumée pour, je cite, « avoir de la compagnie » me manque tellement que je fais pareil maintenant. Et je donnerais n'importe quoi pour l'entendre faire craquer ses doigts. Ça avait le don de m'exaspérer, mais ce sont des bruits, des manières qui me manquent. Tout ça pour dire que ça a du bon de trouver quelqu'un qui te tient tête, quelqu'un avec qui le temps passe à une vitesse folle.

– Pourquoi tu me dis ça, Hank ? Les relations ne sont pas compatibles avec ce que je fais, tu le sais mieux que personne. Et j'en ai pas la moindre envie. Baiser de temps en temps, ça me suffit amplement.

Je ne suis pas à l'aise avec ce genre de conversation, il le sait. Je pourrais sortir une thèse sur la façon de torturer un mec, mais je ne sais pas parler de relations et encore moins d'amour. Parce que chez moi c'étaient des mots qu'on ne se disait pas et parce que je n'ai jamais aimé personne comme il aimait Aby. Et puis, je n'ai pas envie qu'il me parle de ça alors que je suis incapable de gérer le bordel que j'ai dans la tête en ce moment.

– Je ne sais pas, je crois que cette baraque me rend nostalgique.

– C'est pas une vie pour elle, ici. Elle est cloîtrée avec un type acariâtre qui a du mal à sortir plus de deux mots. Elle est loin de sa maison, de ses amis, de son boulot… Ça n'a rien de glamour ni même de romantique. Alors il ne se passe rien qu'un putain d'égarement qui n'a pas lieu d'être.

– Le romantisme, ça se crée n'importe où, dans n'importe quel contexte.

– Le romantisme ? T'es vraiment en train de me parler de romantisme ? Toi, Hank Briskar ?

Il éclate de rire, je l'imite de bon cœur.

– J'ai été romantique à mes heures perdues.

Je lui lance un regard du coin de l'œil. Soudain, il a l'air un peu perdu dans un vieux souvenir qui lui donne une expression rêveuse.

– J'ai hâte d'entendre ça, je lance.

– Je me souviens d'une fois. On était débordés depuis des jours. On se voyait à peine. Parfois, je rentrais, je mettais les pieds sous la table et j'allais me coucher… Elle dormait déjà quand je rentrais d'autres fois. Bref, ce soir-là, quand je lui ai demandé avec mon charme légendaire pourquoi le repas n'était pas encore prêt, elle m'a expliqué en long en large et en travers que j'étais un connard et que si j'avais faim, je n'avais qu'à me démerder. Puis, elle s'est mise à pleurer. Elle ne pleurait jamais. Au contraire, elle me tenait tête comme personne. À ce moment-là, je me suis dit que j'avais peut-être exagéré ces derniers temps et que je l'avais sûrement délaissée aussi. T'as beau savoir que tu es en couple avec un flic bourru, tu as parfois envie qu'il te le dise ou te le prouve.

Hank s'interrompt et boit une gorgée de bière, je fais de même.

– Bref, j'ai pris un jour de congé et je me suis dit que cette fois ce serait moi qui prendrais soin d'elle. Je suis allé lui acheter des macarons à la rose. Elle avait dit qu'elle en avait goûté au boulot et qu'elle avait adoré.

Quand il me raconte des choses comme ça, je me souviens de mes parents, du couple qu'ils formaient. Ils étaient heureux, soudés, amoureux, et bizarrement je n'ai jamais vraiment fantasmé la même chose.

– J'avais prévu de faire des lasagnes, reprend Hank, c'était son plat préféré. Mais je suis un piètre cuisinier et quand elle est rentrée, la cuisine était dans un état déplorable et les lasagnes, complètement cramées et immangeables. Bref, je me suis complètement foiré, et quand elle a regardé la pièce puis qu'elle a posé ses yeux sur moi, elle a éclaté de rire et elle est venue dans mes bras. Tout avait foiré, et je m'en suis excusé, elle m'a dit qu'au contraire, c'était la chose la plus romantique que j'avais faite pour elle. On a mangé les macarons, qui au passage étaient dégueulasses, et on a bu du champagne.

Je ne sais pas trop quoi lui répondre alors je me contente de hocher la tête.

– Enfin, je te dis ça parce qu'on veut ce qu'il y a de mieux pour nos gosses, tu sais.

Un étrange malaise s'installe entre nous et je me dis qu'on est vraiment constipés des sentiments.

– Enfin, tu vois ce que je veux dire, se rattrape-t-il. Je veux que tu sois heureux, gamin, c'est tout.

Je souris en hochant la tête.

CHAPITRE 19

HAZEL

Lorsque je regarde mon reflet dans le miroir, je constate que ça va mieux. Mon visage est redevenu lui-même. Les traces qu'il me reste de ce jour-là sont celles qui hantent mes pensées et mes nuits parfois. Ce sont sans doute les pires quand on y pense.

Une fois prête, je descends. Je trouve Jun assis sur le fauteuil, Hector sur les genoux. Aucun des deux ne me remarque, ce qui me donne l'horrible sensation de n'avoir rien à faire là ou de déranger.

– Bonjour, lance Jun.

Je le salue. La télévision est allumée sur les infos.

– Qu'est-ce qu'il y a ? demandé-je.

– Hank passe à la télévision.

– Comment ça ?

Je m'assieds à côté de Jun sur le canapé.

– La presse est au courant pour l'affaire.

– La nôtre ?

Jun me lance un regard en biais avant de hocher la tête. D'accord, c'est un peu bizarre de dire la nôtre comme si on partageait un truc cool.

– Enfin, tu m'as compris… me reprends-je. J'ignorais qu'il allait passer à la télé. L'affaire a été médiatisée, alors ?

– Oui, il faut croire.

Je fixe l'écran. Une flopée de journalistes sont rassemblés devant un pupitre occupé par une femme et trois hommes. Tous habillés en costume noir. Sauf Hank qui porte un blouson en cuir usé par-dessus une chemise blanche. Il est nonchalamment appuyé sur le dossier de sa chaise et il tire une gueule de trois kilomètres de long.

– Il n'a pas l'air ravi d'être là.

– Effectivement.

Les réponses courtes, le retour.

En vérité, c'est comme ça depuis cinq jours. Depuis qu'on s'est embrassés et que Hank nous a laissés après avoir passé la journée ici. C'était déjà étrange avant de se retrouver dans cette maison avec pour seule compagnie un tueur professionnel, il fallait que tout se complique davantage. Je n'imaginais pas que Jun pourrait être encore plus lunatique, plus distant… et pourtant, c'est le cas.

Ce baiser, c'est comme s'il avait fragilisé le peu de liens qu'on avait, lui et moi. Comme si on avait reculé au lieu d'avancer. C'était sans nul doute une erreur, mais ce contact, cette chaleur qui s'est logée dans mon ventre le temps qu'il a duré m'a rendue vivante, humaine. Après tout ce qui s'est passé, c'est vraiment la chose la plus douce et agréable que j'aie ressentie. Et ça m'a fait du bien. Maintenant, je regrette… parce qu'au moins, avant, il faisait un petit effort pour me parler.

Putain, je lui en veux !

Je lui en veux parce que c'est lui qui m'a embrassée, parce que cette situation est injuste. Toute ma vie est à portée, elle n'est pas si loin et pourtant, j'ai l'impression de devoir traverser la Terre du Milieu[3] pour y arriver. Mon boulot, mes amis, même mon appartement.

Je me force à sortir de mes pensées et à me concentrer sur la télé. La police répond aux questions des journalistes parfois aussi glaçantes que les réponses données. J'ai beau les avoir entendues de la bouche de Hank, c'est toujours difficile à réécouter. J'imagine qu'une affaire d'une telle ampleur ne pouvait pas rester cachée plus longtemps. Quand je pense que je suis dans les coulisses de cette histoire macabre… Les journalistes parlent d'héroïsme quand ils font mention de Hank. Si les gens savaient… Je ne le connais pas très bien, mais de ce que j'ai réussi à cerner, il ne semble pas du genre à se pavaner ni à récolter les lauriers de cette façon.

– Si l'affaire est médiatisée, alors j'imagine que tout va rentrer dans l'ordre, dis-je.

3. Référence au *Seigneur des anneaux* de J. R. R. Tolkien.

– Je pense également.

– C'est bien, j'ai hâte de retrouver ma vie.

Et c'est vrai, je le pense. Même si j'ai la sensation qu'il sera difficile de tout oublier. Mais Jun ne me donne aucune raison de vouloir rester dans son monde. Au contraire.

Sans un mot, je me redresse. Et je vais dehors. Je ne me lasse pas de la vue. Le lac, les arbres qui s'élèvent dans le ciel et le chant des oiseaux. Je quitte l'ombre de la terrasse et je laisse le soleil me caresser la peau. Sa chaleur est agréable. Il n'est pas encore midi, mais il fait déjà bien chaud. Je m'assieds au bord du lac, je retire mes chaussures et me trempe les pieds. Ça aussi c'est agréable. J'aimerais que Rosie soit là. Elle aurait déjà piqué une tête, c'est certain.

– Bonjour !

Je sursaute violemment et, le cœur battant, je regarde par-dessus mon épaule. Hank, le sourire aux lèvres, me fait un signe de tête. Je suis étonnée de le voir ici alors qu'il était à la télé… J'imagine que la conférence a été enregistrée, alors.

– Bonjour, réponds-je.

– Est-ce que tout va bien ?

Je hoche la tête en esquissant un petit sourire. Sans un mot, il s'assied à côté de moi.

– Vous semblez de meilleure humeur qu'à la télé.

– Je déteste ce genre de choses. La presse, les questions, les photos…

– Vous êtes un héros.

– Ah, j'ai oublié de mentionner l'hypocrisie.

J'esquisse un petit sourire face à son ton cinglant.

– Je ne suis en rien un héros. Je fais mon job et quand j'ai besoin d'aide je fais appel à un tueur professionnel. On a vu mieux comme héros. Et surtout, je n'ai pas envie d'en être un.

– D'accord, ce n'est peut-être pas la définition des super-héros. Ça change quelque chose si je dis que je vous estime beaucoup ?

– C'est beaucoup mieux que tous ces journalistes qui me traiteraient de criminel s'ils connaissaient certaines de mes méthodes.

Je souris, quand il retire ses chaussures puis ses chaussettes et m'imite en plongeant ses pieds dans l'eau lui aussi.

– Ça faisait longtemps que je n'avais pas fait ça. C'est agréable par cette chaleur.

Je hoche la tête sans un mot.

– Est-ce que tout va bien ?

– Honnêtement, j'ai hâte de retrouver ma vie mais d'un autre côté ça me terrifie, car j'ai peur de ne pas y arriver. De ne pas réussir à oublier.

– Je ne sais pas quoi vous dire si ce n'est que je suis désolé que vous ayez subi ça. Vous finirez par oublier et par passer à autre chose.

– C'est facile à dire.

– Facile à dire et terriblement vrai aussi. C'est vrai qu'il y a eu des cadavres dans votre appartement, que vous avez été tabassée, et j'en passe.

Mais c'est normal de vouloir oublier et aller de l'avant. C'est normal d'y arriver aussi, ça ne vous rendra pas moins humaine.

J'ai l'impression qu'il lit dans mon esprit.

– Je… ne sais pas, soufflé-je. J'ai encore du mal à me dire ça. On parle de la vie de quelqu'un quand même, et en même temps, je sais dans quoi ces hommes trempaient maintenant, alors…

Je soupire.

– Je n'ai pas envie de devenir insensible.

– Vous ne l'êtes pas puisque ça vous perturbe actuellement. Mais vous êtes en vie et c'est normal d'avancer.

– Je le sais.

Quand je sens sa main presser mon épaule dans un geste de réconfort, j'ai envie de pleurer, mais je me retiens. J'omets aussi de lui dire que je me sens seule et que cette conversation me fait du bien.

– Votre maison est tellement belle. Merci encore d'avoir proposé que je m'y installe.

– Après la mort de ma femme, j'avais besoin de m'occuper. Quand je ne travaillais pas, j'avais besoin de faire autre chose. Je me suis mis à rénover cette maison et plus j'avançais, plus j'aimais ça. Ma femme était très altruiste, elle vous aurait proposé de venir, je crois que c'est ce qui m'a poussé à le faire.

– Je suis désolée pour elle…

– Ne le soyez pas, vous n'êtes pas responsable de sa mort. Vous me semblez triste encore.

– Un peu seule.

Le soupir qu'il pousse est compatissant. Il sait comment est Jun.

– Il faut avouer que vous n'avez pas la meilleure des compagnies. Ce gosse est incorrigible.

J'éclate de rire.

– Qu'est-ce que j'ai dit de drôle ?

– C'est juste le fait que vous disiez le gosse ou que vous l'appeliez gamin, alors que sans même qu'on connaisse son métier, on lui trouve une allure tellement sombre.

– Ça reste un gosse pour moi.

L'attachement qu'ils ont l'un pour l'autre est attendrissant. La dernière fois que Hank est venu, j'ai entendu quelques bribes de conversation entre lui et Jun. Ils s'aiment comme un père et son fils.

– Vous voulez que je le gronde ?

Je ris à nouveau.

– Ce n'est pas juste lui, c'est un tout. J'ai envie de retrouver mes amis. Comme l'affaire est médiatisée, j'imagine que je vais pouvoir rentrer ?

– Je n'ai pas eu le choix, la pression de la presse, des magistrats et de mon chef. Mais, je ne sais pas, j'ai la sensation qu'il y a quelque chose qui m'échappe.

– C'est-à-dire ? Enfin, si vous voulez me parler, bien sûr.

– Une intuition… mais je suis tellement las et sous pression en ce moment que je perds sans doute la tête.

– Pourtant, t'as toujours bossé comme un Dieu sous pression.

Hank et moi nous tournons vers Jun. On ne l'a pas entendu arriver. Les bras croisés derrière la tête, révélant ses tatouages, il nous regarde.

– Salut, gamin !

Je reporte mon attention sur le lac. Je ne sais pas pourquoi, mais j'ai encore la sensation d'être de trop. Le soleil se reflète dans l'eau.

– Tu trempes tes pieds avec nous ? demande Hank.

– Ça ira.

Le miracle aurait été qu'il accepte.

– Mauvaise réponse. Tu devrais faire des efforts de temps en temps pour être agréable, tu sais, afin de varier un peu. Le style je tire toujours la gueule, c'est chiant.

J'adore qu'il le mette en boîte de la sorte, qu'il lui parle de cette manière.

– Qu'est-ce qui t'amène ?

– Je voulais apporter un peu de soutien à Hazel qui doit supporter ta présence.

Je souris.

– Je suis venu vous dire que vous pourrez retourner chez vous, je pense. Enfin, vous avez le temps, mais si Hazel désire retourner chez elle et revoir ses amis, j'imagine que c'est possible.

Ses mots font battre mon cœur pour une raison que j'ignore. Excitation ? Peur ? Je ne sais pas bien.

– Et sinon, il y a une cérémonie en mon honneur et j'aurais aimé que tu m'accompagnes.

– Moi ? s'étonne Jun. T'as vu ma gueule ?

– Je sais, mais je me disais que tu m'aiderais à supporter la soirée. Je doute que le whisky suffise.

– Hank, les cérémonies, les ronds de jambe, ce n'est pas mon truc.

– Je sais, je sais… mais si jamais tu changes d'avis, c'est demain soir.

– S'il ne change pas d'avis, je pourrais vous accompagner, je lâche.

Je ne sais pas ce qui me prend, mais je tourne la tête vers Hank et son sourire de voyou est communicatif.

– Je peux me mêler à toutes les conversations, je suis petite alors je peux me faufiler au bar s'il y a du monde et je suis super jolie en robe.

– Comment refuser une telle offre ?

***

– Je n'arrive pas à croire que vous m'ayez traîné là-dedans, râle Jun.

– Tu t'es traîné là-dedans tout seul. J'allais accompagner, tu as décidé de venir.

Il fait la moue et n'ajoute rien, signe qu'il est agacé ou frustré. Je commence à connaître ses petites mimiques.

– Hank est ton meilleur ami, il se comporte même comme un père avec toi, ça ne devrait pas t'embêter de l'accompagner, normalement.

– Je n'aime pas ces conneries de cérémonies et lui non plus, d'ailleurs.

– Mais alors ? lâché-je d'un ton exaspéré. Je sais que le juste milieu, visiblement, tu ne connais pas. Mais quand on tient aux gens, on fait ce genre de chose. Faire des trucs qui leur font plaisir même si ça ne nous emballe pas. Tu te comportes comme un connard le reste du temps, alors parfois fais une pause. Juste pour Hank.

Je ne sais pas ce qui m'a pris de lui dire ça alors qu'on roule en voiture. Je suis à cran, fatiguée et ces mots, je les pense. Qu'est-ce que ça va lui coûter de faire ça, après tout ?

Je tourne la tête vers la vitre et je regarde le paysage défiler. Nous sommes presque arrivés en ville et ce qu'on s'apprête à faire dépasse clairement tout ce que j'aurais pu imaginer. Lorsqu'il se gare sur le parking du centre commercial, je me sens nerveuse. Jun descend de la voiture sans un mot et la contourne pour venir m'ouvrir. Je rougis malgré moi et je descends à mon tour.

En silence, nous nous avançons vers le magasin. Quand on entre dans une boutique de prêt-à-porter pour homme, j'ai la sensation que l'intégralité des clients et du personnel nous dévisage. Je ne sais pas si les gens ont peur de Jun ou s'ils le regardent parce qu'il dégage quelque chose d'abrupt et d'intense.

– C'est nécessaire ? demande-t-il encore en se penchant vers moi. Je peux très bien y aller habillé comme d'habitude.

– C'est une cérémonie, pas un congrès de tueurs.

Je prends les devants et j'envoie littéralement chier une vendeuse quand elle veut nous aider, ce qui, visiblement, amuse Jun.

– Bon alors, j'ai besoin de ta taille de vêtements, de chaussures, aussi.

– Quarante-deux pour les vêtements et quarante-trois pour les chaussures, répond-il la mort dans l'âme.

Je n'ai jamais fait de shopping pour un homme, je n'ai jamais relooké un homme non plus. Dire qu'il s'agit de Jun est presque risible. Je repère plusieurs vêtements, dont un costume bleu nuit et un autre, noir. J'aurais aimé des couleurs plus vives, mais je pense qu'il sera plus à l'aise avec des tons similaires à ceux qu'il porte tous les jours, le but n'étant pas non plus de le rendre encore plus hermétique à la société. Je prends plusieurs chemises et une paire de chaussures noires.

– Je ne peux pas mettre un pull ? demande-t-il.

On dirait un gosse, ce qui me fait penser que je ne connais même pas son âge.

– Tu pourrais, mais pas ce soir. Tu ne vas pas mourir parce que tu portes une chemise, je t'assure ! Allez, va dans la cabine essayer un des costumes.

Il lâche un grognement que tout le monde entend. Je suis partagée entre rire et gêne, mais je crois que ça me fait beaucoup de bien. J'attends dehors et quand il ouvre le rideau pour me montrer le résultat, je suis soufflée. Il est sexy comme jamais, mais il…

– Alors ?

Il ne porte pas de chemise sous sa putain de veste de smoking et c'est, je crois, la tenue la plus sexy que j'aie jamais vue sur un homme. Un homme en costard, mais sans chemise… Bon le modèle y est probablement pour beaucoup, mais, c'est un régal pour les yeux.

– T'as rien oublié ? je demande en essayant de ne pas rire.

Je me rince l'œil en même temps.

– Tu as dit : va essayer un costume, t'as pas parlé de chemise.

– Bon sang, Jun qui fait un brin d'humour ! m'exclamé-je en me pinçant le bras.

– Ne t'y habitue pas. Donc c'est pas sexy ?

– C'est pas correct, le corrigé-je.

– Je me trouve pas mal comme ça, moi, raille-t-il.

Tu m'étonnes !

Bien que la vue soit alléchante, je soupire exagérément.

– Va enfiler une foutue chemise, ne me force pas à venir t'habiller, tu ne vas pas aimer ça.

C'est la première fois qu'il ricane ouvertement. On dirait que le défi l'amuse. Le regard qu'il me lance me dit qu'il aurait presque envie de voir ça. Je lève les yeux au ciel alors qu'il disparaît dans la cabine. Quand il ouvre à nouveau le rideau quelques minutes plus tard, il est toujours aussi canon. C'est presque un autre homme. C'est toujours lui, mais en même temps, c'est… différent. Le voir dans cette tenue contraste tellement avec ce qu'il porte d'habitude, mais ça lui sied à merveille. Cette fois, il a enfilé une chemise blanche qu'il a rentrée dans son pantalon et il a même noué une cravate autour de son cou.

– Alors ?

– Alors, tu passes du coq à l'âne, c'est incroyable…

– Ça ne va pas ? râle-t-il.

– Si, mais non.

– Tu te fous de moi ? Tu…

Je m'approche de lui et je tire sur sa cravate, lui coupant visiblement toute envie de parler.

– En plus, tu ne portes jamais de tenue comme ça, mais tu sais nouer une cravate.

– Je sais faire plein de choses. Ce n'est pas parce que je ne me sape pas comme un pingouin que je ne sais pas danser par exemple.

Je rougis.

– Parce que tu sais danser ?

– Bien sûr.

Je lui retire sa cravate et je ferme les boutons de sa veste. Puis, je m'éloigne de quelques pas et je le contemple. Ma foi, il est à tomber par terre.

– Comme ça, c'est mieux. Ça te ressemble plus, je trouve. Pas besoin d'être guindé, tu dois juste être élégant.

– Je ne suis pas élégant d'habitude ?

– Je n'aurais pas choisi cet adjectif, dis-je d'un ton amusé.

– Tu aurais dit quoi, alors ?

– Flippant.

Il esquisse un sourire comme si ma réponse lui plaisait puis il se regarde dans le miroir et secoue la tête avant d'ouvrir deux boutons de chemise, dévoilant sa gorge, ses pectoraux musclés et saillants et un bout de son tatouage. Je me répète, mais je n'ai jamais vu un homme porter aussi bien le costard que lui.

– Je me sens à l'étroit avec la veste et la chemise, soupire-t-il.

– Quitte à choisir, tu ferais mieux de garder la chemise, alors.

Lorsqu'il retire la veste, j'admire le tissu qui s'étire sur ses muscles et les épouse parfaitement. Quand il remonte ses manches sur ses avant-bras, je manque de m'étouffer. Je ne sais pas pourquoi je trouve ça sexy, mais c'est prouvé, c'est définitivement trop sexy.

– Bon, c'est validé, je prends ça.

– Tu n'essayes pas l'autre ?

Pourquoi essayer autre chose si je suis parfait comme ça ? En plus, il faut te trouver quelque chose maintenant.

– Comment ça ?

Je secoue la tête, perplexe.

– Puisque tu t'y rends, je n'ai plus besoin d'y aller.

Jun esquisse un sourire tandis qu'il commence à déboutonner sa chemise. Je sens que je rougis encore.

– Hank sera ravi de te voir, je crois qu'il t'apprécie beaucoup.

– D'accord, mais…

Sa chemise est complètement ouverte maintenant.

– J'aimerais que tu m'accompagnes, Hazel.

C'est pas vrai… Je hoche la tête.

– Puisque je t'accompagne faire du shopping, je pourrai critiquer tes choix ? demande-t-il, soudain intéressé.

– Même pas en rêve, j'ai très bon goût, moi. Tu vas être ébloui.

CHAPITRE 20

JUN

Elle est éblouissante.

J'essaye de faire en sorte de ne pas trop la regarder, mais j'échoue plutôt lamentablement, car je n'arrive pas à détourner mon regard d'elle. Il faut dire qu'elle est vraiment et incontestablement somptueuse.

Hazel porte une robe rouge. Un rouge carmin qui me donne de drôles d'idées. Des idées que j'ai fuies ces derniers jours, de façon assez pitoyable. Ce baiser qu'on a échangé, j'ai tenté de l'oublier parce que je refuse de croire qu'il puisse avoir un impact aussi fort sur moi. Pourtant ce soir, je suis faible. Elle pourrait me mettre à genoux en un claquement de doigts. Sa robe a de fines bretelles qui dévoilent ses épaules et ses bras nus, le tissu épouse sa poitrine, son ventre et ses hanches, puis devient plus fluide et tombe en cascade à ses pieds.

Et chaque fois qu'elle fait un pas, sa robe fendue dévoile sa jambe.

Jusqu'à aujourd'hui, j'ignorais qu'un bout de tissu pouvait m'hypnotiser à ce point. Jusqu'à aujourd'hui, j'ignorais que je pouvais observer quelqu'un pour mon seul plaisir. Hazel réussit très bien là où j'échoue. Elle n'en a pas conscience pourtant, elle est passée maître dans l'art qu'elle exerce contre moi. Je crois que j'aurais beau mettre toute la distance du monde, j'aurais beau me montrer froid et distant, elle aura toujours cet ascendant sur moi.

– Tu devrais l'emmener manger, lance Hank en me pressant l'épaule.

Alors qu'elle est en train de danser avec un gamin qui le lui a proposé, je la quitte enfin des yeux pour regarder Hank. Il était content de me voir arriver avec Hazel et rien que pour ça, les mots qu'elle a eus dans la voiture quand nous sommes allés faire du shopping ont fait *tilt*. Je suis heureux d'être venu, même si Hank n'a pas besoin d'une cérémonie ni d'une fête à la con pour prouver que c'est un homme bien et un bon flic.

– Comment ça ?

– Hazel. Tu devrais l'emmener manger quelque part. Ce soir, c'est l'occasion.

– On est là pour toi, ce soir.

Il sourit et j'ai l'impression de ne rien comprendre comme à chaque fois. Les bonnes manières, la bienséance, c'est vraiment pas mon truc.

– Je sais et je suis heureux que tu sois venu, mais j'ai assez donné de ma personne et j'en ai ma claque de toutes ces têtes de cons qui sont juste là pour bouffer à l'œil et se donner l'illusion qu'ils sont importants ou qu'ils ont fait quelque chose.

– On peut aller boire une bière quelque part, si tu veux.

Il secoue la tête en souriant.

– Je vais rentrer bosser un peu et toi tu devrais en profiter pour faire des choses normales pour une fois. Avec une femme, et pas une prostituée. Pas avec moi, non plus.

– Hank…

– Tu es bien habillé, elle aussi, et surtout, maintenant, elle va pouvoir rentrer chez elle et je pense que c'est la dernière fois que tu peux en profiter.

– Techniquement nous sommes voisins alors on va forcément se revoir.

La façon dont Hank me regarde me laisse perplexe. C'est un regard à la fois moqueur et affectueux. Je me sens un peu plus stupide encore.

– Elle en a besoin. Je sais que pour toi, c'est la routine tout ça, mais pas pour elle.

Besoin ? Comment peut-il savoir ça ? Est-ce que c'est le cumul ou est-ce que c'est ma faute ?

– Elle se sent seule, et bourru comme tu es, tu ne t'en rends même pas compte. Tu l'as embrassée et te connaissant, ça te perturbe, mais fiston, les baisers qui te retournent la tête, ce sont ceux qui valent le coup. Quand tu oublies quasiment tout, que tu échoues à te contrôler et que tu lâches prise sur ce qui te frustre, c'est la meilleure des sensations.

Ses mots tournent en boucle dans mon esprit, parce que c'est comme s'il lisait dans mes pensées et qu'il mettait les mots sur ce que je ressens. Mais je ne veux pas perdre la tête.

– En tout cas, il y a ici un gosse qui est plus malin que toi.

Je veux répondre, mais je suis coupé dans mon élan quand Hazel revient vers nous. Elle est tout sourire, le regard fixé sur Hank. Je me sens un peu jaloux qu'il soit le destinataire de ce sourire enjôleur.

– Bon, les enfants, je vais vous laisser, annonce Hank.

– Vous partez ? demande Hazel.

Il lui sourit ; je l'observe encore, cherchant à voir si elle est déçue ou non.

– Profitez bien de votre soirée.

Hank me presse l'épaule, puis sourit tendrement à Hazel.

– On s'appelle, gamin et n'oublie pas ce que je t'ai dit.

Hazel reporte son attention sur moi. Ses joues rougissent quand elle pose les yeux sur les manches relevées de ma chemise. Mes tatouages lui plaisent et je crois que ça m'excite. J'aime le fait de lui plaire.

– Tu veux aller manger quelque part ? demandé-je.

Mon ton est bourru, tellement qu'on dirait une exclamation plutôt qu'une question.

– Je veux bien oui, dit-elle finalement.

***

Elle est éblouissante.

Elle porte ma veste de smoking par-dessus sa robe et je crois que ça me plaît davantage encore. J'aime quand elle porte mes vêtements. Ils sont trop grands, elle flotte dedans et pourtant, elle est encore plus belle. J'éprouve une forme de possessivité à la voir ainsi.

– C'était vraiment une belle soirée, dit-elle en se penchant contre la rambarde de la terrasse. Notre périple se termine plutôt bien, finalement.

Hazel fait souvent ça. Je crois que la vue du lac l'apaise. Il faut avouer que c'est un havre de paix ici. Je m'avance à sa hauteur, même si ma vue à moi ne m'apaise pas, pour le coup. Bien au contraire, elle me ravage. Je pourrais appeler Annette, prendre rendez-vous avec elle pour baiser et me libérer de cette étrange frustration qui me tiraille depuis que j'ai embrassé Hazel. Le souci, c'est que je n'en ai pas la moindre envie. Je veux autre chose, car je sais qu'avec Annette, ça ne sera pas suffisant. Quand j'essaye de penser à elle, tout me semble fade alors qu'avec Hazel, c'est… différent. Je veux goûter à cette différence, je veux en connaître la saveur et m'en rassasier assez pour que ça n'ait plus le moindre impact contre moi.

Pour avancer, il faut affronter ses faiblesses. Ma faiblesse à moi a la forme d'une fauteuse de troubles.

– Tu t'es amusée ? demandé-je.

– Oui.

Elle répond avec un sourire quand elle tourne la tête vers moi. Je devrais la fuir, je le sais et pourtant je reste là.

– Et toi ?

– Ce n'était pas si horrible que ça.

Son sourire s'élargit.

– Merci pour le dîner, ça m'a fait du bien.

Je suis déçu que cette idée vienne de Hank et non pas de moi. Je l'ai fuie toute cette semaine et j'ai envie de me sauver maintenant, car elle est devenue incontrôlable pour moi. Malgré tout, les mots de Hank me reviennent en mémoire.

– Est-ce que tu veux faire une partie de billard ?

Mes propres mots m'étonnent et me prennent en traître.

– Tu veux ta revanche ? me taquine-t-elle.

La dernière fois, c'est elle qui a remporté la partie.

– Exactement.

Enfin, c'est ce que j'essaye de me dire, je crois que j'ai envie de rester encore avec elle et le billard est juste une excuse, car je n'assume pas mes envies. Hazel entre dans la maison en premier. J'allume les lampes et je prépare la table. Quand je relève les yeux, je remarque qu'elle a retiré ma veste. C'est presque dommage. Presque, parce qu'elle est vraiment magnifique dans cette robe.

– Est-ce que tu veux boire quelque chose ? proposé-je.

– Je veux bien de l'eau.

Je hoche la tête en me dirigeant vers la cuisine. Dans le frigo, je prends de l'eau pour elle. Hazel me sourit quand je la rejoins et lui donne la bouteille.

– Tu ne prends rien ?

Je secoue la tête en me plaçant à côté d'elle.

– À toi l'honneur.

Elle se penche pour casser le jeu. Mon regard est encore rivé sur elle. Avant, c'était pour l'observer, maintenant, c'est pour l'admirer.

– Tu avais déjà joué au billard ?

– Oui, répond-elle. Tous les dimanches matin quand mon père allait rendre visite à son meilleur ami qui tenait un bar. De mes huit à quinze ans, j'y allais avec lui et on y jouait. Surpris ?

– Un peu. Tu as bien caché ton jeu.

Sa joie est presque communicative.

– Tu crois être le seul à être mystérieux ?

Je crois, oui.

– Tu as des choses à avouer, Hazel ?

– Quel genre de secrets tu voudrais que j'aie ?

Sa réplique me rend dingue. Plus que je ne le laisse paraître.

– Du genre aussi dépravés que les miens, réponds-je en souriant cette fois.

– Tu mets la barre assez haut, difficile de faire mieux.

– Alors je me contenterai d'un secret honteux.

Elle éclate de rire.

– Je suis étonnée que tu veuilles savoir des choses sur moi, Jun. T'es plutôt du genre à te foutre royalement des autres.

– Il faut bien des exceptions parfois.

Elle plisse les yeux et me regarde avant de hausser les épaules.

– Je n'ai pas de secrets.

– On en a tous.

– J'ai fait un plan à quatre.

Sur ces mots, Hazel se penche sur la table. Un plan à quatre ? Elle prend son temps et surtout, elle prend soin de ne pas me rendre mon regard. Un plan à quatre ? J'ai la sensation que mon cerveau plante carrément. Je ne m'attendais pas à ça.

– Tu ne dis rien, dit-elle finalement. C'est assez costaud comme secret ?

– Ça fait son petit effet.

Un foutu plan à quatre. Sérieusement. Je m'attendais à un truc du style : « J'ai volé des bonbons » ou quelque chose dans ce genre. Le regard toujours rivé sur elle, je me demande comment elle s'est retrouvée à faire un truc dans ce genre, et avec qui.

Décontenancé par mes pensées, je rate complètement la boule que je visais.

– Tu n’es pas concentré, Jun.

Elle s’en amuse et elle n’en est que plus magnifique encore. Je l’ai vue trop souvent avoir peur pour ne pas aimer quand elle est joyeuse et sûre d’elle.

– C’est à cause de toi.

– Moi ?

Hazel plonge son regard dans le mien. J’ignore ce qu’elle cherche, mais elle rougit.

– Tu es une fauteuse de troubles.

– Tu inverses les rôles, je crois, dit-elle dans un éclat de rire.

– Je t’assure que non.

En haussant les épaules, elle tourne autour de la table, pour chercher le meilleur endroit pour donner un coup de queue. Ses longs cheveux blonds tombent de son épaule et la gênent, alors je les attrape et je les fais passer par-dessus son autre épaule afin qu’elle puisse jouer. Mais mes doigts qui effleurent sa peau s’électrisent en quelques secondes à peine. Elle en tourne la tête vers moi et son regard suffit à me faire comprendre que cette alchimie, elle l’a sentie elle aussi.

– Je voulais juste t’aider…

– Je n’ai rien dit. C’est à ton tour.

Hazel s’éloigne pour me laisser jouer. Il y a de la tension dans l’air. Différente de celle qu’il y avait quand je l’ai embrassée la première fois. Ce soir, le désir est admis, assumé. Et personne ne viendra nous déranger. Je l’attrape par la nuque soudain et la tourne vers moi. Je ne sais pas bien ce qui me prend. Je lâche prise. Totalement.

– Jun ?

Mes lèvres s'écrasent brutalement sur les siennes. J'en connais le goût et la sensation, et pourtant, quand elle me rend mon baiser, je comprends qu'elle va me rendre dingue. Je la rapproche de moi. Ses doigts s'agrippent fermement au tissu de ma chemise et ça me fait perdre la tête de voir qu'elle est aussi réceptive que moi à ce désir cuisant. Notre étreinte se resserre, notre baiser se prolonge si bien que lorsque je m'écarte, elle halète et moi aussi. Un étrange tremblement traverse mon corps, alors je lui lance un regard en biais pour essayer de comprendre. Qu'est-ce qu'elle me fait ? Pourquoi ? Je ne ressens jamais les choses ainsi, sans aucun self-control. Quand je vais voir Annette, je sais ce que je veux, ce qu'elle va faire. À l'instant, je ne sais plus rien.

– Tu vas t'arrêter là ?

Sa voix n'est plus qu'un souffle.

– Je ne sais pas.

Elle secoue la tête. Elle n'est pas d'accord et ça me tue. Je suis ébahi par sa respiration chaotique, par ses lèvres roses et ce désir dans ses yeux. Je n'ai jamais vu ça, je ne me suis jamais laissé percuter par ce genre de choses… Silencieusement, je m'incline et j'enfouis mon visage dans son cou. Elle a raison, je ne peux pas arrêter. Je ne veux pas m'arrêter. Sa peau est douce, son odeur de lilas, envoûtante, et je m'enivre d'elle comme un drogué. Je n'ai jamais fait ça, je n'ai jamais ressenti ça. C'est tellement troublant de me comporter ainsi.

J'embrasse son cou et je prends chaque frisson qui se dessine sur sa peau, chaque respiration saccadée comme un trophée. Je veux croire que je ne suis pas le seul à perdre la tête. Comme lorsque je torture quelqu'un, je m'enivre de tous ces détails qui me prouvent que ma cible souffre, à la différence que ma cible, ce soir, ne souffre pas.

Ses mains se détachent de mon torse. Je sens qu'elles se posent sur mes épaules, puis remontent vers ma nuque. Lentement, je relève la tête. Quand je croise son regard, j'y lis un désir aussi puissant que le mien.

J'ai envie d'elle. Je la veux.

Mais soudain alors que je l'observe, je me rends compte qu'elle est petite, fragile dans mes bras et qu'elle ne ressemble en rien à la femme que j'ai l'habitude de baiser. Elle ne me connaît pas, elle ne sait pas ce que je fais d'habitude. Je ne suis certainement pas le genre d'amant qu'elle a eu jusqu'à maintenant. Et je ne crois pas qu'elle mérite cela, pourtant, je me penche vers elle pour l'embrasser encore. Ses lèvres jouent sur les miennes et ça devient plus profond. Ma langue entraîne la sienne dans une danse lascive, mais je désire tellement plus que je me penche pour l'attraper par les fesses. Hazel hoquette de surprise. Je la pose sur le billard sans ménagement et, la main posée sur sa gorge, je l'embrasse. Quand elle me rend mon baiser avec ardeur, je la domine, je la force à ployer vers l'arrière. Son corps m'obéit, mais la fougue dans son baiser me dit qu'elle n'a pas rendu les armes. Bien sûr que non, sinon ce ne serait pas une fauteuse de troubles, et c'est justement ce qui me rend complètement fou d'elle.

Quand je m'écarte, je me demande si ce n'est pas moi le plus troublé des deux.

– J'ai envie de toi, souffle-t-elle.

Je grogne.

– Je ne suis pas comme tes autres amants.

– Ah non ? demande-t-elle.

Ses doigts crochètent les boutons de ma chemise. Et elle n'en finit pas de me déconcentrer.

– Non, je grogne à nouveau.

– Et pourquoi ça ?

– Parce que je ne fais pas l'amour, je baise, Hazel. Je baise une prostituée régulièrement.

Elle se redresse lentement et attrape sensuellement ma lèvre entre ses dents. Je sens mon sexe durcir encore.

– Tu viens de m'avouer un de tes secrets, dit-elle en lâchant ma lèvre.

– Tu m'écoutes ?

– Tu baises avec une prostituée, et alors ? Tu crois que ça va me choquer après avoir appris que tu butais des gens ?

Dit comme ça…

Putain, elle n'a même pas l'air perturbée et le désir brille toujours dans son regard. Pire, elle se frotte contre moi. Je ne contrôle absolument plus rien. C'est étrange comme sensation, mais ce n'est pas si désagréable que ça.

– Tu baises, et alors ? répète-t-elle en me mordant de nouveau la lèvre. Moi aussi.

On s'embrasse à nouveau. C'est à celui qui sera le plus fougueux. J'ai beau la dominer par la taille, elle n'est en rien impressionnée car elle s'étale davantage sur le billard pour m'inciter à me délecter d'elle. Elle se donne sans retenue et me laisse la prendre. Pourtant ce n'est pas comme Annette, c'est différent et ça me dévore les entrailles et l'esprit. Mon envie d'elle est brûlante, vitale. Je n'ai jamais désiré quelqu'un à ce point. Lorsqu'elle arrache les boutons de ma chemise, je lâche un grognement. Hazel en écarte les pans et ses doigts dessinent mes pectoraux, puis tracent la ligne entre mes abdos avant de tirer sur mon pantalon. Piqué au vif par sa fougue, je plaque de nouveau ma main contre sa gorge et je me penche pour l'embrasser alors que de l'autre, je remonte l'ourlet de sa robe. La main posée sur son genou, je me faufile jusque sa cuisse. Je l'embrasse toujours quand sa culotte tombe au sol, rejointe par mon pantalon et mon boxer.

Le désir monte tandis qu'elle me scrute sans la moindre gêne, les yeux grands ouverts. Elle se redresse et l'une de ses mains se referme sur mon sexe. Elle joue avec moi en me caressant ; je me sens faible entre ses mains, totalement à sa merci.

– Tu m'as fait patienter, râle-t-elle.

Bon sang !

Je cherche quelque chose à lui répondre, mais rien ne me vient, alors je tire légèrement sur le haut de sa robe pour libérer sa poitrine. Ainsi débraillée, elle est la plus belle femme que j'aie jamais vue. Et pourtant, j'ai travaillé dans un club de strip-tease, j'en ai vu, mais Hazel est au-dessus de tout. Je caresse le galbe de ses seins avant de pincer ses tétons. Dans un gémissement, elle presse mon sexe plus fort dans sa paume tout en me caressant.

– Tu prends les filles comment, d'habitude ? demande-t-elle.

Un sourire se dessine sur mes lèvres. Je voudrais comprendre pourquoi elle a le don de me surprendre comme elle le fait.

– Toi, je te veux comme ça, grogné-je. Ne bouge surtout pas.

Je me dérobe et je vais chercher un préservatif dans mon portefeuille. Quand je reviens, elle m'accueille avec un sourire aguicheur.

Une fois le préservatif enfilé, je m'enfonce en elle d'une poussée. Le plaisir est intense. Il me percute les entrailles, la tête, le corps. La poitrine à l'air, Hazel pose ses mains derrière elle et s'étale sur le billard. Le visage renversé, la gorge exposée, elle me laisse prendre. La prendre. Bon sang, plus je touche cette femme, plus je me perds dans sa sensualité et plus je sais qu'Annette ne me servira plus à rien. L'effet qu'elle me fait est viscéral, dévorant, hors de contrôle.

– Tu es hors de contrôle.

– Tu t'es vu ?

J'ai la sensation qu'on a déjà eu cette conversation. Qu'importe, je plaque une main sur son sternum et je positionne l'autre sur sa hanche pour la maintenir fermement. Ainsi entre mes mains, elle est à moi et j'impose mon rythme. La cadence de mes coups de reins est chaotique, mais je ne m'arrête pas. Je ne peux pas. Je veux être délivré de la tension et du désir qui me coupe les jambes. Quand une goutte de sueur glisse dans la vallée entre ses seins, je me penche pour la lécher. Hazel lâche un gémissement qui tinte délicieusement à mes oreilles. Mes coups de reins s'accélèrent, et je m'enfonce un peu plus profondément en elle à chaque fois.

– Jun...

Mon prénom, murmuré dans un gémissement, me rend dingue. J'agrippe ses fesses avec vigueur et je sors presque entièrement mon sexe du sien avant de m'enfoncer à nouveau. Je recommence plusieurs fois et, de grognements en gémissements, le désir qui monte en moi m'étourdit.

– Ma fauteuse de troubles, lâché-je contre sa bouche.

– Jun... ça vient.

Des mots que je n'entends jamais, par pur égoïsme, mais qui ce soir décuplent, sans que je comprenne pourquoi, mon plaisir. Alors je lui donne du plaisir sans la moindre retenue, sans ménagement non plus. Je resserre ma prise sur ses fesses et je m'abandonne. Je me laisse flotter dans cette zone où je n'ai pas le contrôle. Je ne maîtrise absolument plus mes hanches, tout ce que je veux, c'est nous libérer de ce désir viscéral. Quand elle gémit, je me perds aussi dans un putain de tourbillon de sensations.

– Waouh, souffle-t-elle.

Je suis d'accord avec elle, mais je tais mes putains de pensées et mon ressenti sur ce qu'on vient de faire. Ma respiration est tellement chaotique et mon cœur bat si fort que ça me fait peur. Je veux me retirer, mais quand elle lève les yeux et les plante dans les miens, je l'embrasse. Grave erreur, car ce simple contact me fait bander de nouveau.

Je grogne en m'arrachant à ses lèvres.

– Foutue fauteuse de troubles.

CHAPITRE 21

HAZEL

Mon appartement est nickel.

Plus propre encore que lorsque je fais le ménage.

Comme Jun l'avait dit, on dirait qu'il ne s'est absolument rien passé. Plus de cadavres, pas la moindre trace de sang nulle part, ni de trace de bagarre non plus… Une personne externe aux événements qui se sont passés ici ne se douterait pas que trois cadavres gisaient ici, dont un, sur une chaise. Quand on y pense, c'est carrément flippant qu'il existe des hommes payés pour faire ça, dont le métier est de « nettoyer » des scènes de crime.

Si Jun décidait de se débarrasser de moi, personne ne serait jamais au courant. Je disparaîtrais comme par magie, sans laisser la moindre trace et je finirais bouffée par des cochons. Je réprime un frisson alors que je n'ose pas m'asseoir sur mon divan. En fait, je n'ose rien faire depuis que Jun m'a laissée seule ici. Je pensais être prête à rentrer, mais je me suis surestimée. Mes yeux se posent là où je me suis fait tabasser et les images tournent en boucle dans ma tête comme une putain de reconstitution dans les documentaires sur les tueurs.

– Bon sang, râlé-je.

J'aurais aimé qu'il reste avec moi, mais il a sa vie et je crois qu'il était soulagé de ne plus avoir à me surveiller. Ce n'est pas parce qu'on a baisé que les choses ont changé. Aussi incroyable qu'a pu être ce moment, il a juste clos notre étrange colocation. Je me frotte le visage et je m'assieds finalement. Sur la table basse, il y a toujours le poing américain que j'avais acheté et un spray au poivre neuf. Je devrais les mettre dans mon sac, ça peut toujours servir, maintenant que j'ai la confirmation que des tarés sévissent partout.

Je me laisse aller en arrière et je ferme les yeux. Je tente de lister mentalement ce qui est positif : je vais pouvoir retrouver mes amis et mon boulot, je ne suis plus en danger, je ne suis plus obligée de cohabiter avec un tueur professionnel asocial. Voilà qui n'est déjà pas mal quand on y pense. Je devrais me focaliser là-dessus ; après tout, je suis en vie. Et quand on y pense, c'est tout ce qui compte. Hank m'a dit que c'était normal de vouloir reprendre le cours de sa vie et il a raison, je ne peux pas laisser ces choses impacter mon existence sinon, je ne vais jamais y arriver. Je dois aller de l'avant.

Lorsque j'arrive devant la maison de Rosie, j'ai le cœur qui bat la chamade. Je ne l'ai pas prévenue que j'étais « rentrée » ni que je venais la voir. Je débarque complètement à l'improviste, mais je me sentais mal dans mon appartement. J'étais en train de suffoquer, il fallait que je sorte et j'avais envie de lui parler. Je ne l'ai pas vue depuis des semaines, mais avec les récents événements, j'ai l'impression que ça fait plus de temps que ça.

Il est plus de vingt-deux heures lorsque je frappe à sa porte. Sa voiture est là, alors j'espère que je ne vais pas la déranger. Lorsqu'elle m'ouvre, ma meilleure amie passe de la surprise à la joie en deux secondes. J'ai presque les larmes aux yeux de la voir.

– Oh putain ! Oh putain !

On se jette dans les bras l'une de l'autre comme deux folles. Je me love dans son étreinte chaleureuse et je puise en elle pour retrouver le sourire. Rosie est le meilleur des médicaments contre la déprime et les coups de blues. Je me rends compte qu'elle ne m'a pas juste manqué. Non, elle m'a terriblement manqué.

– Je suis si heureuse de te voir, dit-elle.

– Moi aussi, j'ai l'impression que ça fait des siècles.

– Ce n'est pas une impression, bébé.

Quand on s'éloigne l'une de l'autre, je constate qu'elle porte un peignoir et elle ne semble porter rien d'autre. Je dois mal tomber.

– Je dérange ?

– Absolument pas. Bon, ton timing est vraiment à chier, mais tu ne déranges absolument pas. Je suis trop contente. Viens !

Elle me prend la main et m'entraîne à l'intérieur sans me laisser le temps de lui répondre. Sur la table basse du salon, il y a une bouteille de vin et des verres vides. Je suis en train de gâcher un rendez-vous.

– Rosie, je vais y aller…

Elle secoue la tête.

– Max ! Désolée, il y a un imprévu. Il faut que tu y ailles, crie-t-elle depuis l'escalier.

Quelques secondes plus tard, un mec complètement à poil, la bite à l'air, débarque tout en haut de l'escalier. Quand il voit que je le fixe, il ne fait rien pour se cacher.

Bon sang !

– Pourquoi ? on s'éclatait bien, bébé.

– Je sais, mais j'ai une amie qui vient d'arriver on ne s'est pas vues depuis longtemps…

– Je peux attendre dans ta chambre que vous finissiez.

Malgré ma culpabilité de freiner les ardeurs de cet étalon plutôt sexy, je me retiens de rire devant son marchandage.

– On va en avoir pour la nuit, je crois.

Cette fille n'est pas croyable. Qui lâcherait un gars pour sa pote ? Je ne peux que l'aimer davantage. Et pourtant, je ne mérite clairement pas qu'elle écourte sa soirée pour moi alors que je lui mens effrontément.

– Je ne suis pas fermé aux plans à trois. Au contraire.

Oh merde, il n'y a que chez Rosie que je peux entendre ce genre de chose. Et le gars dit ça avec tellement d'aplomb que je ne peux qu'être admirative et affolée. C'est plus fort que moi, j'éclate de rire. Il y a des mecs qui ne doutent vraiment de rien.

– Une autre fois peut-être, mais ce soir, je la garde pour moi.

– Dommage. Je vais chercher mes affaires alors…

Le pauvre a l'air ultra-déçu.

– C'est ça, dit Rosie.

Puis, se tournant vers moi avec un sourire, elle dit :

– Je vais aller enfiler un truc, j'arrive.

En revanche, ma Rosie a l'air heureuse. Je n'ai rien préparé comme mensonge. Ça me crève le cœur de lui mentir, mais pour sa sécurité il est plus prudent qu'elle ne sache rien du tout.

Rosie habite dans une petite maison en centre-ville, je crois me souvenir que c'était à sa mère avant qu'elle déménage dans un autre État pour son boulot. Je l'attends dans le salon où elle redescend, habillée d'un débardeur et d'un mini-short, et accessoirement aussi accompagnée du pauvre gars qui se retrouve à la porte à cause de moi. Il me salue en passant, mais Rosie le pousse pour qu'il s'en aille.

– Je suis là ! s'écrie-t-elle en revenant vers moi.

Je souris.

– Tu n'aurais pas dû le mettre à la porte pour moi.

– Pour toi, j'arrête n'importe quel rendez-vous. Je poserais un lapin à Hugh Jackman.

– Je ne crois pas, pouffé-je.

– Tu as raison, je lui dis de terminer vite fait et ensuite, je saute dans un jean pour te rejoindre.

– Je suis désolée pour… Max ? C'est un régulier ?

Rosie secoue vivement la tête en se penchant pour débarrasser la table basse.

– C'est la deuxième fois qu'on se rencontre, et non… je ne comptais pas vraiment le revoir après ce soir. En fait, il est très doué avec sa langue, mais pas pour parler, si tu vois ce que je veux dire.

Je me mords la lèvre.

– Quand il s'occupe de toi, il te dévore à la Bruce Venture.

– Bruce Venture ?

– C'est un acteur porno, lance-t-elle tranquillement. Quand ce type fait un cunnilingus à une femme, tu as l'impression qu'il n'a pas bouffé depuis des mois.

Pas de doute, je suis bien rentrée.

– Max est plein de fougue de ce côté-là.

– Et il a l'air accro aussi, la taquiné-je.

– Ça, c'est normal, soupire Rosie en posant une couronne invisible sur sa tête. Je suis exceptionnelle.

Sans réfléchir, je la serre dans mes bras. C'est vraiment bon de la retrouver. J'ai la sensation d'être plus apaisée, de retrouver un peu d'humanité et de normalité.

– Tu es incroyable.

– Je sais.

Je m'écarte d'elle.

– Bon, tu dors là, pas question que tu partes.

Elle n'a pas conscience que ses mots me font du bien, qu'ils me soulagent. Grâce à elle, j'ai encore un petit sursis avant de rentrer chez moi.

– D'accord.

– Oh, c'est meilleur qu'un orgasme. En plus je ne bosse pas demain.

Je crois qu'on ne prend conscience de l'importance des gens qui nous font du bien que lorsqu'on s'en éloigne.

– J'ai de la bière, du vin blanc, du soda au frais, j'ai de la glace à la vanille et aux cookies.

– Du vin blanc et de la glace, ça se mélange ?

– Une seule façon de le savoir, lance Rosie en se dirigeant vers la cuisine. Installe-toi, j'arrive.

Je m'assieds sur le fauteuil. Elle revient les bras chargés et pose le tout sur la table avant de s'installer à côté de moi. J'ai la sensation que ça fait tellement longtemps que je n'ai pas fait ça. Avec Jun, c'était si… particulier. J'aurais voulu qu'il soit moins asocial. On a passé du temps ensemble et pourtant, je ne connais rien de lui. Sa couleur préférée, par exemple ? Même si j'ai une idée… La signification de ses tatouages, son plat préféré, son âge ? Parfois il faisait des efforts et puis il faisait machine arrière, comme s'il regrettait. J'imagine que c'est sa nature, mais on a vécu des trucs ensemble et… merde… Je ne sais pas ce que j'espérais. Il est juste différent des gens que je côtoie et pas seulement à cause de son job. Enfin, il doit penser la même chose de moi.

– Je suis tellement surprise de te voir, dit Rosie. Tu es rentrée quand ? Pourquoi tu n'as pas appelé ?

Ma meilleure amie me tire de mes pensées. Je rougis. Allez, que le mensonge commence ! Je me dis que c'est pour son bien si j'ai inventé cette histoire d'Australie.

– Je suis rentrée hier… je voulais me reposer avant de venir. Le décalage horaire, tout ça…

Elle hoche la tête en servant le vin.

– Tu aurais dû me dire que tu revenais, je serais venue te chercher à l'aéroport ou je t'aurais attendue chez toi.

– Je voulais te faire la surprise.

Rosie me tend un verre de vin blanc, le sourire aux lèvres.

– Ton père va bien ?

– Très bien, mais j'avais hâte de rentrer.

– Tu as pu profiter un peu quand même ? Dis-moi que tu t'es tapé un de ces surfeurs au bronzage parfait et à la plastique de rêve.

– Oui.

Elle s'étrangle à moitié avec sa boisson, puis elle me lance un regard en coin.

– Vas-y, il faut que tu m'expliques un peu plus.

Je ne sais pas ce qui m'a pris, je crois que dans mon mensonge, j'ai besoin de lui donner un peu de vérité. Même si je ne lui dirai pas que c'était Jun, je peux au moins lui parler de ça…

– Raconte !

– On a fait un restaurant, ensuite, on est allés chez lui et on a baisé sur son billard.

– Avec les vêtements ? demande Rosie, comme si ce détail avait de l'importance.

Je repense à nous. À lui. C'était vraiment intense, bestial, fou. Ses mots, sa façon de me contrôler, sa main sur ma gorge… c'était incroyable.

– Oui. Avec les vêtements. Sauvagement.

– Il était beau ?

– Très sexy.

Rosie soupire d'un air rêveur.

– Je suis si fière de toi, si heureuse que tu te sois amusée un peu. Ça fait toujours du bien de se détendre quand on est stressé. Mais je suis contente que tu sois rentrée, je commençais à m'ennuyer.

– Tu n'en avais pas l'air.

– Bah, le sexe, les mecs, ça va bien deux minutes, mais rien ne vaut les copines.

Elle me claque un grand sourire.

– Tu veux qu'on fasse quoi demain ?

Jolie, joyeuse, rentre-dedans comme elle est, je suis persuadé que sa « colocation » avec Jun se serait passée tout à fait différemment de la mienne.

Je crois qu'elle aurait sans doute réussi à le débrider un peu, à le faire parler et peut-être même à rire.

– Je ne sais pas, mais j'ai envie de m'amuser et de profiter avec toi.

Le sourire de Rosie n'en est que plus radieux.

– Ce que tu viens de dire, je crois que ce sont mes mots préférés.

– Tu es sûre ? demandé-je, hilare.

– Ils sont dans mon top cinq à coup sûr, confirme-t-elle sérieusement.

– Je serais curieuse de connaître tes phrases préférées.

Je l'observe tandis que je porte le verre à mes lèvres.

– Il n'y a qu'à demander. Il y a la célèbre : « Tiens, ma carte bleue, fais-toi plaisir ! »

– Se trouver un Hot Daddy, c'est la vie.

Elle hoche vivement la tête.

– Ensuite : « Je te prépare un bon repas et après on se mate *Sex and the City*. »

J'acquiesce à mon tour.

– J'aime aussi : « Tu veux encore du chocolat ? » et enfin : « Tu es belle. » Je te l'accorde, le dernier est cliché, mais on peut bien s'en accorder de temps en temps.

– Je suis étonnée que tu n'aies pas mentionné le sexe dans tes phrases fétiches.

– Non, le sexe ne se mentionne pas, il se pratique. Non, parce que les types qui se vantent d'être des dieux au lit, et qui finalement te font moins d'effet que ton vibromasseur, c'est pas cool. Alors pour le sexe, je ne veux pas de mots, je veux des actes.

– Et Dieu créa Rosie.

– Je suis géniale, chérie, mais Dieu n'a rien à voir là-dedans. Alors tu veux faire quoi exactement, demain ?

– J'avais envie de faire un peu de shopping et pourquoi pas, de sortir ce soir.

– Je suis ta femme.

Je souris à mon tour.

– Et toi ? Quoi de beau à raconter ?

Elle se lance dans un résumé de ce qui s'est passé en mon absence, et je me rends compte qu'égoïstement, durant mon confinement avec Jun, je l'ai négligée. Rosie parle de ses aventures, du boulot et de sa famille. Elle fait partie de ces gens qui n'ont pas forcément des choses grandioses à raconter, mais qui les content comme si c'était palpitant. Une course à la supérette se transforme en film d'aventures ; parfois je me dis qu'elle pourrait faire du stand-up, ou qu'elle aurait été une excellente actrice.

Deux verres de vin, trois épisodes de *Sex and the City* plus tard, je me dis que ça faisait longtemps que faire des choses aussi normales ne m'avait pas semblé aussi génial. Lorsque le nouvel épisode commence, je tourne la tête vers Rosie. Elle s'est endormie. Je laisse la télé en marche, bien que je sois fatiguée ; le sommeil me boude en ce moment. Je fixe l'écran et je pense à cette histoire que je garde en moi et à ces mensonges que j'aimerais tant éviter de raconter à Rosie. C'est tellement étrange et complexe, comme situation. Je n'aime pas lui mentir, je n'aime pas faire semblant non plus. C'est assez hypocrite de ma part de dire que je n'aime pas les mensonges alors que je ne fais que ça depuis des semaines. Je voudrais pouvoir être honnête avec Rosie et partager avec elle mes craintes.

Je devrais être heureuse d'être ici, de pouvoir de nouveau profiter d'elle et même de retourner bosser, et pourtant, je pense à Jun… je me demande si je vais le revoir. Et si j'en ai envie.

***

Quand les portes de l'ascenseur s'ouvrent, une silhouette imposante, presque menaçante, me barre le passage. Il me suffit de regarder les bottes noires pour savoir à qui j'ai affaire.

– Décidément, tu as le chic pour être flippant.

– Merci, répond-il.

Je lève les yeux vers lui. Il esquisse un faible sourire.

– C'est pas un compliment, tu sais.

– Pour moi, si.

Je sors de l'ascenseur quand il se pousse pour me laisser passer.

– Tu vas quelque part, apprêtée comme ça ?

– Pourquoi ? Tu veux venir avec moi ?

– Non merci.

Son timbre de voix est dédaigneux. Comme si la simple idée de ma compagnie le rebutait au plus haut point.

– Tu as sans doute mieux à faire ? Un type à buter ? Continuer à être désagréable ?

Il grogne et son regard s'assombrit. Je me fiche de ce qu'il pense. Il ne me fait pas peur. Enfin si, mais plus dans ce sens-là, c'est différent. Je devrais être habituée à ce comportement, à sa façon hautaine de s'adresser aux gens, mais il faut croire que je n'arrive pas à m'y faire. Est-ce si important qu'on soit amis ? Je ne crois pas. Alors pourquoi suis-je perturbée par l'impression qu'il n'est pas un inconnu parmi d'autres ? Quand je lui rends son étrange regard, je comprends : on a vécu des choses assez fortes ensemble et ce mépris est vexant.

– Bonne soirée quand même ! balancé-je.

Alors que je m'apprête à sortir de l'immeuble, il m'attrape par la nuque.

– Tu as pris de quoi te défendre ?

Je reste interdite une seconde à cause des frissons qui dévalent mon échine. Un étrange mélange de colère et de désir me lèche la peau. Je me dégage de sa poigne et me tourne vers lui, agacée.

– Ne m'attrape pas comme ça ! Ou moi, je t'attrape par les couilles, on verra si c'est agréable… Tu te prends pour qui ? Je ne suis pas un objet…

– Vu la taille de ton sac et les fringues que tu portes, j'imagine que tu n'as rien pris pour te défendre.

Je ne sais pas ce qui me fait le plus vriller : la façon dont il m'ignore ou ses mots accompagnés de son air à la con. Les deux, je crois. Bon sang, il n'y a que ce mec pour me rendre aussi folle.

– Je t'emmerde, Jun. Tu n'as pas à critiquer mes fringues ni à m'attraper de la sorte, ni même à me demander quoi que ce soit sur un ton aussi hautain. Oui, je sors. Et alors ? Je devrais rester cloîtrée dans cet appartement sordide à me lamenter sur ce que j'ai vécu ? Désolée, mais non…

– Tu étais moins chiante quand tu avais peur de moi, siffle-t-il.

– Va te faire foutre ! Tu crois que tu peux m'intimider et me parler avec autant de mépris quand bon te semble ?

– Je te dis juste d'être prudente.

– Non, tu n'as pas dit ça… D'ailleurs ma sécurité t'importe tant que ça ? Non, parce que vu d'ici, je t'assure que ce n'est pas évident du tout.

– Je t'ai protégée.

– Parce que t'as pas eu le choix.

Il grogne encore.

– Tu ne me montres pas le moindre intérêt, tu continues de me balancer ton regard supérieur et je t'assure que c'est vexant, à la longue. On a baisé, toi et moi, alors je ne veux surtout pas que tu m'apportes des fleurs et autres conneries dans ce genre, mais un peu de respect, ça serait vraiment pas mal.

– Ce n'est pas parce que je ne lance pas trois pauvres phrases hypocrites de courtoisie que je ne te respecte pas.

– Si seulement ce n'étaient que tes mots… Il faut que je sois une tueuse pro et que je me sape comme une veuve noire pour que tu arrêtes de me regarder comme ça ou que je daigne être digne de ton intérêt ?

– Qu'est-ce que tu attends de moi, Hazel ?

– Du respect déjà, ensuite absolument rien.

– Alors pourquoi tu te lamentes ?

Je secoue la tête, il me fait perdre mes mots, mes moyens… il a toujours une façon détournée de dire des choses, et d'avoir raison. *Bon sang !*

– Tu sais déjà beaucoup de choses sur moi. L'essentiel.

– L'essentiel selon toi n'est pas forcément le mien.

Jun s'approche de moi, et même si j'ai envie de reculer, je reste stoïque.

– Qu'est-ce que tu veux savoir Hazel ? Ma couleur préférée ? Ce que je mange le matin ? Mon type de femme ? Ce ne sont que des futilités.

– C'est comme ça qu'on apprend à connaître les gens.

– Je ne fais pas confiance aux personnes que je rencontre et discuter de banalités ne me stimule pas. Il paraît qu'un nouveau restaurant va ouvrir ? Tu t'es acheté une nouvelle robe ? J'en ai rien à carrer. Je n'aime pas faire semblant de m'intéresser à des sujets ou des individus juste pour être poli.

– Tu as déjà fait cet effort pour moi.

– Pardon ?

– Tu m'as déjà demandé si j'avais des secrets, tu as déjà montré de l'intérêt pour moi.

– Parce que tu en avais besoin.

Je ne sais pas ce qui m'arrive soudain, j'ai une espèce de regain d'énergie. Parce que sa réponse n'est pas suffisante. Parce qu'il y a quelque chose en plus. Je le sais. Je le sens.

– Non, parce que je te trouble. D'ailleurs c'est peut-être pour ça que tu te comportes ainsi, parce que tu n'arrives pas à être totalement désagréable avec moi.

– Tu divagues carrément.

Je hausse les épaules. Pourtant je pense que j'ai raison. Le ton de sa voix, ce petit tic qui le reprend… pour une fois ce sont mes mots qui font mouche et pas les siens.

– Bonne soirée, Jun.

Cette fois, il me laisse partir.

CHAPITRE 22

JUN

Je n'y arrive pas. Il y a un putain de truc qui cloche chez moi. J'ignore ce que c'est et ça a le don de me rendre complètement fou.

Qu'est-ce qui m'arrive ? Ça ne s'est jamais produit.

Il faut que je me laisse aller, je suis sans doute un peu trop tendu. Les yeux fermés, je glisse mes mains dans ses cheveux, ça augmente toujours mon désir d'habitude, mais pas ce soir.

– Jun, tu veux…

Pourtant c'est la même fichue routine que d'habitude. Il n'y a rien qui change. Tout est pareil. L'appartement, les meubles, l'odeur, les lumières et… elle. Son corps bien en chair, ses cheveux détachés, ses lèvres pulpeuses. Tout est parfaitement normal pourtant il y a un putain de truc qui me fout en l'air.

– Redresse-toi, ordonné-je.

J'essaye de garder un ton neutre, mais je sens bien qu'il ne l'est pas. Mes mots ne sont qu'une succession de grognements, j'aboie presque. Je n'aime pas qu'on me voie dans cet état, je n'aime pas exposer ma vulnérabilité et là, c'est pire que tout.

C'est lamentable. *Je suis lamentable.*

Depuis quand je suis dans l'incapacité de bander ? Alors qu'elle continue à me caresser bien que je lui aie demandé de se redresser, j'ai un mouvement de recul. Je voudrais qu'elle disparaisse, qu'elle me foute la paix.

Même la voir à genoux me laisse de marbre.

Ce soir elle me semble insuffisante, insignifiante, fade.

– Ça arrive, c'est pas…

– La ferme ! Ne termine pas ta putain de phrase. Et redresse-toi !

Je suis à cran, je sens que mes nerfs sont sur le point de craquer. Je suis tellement en colère contre moi. Je ne comprends pas ce qui m'arrive. C'est comme si je n'étais pas maître de mon corps, comme s'il avait décidé de me lâcher. Du moins la partie inférieure.

Annette se redresse enfin. Elle est de plus en plus tendue. Elle me craint et a sans doute peur que je lui fasse mal et ça ne m'aide pas à me sentir mieux.

– Tu veux que je me mette à quatre pattes ? demande-t-elle d'une petite voix.

Je veux qu'elle se taise et qu'elle arrête de me regarder comme si j'étais une putain de bombe à retardement doublée d'un impuissant. Je serre les poings, je serre la mâchoire. Plus les minutes passent et plus j'enrage. Je ne comprends pas. Elle est nue, et pourtant je ne bande pas. D'habitude sa putain de bouche fait des merveilles. Aujourd'hui, elle n'a suscité qu'un ennui mortel.

– Tu veux…

– Arrête avec tes « Tu veux », tu ne m'aides pas ! Je me redresse à mon tour, je me rhabille à l'arrache et balance l'argent sur le lit.

– Jun, on…

Je sors de son appartement en trombe.

J'ai besoin d'oxygène, j'ai besoin de recul pour comprendre ce qui m'arrive. Je veux savoir pourquoi je ne contrôle pas mon corps ni mon désir.

Une fois dehors, j'inspire l'air frais. Qu'est-ce qui m'arrive, sérieusement ? La dernière fois que j'ai baisé, je n'avais pas de problème, je… Et là, je comprends. Du moins je crois comprendre.

Elle. Cette foutue fauteuse de troubles.

Non. Impossible.

Je refuse de croire que je suis dans l'incapacité de bander parce que j'ai couché avec elle. C'est ridicule. Pourtant, il me suffit de penser à elle dans sa robe rouge, assise sur le billard, le regard plein de défi, ma lèvre coincée entre ses dents, pour sentir le désir enfler en moi. *Cette nana.* C'est impossible. Elle me casse les couilles. Comment peut-elle me troubler à ce point ? Si je ne l'avais pas croisée ce soir, je suis certain que ça se serait passé autrement avec Annette.

J'inspire et j'expire.

Je tente de maîtriser mon souffle malgré la fatigue. D'un revers de la main, j'essuie la sueur qui ruisselle sur mon front, puis je me concentre à nouveau sur le sac de frappe. C'est le troisième jour consécutif que j'enchaîne les entraînements le matin. D'ordinaire, je ne suis pas aussi rigoureux, mais ces derniers temps, je n'ai absolument rien à faire.

Je m'ennuie.

Je m'ennuie ferme, alors j'essaye de mettre à profit le temps que j'ai pour maintenir ma forme physique. Après tout, ça fait partie de mon job de garder la forme. Je n'ai pas bossé depuis des semaines. Le temps me semble long. Pourtant d'habitude, je ne bute pas dix types à la semaine. Mais là, j'éprouve une sensation d'imparfait, d'incomplet. Mon dernier boulot en date était Archie et ça ne s'est pas très bien passé. Je me sens frustré d'avoir foiré, j'ai comme un goût d'inachevé avec lui. On pourrait se dire qu'au final il est mort, mais j'aime que les choses soient bien faites, que tout se déroule sans anicroche. De ce fait, je ne peux m'empêcher de penser à Hazel. Dans un sens, je lui en veux d'avoir tout gâché, et d'un autre, j'accuse ma propre négligence de n'avoir pas su esquiver ce foutu coup de couteau.

Je grommelle en me secouant. Voilà une autre chose que je n'aime pas : ressasser des pensées qui ne mènent à rien et qui n'ont ni queue ni tête. Je donne un dernier coup dans le sac de frappe avant de m'en éloigner d'un pas. J'arrache le scratch de mon gant avec mes dents avant de retirer le deuxième. Je ne suis pas fait pour rester désœuvré. Ces derniers jours, je compense en faisant du sport. Mais déjà aujourd'hui, je suis las, j'ai besoin de faire autre chose.

À la cuisine, je me désaltère, puis je prends une barre protéinée. Hector vient se perdre dans mes jambes et miaule. Je me penche pour le caresser. Il me fait penser à Hazel, sans doute parce que lorsque nous étions chez Hank, il ne manquait pas une seconde pour monter sur ses genoux. Je le soupçonne même d'avoir dormi avec elle. Je me redresse après quelques minutes et je vais à la salle de bains. Une fois dévêtu, je me glisse sous le jet d'eau tiède. Si je ne trouve pas une occupation aujourd'hui, je sais que mes pensées vont encore divaguer. Penser à Hazel est la dernière chose à faire, d'autant que je n'ai toujours pas compris ni digéré ce qui s'est passé avec Annette. Cette femme s'est immiscée dans ma vie d'une drôle de manière et je n'arrive pas à m'en dépêtrer. Quand je l'ai ramenée dans son appartement, j'ai senti qu'elle avait besoin que je reste avec elle, mais j'en ai profité pour la laisser seule pour bien lui faire comprendre que c'était un retour à la réalité comme on le voulait. À peine étais-je dans le couloir que j'avais la sensation d'entendre la voix de Hank qui me disait d'être plus gentil. Je ne veux pas être différent de qui je suis, je ne veux pas faire semblant d'être gentil juste parce qu'il le faut. Pourtant j'ai conscience que je change. J'ai beau lutter pour rester fidèle à moi-même, j'échoue plutôt lamentablement. Je crois que je ne peux plus nier qu'elle me fait de l'effet et qu'elle éveille mon intérêt alors que personne n'a jamais réussi cet exploit.

Il est dix-sept heures passées quand, un casque à la main, je frappe à la porte d'Hazel. Elle m'ouvre après quelques secondes et, les yeux étonnés, elle me détaille de la tête aux pieds.

– Rouge, dis-je.

– Vert ? réplique-t-elle, la moue déformée par l'incompréhension.

– Ma couleur préférée, c'est le rouge. Pas le noir.

Ses lèvres s'entrouvrent légèrement, mais elle reste silencieuse. La connaissant, j'imaginais que ça la ferait réagir.

– D'accord, mais je pensais que je connaissais l'essentiel et que c'était suffisant.

– Je ne comprends toujours pas l'intérêt que tu saches ma couleur préférée, est-ce que ça va changer la face du monde ?

– Disons que je pourrais porter quelque chose de rouge par exemple, juste parce que je sais que tu aimes cette couleur. La prostituée que tu fréquentes, elle s'applique à faire ce que tu aimes ou à porter certaines choses parce que tu lui as dit que tu aimais ça. C'est la même chose. Il n'y a pas que du mauvais à se dévoiler un peu.

Pourquoi ai-je toujours l'impression d'être un parfait abruti dès qu'elle ouvre la bouche ?

– Moi, c'est le noir, ajoute-t-elle avec un sourire.

– Alors je n'aurai pas à faire trop d'effort avec mes fringues, réponds-je bêtement.

Son sourire s'élargit.

– On peut dire ça. C'est tout ce que tu voulais me dire ?

– Est-ce que tu es occupée maintenant ?

Son regard devient curieux, voire un peu suspect.

– Pourquoi tu me demandes ça ? me questionne-t-elle.

– Je vais faire un tour quelque part, tu veux m'accompagner ?

Elle rougit et elle plisse les yeux. Alors qu'elle m'a déjà observé une fois, elle semble découvrir le casque que je tiens dans la main.

– Je ne suis pas certaine d'avoir bien compris.

Je grogne et elle esquisse un petit sourire.

– Excuse-moi, mais tu me fuis comme la peste et là, tu me demandes ça…

– Je n'ai pas de boulot en ce moment.

Hazel soupire.

– Alors c'est ça ? Tu t'emmerdes alors tu viens voir si Hazel est disponible pour te distraire ! Je ne suis pas ta roue de secours.

Elle essaie de me claquer la porte au nez, mais je la retiens.

– Hazel, lâché-je. Tu me connais, tu sais que je ne te le proposerais pas ça si je n'en avais pas envie. Tu fais sans doute partie des exceptions que j'ai envie de connaître un peu plus.

– Tu ne disais pas que les relations étaient futiles ?

– Elles le sont pour la plupart, certaines ne méritent même pas qu'on les appelle des « relations ».

Cette fois, c'est elle qui semble réfléchir à mes mots.

– Tu as raison, dit-elle finalement.

– Alors tu veux venir avec moi ?

– J'accepte, oui.

Ses mots me font plaisir, si j'en crois le sourire qui s'étire sur mes lèvres. Je crois que je veux essayer de comprendre pourquoi elle me trouble à ce point. Puisque je ne peux pas lutter, autant essayer de comprendre. Cela dit, c'est un vrai casse-tête et j'ai l'impression que je pourrais passer des années à étudier son dossier sans vraiment mettre la main sur ce foutu détail qui me vrille la tête.

– Je vais enfiler un jean et prendre une veste, j'arrive.

Quelques minutes plus tard, elle débarque dans son salon avec un jean noir, des bottes de la même couleur et un débardeur rouge. Je croise son regard amusé juste avant qu'elle ne se tourne pour enfiler une veste. Mes yeux tombent sur elle, et je sens que mes foutues envies s'éveillent. J'ai une putain de demi-molle dans le pantalon. Quelle connerie je viens de faire encore ?

– Voilà, je suis prête ! déclare-t-elle.

Elle me suit dans le couloir. Elle a l'air contente, à en juger par son sourire.

– Est-ce que tu te sens un peu mieux dans ton appartement ?

– Ça dépend… disons que je suis un peu moins pressée de rentrer parfois et un peu plus de le quitter.

Je comprends ce qu'elle ressent. Qui ne serait pas perturbé après ça ? Malheureusement il n'y a pas grand-chose que je puisse faire. Elle pourrait déménager, mais ça n'effacera pas ses souvenirs.

– Mais je suis en vie et je vais bien alors je me dis qu'il faut relativiser.

– C'est la meilleure chose à faire, en effet.

– Alors je peux savoir où tu m'emmènes ?

– Dans un endroit que j'aime beaucoup.

– Est-ce que je dois avoir peur ? demande Hazel.

Nous entrons dans la cage d'ascenseur. Chaque fois qu'on se retrouve là-dedans, elle et moi, je repense à la première fois. Elle me semblait si petite, si insignifiante. Elle m'avait soigné et tout ce que j'espérais, c'était lui passer l'envie de vouloir approfondir une quelconque relation avec moi. Aujourd'hui, mes *a priori* sur elle sont différents, même si je crains toujours le trouble qu'elle me fait ressentir.

– Je t'ai trouvé flippant la première fois dans l'ascenseur.

– C'était le but.

– Je comprends mieux maintenant. Mais tu…

Elle s'arrête au milieu de sa phrase et secoue la tête.

– Je ?

– Non, c'est rien… C'est juste que tu as toujours cette aura impressionnante.

– Une aura ?

Hazel relève la tête vers moi et plante son regard dans le mien.

– Oui, tu dégageais quelque chose d'impressionnant, d'un peu terrifiant. C'est toujours le cas, mais ça me fait un peu moins peur.

– Avec mon boulot, je n'avais pas envie qu'on se rapproche.

– Je crois qu'il y a eu une couille quelque part alors, dit-elle en riant.

– Je crois aussi, d'ailleurs je suis assez déçu que tu aies moins peur de moi.

Les portes de l'ascenseur s'ouvrent et elle ne répond pas. Je la laisse sortir la première puis nous quittons l'immeuble et nous arrêtons devant ma moto. C'est une Svartpilen 701. Ramassée, mais pas minuscule, musculeuse, épurée, bourrée de détails, mélanges de noir brillant, mat et satiné, son design m'a fait flasher. J'en ai une autre, une vieille Royal Enfield qui appartenait à mon père, mais je ne l'utilise pas. J'aurais trop peur de l'esquinter.

– Tu en fais souvent ?

– Oui, quand je ne travaille pas. Lorsque je bosse, je préfère prendre la voiture, c'est plus pratique.

– C'est vrai que trimballer des armes à moto, ou même un cadavre, c'est moins discret.

– Tu as tout compris.

Elle rit. Nerveusement, je crois. Alors je l'interroge :

– Tu as peur ?

– De la moto ? (Je hoche la tête. Elle secoue la sienne.) Oh non… Même si je n'en ai jamais fait. Je me disais que c'était juste un peu sinistre et cynique de rire sur la mort.

– Hazel, tu n'es pas sinistre.

Elle hausse les épaules et laisse son regard traîner sur la moto.

– Elle est… à ton image. Noire et mystérieuse. Tu es certain que c'est vraiment le rouge, ta couleur préférée ?

– Certain.

Je lui tends l'un des casques que j'avais dans les mains et j'enfile le mien avant d'enfourcher la moto et de démarrer. Le moteur vrombit joyeusement. Elle relève la visière de son casque et me sourit à pleines dents.

– Tu viens ?

Elle pose une main sur mon épaule et s'installe derrière moi. Une fois que ses mains se nouent autour de ma taille, je me mets en route. Hazel resserre alors son étreinte. Cette sensation de ne pas être seul est un peu déroutante, mais je commence à m'habituer à ce trouble. Je suis habitué aux escapades en solitaire, c'est bizarre qu'Hazel soit là, mais pas déplaisant. Quand on s'éloigne de la ville, je pousse les vitesses. J'éprouve toujours une agréable sensation de liberté et de plaisir à partir en balade. Il m'arrive souvent d'avoir des envies de voyage quand je suis sur la route comme ce soir. Des envies de partir en road-trip et de vivre au jour le jour… Bien que je ne me soucie pas des gens en général ni même de rentrer dans une case bien précise, c'est assez utopique et excitant d'imaginer tout arrêter pour voyager. Deux choses ont toujours réfréné cette envie : Hank et l'ennui. J'ai peur de me lasser et de m'ennuyer. Il n'y a qu'à voir ces derniers jours, je m'ennuie quand je n'ai rien à faire.

Hazel descend en premier quand je me gare, je l'imite et pose mon casque sur le guidon, elle garde le sien dans ses mains tout en s'avançant pour contempler la vue. Je me poste à ses côtés et j'appuie mes mains sur les rambardes qui sont censées dissuader les gens de les franchir pour ne pas basculer dans le vide. C'est l'un de mes endroits préférés. La vue a quelque chose qui m'apaise.

– Cet endroit est si beau. Les paysages ont vraiment un autre charme quand on s'éloigne de la ville, soupire Hazel.

Elle a le même regard, la même joie que lorsqu'elle contemplait le lac chez Hank. À croire qu'elle aime la nature et qu'elle s'en rend compte uniquement lorsqu'elle pose les yeux dessus.

– C'est le lac Powell. Il est artificiel.

– Il n'en reste pas moins magnifique.

Elle a raison, avec ses canyons de roches rouges et ocre, la vue est vraiment belle. Depuis le temps que je viens, je ne m'en suis jamais lassé.

– Il a mis dix-sept ans pour se remplir totalement et il s'étire sur plus de trois cents mètres carrés.

Hazel se tourne vers moi. Elle me lance un regard moqueur.

– Comment tu sais tout ça ?

– Mon père m'a fait un cours quand il m'a emmené sur le lac. Et puis, j'ai vécu ici et j'aime m'intéresser aux lieux où j'habite.

Elle hoche la tête pour montrer son accord.

– Tu n'es pas originaire de Phoenix alors ?

– Non, je suis né à Page, j'y ai grandi même après la mort de mes parents. J'ai débarqué à Phoenix à ma majorité.

– Pourquoi as-tu quitté cet endroit ?

– Envie de voyager, de changer d'air. Je n'avais plus rien ici à part ce paysage que j'aime. Mais ce n'était pas suffisant pour rester. Je voulais profiter de la ville.

– Tu voulais faire quoi quand tu as débarqué ici ?

– Me faire du pognon, en mettre le plus possible de côté pour pouvoir faire ce que je voulais et ne dépendre de personne.

– Tu as beaucoup d'argent ? Je veux dire… ça rapporte, ce que tu fais ?

– Assez.

– Tu ne vas rien me dire de plus ? C'est frustrant.

– Tu veux te mettre à l'assassinat ? la taquiné-je

– C'est à titre purement informatif.

– Tout dépend de la méthode que j'utilise. Quand c'est rapide, je touche moins que pour une exécution qui demande de la torture et qui prend du temps.

Quand je pense que je voulais parler avec elle et qu'on est en train de parler de moi, et de mon job. Enfin, j'imagine que c'est une façon pour elle de mieux me connaître.

– Les gens te demandent ce qu'ils veulent ?

– Dans une certaine mesure, mais globalement s'ils mettent le prix, j'exécute comme ils le souhaitent.

– Tu n'autorises pas quoi ?

– Hazel, grommelé-je.

Elle soupire. Je ne comprends pas bien où elle veut en venir avec ce genre de questions.

– Je pensais que c'étaient les futilités que tu voulais savoir, pas mon putain de CV.

– Je crois que j'ai envie de connaître ça aussi… parce que ça fait partie de toi. Et que je sais que tu es plus à l'aise quand tu parles de ça.

Alors, c'est pour me ménager en quelque sorte. Je ne sais pas si je dois être amusé ou vexé.

– D'accord, lâché-je d'un ton bourru. Je n'autorise pas qu'on m'accompagne. Certains veulent assister à l'exécution, c'est une chose que je refuse, car je le fais seul. Je n'aime pas avoir des spectateurs et puis j'ai toujours pensé que la présence d'un invité finirait par provoquer un incident.

Je lui lance un regard appuyé. Elle repousse ses cheveux derrière ses oreilles.

– J'imagine bien.

– C'est fou quand on y pense. Toi tu tues des gens et moi je les soigne. Et d'une certaine façon, même si je n'approuve pas ce que tu fais, je me dis que tu les aides… c'est mal de penser ça ?

– Je ne sais pas. Je ne suis pas objectif, je n'ai aucun remords quand je bute des types qui ont déjà fait du mal à d'autres et qui se montrent cruels.

– Tu n'as jamais eu aucun remords ? Jamais ?

– Non, parce que ce sont des cibles de choix.

Hazel hoche la tête, le regard perdu vers l'horizon. C'est déroutant, j'avoue, de lui parler, de faire des phrases avec plus de deux mots. Soudain, elle se tourne vers moi, le sourire aux lèvres :

– Rosie a des questions types lorsqu'elle a un *date* avec des gars. J'ai envie de les tester avec toi.

Quelque chose dans ses mots éveille le désir qui m'a fui chez Annette.

– Rosie, c'est qui pour toi ?

– Ma meilleure amie, mais tu le sais, puisque tu as fouillé dans mon téléphone et que tu as même menacé de lui faire du mal…

– Ça tient toujours, si tu me trahis.

Elle hausse les épaules. On dirait qu'elle ne me croit pas. Et elle a sans doute raison. Je n'ai jamais tué quelqu'un dans le simple but d'intimider ou de faire chanter une personne. Et j'espère ne jamais avoir à le faire. J'ai beau tuer des gens de sang-froid, je ne suis pas non plus un monstre sans cœur. Enfin, je crois.

– Bon, je t'écoute. Pose-moi tes questions, je l'encourage.

– Je te préviens, elles sont décalées.

– Parfait, je suis du genre un peu psychopathe sur les bords.

– Alors, si tu devais te contenter d'un seul aliment pendant un mois, lequel choisirais-tu ?

Je lui rends son regard. Je crois que j'aime bien sa façon de faire. Même si elle me tire les vers du nez. Elle a réellement quelque chose que les autres n'ont pas.

– Des fraises, je réponds. Ou alors de la pizza.

– Des fraises ? répète-t-elle, le sourire aux lèvres.

– On ne peut pas être un tueur pro et aimer bouffer des fraises ?

Une étrange lueur brille dans ses yeux vairons. J'esquisse un sourire en coin.

– Tu les trempes dans le sucre aussi ?

– Évidemment. Il m'arrive même de les manger avec de la crème.

Son sourire est grand, expressif, communicatif. Je me rends compte qu'il n'était pas aussi grand quand nous étions confinés dans la maison de Hank.

Il a raison, ce n'est pas si compliqué de faire un effort. Enfin, je crois que c'est moins compliqué parce que c'est elle. Comme Hank, elle est une exception. *Ma fauteuse de troubles.*

– Question suivante, tu préfères avoir un pénis de la taille d'un téton ou des tétons de la taille d'un pénis ?

Je la regarde en deux fois parce qu'elle glousse. Bon sang, je m'attendais à toutes sortes de questions, mais là…

– C'est une vraie question ? je demande.

– Vraie de vraie.

– Des tétons de la taille d'un pénis et je me fais opérer après.

– Impossible de se faire opérer.

Je secoue la tête.

– Rien n'est impossible, des mecs deviennent des femmes et inversement, et on ne pourrait réduire la taille de mes tétons ? Un coup de bistouri et j'ai des tétons normaux et une grosse bite. Du coup, ni vu ni connu.

Elle éclate de rire. Un putain de rire aux éclats qui résonne autour de nous et la fait irradier de mille feux. Et soudain, je me surprends à l'imiter. Pire, à aimer ça. La faire rire et de surcroît rire avec elle. Hazel me sort de ma zone de confort.

– Tu préfères avoir le hoquet toute ta vie ou avoir tout le temps la chanson *Baby Shark* dans la tête ?

– La chanson dans la tête, je m'agace quand mon hoquet dure plus de cinq minutes.

– Ouais, je choisirais la chanson aussi. La suivante : tu préfères manger un brownie parfum caca ou un caca parfum brownie ?

Je répète la question plusieurs fois dans la tête. Ma parole, cette fille est folle.

– Et tu apprends vraiment à connaître les gens en leur posant ce genre de questions ?

– Je ne sais pas… mais je voulais voir jusqu'où tu tiendrais. Et pour le caca brownie ou le brownie caca, tu réponds quoi ?

– Je te laisse me donner ta réponse.

Elle hoche la tête, soudain très sérieuse. En attendant sa réponse, je me dis qu'il est loin, le moi que je suis d'habitude. Enfin, juste pour quelques heures.

– Alors, je dirais le brownie parfum caca. Je refuse de bouffer de la merde, au sens propre. En dernier, dernier, dernier recours, je peux concevoir de boire mon urine, pour la survie. Mais manger de la merde, alors là…

– Tu es complètement folle avec tes questions.

– C'est quoi être normal, d'abord ? En plus, c'est plutôt agréable de te parler de la sorte.

– C'est pas si terrible, en effet.

– Tu as envie de me demander des choses ?

– Ton ex, pourquoi tu es sorti avec lui ? Ce type m'avait tout l'air d'être une sombre merde.

Hazel lâche un soupir.

– Au début ça allait. Comme dans toutes les relations, je suppose. Tu te montres comme l'autre veut te voir, tu embellis tous tes défauts… il est devenu collant, mauvais, avec le temps.

Je réfléchis à ses mots.

– Moi je n'ai pas embelli la vérité sur ce que je suis.

– Non, toi, tu ne passes pas par la case préliminaire, tu balances tout direct.

– Est-ce que ça ne rend pas les choses plus authentiques ? je demande.

– Souvent on dit qu'il faut doser les choses, ne pas tout balancer d'un coup, mais tu as probablement raison. Peut-être un peu, c'est vrai… comme ça quand la personne décide d'approfondir la relation, c'est qu'elle cherche vraiment à te connaître toi.

– Tu veux vraiment me connaître ?

Elle relève la tête et, les yeux plantés dans les miens, elle acquiesce.

– Oui. Même si j'ai toujours la petite crainte que tu me zigouilles.

– Je ne te tuerai pas. Je ne te ferai pas de mal.

– Permets-moi d'en douter un peu. Et si tu devais me tuer, comment tu procéderais ?

Sa question me laisse perplexe. Je devrais voir de la peur dans son regard, pourtant, il n'en est rien. Je dirais même qu'il y a un peu de désir.

– Hazel…

– Oublie, soupire-t-elle. Je ne sais pas pourquoi je te dis ça…

– Si tu avais fait quelque chose de vraiment mal, de vraiment malsain et qu'on me payait pour te tuer, ton sort ne serait pas différent de celui des nombreuses personnes que j'ai tuées. Si tu venais à apprendre mon secret et que tu me trahissais alors je t'emmènerais dans un coin isolé.

– Comme celui-ci ? demande Hazel dans un souffle.

– Encore plus isolé.

Je ne sais pas ce qui me prend, mais je comble l'écart qu'il y a entre nous. Hazel plonge son regard dans le mien.

– Je n'utiliserais ni arme contondante ni arme à feu, car ça peut laisser des traces et des indices. Alors, je placerais mes mains autour de ton cou.

Je ne comprends pas pourquoi mais je joins les gestes à mes mots. Je suis complètement fou, mais quand je remarque la foutue étincelle qui voile son regard, je me dis qu'elle est aussi folle que moi.

Je laisse échapper un grognement.

– Arrête !

– Quoi ?

– De me regarder comme si tu trouvais ça excitant. Tu trouves ça excitant, la mort ? Il n'y a rien de sensuel là-dedans, je suis un tueur, tu m'as vu faire, ça t'a même fait peur. Mon univers est violent, instable…

– Je sais que tu ne me feras jamais de mal comme ça et je sais que ton monde est violent, mais il n'est pas que ça. Ce moment ne l'est pas. Et si tu es là, c'est peut-être que tu as envie d'un peu de normalité.

Je cherche quoi répondre, mais je ne trouve rien. Ses mots sont sensés, intelligents, voire logiques. Alors que je cherche à comprendre ce qui se passe entre elle et moi, Hazel semble avoir compris.

– Ce que je trouve agréable, ce sont tes mains sur ma gorge. Ce n'est pas la première fois que tu les poses là et chaque fois, c'était plutôt agréable.

Je grogne encore. Je crois que j'ai compris… Ce qu'il y a entre nous, cette attirance, ce désir, elle ne cherche pas à le combattre ni à résister.

– Je crois qu'aucun homme ne m'avait jamais attrapé comme ça avant toi. C'est assez plaisant…

Ses mots me détraquent complètement et mon corps est totalement soumis à l'attraction qu'elle fait naître chez moi. Je bande. Je ne devrais pas m'en étonner, mais après ce qui s'est passé chez Annette, c'est révélateur du fait qu'elle me rend fou. Je me rends compte de ce que je fais à l'instant où mes doigts se pressent contre sa peau pour la forcer à relever davantage le visage vers moi.

– Tu n'aimes pas me toucher ? demande-t-elle. Tu n'as pas aimé m'embrasser ? Tu n'as pas aimé non plus baiser avec moi ?

Elle est cash, elle n'a pas de filtre. Elle est tellement vivante et virulente et, bon sang, elle est le parfait exemple de ce que je déteste. Elle est perturbante, mais aussi hors de contrôle. Je ne peux pas la gérer. Je n'ai jamais vraiment réussi et maintenant qu'elle sait le pouvoir qu'elle a sur moi, c'est peine perdue.

– Tu es une fauteuse de troubles, je râle. Tu m'as troublé, perturbé. Tellement que j'ai été incapable de bander en allant voir ma prostituée habituelle. Et maintenant…

La paume d'Hazel se pose contre mon sexe. J'aurais repoussé n'importe quelle femme, sauf elle visiblement.

– On dirait que c'est réparé…

Elle m'offre un sourire satisfait, excité. C'est comme si elle était fière d'elle.

– Visiblement. Je déteste être troublé, alors pourquoi j'en redemande avec toi ?

– Je me suis posé la même question, et je n'ai pas trouvé la réponse…

Mes lèvres s'écrasent sur les siennes en un grognement mêlé de rage et de frustration. Elle me rend mon baiser avec une fougue non retenue. Son odeur, le goût de sa peau, la sensation de son corps près du mien… C'est incontrôlable, incompréhensible. Et à mesure qu'on s'embrasse, je ne suis pas certain d'avoir envie de comprendre.

– Non, je n'ai pas détesté ça, je réponds finalement en m'éloignant de ses lèvres. Au contraire.

Hazel esquisse un sourire. Je me rends compte que ma main est toujours plaquée contre sa gorge. J'ai la sensation qu'elle lit dans mon esprit l'intention de la retirer, car elle pose la sienne sur mon poignet comme pour m'en dissuader. On s'embrasse encore. Tout ce qui se passe quand elle est là est tellement différent de mon quotidien.

Les lèvres d'Hazel dansent sur les miennes, je lâche sa gorge et je l'attire davantage dans mes bras, gémissant contre mes lèvres. Ses doigts se posent et se crispent contre mon pull. Je comprends à mesure que l'on s'essouffle qu'Annette n'a aucune saveur, comparée à Hazel. Elle est indescriptible. Mon envie d'elle grandit à chaque seconde qui passe. Je ne suis pas du genre exhibitionniste, loin de là même, mais je suis frustré… Première fois de ma vie que je ressens un tel besoin de posséder une femme.

Je me penche pour attraper ses fesses quand une moto ralentit à hauteur de la mienne. Nous nous éloignons légèrement l'un de l'autre. Bien que je n'aie pas à m'inquiéter ni à être parano, je me méfie. C'est un couple qui nous salue lorsqu'ils retirent leur casque puis ils s'avancent pour admirer la vue du lac et le coucher de soleil. L'inconvénient de cet endroit, c'est qu'il est touristique et qui plus est romantique.

Je baisse les yeux vers Hazel, elle a l'air frustrée.

– Comment va Hank, au fait ? demande-t-elle.

– Je n'ai pas de nouvelles de Hank depuis trois jours, je réponds.

Et bien qu'on ne soit pas du genre à s'envoyer des messages ni à s'appeler tous les jours, ça m'ennuie un peu.

– Tu as l'air inquiet. Pourquoi tu ne vas pas le voir chez lui ?

Je secoue la tête.

– Je n'aime pas débarquer chez les gens sans prévenir. Il doit avoir du boulot.

– Je peux t'accompagner si tu veux. J'aimerais bien lui dire bonjour.

Bien que ce ne soit pas ma façon de faire, j'ai envie de changer mes habitudes pour une fois.

– D'accord, allons-y !

CHAPITRE 23

HAZEL

Je ne suis jamais montée sur une moto avant aujourd'hui et bien que ce ne soit pas sécurisant du tout, je me laisse imprégner par cette sensation de vitesse et de liberté. Les bras arrimés à la taille de Jun, j'ai l'impression de laisser mon cœur derrière moi à chaque fois qu'il prend un virage et que sa moto se penche au plus près du sol.

Quand Jun a débarqué à la maison, je ne m'attendais pas à ce que la soirée prenne ce tournant. Je ne m'attendais à rien, en fait. Et je crains que demain il ne regrette ce pas en avant et n'en fasse deux en arrière… Je dois bien avouer que parler comme on l'a fait, s'embrasser, c'était aussi décalé que sexy. Parler normalement est un peu rocambolesque avec lui compte tenu de son caractère, mais aussi de la vie qu'il mène, et l'embrasser… ma foi, c'est toujours aussi intense et épique.

Jun roule vite, tellement que les arbres qui défilent deviennent presque des lignes continues. Le moteur vrombit joyeusement à chaque fois qu'il pousse les vitesses après un virage. Il roule plus lentement quand nous arrivons en ville, et il s'arrête devant une grande maison blanche, avec un grand jardin où pousse un palmier.

– Sa voiture n'est pas là, dit Jun.

Comme j'ai le cul légèrement en compote avec la route, je m'étire. Jun s'appuie sur la moto et met son téléphone à son oreille. Je m'avance un peu dans l'allée. La maison est vraiment belle. Le quartier l'est aussi. Je ne connais pas vraiment Hank, mais je le voyais plutôt dans un appartement au-dessus d'un club ou d'un pressing qui organise des parties de poker dans l'arrière-boutique. Puis je me souviens qu'il a été marié. Je m'avance vers la boîte aux lettres qui est mal fermée. Je ne devrais sans doute pas, mais je l'ouvre. Quelques prospectus tombent à mes pieds, je les ramasse et je regarde le courrier à l'intérieur. Le plus ancien date de quatre jours. Je sursaute quand Jun penche la tête par-dessus mon épaule.

– Ce n'est pas bien de fouiller dans les affaires des autres, raille-t-il.

– J'enquête.

– Et tu as trouvé quelque chose de pertinent ?

– Hank n'a pas ramassé son courrier depuis trois jours, je dis en me tournant vers lui.

Le regard soudain sérieux, Jun inspecte les enveloppes que je tiens dans les mains.

– Il est du genre à regarder son courrier tous les jours ? demandé-je.

Je regarde la maison ; à travers la fenêtre, j'ai l'impression de voir de la lumière.

– Je ne sais pas. Je dirais que oui. En tout cas, ça correspond à la date des dernières nouvelles que j'ai eues de lui.

– Jun ?

Il lève les yeux vers moi.

– On dirait qu'il y a de la lumière.

– J'ai un double de ses clés, on va vérifier ça.

Je hoche la tête et le suis dans l'allée. Jun enfonce sa clé dans la serrure, mais elle est déjà déverrouillée.

– Hank ! lance Jun.

Pas de réponse. Même après quelques secondes. J'ai le cœur qui commence à battre la chamade. Je suis peut-être l'instigatrice de cette idée, mais je n'aime pas vraiment ce qui est en train de se passer. Jun ouvre la porte et entre. Je suis encore dehors, mais j'entends le bruit de la télé.

– Viens, me dit Jun.

Je hoche la tête et je ferme la porte derrière moi. Le salon est à notre droite quand on s'avance d'un pas. La télé fonctionne. Sur la table de salon, il y a quelques papiers et un verre de whisky encore plein.

– Hank !

Toujours pas de réponse.

– On dirait qu'il bossait tranquillement et qu'il est parti quelque part, dit Jun.

– Une urgence au boulot, peut-être.

– Oui, peut-être, mais elle date de quand, cette urgence ? Il n'a pas fini son verre, n'a pas éteint la télé et il est parti sans même fermer la porte ? C'est étrange.

Je n'ai pas la réponse et je vois que ça l'agace. Jun est stressé, perturbé, et je n'ai pas les mots pour l'aider à se sentir mieux.

– On n'est pas du genre à s'appeler tous les jours, mais il ne filtre pas mes appels non plus…

Je sens que la situation lui pèse. Sans doute plus que je l'imagine. Ses mots sont une confidence. Pour lui qui ne me parle jamais, c'est une sacrée concession et je ne sais même pas comment l'aider.

– Et si on allait à son boulot ? Ou qu'on essayait de tracer son téléphone…

– On pourrait effectivement demander au poste s'ils ont de ses nouvelles.

– C'est évident qu'ils en ont, dis-je en essayant de me montrer positive.

Jun me lance un regard de côté, mais ne dit rien.

– Il bossait sur une grosse affaire et j'imagine que ça ne se règle pas comme ça, en claquant des doigts.

– Oui, c'est vrai…

– Je vais tout de même aller voir en haut, on ne sait jamais.

– Je peux boire un verre d'eau dans la cuisine ?

– C'est au bout du couloir, lance Jun avant de monter l'escalier.

Je m'avance jusqu'à la cuisine, je glisse sur quelque chose. Je baisse les yeux et je me rends compte que j'ai marché dans ce qui devait être… un bol de chili con carne. Je retire mon pied de la bouillie de haricots et j'examine le plan de travail afin de trouver de quoi ramasser. Il y a un truc qui cloche. À bien y regarder, je me rends compte que derrière l'îlot central, il y a du verre brisé, de la vaisselle éparpillée et du sang…

Et un homme.

Il a un couteau enfoncé dans le dos. Instinctivement je recule et ferme les yeux. Je n'ai pas vu son visage et j'ai peur de le découvrir.

Il s'est passé quelque chose ici. Quelque chose de mal, de terrifiant.

– Jun…

Interdite et tétanisée, j'ose enfin ouvrir les yeux. Jun arrive au même moment. Il me regarde avec inquiétude.

– Il y a…

Je ne parviens pas à finir ma phrase.

Il contourne l'îlot en deux pas et, sans ciller, détaille à son tour la scène que je viens de découvrir. Sans hésiter, Jun se penche vers le cadavre en attrapant un torchon et le pousse afin de vérifier son identité. Je prie pour que ce ne soit pas Hank. Un frisson désagréable me parcourt, alors que je me force à ne pas regarder.

– Ce n'est pas Hank, lance Jun.

Sa voix trahit un mélange de peur et de rage. Je ressens une pointe de soulagement malgré la situation. Nausée et sanglot se mêlent et je me sens terriblement mal. Bon sang, mais qu'est-ce qui se passe ici, et surtout qu'est-ce qui s'est passé ?

– Jun…

– Ne reste pas là, si tu ne veux pas regarder. Et ne me déconcentre pas non plus, j'ai besoin de comprendre ce qui s'est passé ici.

Son ton est tranchant et je ne cherche même pas à discuter. J'ai des tonnes de questions qui se bousculent, des pensées aussi, mais j'imagine que c'est la même chose pour Jun… et d'une certaine manière, comme il considère Hank comme son père, elles sont plus légitimes que les miennes. Je pensais en avoir fini avec les cadavres et autres conneries de ce genre. Il faut croire que non. La porte de la cuisine grince quand elle s'entrouvre et mon cœur loupe un battement ; Jun n'y prête pas la moindre attention. Il est toujours penché sur le cadavre. J'ignore ce qu'il cherche et je crois que je ne veux pas nécessairement le savoir. Je reviens sur mes pas et je sors dans le jardin. J'inspire laborieusement l'air frais afin de soulager ma nausée.

La soirée avait pourtant pris une tournure vraiment agréable, et maintenant le chaos est de retour. En mon for intérieur, je prie pour que Hank ait réussi à prendre sa voiture. C'est fort probable. Il a buté un homme, il aurait pu partir au poste après et… je ne sais pas. Parce que dans un sens, il… Bon sang, j'ai la sensation que rien n'est jamais normal dans le monde de Jun et que plus rien ne sera jamais normal dans le mien si je continue de le fréquenter.

Je secoue la tête pour me forcer à faire taire les pensées qui me submergent et surtout pour les fuir. Elles sont décousues, tout ce que j'espère, c'est qu'il aille bien. J'inspire, puis j'expire. *Ça va aller.*

Je me concentre sur la réalité et sur ce qui m'entoure. Juste à côté de la terrasse, il y a une piscine et un jardin que Hank a visiblement eu la flemme d'entretenir. Amusant quand on sait que rénover sa maison sur le lac semblait lui tenir à cœur. Je m'avance jusqu'à la piscine qui est anormalement vide. Dans le fond de la cuve verdâtre et jaunie, il y a plein de mégots de cigarettes, de l'eau stagnante et…

Je ne maîtrise pas le cri qui m'échappe. C'est un cri du cœur, qui exprime ma douleur, *sa douleur*. Mes jambes lâchent sous moi et je n'ai pas la force de résister. Je me fais mal aux genoux quand je tombe sur le bitume, j'amortis ma chute avec mes mains. Il m'est impossible de dévier mon regard de l'homme qui se trouve au fond de la piscine.

Je n'arrive pas à y croire. Je ne veux pas y croire.

– Hazel ?

Bientôt, je sens que Jun est contre moi. Accroupi à mes côtés, il m'attrape dans ses bras. Jun me force à le regarder et je détache enfin mes yeux de Hank.

Oh, mon Dieu, Jun…

Il va enrager, il va péter un plomb, il va être dévasté.

– Je suis désolée… lâché-je en sanglotant.

Jun tourne la tête, puis se relève en silence, m'entraînant. Quand son regard se pose sur Hank, il ne dit rien, il ne sourcille pas. Il reste tellement stoïque que ça fait froid dans le dos.

– Ça va aller ? demande-t-il.

Ses mots me donnent envie de pleurer. C'est à moi de lui demander ça et pourtant j'en suis incapable. Je hoche la tête, je veux lui parler, mais n'y arrive pas. En silence, Jun se penche vers la piscine puis se laisse glisser jusqu'au fond. Je l'observe s'agenouiller près de Hank ; ses épaules s'affaissent légèrement. Je reste silencieuse, je tais le chagrin que je ressens, par respect pour Jun. J'essuie les larmes qui coulent sur mes joues. Je n'ai plus Hank dans mon champ visuel, pourtant le souvenir de son corps sans vie, de ses yeux vides grands ouverts et de la balle qui lui a transpercé le front est si vivace dans mon esprit que ça me fait peur. Je m'éloigne pour lui laisser un peu d'intimité, mais déjà il se redresse et remonte par l'échelle en métal.

– On s'arrache, lance-t-il brusquement.

– Quoi ? Mais…

– Fais ce que je te dis, bon sang !

Cette fois, il crie. Il m'attrape le poignet, mais je ne comprends pas ce qu'il se passe. Ni pourquoi il semble se précipiter soudain. Il faut appeler les secours, il faut…

– Hazel !

Je réprime un sanglot. Sa voix est autoritaire, ses yeux, noirs, son visage, fermé. Il n'exprime pas grand-chose. S'il est dévasté, il le cache. Et moi, à l'opposé de lui, je suis une éponge émotionnelle. Je ne sais pas masquer le chagrin que j'éprouve. J'ai mal pour un homme que je ne connaissais pas bien et je m'inquiète pour un autre que je ne connais pas beaucoup plus…

– Mais explique-moi !

Son regard ne s'adoucit pas, il s'impatiente même, son aura devient à nouveau sinistre et morose. Cette fois, je comprends, cela dit. Je voudrais qu'il soit plus doux, plus expressif et qu'il m'aide à saisir ce qui se passe, mais il ne fonctionne pas comme ça.

– Je viens de le perdre, tout ce que je te demande, c'est de m'obéir deux putains de secondes. C'est trop te demander ?

Je secoue la tête. Ce qui semble évident dans son monde ne l'est pas forcément pour moi… Quand il paraît maître de ses émotions, voire carrément insensible, moi je me sens dévastée. Le plus fou, c'est qu'il arrive tout de même à me faire culpabiliser.

– Si je te dis qu'on s'arrache, tu le fais, tu ne discutes pas. Hank s'est fait descendre et ça veut potentiellement dire qu'on est en danger en restant ici.

Je tente de comprendre. Je n'encaisse pas sa mort. C'est violent, inédit… injuste et soudain. Cet homme ne méritait pas de mourir ainsi. Et tandis que mes pensées partent dans tous les sens, Jun me presse pour que je rentre dans la maison.

– On n'appelle pas les flics, on ne…

– Non. Pas maintenant.

– Jun ?

Il ne se préoccupe pas de moi et ne me répond pas. Il m'attrape par le poignet et je le suis, sans un mot. Le téléphone à la main, je le vois s'arrêter devant la scène de crime dans la cuisine. Il prend des photos, enfin je crois. Vu qu'il ne me parle pas, je le suppose. Il recommence dans le salon puis nous quittons la maison. Une fois devant sa moto, il ne décroche pas un mot et met son casque. Je l'arrête en attrapant son poignet pour une fois.

– Qu'est-ce que tu fais ? Qu'est-ce…

Il lève la visière de son casque, l'air agacé. Si cette situation est facile ou même familière pour lui, ce n'est pas le cas pour moi.

– Tant que je ne sais pas ce qui se passe, c'est moi qui prends le contrôle, répond-il d'un ton bourru. Tant que j'ignore si nous sommes en danger, je prends en charge ta sécurité.

– Mais…

– Je ne te demande pas si tu es d'accord, me coupe Jun. C'est un ordre, que ça te plaise ou non. Et que tu sois d'accord ou pas, j'en ai rien à foutre. Tu peux être obéissante pour une fois ?

Je devrais lui dire d'aller se faire foutre, que je ne suis pas d'accord, mais aussi que je suis là pour lui s'il a besoin d'exprimer ses peurs et son chagrin. Au lieu de ça, je mets mon casque et je ferme ma gueule. Il a été là pour moi quand j'en avais besoin alors malgré le stress et l'angoisse que je ressens, je prends sur moi.

Je m'installe derrière lui, et il ne tarde pas à démarrer. J'ignore où il m'emmène et ce qu'il a dans la tête. Je ne sais pas combien de temps a passé quand il se gare, mais je sais qu'on est toujours en ville. Je descends, Jun aussi.

– Viens.

Je scrute les environs. Nous sommes dans une rue commerçante. Je crois que je n'y étais jamais venue. Drug store, bars, sex-shop, club de strip-tease… C'est assez animé et un peu sinistre. Jun se dirige vers le drugstore dont l'apparence est légèrement sordide. Mais au lieu d'entrer dans la boutique, il pousse une porte juste à côté de la devanture. Il monte l'escalier et déverrouille la serrure. Une fois dans ce qui semble être un appartement, il allume la lumière. Je m'attendais à quelque chose de triste, mais ça ressemble étonnamment à son appartement, tout aussi épuré, mais en plus petit. Le salon et la cuisine forment une seule pièce, mais sont séparés par une fine cloison.

Jun se débarrasse de sa veste et me prend mon casque.

– On est où ?

– Chez moi.

– Ah bon ? Tu as plusieurs chez-toi ?

– C'est une planque, dit-il en ouvrant la baie vitrée. Histoire de pouvoir m'y réfugier en cas d'urgence.

Je hoche la tête, même si tout me semble surréaliste. Ce qu'on vient de vivre, la soirée qu'on a passée, je voudrais l'oublier. Enfin pas tout… Ce pas en avant est balayé par la sombre réalité et la mort de Hank. Jun est toujours lui-même. Il ne change pas, il ne craque pas. C'est à la fois admirable et flippant.

– La salle de bains et les toilettes sont au fond du petit couloir et la chambre, à droite. Je m'installerai dans le fauteuil, tu peux dormir tranquille. Je vais descendre acheter quelques bricoles.

– Jun…

Il ne se tourne pas, il ne me répond pas et me laisse là. Je ne le suis pas. Je pense qu'il veut et qu'il a besoin d'être seul. Je ne peux que l'attendre et lui laisser un peu de temps. Sauf qu'il ne rentre pas.

***

Il est encore tôt quand je me réveille. Mais il fait déjà clair dans la chambre. La chambre ? J'ai le souvenir d'avoir attendu Jun dans le salon. Il a dû rentrer et me mettre au lit. Je l'attendais, mais j'ai fini par m'endormir.

Je me redresse à la hâte alors que les souvenirs d'hier refont surface tel un geyser. Jun, Hank... Je me sens triste, morose et de nouveau étrangère à ma vie. Je sors de la chambre. Jun n'est pas dans le salon, je suis plutôt soulagée quand je l'aperçois sur le balcon, les épaules affaissées, les bras appuyés contre la balustrade. Son regard semble perdu dans le vide. Il y a quelques cadavres de bière à côté de lui. Depuis combien de temps est-il là ? Quelle quantité d'alcool a-t-il ingurgitée ? Je n'ai même pas été capable d'attendre qu'il rentre pour lui parler.

Il tourne la tête vers moi au moment où je mets un pied dehors pour le rejoindre. Ses yeux rougis sont assassins. Il a l'air plus sinistre et dangereux que d'habitude.

– Jun...

Le sourcil arqué, il reporte son attention sur l'horizon et sort ce qui ressemble à un paquet de cigarettes et un briquet. Je ne l'avais jamais vu fumer jusqu'à aujourd'hui.

– Bien dormi ? demande-t-il.

Le ton de sa voix est rauque, cruel. Je frissonne. On dirait un reproche.

– Non.

Et c'est la vérité. On dirait qu'il a un rictus ou qu'il esquisse un sourire de dégoût. Je ne sais pas si c'est l'alcool ou bien alors ses sentiments qui surgissent et je crains de le savoir.

– Je suis désolée pour Hank, soufflé-je.

Je n'avais pas encore eu le temps de le lui dire et je le pense. Je ne l'ai connu que brièvement, mais le peu de temps que j'ai passé auprès de lui, il s'est montré drôle et bienveillant. Les images de son corps sans vie au fond de sa piscine, dans l'eau croupie, une balle dans la tête… Je ne crois pas qu'il y ait une bonne façon de mourir, mais la sienne était atroce.

– Tu peux, lâche Jun comme une bombe.

Ces deux petits mots, aussi inoffensifs soient-ils, me font un mal de chien. Mon cœur bat la chamade.

– Pardon ?

Ma réponse est à peine audible.

– Tu peux être désolée parce que c'est ta faute, répète-t-il avec toujours autant de dédain.

– Ma faute ?

– Ta putain de faute, ouais. Tu veux que je te le répète encore une fois pour que ça imprègne mieux ?

Il ne me regarde même pas alors qu'il éructe son venin. Ses paroles sont blessantes, et injustes. Je peux comprendre qu'il soit dévasté par la perte de Hank et triste, mais qu'il me dise des choses pareilles, non…

– Va te faire voir. Ce n'est pas moi qui l'ai tué.

Jun se redresse et écrase sa clope sur la rambarde avant de se tourner vers moi. Quand il s'avance, je ne me sens pas à l'aise. Et bien que je reste stoïque, je ne suis pas rassurée du tout. Son visage sévère, ses yeux remplis de déni, cette sombre aura qui le caractérise, j'avais fini par m'y faire… Enfin, je le croyais. Il a l'air de me détester.

– Bien sûr que si. Si tu n'avais pas fait ta putain de fouine, si tu n'avais pas tourné dans cette ruelle dans laquelle tu n'avais rien à foutre, il ne serait pas mort. Tu sais pourquoi ?

Les larmes me montent aux yeux et je secoue la tête. Il n'a pas le droit de faire ça. C'est horrible, c'est injuste, c'est égoïste… C'est à son image. Mais je ne mérite pas ça, peu importe le chagrin qui le ravage.

– Non…

– Bien sûr que tu sais. Parce que si tu ne m'avais pas interrompu, ce type ne m'aurait jamais échappé et je ne me serais pas tapé ta putain de surveillance. Et j'aurais pu aider Hank au lieu d'être coincé avec toi… Par ta faute, je l'ai perdu. Par ta faute, il est mort. Par ta faute, je n'ai plus personne.

Je n'ai jamais rien entendu de plus dur que ça et je ne me suis jamais sentie aussi mal non plus. Je ressens une pointe de culpabilité et ce sentiment est détestable et vicieux. Tout comme Jun. Bon sang, je n'imaginais pas qu'il serait comme ça. Je me sens minable.

– Va te faire voir ! T'as pas le droit de me dire ça, t'as pas le droit de me balancer ta merde à la tête. Je n'ai rien fait. Ton chagrin ne justifie pas…

Il se penche vers moi ; il me domine de toute sa taille et je perds mes mots.

– Ne me parle pas de mon chagrin alors que tu ne sais pas ce que je ressens, crache-t-il avec véhémence. Tout est parti en vrille à cause de toi. Tu n'avais rien à foutre chez moi, et pourtant tu es entrée quand même. Tu m'as soigné alors que je ne t'avais rien demandé et tu as tout foutu en l'air.

La colère se mêle à mon chagrin.

– Parce que tu t'es incrustée dans ma vie, dans mon monde, j'ai perdu Hank.

De rage, je le repousse. Il bouge à peine, m'attrape brusquement le poignet et me ramène contre lui. Il me fait mal, mais je tente de le lui cacher comme je peux.

– Ne joue pas avec moi, Hazel. Ne me pousse pas à bout sur un balcon. C'est un conseil que je te donne, car visiblement tu n'es pas maligne.

Quelque chose me dit que sa menace est à prendre au sérieux, mais sa méchanceté me rend complètement folle.

– Alors, ne fais pas de moi la responsable de la mort de Hank. C'est petit, même pour un connard dans ton genre.

Il me défie du regard de rajouter quelque chose. Et en même temps, pour la première fois, j'aperçois de la douleur dans ses yeux noirs. Une douleur déchirante, mordante.

– Arrête, grogne-t-il. Ne me pousse pas à bout.

– Tu t'énerves tout seul, je ne fais qu'accuser ta haine, je lance d'un ton mauvais. Il t'a fallu combien de bières pour arriver à la conclusion que je suis la cause de tous tes problèmes ?

Je dégage enfin mon poignet.

– Tais-toi !

– Non, je ne vais pas me laisser faire. Parce que je n'ai rien fait. Parce que je ne l'ai pas tué, parce que sinon, tu es aussi coupable que moi.

Il grogne encore.

– Tu m'as fait revenir dans ton monde, alors tu es aussi coupable que moi.

Il lève le poing, mon cœur cesse de battre quelques secondes. Alors que j'anticipe le coup, son poing s'abat contre le mur dans un cri mêlé de rage et de frustration. Puis il disparaît.

CHAPITRE 24

JUN

Cette putain de fauteuse de troubles, elle me les brise.

Je vais la tuer.

PARTIE 3
Sang, sueur et larmes

CHAPITRE 25

HAZEL

Alors que j'ouvre la porte de mon placard, je pense au métier que je voulais faire quand j'étais petite. Quelque part, j'ai toujours espoir de gagner au loto et de pouvoir bouffer tous les bonbons du monde. Enfin, encore faudrait-il que je joue pour gagner le gros lot. Ou alors je devrais suivre le conseil de Rosie et me trouver un *sugar daddy*.

J'attrape un paquet de Maltesers et glisse la main dans le paquet en retournant vers le salon. Je ne me sens pas mieux chez moi, mais après de longues minutes sur le balcon lorsque Jun est parti, je suis rentrée chez moi. Il va péter un plomb ou s'en foutre royalement, mais je n'en ai rien à faire. La façon dont il m'a traitée, et ses mots… Qu'il aille se faire foutre ! Tout ce que je veux, moi, c'est retourner au boulot, rire avec Rosie et retrouver un monde qui me correspond et qui ne me fait pas frissonner à chaque seconde.

Je finis par me décider à me laver, je n'ai pas pris le temps de prendre une douche depuis ma soirée avec Jun. Je verrouille la porte par précaution et je me glisse sous l'eau. Une fois sous le jet, je me rends compte qu'il a serré un peu trop fort mon poignet quand on se disputait. Voir ces marques sur ma peau me fait penser à Hank et soudain, bien que l'eau soit chaude, je réprime un frisson. Je n'arrive pas à croire qu'il soit mort. Je me sens triste et désolée. Et des pensées que je ne voudrais pas avoir refont surface.

Je me lave le corps et les cheveux, et une fois rincée, j'éteins l'eau. Une serviette enroulée autour du corps, je me penche vers le miroir. Je passe ma main dessus pour essuyer la buée, mais lorsque le reflet me dévoile un homme en noir, les bras croisés sur son torse, le regard aussi sombre que ses habits, je pousse un cri, et me retourne d'un bond.

– Oh putain !

Comment c'est possible ?

– Depuis… quand tu es là ? bafouillé-je.

– Assez longtemps pour savoir que même un vulgaire cambrioleur aurait pu te tuer.

Est-ce qu'il m'a vue à poil ? Est-ce qu'il… Il me fait complètement vriller, et pas dans le bon sens du terme.

– Comment tu es entré ? J'avais verrouillé la porte.

– Je sais crocheter une serrure, répond-il d'un air agacé.

Sa réponse est aussi prétentieuse et surréaliste que son regard est hautain et son ton, condescendant.

– Sors d'ici, Jun. Sors de chez moi.

Il décroise ses bras.

– Non. Et tu devrais t'estimer heureuse que ce ne soit que moi, tu te souviens comment tu as fini la dernière fois que des gars sont entrés chez toi ?

Mon cœur bat comme un fou. C'est pas vrai, ce type est vraiment dingue. Il a l'air si sombre. Son visage fermé, son regard hautain et son allure... Lorsqu'il s'avance, je recule, mais la salle de bains étant petite, je me retrouve vite prise entre le meuble vasque et Jun.

Son petit rictus lui échappe et je comprends qu'il n'est pas seulement agacé, il est aussi troublé. Je garde une main contre le nœud de ma serviette pour qu'elle ne glisse pas. *Il ne manquerait plus que ça !*

– Sors d'ici ! ordonné-je.

– Qu'est-ce que tu ne comprends pas quand je dis que tu ne dois pas bouger ? Qu'est-ce que tu ne comprends pas quand je te dis que je prends les choses en main ?

– Visiblement, c'est comme quand je te demande de te barrer de chez moi.

– Ne te fous pas de ma gueule, Hazel.

Son ton est menaçant, vibrant. Et il s'avance encore d'un pas. Jun est quasiment contre moi. Il me domine de toute sa hauteur, comme il en a l'habitude.

– Tu ne m'as pas interdit de partir, j'ajoute.

Je ne sais pas bien pourquoi je lui réponds, mais visiblement, je n'ai pas vraiment de limites avec lui. C'est étrange parce que je le crains.

– Tu n'es qu'une petite conne égoïste.

Les veines de son cou et de ses bras ressortent, sa mâchoire est crispée. Il est encore plus en colère que sur le balcon.

– Hank se fait descendre et tout ce que tu trouves à faire, c'est te barrer et me donner encore plus de travail. Tu crois que j'ai que ça à foutre, de supporter tes conneries et tes gamineries parce que tu n'acceptes pas qu'on te crie dessus. Tu crois que j'ai rien d'autre à foutre que venir te récupérer parce que tu fais une crise ?

– Tu m'as injustement reproché la mort de Hank et tu voudrais que je reste bien tranquillement dans une planque à t'attendre ?

– Ouais, c'est exactement ce que tu devais faire. Attendre et ne pas bouger. Mais même ça, tu n'en es pas capable.

Je secoue la tête.

– Non, va te faire voir…

– Putain, t'as aucune conscience, ma parole, et tu continues de me répondre… Quand je te dis que c'est moi qui prends les choses en main, quand je te dis que je prends en charge ta sécurité, tu me laisses faire, tu ne me donnes pas plus de boulot. Tu m'as compris, cette fois ?

– Sinon quoi ?

Il fulmine.

– Je t'ai assommée une fois, tu crois que je ne recommencerai pas pour arriver à mes fins ? Je t'assure que si tu continues de me chercher, tu vas le regretter. Crois-moi quand je te dis que si je t'attache, ce sera beaucoup moins amusant que la première fois. C'est clair ?

En vérité, c'est limpide.

– Je n'ai jamais voulu ça et je n'ai pas à t'obéir. Je ne suis pas ta prostituée ni une des nanas que tu côtoies. Je ne t'obéis pas au doigt et à l'œil dès que tu le décides. Tu peux…

– C'est dommage, siffle-t-il, ça m'éviterait bien des emmerdes.

Il est enragé et chacune de ses menaces est aussi dangereuse et aiguisée qu'un couteau. Je déglutis alors qu'il me toise d'un regard plus noir que jamais. Dans n'importe quelle autre situation, j'aurais ri, mais pas avec lui…

– J'en ai rien à foutre de tes jérémiades, ajoute-t-il d'un ton acerbe. Tu te mets en danger, tu me mets en danger, alors tu en assumes les conséquences. Je ne vais pas te ménager alors que tu fais de la merde.

– Va te faire voir.

Jun s'approche encore. Cette fois je sens son corps contre le mien. L'ambiance est électrique, elle est chargée en énergie négative. Son aura est si noire et sinistre que je peux presque la sentir. S'il était possible qu'elle se matérialise, elle m'étoufferait sans l'ombre d'un doute.

– Qu'est-ce que tu baragouines entre tes dents ? siffle Jun.

La chair de poule hérisse ma peau, mais puisqu'il souhaite que je répète, alors je m'exécute :

– Je n'ai mis personne en danger.

Si tant est que ce soit possible, sa mâchoire se crispe davantage et l'atmosphère devient irrespirable.

– Tu t'es mise toi en danger dans un premier temps et ensuite, c'est moi que tu as exposé. Moi, passe encore, je sais me défendre, mais toi… Tu as zéro chance de survie. En plus, tu rentres chez toi l'air de rien, c'est pas comme si ces types connaissaient ton adresse et qu'ils étaient déjà venus…

Ses mots me font l'effet d'un violent électrochoc.

– Tu… J'en ai marre… Ta façon de me traiter, tes sautes d'humeur, ces morts…

Jun inspire calmement, mais c'est juste une apparence, et je me rends compte de mon égoïsme à la seconde où mes mots m'ont échappé. C'est juste que je suis lasse et…

– Hank, un flic aguerri, un homme calme et intelligent, un enquêteur hors pair est mort. Il est mort, putain ! Il s'est fait froidement exécuter chez lui. Un homme comme lui n'a pas survécu et tu crois que tu as une chance.

– Je n'ai pas dit ça.

– Excuse-moi, j'ai cru le contraire, parce que tu es là, à te doucher, comme si de rien n'était dans ton petit appartement parce que tu en as marre. Je viens de perdre Hank et tu me forces à avoir cette discussion. J'y crois pas !

Cette fois, des larmes se forment au coin de mes yeux.

– Je suis désolée, ça te va ?

– Non, putain ! C'est insuffisant. Tu es dans mon monde, tu as voulu le connaître, y entrer alors tu dois en assumer les conséquences. Tu retourneras à ta petite vie quand j'aurai mis un terme à toute cette merde, en attendant, tu m'obéis et tu suis mes putains de règles du jeu parce qu'il n'y a que de cette façon que tu seras enfin débarrassée de moi. Tu comprends ?

Je baisse la tête, pour essuyer les larmes qui coulent désormais sur mes joues, mais visiblement Jun n'est pas décidé à me laisser en paix, car en m'attrapant le menton, il me force à lui rendre son regard.

– Tu comprends ? répète-t-il d'un ton agacé.

Mes yeux se glissent dans les siens.

– Oui.

– Oui, quoi ?

– Oui, je comprends tes règles. Tu es satisfait ?

Je me débats pour qu'il me lâche, mais en grognant, il me rattrape de nouveau.

– Non, clairement pas, et arrête de jouer les pestes condescendantes alors que tu as merdé. Putain, je ne sais même pas pourquoi je m'emmerde à perdre mon temps avec toi alors que ce serait plus simple de te laisser là et de ne plus me soucier de ton sort.

– Casse-toi, alors !

Sa main quitte mon menton et glisse sur ma gorge. J'ai l'impression qu'il s'en rend compte à l'instant où il exécute son geste. Et si la colère défigure toujours son visage et brûle encore dans mon regard, elle est rejointe par un sentiment nouveau.

– Ça te ferait trop plaisir !

Je me grandis afin que mon visage soit plus proche du sien.

– Je crois surtout que ce trouble entre nous, il te perturbe plus que tu ne le souhaites et qu'il te rend dingue. Tu le détestes autant qu'il t'excite. Ou peut-être est-ce moi qui tu détestes autant que je t'excite…

Le grognement qui lui échappe meurt contre mes lèvres. Sa main se déploie davantage sur ma gorge et sa bouche dévore la mienne. J'accuse la violence de son baiser aussi sauvage que possessif, je me raccroche au lavabo derrière moi tant il est féroce. Il ne m'avait encore jamais embrassée comme ça, personne ne m'avait embrassée comme ça. Le feu dans mon ventre est ardent, virulent. Je lâche l'évier, car c'est à lui que je veux me raccrocher pour lui rendre sa fougue. Mes doigts s'agrippent à son pull et je réponds à son baiser avec toute la violence que je possède. Il grogne contre mes lèvres et ça me donne un coup dans le ventre. C'est sexy, c'est animal. Jun se rapproche et cette fois il n'y a plus le moindre espace entre nous.

Sans cesser de m'embrasser, il se penche, m'attrape les fesses et me pose sur le meuble du lavabo sans la moindre délicatesse. Refusant de lui laisser l'avantage, j'enroule mes jambes autour de lui et je lui lèche la lèvre avant de la mordre. Sa main presse ma gorge, mais ça ne fait que me rendre plus folle encore. Je crois que j'adore quand il fait ça et le problème, c'est qu'il le sait. Nos regards se croisent et ça m'en coupe le souffle. Le temps reste suspendu un instant tandis qu'on s'observe avec envie et fureur. Dans ses yeux en amande, colère et désir se mêlent et fusionnent. Jusqu'à aujourd'hui j'ignorais que ces deux sentiments pouvaient rendre un regard aussi majestueux et puissant.

Jun s'éloigne un instant, pendant une seconde, j'ai peur qu'il s'en aille, mais il se penche à nouveau vers mes lèvres. Ce nouveau baiser n'est pas plus doux, mais il est plus langoureux, plus animal. Le désir qui me noue les entrailles est intense. Je n'ai envie que d'une chose : qu'il retire ma serviette et qu'il me baise, là maintenant. Je détache mes doigts de son pull et le force à le retirer en tirant dessus. Je suis soulagée qu'il m'obéisse. Quand il se retrouve torse nu, la vue de son corps tatoué m'enchante et ne fait que raviver le désir que j'éprouve pour lui. Mais pas le temps ni le moment de s'extasier ; j'effleure les muscles bandés et dessinés de ses abdos et je crochète le bouton de son pantalon avant d'attraper son sexe. Je ne peux m'empêcher de sourire, me souvenant de sa confession sur le fait qu'il aurait eu une panne… Lentement, je le caresse et je suis récompensée par un de ses éternels grognements. Pour se venger, il me force à ployer en arrière et m'embrasse à sa guise. On se dispute encore et c'est à celui qui achèvera l'autre le premier… Je ne me suis jamais battue de la sorte, et avec un combattant aguerri comme lui, je ne doute pas que la bataille sera rude.

Quand je retire ma serviette, le désir prend le pas sur la colère dans son regard. La façon dont son petit tic déforme sa bouche me fait sourire et ça l'agace. Sa main quitte ma gorge et s'enroule autour de ma taille. Il me soulève pour me prendre contre lui. Mon cœur, mon corps, ma tête, il me ravage. Le visage à hauteur du sien, j'observe ses lèvres pleines et le grain de beauté qui se trouve juste dessous, sa mâchoire ciselée et crispée, son torse qui se soulève au rythme de son souffle court. À bien y regarder, il est inquiétant, sauvage. Et malgré tout, il est magnifique. Jun est silencieux parce qu'il me parle avec son putain de corps et ses yeux. C'est la première fois qu'un homme me fait ressentir ça. Et j'en veux encore.

Peau contre peau, front contre front, poitrine contre poitrine, on ne fait qu'un malgré la colère. Bientôt je sens le mur du couloir contre mon dos. Je glisse une main derrière sa nuque alors qu'il enfouit son visage dans le creux de mon cou.

Il me mord, m'embrasse puis continue son chemin. Lorsque ses lèvres s'arrêtent sur ma gorge, je laisse échapper un sifflement. Une nuée de frissons glisse le long de mon échine et ravive la flamme déjà vacillante dans mes entrailles. Jusqu'à lui, j'ignorais que j'étais si sensible à ce niveau-là. Je bascule la tête en arrière et il me récompense en me léchant la peau. La sensation est merveilleuse, elle me fait perdre pied. Si bien que je me frotte contre son sexe. Je veux perturber son monde, je veux ébranler ses fondations et le ravager.

Quand Jun s'enfonce en moi, je veux me dérober à son regard, mais il ne m'en laisse pas l'occasion. J'accuse un tremblement et je laisse échapper un gémissement. Il tente de rester stoïque, mais il vacille avec moi dans les sensations de son corps imbriqué dans le mien. Ses coups de reins s'accélèrent, et il s'enfonce un peu plus profondément à chaque fois. Je suis tellement sensible, tellement sur le point de basculer. Je voudrais que ça dure plus longtemps, mais je veux sentir sa délivrance. Alors je remue les hanches moi aussi. Jun agrippe mes fesses avec plus de vigueur et sort presque entièrement son sexe du mien avant de s'enfoncer à nouveau.

– S'il te plaît, soufflé-je.

Je me fiche de perdre la bataille, je me fiche de le supplier, je me fiche que ce soit bestial et sale. Tout ce qui m'importe, c'est cette nécessité que je ressens au fond de moi, c'est ce besoin de me libérer de cette tension.

Les lèvres de Jun fondent à nouveau sur les miennes alors que ses mouvements me semblent plus rapides et chaotiques. Lorsque l'orgasme explose enfin, je me perds dans un tourbillon de plaisir qui m'envoie au tapis. *Ça, c'était plus fort encore que la première fois.*

Je m'attends à ce Jun me repose, mais il cherche mon visage et pose son front contre le mien lorsque je relève la tête. La colère a disparu, il est plus calme.

– J'ai besoin que tu me fasses confiance, Hazel. J'ai besoin que tu me dises que tu ne t'enfuiras plus comme ça, à moins que ce soit moi qui t'en donne l'ordre.

Je hoche la tête :

– Je sais que tu n'en as pas l'habitude, mais explique-moi ton univers et les risques, ne me dis pas juste que tu prends les choses en main. Jun… J'ai peur et je me sens perdue.

– Je sais, soupire-t-il. Mais ne t'en fais pas, cette histoire sera bientôt derrière nous. Je te le garantis.

Une fois encore, sa menace n'est pas à prendre à la légère, loin de là. Et je suis contente qu'elle ne soit pas dirigée contre moi.

CHAPITRE 26

JUN

Je l'ai perdu.

Le regard dans le vague, je pense au vide dans ma poitrine. Hank n'est plus là et quoi que je décide de faire, rien ne ramènera ce vieux loup auprès de moi. J'ai du mal à croire qu'il ne m'appellera plus, qu'on ne prendra plus de verres dans notre bar, qu'il ne me donnera plus de job, que je ne l'entendrai plus m'appeler « gamin ». Je n'encaisse pas qu'il soit parti comme ça.

C'est comme perdre un père pour la deuxième fois et ça me fait un mal de chien.

Il est mort, on l'a assassiné.

Cette pensée me fait serrer le poing et contracter les muscles. La colère ne me quitte pas, le chagrin non plus et ce mélange de désespoir crispe chaque pore de ma peau. Chaque fois que je ferme les yeux, je vois le corps de Hank sans vie au fond de cette piscine. Je n'ai jamais ressenti cette fureur, cette envie de tuer, mais là, elle me lèche la peau.

Je n'en reviens pas qu'il ne soit plus de ce monde, et je culpabilise. Si je n'avais pas laissé Archie filer, s'il n'y avait pas eu Hazel à surveiller, je l'aurais épaulé dans son enquête et j'aurais pu le sauver. Au lieu de ça, je l'ai laissé mourir seul, comme un chien.

Je n'ose pas sortir de ma voiture, pourtant il le faut. Mais regarder la maison de Hank et savoir ce qui m'attend à l'intérieur me force à me confronter à des sentiments que je ne maîtrise pas et qui, une fois encore, font enfler un cocktail d'émotions négatives dans ma poitrine. J'en ai vu des cadavres, mais celui de Hank, c'est autre chose. Je l'aimais, j'avais de l'affection pour lui.

Je secoue la tête, quand je sens quelque chose de chaud couler sur ma joue. J'essuie cette larme d'un revers de la main.

Putain !

Je suis en train de dérailler et il faut que je me ressaisisse et que je me bouge. Je n'ai pas beaucoup de temps. Les photos que j'ai prises chez lui ne m'ont pas appris grand-chose, et la présence d'Hazel ce soir-là m'a perturbé et m'a empêché de fouiller pour trouver des preuves et des indices. Hank était probablement en train de bosser sur quelque chose, il me semblait préoccupé. Il a certainement laissé chez lui quelque chose qui pourra m'aider à le venger, à me mettre sur une piste afin de retrouver ces fils de pute et de les éviscérer. L'idée de les faire payer contracte de nouveau mes muscles. Tuer ne m'a jamais stimulé ni même excité, mais là, rien que de m'imaginer les faire souffrir et les entendre couiner comme des porcs me ferait presque bander. Peu importe le nombre, peu importe le temps que ça me prendra, je vengerai Hank.

J'éteins le moteur et je sors de la voiture après avoir vérifié qu'il n'y avait personne. Je suis parti alors qu'Hazel dormait. J'avais besoin d'être seul pour faire les choses à ma façon et correctement et je ne voulais pas l'exposer à un éventuel danger alors qu'elle est en sécurité dans mon appartement. Tout ce que je souhaite, c'est qu'elle ne fasse pas une autre connerie. Quand j'y pense… j'avais vraiment envie de la tuer quand elle s'est barrée. S'il y a une chose que je peux porter à son crédit, c'est qu'elle m'a éloigné de mon chagrin pendant quelques minutes. J'étais tellement en rage qu'elle soit rentrée chez elle que j'en ai oublié la mort de Hank. Ce qui s'est passé après… ma foi je ne me l'explique pas. J'en avais besoin, elle aussi je crois et je n'ai jamais baisé si intensément avec personne. Connaissant Hank, il aurait certainement préféré que je baise plutôt que je me morfonde.

Une fois dans la maison, je ressens une pointe de malaise. Les lieux sont dans le même état qu'après notre départ précipité. La télévision est toujours allumée dans le salon, le verre de whisky et les papiers sont encore éparpillés sur la table.

Après avoir enfilé des gants, je regarde sur quoi il bossait plus en détail, mais il n'y a rien de bien croustillant. Des notes sur des affaires en cours, des coupures de presse sur l'affaire de la maison de l'horreur. Je suis quasiment certain que les hommes qui l'ont buté sont liés à cette histoire. Et j'y mettrai un terme, coûte que coûte. Mais j'ai besoin d'une piste, d'un indice, même infime, qui puisse orienter mes recherches.

Dans la cuisine, l'odeur est nauséabonde. Avec la chaleur, l'odeur de la décomposition est forte. En grimaçant, je m'avance jusqu'au cadavre qui gît toujours sur le sol. Si Hank a réussi à lui porter le coup de grâce mais s'est quand même fait avoir, ça veut dire qu'ils étaient au moins deux. Hank connaissait les rudiments de self-défense, mais pas autant que moi et face à des types payés pour buter, il n'avait pas beaucoup de chances. À en juger par la scène, il était en train de bosser dans le salon quand il a voulu manger quelque chose et ils l'ont probablement surpris dans la cuisine. Il n'avait pas son arme alors il a pris un couteau et il a poignardé celui-là avant de se faire avoir. Je me penche vers le cadavre et je suis frustré quand je ne découvre rien dans ses poches. Pas même son portefeuille. Ça aurait été trop facile.

Je grogne de frustration avant de sortir dans le jardin. Je tente de rester de marbre, mais c'est dur de voir Hank dans cette piscine. Je descends comme la première fois et je me penche à ses côtés.

La décomposition de son visage et de ses mains est plus forte qu'hier. Le trou ensanglanté dans son front me fait dérailler. *Je suis désolé, Hank !*

J'éloigne les mouches qui se posent sans cesse sur son visage et je fouille ses poches, à la recherche de son téléphone ou de n'importe quoi qui pourrait m'aider. Je trouve son portable. Il est éteint, il n'a sans doute plus de batterie. Je le glisse dans une des poches de mon pantalon. Je sais que Hank rapportait toujours du boulot chez lui et qu'il enregistrait tous ses dossiers importants sur le Cloud. Notamment quand il avait besoin de moi pour un boulot. J'ose espérer qu'il y a mis l'enquête en cours. S'il l'a fait ou a pris le temps de le faire, ça veut dire qu'il souhaitait que je le venge ou que je termine de nettoyer tous les connards liés à cette maison de l'horreur.

Je me redresse et je remonte vers le jardin. Le voir là, dans cette piscine qu'il avait fini par arrêter d'entretenir… Je me souviens qu'Aby, sa femme, s'asseyait souvent sur le bout du plongeoir avec un livre à la main. Hank détestait l'eau et je crois même qu'il ne savait pas nager, mais qu'Aby voulait absolument une piscine. Quand elle est morte, il a fini par arrêter de l'entretenir, l'eau a disparu et il venait s'asseoir à l'endroit où sa femme passait des heures ; il fumait, ce qui explique tous les mégots qui traînent dans le fond.

Après être remonté, je jette un dernier regard vers lui. Je vais appeler la police anonymement.

Il faut qu'il se fasse enterrer auprès de sa femme maintenant.

Je reste dans ma voiture jusqu'à ce que les flics arrivent. J'observe ce qu'il se passe. Bientôt, la maison est mise sous scellés et d'autres voitures arrivent. Il y a maintenant une dizaine de personnes qui vont et viennent dans la maison de Hank. Il va falloir que je bosse discrètement pour remonter la piste de ces fils de pute. Lorsque l'ambulance arrive, je sens ma poitrine se contracter.

***

– Où sommes-nous ? demande Hazel.

– Au milieu de nulle part.

Elle soupire, agacée par ma réponse et regarde à travers la vitre tandis que j'éteins le moteur de la voiture. Elle semble mal à l'aise. Je comprends que je bouscule son univers et que cette situation est terrifiante et compliquée pour elle. J'essaye de l'en libérer, pour qu'elle puisse retourner à sa vie, sans craindre de la perdre. Je pourrais la laisser partir, mais sans savoir si ces types en ont également après nous, je ne peux pas. Hank voulait que je veille sur elle, alors c'est ce que je ferai. Je sors de la voiture, elle m'imite en silence. Je l'observe tandis qu'elle tourne sur elle-même. Nous sommes dans une vieille clairière abandonnée près de la maison du lac.

– Hank m'a emmené ici pour m'apprendre à tirer.

Je n'avais jamais tenu un flingue de ma vie avant qu'il me montre comment m'en servir. Je me souviens que je l'écoutais avec attention. Si je n'ai jamais été très ami avec l'école et le système scolaire en général, j'adorais apprendre. J'écoutais les enseignements de mon père avec tellement d'intérêt. Quand Hank m'a appris des choses, j'ai fait pareil qu'avec lui. Je ne voulais pas forcément l'impressionner ni même l'apprécier, mais les choses en ont décidé autrement. Et je pense qu'au début il ne cherchait vraiment qu'un type paumé pour buter de la vermine et qu'il ne pensait pas s'attacher à moi. Je crois qu'on s'est compris et trouvés dans notre solitude.

Et maintenant, je suis seul à nouveau.

– C'est Hank qui t'a appris à te servir d'un flingue ?

– Oui.

Hazel esquisse un sourire, mais son regard est empreint de tristesse. Elle est sincèrement touchée par la mort de Hank et je crois que cette compassion honnête me fait du bien.

– Tu m'as emmenée ici pour quoi faire au juste ? demande-t-elle à nouveau.

– Pour t'apprendre à tirer, réponds-je sans détour.

Elle se tourne vers moi alors que je sors mon sac du coffre. Son regard est curieux, étonné. Sa mine, presque déconfite.

– Pardon ?

– Je vais t'entraîner à tirer, répété-je. C'est simple, tu verras.

– C'est peut-être simple, mais tu t'es demandé si j'avais envie de le faire ? Je n'en suis pas certaine, râle-t-elle. Pourquoi faudrait-il que j'apprenne à tirer ? Je ne compte pas devenir tueuse professionnelle, tu sais…

Hazel, toujours en train de me contredire et de me casser les couilles. Je m'avance vers la vieille table de pique-nique où il y a plein de vieilles boîtes de conserve. Il y en a toujours ici. J'imagine que Hank n'était pas le seul à venir pour s'entraîner au tir. Quand l'idée d'apprendre à Hazel le maniement des armes m'a titillé, j'ai tout de suite pensé à cet endroit. La clairière est ensoleillée, magnifique, je me suis dit qu'elle serait plus à l'aise dans un lieu comme celui-là plutôt que dans un coin morose.

– Parce que dans le cas extrême où tu aurais besoin de te servir d'une arme, il me semble plus malin que tu saches l'utiliser, lancé-je finalement d'un ton bourru.

Il faut qu'elle prenne sur elle et qu'elle comprenne que si je lui fais faire ce genre de choses, ce n'est pas pour m'amuser. Loin de là. Et bon sang, pourquoi ne comprend-elle pas que ça me rassurerait aussi qu'elle me laisse lui montrer ça ?

– Mais je n'ai pas envie…

– Pourquoi ? Tu préfères mourir ?

Hazel secoue la tête, mais je commence à la connaître et je vois qu'elle ne veut pas en rester là.

– Je préfère ne pas avoir de sang sur les mains, Jun. Tu peux comprendre ?

– Je ferai tout pour te préserver et te protéger. Je ne te demande pas d'avoir du sang sur les mains, je t'en préserverai aussi. La sale besogne, je m'en charge.

– Alors pourquoi ?

– Je ne te fais pas faire ça pour que tu deviennes comme moi, mais pour que tu puisses te défendre si jamais j'étais dans l'incapacité de le faire au moment où tu en as besoin.

Je ne sais comment interpréter la lueur dans ses yeux à la couleur différente. Elle semble perturbée et, je crois, touchée par mes mots. Je les pense, je n'ai pas envie que mon monde la souille, qu'elle devienne aussi froide et insensible que moi. Je ne veux pas qu'elle perde son âme et sa flamme en restant trop longtemps à mes côtés. Elle fait partie de ces gens qui s'éteignent à petit feu dans les ténèbres. Hazel a besoin de lumière.

– Je me sentirais mieux si je savais que tu peux y avoir recours en cas de besoin. Tu peux comprendre ?

Comme je reprends ses mots, elle se mordille la lèvre.

– Oui…

– Si tu es en danger imminent, si ta vie est menacée, tu n'hésites pas. Jamais, tu m'as compris ?

(Elle plante son regard dans le mien.) Et je t'interdis d'avoir le moindre scrupule. Eux, ils n'en auront pas pour toi. Ce genre de gars n'a aucune moralité.

– Est-ce qu'on est vraiment en danger ? demande Hazel. L'affaire de Hank a été médiatisée, mais…

– Je pars du principe que oui. Hank est mort et ils ont eu vent de notre existence puisqu'ils ont envoyé des hommes chez toi pour nous exécuter. Dans le salon de Hank, il y a une photo de moi, il est possible que les hommes qui sont venus le tuer soient tombés dessus.

– Tu crois que ce sont les mêmes personnes ?

– Et comment ! La coïncidence est trop belle. Je pense qu'ils n'ont pas arrêté tous les bonshommes qui trempaient dans cette affaire. Hank a été médiatisé et porté en triomphe pour avoir mis fin au calvaire de ces gosses, ils l'ont jeté en pâture à toutes ces sombres merdes alors que rien n'était terminé. Il avait l'air préoccupé, je suis certain qu'il bossait encore…

– Alors on va rester cachés jusqu'à ce la police fasse son job ?

Je secoue la tête et Hazel plisse les yeux en me jetant un regard curieux.

– Mais, tu vas faire quoi ? Laisser la police s'en charger, non ?

– La police se chargera de moi à la fin, quand j'aurai fait le boulot à sa place, réponds-je d'un ton dédaigneux.

Je n'en ai rien à foutre de faire de la prison, je n'en ai rien à foutre des répercussions de mes actes. Tout ce que je veux, c'est finir ce que Hank avait commencé et les faire payer un à un.

– Jun…

– Par pitié, épargne-moi les jérémiades, les supplications et autres merdes dans le genre. T'as toujours pas pigé que je n'y suis pas sensible, Hazel ?

– Hank n'aurait pas voulu ça… Je suis certaine qu'il n'aurait pas…

– Tu n'en sais rien ! gueulé-je en lui coupant la parole.

Je crie tellement fort qu'elle sursaute. Irrité et frustré, je passe une main dans mes cheveux.

– Tu n'en sais rien, OK ? Tu ne l'as connu qu'un mois, moi, plus d'une dizaine d'années. Alors ne me sors pas ton baratin de psy à deux balles.

– Peut-être, mais il voulait que tu sois heureux.

– C'est ce que je compte faire en butant ces fils de pute. Crois-moi, ça va me remettre d'aplomb.

On se regarde comme deux bêtes curieuses.

– Et je te protégerai en même temps, comme il le voulait.

– Je ne veux pas qu'il t'arrive quoi que ce soit.

– Hazel, il n'y a pas de bonne fin pour les types comme moi. J'ai tué des tonnes de personnes, je vais encore en tuer dans les jours qui viennent. Si je n'atterris pas en prison, je finirai dans le caniveau, une balle dans la tête. Les types comme moi n'ont pas de rêves ni d'avenir. Et si toutefois je m'en sors, je ne mérite pas d'être heureux.

– Si tu meurs, je te défonce.

Son ton est dédaigneux. J'éclate de rire.

– Tu plaides ma cause maintenant ?

– Non… Je ne sais pas… C'est compliqué.

– Qu'est-ce qui est compliqué, Hazel ?

– Tu fais des choses que je n'approuve pas et d'une certaine manière on peut dire que tu aides les gens pour qui tu bosses… Alors c'est vrai, tu mérites probablement d'aller en prison, mais je n'en ai pas envie.

– C'est assez égoïste ça, dis-je en souriant.

Son regard s'agrandit et s'illumine même.

– Toi, tu l'es tout le temps, j'ai le droit de l'être de temps en temps, non ?

– Sans doute, mais tu ne me sauveras pas sur un caprice.

– Faut voir… Toi, tu me donnes beaucoup d'ordres.

– Auxquels tu n'obéis jamais, la coupé-je, mais je t'en prie, continue.

Elle me répond d'un magnifique haussement de sourcils.

– Alors je t'interdis de crever et d'aller en prison. Arrête d'être égoïste pour une fois et pense à moi.

– Et qu'est-ce que tu vas faire de moi, si je t'obéis ?

Ses beaux yeux s'agrandissent un peu plus encore et ses joues virent au rouge.

– Rien du tout, lâche-t-elle. Je crains qu'avec ton caractère, on ne puisse rien faire de toi, Jun. Mais ça n'empêche pas que t'as intérêt à faire gaffe à tes fesses.

– Je vais voir ce que je peux faire pour toi. Même si je suis curieux de savoir comment toi, tu arriverais à me botter le cul.

Hazel sourit. Arrivée à ma hauteur, elle prend une des boîtes de conserve percées et regarde le ciel à travers un trou causé par une balle. Cet acte pur et parfaitement innocent me fait l'effet d'une baffe. Elle est tellement différente de moi. Tellement loin de mon univers. Elle ressemble à un lapin qui aurait atterri par mégarde sur le territoire des loups. Sa pureté, sa candeur… elle me fait prendre conscience que je ne veux pas qu'elle soit touchée par l'instabilité de mon style de vie.

Il faut vraiment que je mette un terme à toute cette merde pour Hank et pour elle. Car elle mérite d'être heureuse.

– D'accord, je veux bien essayer.

Même si je ferai tout pour éviter qu'elle se salisse les mains, je suis soulagé de pouvoir lui montrer deux ou trois choses.

– Bien. Tu veux bien aligner les boîtes sur le muret ?

Sans répondre, elle s'y dirige, les bras chargés de boîtes en ferraille vides. Je l'observe tandis qu'elle admire le paysage. Je me demande à quoi elle pense. J'aimerais connaître ses pensées et les rêves qui la font vibrer. Je voudrais savoir aussi ce qu'elle pense de mon monde, à quel point il lui fait peur et combien elle veut en sortir…

– Tu rappliques, la rêveuse. Parce qu'apprendre à tirer dans le noir, ce n'est pas terrible. Surtout quand on sait déjà que les fléchettes, ce n'est pas ton truc…

– Mais quel connard, ce mec ! soupire-t-elle.

Elle se poste à côté de moi alors que je sors un flingue de mon sac et le lui tends. Hazel semble hésiter à s'en emparer.

– C'est un vrai ? demande-t-elle.

– Non, celui-ci tire à blanc, mais il fonctionne de la même manière qu'un vrai.

Elle le prend enfin.

– Il est léger.

Je me place à ses côtés.

– Je te donnerai un pistolet si jamais la situation me paraît critique. Ce sera un semi-automatique, comme celui-ci. Les revolvers que tu vois dans les westerns, par exemple, ont un système de barillet avec six balles. Un pistolet comme celui-ci, un semi-automatique, a un chargeur avec une dizaine de balles. Pour recharger ton arme, c'est plus pratique, je te montrerai après. Viens.

Elle me suit et nous nous arrêtons en face du muret. Je me place derrière elle.

– Tends les bras.

Hazel obéit.

– Ta main dominante, celle avec laquelle tu écris, c'est laquelle ?

– La droite.

Je place alors la crosse du pistolet dans sa main dominante.

– Ton pouce doit être sur un côté de la crosse et le majeur, l'annulaire et l'auriculaire, serrés de l'autre côté, juste en dessous de la détente, comme ça, j'explique en plaçant ses mains. Ensuite, tu stabilises ton arme avec l'autre main, comme ça.

Je place ensuite ses jambes ainsi que son corps.

– C'est une position de base, souvent au cœur de l'action, tu ne peux pas te placer comme tu veux. Le plus important, ce sont tes mains et la visée. On ne partira pas tant que tu n'auras pas dézingué les cinq boîtes en cinq coups.

– Je n'ai pas le droit à l'erreur ? Mais, c'est…

Elle se tord le cou pour m'observer. Je baisse les yeux vers elle et nos regards se perdent l'un dans l'autre.

– Non, pas le droit à l'erreur. Je te veux au top, Hazel.

Je pensais que ces mots allaient la faire sortir de ses gonds, mais non ; elle esquisse un petit sourire en coin alors que ses yeux deviennent résignés. C'est bien, j'aime ça.

– Comment je vise ? demande-t-elle.

Je lui explique le plus clairement possible en me souvenant des mots que Hank avait eus pour m'apprendre et je lui donne des conseils que j'applique moi-même quand j'ai recours à un flingue. Elle écoute avec attention. Elle qui ne voulait pas apprendre est finalement concentrée et exécute chacun des gestes que je lui montre. Et finalement, sans qu'elle fasse rien de particulier, elle me trouble encore. Lui apprendre à tirer alors qu'elle est si douce en soi, qu'elle est infirmière et prend soin des gens… Malgré tout, j'ai réellement besoin qu'elle s'entraîne, je ne veux pas la perdre elle aussi.

– Lorsque tu es prête à tirer, tu retires la sécurité et tu places ton index sur la détente. La presser trop brutalement gâchera ta visée alors tu dois modérer ton geste. Vas-y, essaye.

Je me détache d'elle et je me place à ses côtés. Je l'entends inspirer puis expirer calmement, elle se concentre. Puis, elle tire et la première boîte de conserve est touchée.

– Oh, putain !

Elle n'en revient pas elle-même. Je réprime mon sourire pour ne pas la déconcentrer.

– Je suis peut-être douée pour le tir, s'exclame-t-elle joyeusement.

– Ou c'est juste ce qu'on appelle la chance du débutant. La deuxième, ordonné-je.

Elle se replace, tire, mais cette fois, elle rate la cible.

– Tu n'es qu'un connard.

– Si tu crois que c'est moi, alors ne me laisse pas te distraire et prouve-moi que tu es bonne, fauteuse de troubles.

Merde, ce surnom m'a échappé.

Je lui lance un regard en biais. J'aime cette résignation dans ses yeux, cette concentration sur son visage, cette fougue à me montrer qu'elle ne va pas se laisser faire. Hazel tire et vise dans le mille. Elle recommence et la boîte suivante tombe à son tour.

On dirait qu'elle est plutôt bonne pour ça, en effet.

CHAPITRE 27

HAZEL

Les yeux grands ouverts, je fixe le plafond de la chambre de Jun en me disant que le matelas de sa planque est plus confortable que celui de mon appartement. Une boule se forme dans mon estomac quand mon téléphone vibre sur l'oreiller à côté du mien. Je sais qui m'appelle et ça me fait mal au cœur de ne pas répondre.

C'est Rosie, bien sûr.

Elle ne comprend pas ce qui se passe, ce que je fais et pourquoi je disparais comme ça. Si seulement je le savais moi-même. Elle m'appelle, elle m'envoie des messages et moi, tout ce que je fais, c'est filtrer et la laisser dans l'ignorance la plus totale. Je ne sais même pas quoi lui dire pour justifier ce qui se passe et la situation dans laquelle je me trouve. Je me dis qu'il vaut mieux qu'elle ne sache rien, même si ça détruit notre amitié. Je préfère la préserver plutôt que la mettre en danger, mais ça me tue.

Je me redresse à la hâte. Je me sens frustrée et lasse. Tout ce que je veux, c'est que les choses redeviennent normales. Je m'étire et pour une raison que j'ignore, je regarde mes mains. Je devrais prendre soin des patients qui sont dans mon hôpital. Au lieu de ça, j'apprends à tirer, car il est plus que probable que les hommes qui ont tué Hank cherchent à me buter aussi.

Je sors de la chambre sans grande envie. Au moins, dans la maison de Hank, il y avait le lac et la vue. Si Jun fait des efforts pour être plus aimable et communicatif, il n'en reste pas moins que cette situation est vraiment bizarre. Quand je pense que Hank est mort… Je m'avance jusqu'au salon. Jun est assis, penché sur des dizaines de feuilles qu'il a imprimées en fouillant dans le téléphone portable de Hank.

– Bonjour, je dis.

– 'jour !

Il ne me regarde pas, il a les yeux perdus sur les documents de l'affaire de Hank. Je voudrais l'aider, mais je ne sais pas comment…

– Tu as dormi ?

– Vite fait.

Il semble que mettre un terme à ce trafic est vraiment important pour lui. Il veut surtout venger la mort de son père d'adoption et terminer le boulot qu'il lui a confié en quelque sorte. J'ai la sensation de commencer à le cerner un peu. Je ne peux m'empêcher de me demander s'il va continuer ce travail maintenant.

J'imagine que la mort de Hank s'explique par la vengeance personnelle de ceux qui ont trempé dans cette affaire. Je crois aussi que des complices n'étaient pas dans cette sordide maison, même si cette idée me déplaît. Toutefois, j'ai un peu de mal à comprendre comment il va remonter jusqu'à ces gens.

Sans un mot, je me dirige vers la cuisine, et me sers une tasse de café.

– Tu en veux ?

– Non.

Il est frustré et s'il continue de mettre son nez dans ces documents, il va être encore de plus mauvais poil. Je crois qu'il a besoin d'une pause parce qu'il veut tellement faire parler ces documents qu'il ne voit plus rien. Je bois une gorgée en l'observant.

– Peut-être qu'il n'y a rien à trouver, parce que Hank ne voulait pas que tu aboutisses à quoi que ce soit.

Je sais que mes mots vont le perturber ou le mettre en colère, mais il faut qu'il l'entende.

– C'est très possible, vu qu'il ne s'attendait pas à mourir.

– Jun… Tu pues.

Il relève la tête et me lance un regard interrogateur. En réalité, ce n'est pas le cas, je ne m'attendais pas à ce qu'il réagisse. D'ailleurs, puisqu'il lève enfin le nez de ses documents, je décide de continuer.

– Va prendre une douche ! Et ensuite, va acheter un truc pour le petit déj. Tu es un piètre hôte. Déjà que tu n'es pas causant, tu pourrais au moins me faire le petit déjeuner.

– Quoi ? Hazel, ne me…

Je pose la tasse sur la table et j'attrape son bras pour le secouer. Enfin, je me secoue toute seule plutôt que lui, mais j'en ai marre.

– Tu fais quoi ? demande-t-il, visiblement perturbé.

J'en sais rien.

– Jun… Ce que je vais te dire ne va pas te plaire, mais… Tu m'as promis de mettre un terme à tout ça, et là, j'ai l'impression que tu glandes. Je te croyais plus efficace que ça. Si je dois faire appel à un détective privé pour t'aider, dis-le-moi, il n'y a pas de honte.

Je me retiens de rire. Il grogne et se redresse. Et bien sûr, il me toise de toute sa taille. Mais cette fois, pas question de me laisser faire. Je monte sur la chaise à côté de lui pour me mettre à sa hauteur. Les yeux dans les yeux, les fronts se touchant presque, on se regarde comme deux dingues.

Tu es grand, et alors ? Les petits ont de la ressource. Alors ça fait quoi, Jun… Jun comment ? Je ne sais même pas ton nom de famille.

– Wang.

– Bien. Alors ça fait quoi, Jun Wang, de…

– Wang Jun, me coupe-t-il.

– Hein ?

Il esquisse un sourire satisfait.

– En Asie, le nom de famille est toujours placé avant le prénom.

Il ne cesse de me fixer dans le blanc des yeux et bien que je sois l'instigatrice de ce petit jeu, je commence à le trouver un peu intimidant. Difficile de jouer avec lui.

– Alors Wang Jun, dis-je en marquant une pause, ça fait quoi d'être toisé en retour ?

– C'est plutôt agréable de ne pas me tordre le cou pour une fois.

– Tu rigoles, c'est moi qui me tords le cou à chaque fois.

À l'instant, je la sens, cette drôle d'attirance, cette perturbation dans l'air, ce désir qu'on semble éprouver l'un pour l'autre. Il me faisait déjà de l'effet avant, mais depuis qu'on a baisé dans mon appartement, j'ai la sensation que c'est décuplé. Je crois que c'est la situation qui nous rend aussi instables et chaotiques.

– Maintenant que tu es debout, tu pourrais peut-être te laver.

Jun appuie son front contre le mien. Je crois qu'il va m'embrasser, mais il esquisse un sourire avant de se reculer.

– Fauteuse de troubles ! râle-t-il en s'éloignant.

Il dit ça souvent, alors j'imagine que je le perturbe de plus en plus. Une fois que l'eau coule, je me penche sur les documents de Hank. Les photos de la maison et des enfants me soulèvent le cœur.

C'est tellement ignoble. Je les repousse plus loin. Je lis brièvement les dépositions, les déclarations et autres paperasses.

Je découvre que Mikhailo Ivanov a révélé être le propriétaire et créateur de ce qu'il appelait le Neverland. *C'est gerbant.* Dans la très longue déposition où il fait ses aveux, il dévoile l'existence d'un carnet dans lequel il y avait le nom de tous les clients. Il en dénonce plus d'une dizaine sans scrupule ; Mikhailo raconte même que les préférences et les activités de ses clients étaient notées dans le carnet à chacun de leur passage. Il parle aussi des gars, comme Archie, qui lui ramenaient des garçons et des filles chaque semaine. Là encore, il donne les noms, des adresses. En fait, il balance tout le monde dans l'espoir de réduire sa peine et sa caution. Il parle crûment et en détail de tout ce que les enfants ont subi, des jeux macabres auxquels ils les faisaient participer. Viols, tortures, combats à mort, autres violences et humiliations en tout genre… Il explique ce que Hank nous avait dit : lorsqu'un enfant était trop « abîmé », il s'en débarrassait.

Je poursuis ma lecture, j'ai l'impression de lire un thriller tellement c'est glaçant et surréaliste. J'ai mal eu cœur pour ces enfants. Ses aveux ne sont pas vraiment concluants. Il dit être l'instigateur de tout, mais Hank est mort, alors il y a quelque chose qui cloche. Ce Mikhailo couvre sûrement quelqu'un et peut-être même quelque chose.

Hank était toujours sur l'enquête. Les comptes rendus des interrogatoires des clients rajoutent énormément de paperasse, mais n'apprennent pas grand-chose, si ce n'est que l'être humain est un animal abject et vicieux.

Je parcours la table du regard, et j'attrape le téléphone de Hank. Je ne sais pas bien ce que je cherche. J'aimerais vraiment aider Jun pour qu'il arrête de se tracasser et qu'il en finisse avec cette histoire. Et puisque je n'ai rien de mieux à faire, autant essayer de l'aider. Je sais que Jun a déjà fouillé les appels, les messages, la boîte mail. Et soudain, parmi les applications sur l'écran de son téléphone, il y a une note dont le nom me fait tiquer.

Remedium.

C'est le nom de l'hôpital dans lequel je travaille. J'appuie dessus pour ouvrir le document :

Pas confiance en Ivanov, je pense qu'il a balancé tous les clients et ses sous-fifres pour qu'on n'interroge pas les enfants. Je pense qu'il faut questionner les enfants à l'hôpital psychiatrique Remedium sur d'autres « complices ».

Jun…

Il a manqué ça et je serais passée à côté moi aussi, si le nom de l'hôpital ne m'avait pas interpellé. Est-ce que Hank avait pensé à ce détail ?

A-t-il pensé au fait que j'aurais pu l'aider dans ses recherches ou me protégeait-il encore ?

– Hazel ?

Je sursaute quand il se penche vers moi. Ses cheveux humides tombent sur ses pommettes et son odeur est entêtante. J'ignore pourquoi, mais depuis quelques jours, il me semble plus lumineux.

– J'ai trouvé quelque chose, je pense, dis-je sans y croire.

Ses lèvres se retroussent légèrement et dans ses yeux, il y a comme une lueur.

– Dis-moi.

– Les enfants. Regarde !

Jun se penche par-dessus mon épaule et lit sur l'écran du portable encore allumé.

– Comment j'ai pu rater ça ? siffle-t-il pour lui-même. Tu as trouvé ça où ?

– Tu as perdu Hank, tu es borné et tellement résolu à trouver quelque chose que tu es passé à côté. Tu veux aboutir à tout prix.

– Mouais. Putain, Hazel, beau boulot !

Je rougis et je hoche la tête. Bien que la situation soit terrible, le fait qu'il soit content me fait plaisir.

– Je ne sais pas si ça va vraiment donner quelque chose.

– Mais au moins ça avance, et c'est le début d'une piste. Donc, Hank était toujours en train de bosser sur cette affaire et s'apprêtait à interroger de nouveau les enfants.

– Visiblement.

– Ses interrogations sont logiques, c'est vrai que l'autre balance tout et tout le monde, mais vu le crime, c'est des centaines d'années de prison qui l'attendent.

– Je pense aussi.

Je farfouille sur la table à la recherche des papiers qui mentionnent les enfants. Je lis rapidement les documents de Hank, mais soudain, je me fige et comprends pourquoi sa note est nommée Remedium.

– Jun…

Je lève les yeux vers lui en agitant la feuille devant lui.

– L'adresse ! Les enfants ont été placés dans l'hôpital où je…

Il se penche vers le papier et soudain, le regard et le sourire de psychopathe qui étire ses joues me coupent le souffle. Il a l'air particulièrement timbré à cet instant. Et redoutable aussi. Quand Jun incline légèrement la tête pour me regarder, je réprime un frisson.

– Tu me fiches la trouille. Qu'est-ce que tu as ?

– J'aime quand les choses se goupillent à la perfection.

– Qu'est-ce qui se goupille à la…

Je comprends soudain. Jun le voit, car il me sourit de plus belle. Je secoue la tête et il hoche la sienne. Il n'est pas sérieux ?

– Il n'y a rien qui se goupille à la perfection. Tu es malade ?

– Tu sais ce qui te reste à faire, Hazel ?

– Je ne vais rien faire du tout…

Il s'éloigne, sans se départir de sa tête de psychopathe.

– J'ai mon ticket d'entrée, je n'aurai même pas besoin de trafiquer pour m'y introduire. C'est magnifique.

– Il n'y a rien de magnifique. Je refuse. Je ne vais pas… Enfin, tu ne peux pas me demander de faire ça.

– Tu voulais t'investir, tu voulais connaître mon monde, je te donne l'occasion de plonger au cœur de l'action.

Je me redresse. Ce type est fou à lier et le connaissant, il n'en démordra pas. Il pourrait même m'assommer, m'habiller en infirmière et me réveiller une fois devant l'hôpital, l'air de rien, et me forcer à entrer dans son jeu.

Bon sang, pourquoi fallait-il qu'ils mettent les enfants dans l'hôpital où je bosse ?

– Je ne sais pas faire ça.

Je m'en sens parfaitement incapable.

– Tu n'as rien à faire, Hazel. Juste faire ton job comme d'habitude et essayer de soutirer des informations aux enfants.

– Justement, ce n'est pas mon job de faire ça, d'habitude.

Même si parfois, quand ils font des bêtises ou qu'ils se sentent mal, on essaye de faire parler les patients pour mieux comprendre leurs maux et leurs tourments. Mais trafiquer de la sorte, je le sens pas.

Jun s'approche de moi, je recule en secouant la tête.

– Pourquoi tu ne le fais pas ? bougonné-je.

– Parce que tu sais très bien que je n'ai pas la gueule d'un infirmier et que je vais me faire démasquer tout de suite. Hazel, tu connais l'hôpital, le personnel, tu passeras tranquillement. La coïncidence est beaucoup trop belle pour qu'on n'essaie pas. Et j'ai besoin de toi.

J'ai besoin de toi.

Ces mots font battre mon cœur. Il n'a jamais dit ça et je n'aurais jamais cru l'entendre dire ça un jour. Je grimace, je grogne même de frustration. Je ne veux pas me laisser atteindre par ses mots, mais c'est peine perdue et je le sais. Je ne me sens absolument pas capable de réussir ce qu'il me demande, mais…

– Merde ! soupiré-je.

***

Mon cœur bat comme un malade, alors que mes yeux se posent sur le grand bâtiment aux murs bleu et blanc que je connais par cœur. Mes mains sont moites et une étrange bouffée de stress et d'adrénaline me prend les tripes.

J'ai peur.

– Hazel ?

J'ai la sensation que c'est mal et c'est probablement le cas. Si ça se passe mal, s'il arrive quoi que ce soit, je pourrais être accusé de complicité et finir en prison…

Non, Jun ne me balancera jamais.

En fait si, pour sa sécurité ou sa survie, il sacrifierait probablement les miennes…

– Hazel ?

Il me faut une bonne raison, quelque chose qui justifie ce que je m'apprête à faire. Il y en a de nombreuses mais je vais faire quelque chose d'illégal. Et je n'ai rien d'une héroïne.

Pourquoi je risquerais ma vie ?

Pour Jun ? Pour Hank ? Pour ma sécurité ?

Est-ce suffisant pour prendre autant de risques ?

Je sursaute quand je sens que Jun me touche. Je tourne vivement la tête vers lui alors que ses doigts me caressent la gorge.

– Tout va bien ? demande-t-il.

– Non…

Je tente d'échapper à l'étau de ses doigts, mais il déplace sa main derrière ma nuque. Je ferme les yeux et inspire calmement.

– Tu as peur ?

– Oui.

– Je suis désolé de t'infliger ça.

– Tu me félicitais il y a quelques jours et là tu t'excuses ? Tu es sûr que ça va ?

– J'essaye de faire des efforts, de communiquer, de trouver ce juste milieu dont tu parles souvent.

Il arrive, je ne sais comment, à me tirer un sourire.

– Faut prévenir, c'est flippant, je te jure.

– Si je pouvais le faire, je t'épargnerais ce boulot.

– Je sais…

– Tu fais ton travail comme d'habitude, tu effectues les mêmes gestes et puis tu entres dans la chambre d'un des enfants et tu lui poses des questions.

– Je sais.

Son grognement attire mon regard.

– Tu sais qu'il ne t'arrivera rien ? Que je te protégerai jusqu'à la fin des gars qui ont tué Hank ou même de la police ?

Un simple souffle s'échappe de mes lèvres.

– Tu avais raison, je ne peux t'abandonner à ton sort. C'est peut-être à cause de ce trouble que tu causes chez moi, ou alors parce que je refusais de créer un lien entre nous et qu'il existe pourtant… Quoi que ce soit, je ne peux rien y changer et crois-moi, j'ai essayé. J'essayerai probablement encore, car je n'aime pas ça.

J'ai le cœur qui implose.

Ces mots, ce n'est pas rien. Lui qui ne parle pratiquement jamais, il vient de me mettre KO.

– Voilà pourquoi je ne permettrai pas qu'il t'arrive quelque chose.

Je hoche la tête avant de dire :

– D'accord, je vais y aller.

– S'il se passe quoi que ce soit, tu files.

En posant la main sur la porte, j'inspire une dernière fois. *Ça va aller*. Il n'y a aucune raison pour que ça se passe mal. Je sais dans quelle chambre sont les enfants grâce aux papiers de Hank, j'ai juste à m'y rendre et à essayer de les faire parler.

Bon sang, c'est terrible quand on y pense. Je déteste devoir leur soutirer des réponses alors qu'ils ont déjà subi assez d'horreurs.

Je passe dans les vestiaires et j'en sors sans croiser personne. Je ne sais pas qui travaille aujourd'hui, j'espère juste une chose : que Rosie est de repos. Je ne sais pas ce qui se passera si on se croise.

Je me dirige vers les ascenseurs, mais pour éviter de rencontrer qui ce soit, je prends l'escalier. Quand j'arrive dans l'unité où se trouvent les enfants, mon cœur s'affole. Je croise plusieurs personnes que je salue brièvement. Comme il est tard, il n'y a pas de patients dans les couloirs, ni de visiteurs. Si je me retrouve nez à nez avec quelqu'un, ce sera forcément un membre du staff qui sera susceptible de me connaître. J'aurais préféré venir en journée, ça aurait été plus facile de me faufiler sans être reconnue ou interpellée, mais les enfants auraient été difficiles à voir entre les visites et les entretiens avec les médecins.

Alors que je m'apprête à ouvrir la porte pour accéder à l'étage du bâtiment, quelqu'un en sort.

– Hazel ! Te voilà de retour ?

J'essaye d'ignorer le sang qui bat à mes oreilles et je souris. Arlo est souriant malgré les cernes qu'il a sous les yeux. On ne travaille ensemble que lorsque j'effectue mes gardes de nuit, lui ne fait que ça.

– Oui, je dis en espérant avoir l'air détendue.

– Je vais fumer une clope. C'est assez calme ce soir, alors on fait une partie de cartes en attendant la prochaine ronde.

– Ça marche !

J'attends qu'il descende d'un étage avant de passer la tête par la porte pour vérifier qu'il n'y a personne, puis j'avance. Je continue de fredonner dans ma tête et de me donner du courage parce que je commence à me sentir mal. Je n'arrive même pas à supporter cette pression alors que techniquement, je ne fais pas grand-chose. Comment fait Jun ?

Marcher dans ces couloirs m'avait manqué, tout comme prendre soin des patients. Rien de tel qu'un coup d'adrénaline et de flip pour vous faire regretter votre train-train quotidien. Je m'accroche à l'espoir que si j'interroge ces enfants, si je prends des risques, c'est pour pouvoir retrouver tout ça et ne plus être en danger. Arrivée devant la porte de la pièce que je cherche, je souffle. Mon cœur bat encore plus fort, même si cela semble impossible.

Putain, je ne suis pas faite pour ça !

Tout semble calme lorsque je regarde dans la petite lucarne ; je pose la main sur la poignée.

– La ronde a déjà été effectuée et le moniteur n'a pas sonné pour cette chambre, alors je peux savoir ce que vous faites ?

Cette voix me fait trembler de tout mon corps.

Il ne manquait plus que ça. Le karma est décidément une drôle de saloperie.

– Il faut que j'entre dans la chambre.

Il y a un blanc, puis j'entends. :

– Ah… Hazel ?

Je me tourne vers Rosie.

Elle se décompose. Sur son visage, il y a comme un mélange de soulagement, de colère et de peur aussi. Le mien doit refléter un peu la même chose… J'ai tant à lui dire pour expliquer la situation, mais je n'ose pas. Je lui mens depuis des semaines. Rosie comble l'écart entre nous.

– Qu'est-ce que tu fous là ? Qu'est-ce que tu fous, Hazel ? Pourquoi tu aurais besoin de voir ces enfants…

Son ton est acerbe, mais pas seulement. Elle est vraiment en colère contre moi, mais elle ne parvient pas à cacher qu'elle est également inquiète. Je suis la pire des amies. Je ne voulais pas tomber sur elle, je savais que je me sentirais encore plus mal après.

– Je ne peux rien te dire, réponds-je.

On dirait Jun et c'est frustrant.

– Tu vas le faire quand même, crache-t-elle. C'est quoi, ce comportement ? Qu'est-ce qui t'arrive, bon sang ? Je ne te reconnais pas… Tu filtres mes appels, tu ne me donnes plus de nouvelles, tu ne reprends pas le boulot et tu as la tronche de quelqu'un qui fait une connerie, ce qui est probablement le cas. Mais je ne comprends pas pourquoi.

Sa colère est justifiée, et ça me fait mal au cœur.

– Il faut que j'aille dans cette chambre, c'est tout ce que tu dois savoir.

Elle me lance un regard dubitatif en secouant la tête.

– Non ! C'est n'importe quoi… Pourquoi ?

– C'est important, crois-moi, s'il te plaît.

J'aimerais qu'elle comprenne sans que j'aie besoin de la mettre dans la confidence.

– Te croire ? Mais… tu te rends compte à quel point tu es bizarre ?

– Je sais.

– C'est tout ?

Elle hausse la voix alors je plaque ma main sur sa bouche. Ses yeux s'écarquillent.

– Je t'en supplie, Rosie. Je ne peux pas tout te dire, juste que j'ai besoin de voir ces enfants.

Ses yeux se remplissent de larmes et elle secoue la tête.

– Pourquoi ?

– Rosie, je ne suis jamais allée en Australie, il s'est passé des choses.

– Quoi ? Tu es mêlée à cette horrible histoire avec les enfants ?

Je hoche la tête.

– En quelque sorte oui. Mais pas comme tu l'imagines…

– Je me doute, soupire Rosie. Hazel, qu'est-ce qui s'est passé ?

– Disons que je me suis retrouvée au mauvais endroit au mauvais moment, et il faut que j'essaye de leur demander des détails pour mettre fin à ça…

– Mais… et la police ?

– Je ne peux pas. C'est compliqué Rosie, je t'expliquerai quand tout sera terminé, je te le jure. Je ne te dis rien parce que je ne veux pas te mettre en danger.

– Je ne pige pas. Tu obéis aux ordres de quelqu'un ? Hazel, si on te force à quoi que ce soit, tu peux m'en parler.

– On ne me force à rien, mais je ne suis pas seule. Je t'expliquerai tout quand le bordel dans lequel je me trouve sera terminé.

Une myriade d'émotions défile sur le visage de mon amie.

– Je…

La voir dans cet état me fait mal au cœur.

– Hazel…

Je m'avance vers elle et la prends dans mes bras, ignorant son mouvement de recul.

– Je t'aime, je murmure. Tu te souviens quand on parlait du Punisher ? C'était la vérité. Tu me manques atrocement et je suis désolée de te cacher la vérité.

Quand les bras de Rosie se referment autour de ma taille, j'éprouve un immense soulagement et mon cœur qui jusque-là ne voulait pas se calmer ralentit un peu.

– Je t'en prie, fais attention à toi.

– Promis.

– Je t'aime, souffle Rosie avant de faire volte-face et de me laisser seule.

Je me tourne vers la porte et j'entre en fermant derrière moi. J'enclenche l'enregistreur de mon téléphone. La gamine devant moi me fixe avec de grands yeux et réajuste sa position dans son lit.

– Bonsoir, je m'appelle Hazel.

– Je ne t'avais jamais vue…

Elle doit avoir une dizaine d'années et la détresse dans son regard est affolante.

– Je travaille ici depuis deux ans, mais ces derniers temps j'étais en congé. Comment tu t'appelles ?

– Jess.

– Je peux m'asseoir, Jess ?

Après une seconde de réflexion, elle hoche la tête. Je ne me sens pas prête du tout, mais il faut que je me lance. Je ne veux pas la brusquer, pas la forcer à se rappeler ces choses qu'elle désire probablement oublier. Je voudrais pouvoir l'aider et effacer sa souffrance. La sienne, et celle des autres.

– Tu ne dors pas ? demandé-je en souriant.

– J'ai du mal…

Tu m'étonnes. Et puis, il y a quand même plus sympa qu'un hôpital psychiatrique pour tenter d'aller mieux. Je comprends pourquoi ils sont là, ils ont vécu un grand traumatisme et l'État ainsi que le personnel médical doivent s'assurer qu'ils sont stables. Mais les lieux sont si impersonnels.

– Je te comprends. Je me suis fait attaquer il y a quelque temps, ils étaient plus nombreux et plus forts que moi et ils m'ont fait mal.

Je sais que je ne peux nullement comparer ce que j'ai vécu avec sa terrible expérience, mais lui dire que je suis passée par quelque chose de traumatisant moi aussi peut l'inciter à me parler.

– Mais l'homme qui vous a libérés a envoyé un de ses amis et il m'a aidée. Je fais encore des cauchemars de temps en temps.

– C'était M. Briskar ? demande-t-elle.

– Oui. Il a envoyé un de ses hommes.

– C'est mon héros, souffle-t-elle en détournant la tête pour cacher ses larmes.

– C'est vrai qu'il est plutôt classe comme super-héros. Jess, j'aimerais te poser des questions sur ce que tu as pu entendre quand tu étais là-bas.

– Je n'en ai pas très envie.

– Je sais que tu n'en as pas envie et je suis désolée de te demander ça, mais c'est pour arrêter ceux qui t'ont fait mal et que la police n'a pas appréhendés. L'homme qui m'a sauvée a besoin d'une information, n'importe laquelle, pour les retrouver.

Après quelques secondes qui ressemblent à une éternité, elle plante son regard dans le mien, puis elle hoche la tête.

CHAPITRE 28

JUN

Parmi les infos qu'Hazel a pu avoir après des enfants, le nom *Wonderland* est sorti deux fois. Puisque Hank n'avait pas eu cette information, je me retrouve avec un nom et aucune idée de ce qu'il signifie. Cela peut être tout à la fois. Un lieu, quelqu'un… La gosse était paniquée et confuse et je comprends qu'Hazel n'ait pas insisté. Alors, je me retrouve devant la porte de la seule personne qui connaisse les endroits les plus crades et dépravés. Je ne voulais pas avoir affaire à lui, mais je n'ai pas le choix. Je suis certain qu'il pourra m'aider. La porte s'entrouvre, et le visage d'un des gorilles de Shelby apparaît.

– Je viens voir Shelby, dis-je.

– Tu lui veux quoi ?

– Je ne vais certainement pas causer avec toi.

– Et on peut savoir qui tu es ? Et elle ?

– Elle est avec moi et tu ne poses même pas les yeux sur elle, sinon je t'assure que tu vas bouffer le sol. Et moi, je suis juste le gars qui paye et qui n'aime pas quand les conversations tournent en rond, comme à l'instant.

À mes côtés, Hazel passe d'un pied sur l'autre. Le judas coulisse à nouveau.

– Est-ce que tu es sûr que c'est le bon endroit pour chercher ? demande Hazel.

– Je sais ce que je fais. Je ne serais pas ici à perdre mon temps, sinon.

– On est où ?

– Dans le meilleur endroit pour récupérer une information.

Quelques secondes plus tard, la porte en bois s'ouvre. Je presse une main au creux des reins de Hazel pour la guider. Nous entrons dans la grande cour de la ferme de Shelby. Une fois la porte franchie, tout peut arriver.

– Jun, que me vaut l'honneur de ta visite ? lance-t-il joyeusement.

Shelby sourit en me tendant sa main. S'il est aussi grand que moi, il est deux fois plus large. Il a toujours un béret sur la tête et une clope au bec.

– Et qui est la charmante demoiselle qui t'accompagne ?

Un grognement m'échappe, ce qui le fait ricaner nerveusement.

– T'as pas besoin de savoir ça. Juste qu'elle est avec moi et que tes cochons auront à bouffer ce soir si un seul mec la touche.

J'enroule un bras autour de Hazel. Elle se raidit, mais ne proteste pas. Shelby hoche la tête.

– Je suis désolé pour l'accueil, cet abruti ne sait pas reconnaître les clients de marque. Je t'écoute.

– J'ai besoin d'un renseignement.

Il m'observe attentivement. Je ne l'apprécie pas particulièrement, mais il fait les choses proprement et jusqu'à aujourd'hui, je n'ai jamais eu à me plaindre quand j'ai eu recours à ses services. Le seul hic, c'est que lorsque je fais appel à lui pour « nettoyer » une scène de crime, je paye, mais ce soir, il pourrait me demander n'importe quoi en échange de cette information.

– Venez, on va discuter dans mon bureau.

Je suis obligé de pousser Hazel plus fort pour qu'elle avance. Son visage blêmit quand on passe devant la grange aux cochons. Je remonte doucement ma main jusqu'à sa nuque et je la frictionne pour la rassurer. Rien ne me dérange ni ne me met mal à l'aise, excepté la ferme de Shelby. Tous ces cochons qui ont bouffé plus de cadavres qu'une tribu de cannibales, ça fait froid dans le dos. Et je dis ça alors qu'ils ont souvent mangé grâce à moi.

Nous entrons dans l'un des bâtiments et, après quelques pas, dans le bureau de Shelby. Il s'installe derrière son énorme table de travail en bois et nous invite à nous asseoir en face de lui. Au mur, il y a des photos de sa famille, de lui et de son chien.

– Vous voulez boire quelque chose ? J'ai reçu un whisky, et crois-moi quand je te dis que c'est un vrai délice.

– Je ne suis pas venu pour ça.

– Alors, explique-moi un peu ce que je peux faire pour toi.

– Je cherche un endroit.

– Comme bon nombre de gens, ricane-t-il.

Shelby et ses blagues.

– Le Wonderland, tu connais ?

Il tente de rester impassible, mais je vois ses pupilles se dilater. Il sait.

– Une information de ce genre, ça vaut cher, acquiesce-t-il.

– L'argent, ce n'est pas un problème.

Shelby secoue la tête. Je plisse les yeux en l'observant. Il a quelque chose derrière la tête. S'il ne veut pas d'argent, c'est qu'il a besoin que je lui rende un petit service. Rien n'est gratuit.

– Parfois le karma fait admirablement bien les choses.

– Mais encore ?

– Tu as besoin d'un renseignement, j'ai besoin de quelqu'un. C'est une magnifique coïncidence, non ?

– Qu'est-ce que tu veux ? Abrège au lieu de tergiverser !

– C'est vrai que tu n'aimes pas causer, soupire Shelby, exagérément. J'organise un combat et mon homme est HS. J'ai besoin de quelqu'un.

– Quel genre de combat ? je demande.

– Comme d'habitude. Combats clandestins, toutes les techniques et types de combat sont autorisés, tous les coups sont permis. On ne tue pas et on n'a pas d'armes.

J'ai déjà participé à ce genre de combat, ça ne me fait pas vraiment peur, même si j'aurais préféré lui donner du fric. Si c'est la seule solution pour avoir l'adresse de cet endroit, alors je me battrai.

– Combien de combats tu veux ?

– Un seul. Le type en face de toi est invaincu depuis quatre matchs. Il ne parle pas un mot d'anglais, il cause avec ses poings. Le gars que j'avais trouvé pour ce soir était du même acabit, mais il est malade. Tu y crois, toi ? Le jour du combat, le mec se tord de douleur, il a mal au bide et il a une putain de diarrhée explosive. Et voilà que tu te pointes. Tu te bats pour moi et je te donne l'adresse.

– Ça marche.

– Je compte sur toi pour gagner, sinon ton renseignement, tu sais où tu pourras te le fourrer ?

– Je ne me bats pas pour perdre, rétorqué-je.

Il se redresse, un sourire machiavélique sur les lèvres, et me tend sa paume, je scelle notre marché par une poignée de main.

– Le combat commence dans quarante-cinq minutes. Suis-moi, enfin, suivez-moi, je vais vous emmener dans une loge.

Hazel se redresse. Elle est anormalement silencieuse. Je ressens sa peur, je vois le stress sur son visage. Elle est mal à l'aise. Elle se place à mes côtés. Shelby nous conduit dans une pièce avec des vestiaires le long des murs et un banc au milieu.

– On viendra te chercher quand ce sera l'heure.

– Attends, j'ai un mot à te dire.

Il fait mine d'être surpris. Je le suis hors de la pièce.

– Je veux que tu veilles sur elle durant le combat et tout le temps où je ne serai pas à ses côtés.

– OK.

Je grogne et fais un pas vers lui.

– Non, il n'y a pas de « OK », éructé-je. Si un seul des poils de sa nuque se hérisse, je casse des gueules. Tu prends soin d'elle comme si c'était la chose la plus précieuse que tu aies jamais eue.

– Elle restera avec moi jusqu'à la fin de ton combat. Tu as intérêt de gagner. Tu es un outsider, alors ta cote est à chier, mais c'est justement ce qui va me rapporter un paquet de fric.

– T'en fais pas pour ça.

Je fais volte-face et me tourne vers Hazel. Elle est assise sur le banc. Elle se tord nerveusement ses doigts.

– Jun… pourquoi tu as fait ça ? demande-t-elle d'une petite voix.

– Fais quoi ?

– Tu aurais pu le défoncer et le forcer à parler, non ?

J'éclate de rire. Vexée, elle baisse la tête, mais je vois le rouge lui monter aux joues. Je regrette de l'avoir emmenée maintenant que je sais que je vais devoir participer à un combat. Je n'aime pas l'idée qu'elle soit seule dans les parages et que je ne puisse pas avoir un œil sur elle. Je n'ai pas confiance en Shelby, mais je n'ai pas le choix.

– J'aurais pu, c'est vrai. Mais ça ne marche pas comme ça ici.

– Pourquoi ?

– L'entraide, la solidarité, ça n'existe pas dans ce milieu. Rien n'est gratuit Hazel, alors imagine dans un univers rempli de types qui n'ont aucun état d'âme. Même un renseignement sur la route à prendre, il faut le payer. C'est comme ça. C'est pareil pour moi, je ne libère pas les gens de leurs démons gratuitement.

Hazel hoche la tête avant de planter son regard dans le mien. Alors qu'elle tord encore ses doigts, elle a l'air si candide. Si loin de ce monde et pourtant, elle est là.

– Alors tu vas te battre ? Et si…

– Si c'est le prix à payer pour avoir ce renseignement, je le fais. Ça va aller, Hazel.

– D'accord.

Je sais qu'elle se fait violence pour ne pas continuer, peut-être pour ne pas crier.

– Je vais gagner ce putain de renseignement et on rentre. Je n'avais pas prévu qu'il me demanderait de lui rendre un service de ce genre, alors je suis désolé de te laisser seule dans un endroit pareil. Je vais faire mon mieux pour mettre un terme à ce combat le plus vite possible.

– Ça va aller, dit-elle avec un sourire. Ne t'inquiète pas pour moi, pense plutôt à toi.

Je m'approche d'elle, elle se tord le cou pour soutenir mon regard. De ma poche, je sors un couteau et je le lui tends.

– C'est…

Hazel secoue la tête.

– Pour une fois Hazel, une putain de fois, tu peux accepter de faire quelque chose sans discuter mes ordres ? Tu prends ça et tu t'en sers si tu en as besoin. On ne sait jamais, ici, tu dois considérer que tout peut arriver.

Elle déglutit, puis elle l'accepte.

– Je ne saurais même pas m'en servir.

– Tu le déverrouilles en appuyant ici et tu le plantes. Peu importe où, je t'assure que ça fait mal.

– Tu as eu mal, toi ?

– Oui. Ne le perds pas, j'y tiens beaucoup.

Du bout de son pouce, elle caresse le manche en bois.

– Il appartenait à Hank. Il me l'a offert pour mon vingt et unième anniversaire. En fait, il ignorait que c'était mon anniversaire et quand je lui ai dit que j'étais majeur, il l'a sorti de sa poche et me l'a offert. Je l'ai toujours sur moi, comme une espèce de talisman.

– Pourquoi tu me dis ça ?

– Parce que tu en as besoin.

Ses maudits yeux se plantent dans les miens. Je voudrais qu'elle se détende un peu, qu'elle oublie son stress et l'endroit dans lequel elle se trouve. Je ne fais pas dans la dentelle, je ne sais pas être « tendre ». *Le juste milieu*, elle mérite plus que ça.

– Tu as quel âge maintenant ? demande-t-elle en se redressant.

– C'est important comme détail ?

– Sans doute pas.

– Trente et un ans.

Elle esquisse un grand sourire, comme si le simple fait que je lui aie répondu avait chassé toutes ses craintes. Soudain, elle passe de la lapine apeurée à la louve sûre d'elle. J'avais peur que mon monde la ternisse, la fasse sombrer, mais depuis quelques jours, j'ai l'impression que c'est elle qui fait trembler mes fondations et qui s'adapte. Je ne sais pas si cette idée me plaît vraiment. Je ne suis pas certain d'avoir envie qu'elle se fasse à cette vie.

***

HAZEL

Je ressens une pointe d'angoisse alors que Shelby m'escorte vers ce que je pense être l'endroit où le combat aura lieu. J'essaye de me détendre, de paraître naturelle, mais sachant que Jun a recours à lui pour nettoyer des scènes de crime et que ses porcs se nourrissent de cadavres, c'est assez compliqué. Sentir le couteau de Jun dans ma poche me rassure un peu, même si je suis quasi certaine que je serai morte avant d'avoir eu le temps de le brandir.

– Vous avez déjà assisté à ce genre de combat ? demande Shelby.

– Non.

– Sacré combat en vue pour la première fois, ça va vous plonger dans le bain directement.

– Jun a une chance ?

Il baisse la tête vers moi et je suis incapable de déchiffrer le sourire qu'il me lance.

– Jun est doué, je ne le lui aurais pas demandé, sinon.

Je me sens à peine plus soulagée.

– Vous n'aviez personne pour remplacer votre champion du soir ?

– Si, bien évidemment. Mais quand un homme de la trempe de Jun arrive, on saisit l'opportunité.

Je comprends ce qu'il dit, mais ce monde est vraiment tordu… Je ne veux pas qu'il se batte et je ne veux pas assister à ce combat. Je ne suis pas à l'aise avec cet environnement, il est vraiment flippant.

– Jun m'a demandé de veiller sur vous, alors j'aimerais, si possible, que vous vous accrochiez à mon bras. Nous allons sortir dans le jardin et il y a du monde. Je ne veux pas vous perdre.

J'hésite une seconde, mais je pose la main sur son avant-bras. Lorsque Shelby ouvre la porte qui mène dehors, j'ai la sensation de basculer dans un autre monde. Il y a une seconde, il n'y avait que le silence et le bruit de nos pas dans le couloir, et maintenant, un mélange de cris et de musique me défonce les oreilles. On dirait une rave party. Je regarde autour de moi, aussi apeurée que fascinée. Je ne m'attendais pas à voir des ballons de baudruche partout ni à assister à une ambiance si… bon enfant. J'imaginais plutôt un sous-sol terne, éclairé par une lumière artificielle clignotante et rempli de gens peu fréquentables. Je ne sais pas si ceux que je dévisage sont plus fréquentables que les loustics que je pensais trouver, mais ils me font moins peur que prévu.

Je suis Shelby à travers le public qui l'acclame, le salue, comme s'il était une célébrité. Je comprends un peu mieux pourquoi Jun n'est pas vraiment à l'aise ici, lui qui fuit le monde et la foule.

Les gens sont souriants, ils parlent, chantent, dansent et… ils baisent. Mes yeux s'écarquillent lorsqu'ils découvrent un couple en plein ébat contre un mur : et ils ne sont pas les seuls. Un peu plus loin dans le jardin, sur une chaise longue, une nana est en train de s'amuser avec deux gars. Je suis la seule que ça choque. La foule est peu vêtue, les hommes sont torse nu, les femmes, en robe, short ou maillot de bain et ils ont tous des bracelets ou des colliers fluorescents.

– Un bracelet ? me demande Shelby.

Je n'ai pas accepté qu'il accroche un tube lumineux autour de mon poignet.

L'alcool coule à flots, il y a plusieurs baignoires ou piscines en plastique, chacune remplie d'eau et de glaçons, mais surtout d'alcool. Bières, vodka, champagne et autres boissons.

– Il faut vous fondre dans la masse, sinon on va vous regarder bizarrement.

– Plus que les gens qui baisent ou que ce type déguisé en dinosaure ?

– Oui.

Je secoue la tête, presque amusée. Nous arrivons face à un escalier.

– Après vous !

Une fois en haut, je découvre la fête vue du balcon. Si on oublie tout ce qui se passe et l'univers sinistre du monde de Jun, Rosie aurait adoré participer à une fête de ce genre. Lorsqu'un homme habillé en noir nous rejoint, je recule d'un pas.

– Le carnet des paris.

– Ça donne quoi ?

– Ils ont presque tous voté pour Buddy. Si Jun l'emporte, tu empoches un joli paquet de fric.

De là où je suis, je perçois le sourire de Shelby. Il a l'air confiant, de croire en Jun. L'homme repart sans un mot, je m'approche pour voir ce qu'il se passe. Shelby lève les bras et j'ignore comment, mais il capte l'attention des gens.

– Mes amis ! Mes amis ! Je vais vous demander de vous installer face à la piscine, car le combat va commeeeeeencer !!

Les gens hurlent et chahutent. Intriguée par ses mots, je me rapproche de lui. À mon plus grand effroi, le combat a visiblement lieu au fond d'une piscine. L'idée que Jun doive se battre dans un endroit pareil, après ce qui est arrivé à Hank, me fait mal au cœur. Des traces de rouille, de sang, et d'autres fluides corporels recouvrent les parois. Le connaissant, j'imagine qu'il était au courant.

Tandis que Shelby met l'ambiance et annonce le nom des participants, mon cœur bat la chamade. Un mélange de peur et d'excitation me tord les boyaux. Je devrais sans doute prier pour que Jun n'ait rien et surtout qu'il s'en sorte. Mais, j'ignore pourquoi, j'ai confiance en lui. Simplement parce que je ne connais personne de plus fort ni de plus déterminé que Jun…

Quand il apparaît, je suis comme hypnotisée. Je ne sais pas pourquoi, il capte toute mon attention. Il est torse nu, dévoilant ainsi les tatouages qui ornent son buste parfait. Mais surtout, il a revêtu ce masque qui camoufle ses émotions, et son aura funeste et destructrice. Sous cette apparence calme se cache un démon. Il est accueilli par des cris. J'ignore si les gens le connaissent vraiment. Je pense que non, car son métier, il le pratique en toute discrétion.

L'ambiance est différente sans musique. Les gens sont amassés autour de la piscine afin d'admirer le combat d'en haut. Leurs cris ont été remplacés par des chuchotements alors que Jun fait face à son adversaire. Il est plus grand d'une tête et plus large aussi. Je n'avais jamais assisté à quelque chose de ce genre, mais j'ai déjà vu de tels combats dans des films. J'ignorais que l'ambiance était aussi intense. C'est un mélange de tension oppressante et d'euphorie que dégage le public qui va voir deux hommes se foutre sur la gueule.

Le match commence sous les exclamations du public. Jun reste à sa place, en position de défense, il attend. Son adversaire n'est pas aussi patient et se rue sur lui. Mes mains tremblent sous le coup de la peur et de l'excitation. Je veux fermer les yeux, mais mon cerveau semble décidé à ne m'en faire rater aucune miette. Jun esquive le coup de son adversaire et enfonce violemment son poing dans le buste du gars qui titube en arrière. Bien que je sois captivée par l'euphorie grisante qui règne en maître ici, c'est violent. Les coups que s'échangent Jun et Buddy sont réels et la douleur qu'ils ressentent aussi.

– La vue vous plaît-elle ? demande Shelby, m'arrachant à ma contemplation.

– Disons qu'on a une place de choix sans être bousculé à droite et à gauche, réponds-je en souriant.

– Exactement.

Le public encourage tantôt Buddy, tantôt Jun. Les exclamations varient en fonction de celui qui donne le coup. En revanche, ceux qui ont parié pour l'adversaire de Jun l'insultent en lui disant qu'il va bouffer le sol. Je ne le quitte pas des yeux. Je ne vois son adversaire que lorsqu'il entre dans le champ d'action de Jun. Il est incroyable, en sueur, tout en muscles. Son aura s'est chargée d'assurance, de fierté. Il est sûr de lui, percutant, brutal. Il est à l'image même de cet homme qui me foutait les jetons quand je l'ai rencontré… et que ce soir, j'admire.

– Vous voulez boire quelque chose ?

Je décline. Je préfère ne pas consommer ici. Je n'ai pas tellement confiance.

– Je ne vais pas vous droguer, si c'est ce qui vous fait peur.

– C'est assez bizarre de dire ce genre de choses, non ?

– Croyez-moi, j'ai toutes les femmes que je veux ici ce soir, je ne me risquerais pas à attirer les foudres de l'un de mes meilleurs clients en choisissant la sienne.

La sienne ?

Il semble que j'aie pensé tout haut, car Shelby se met à rire. D'une glacière en plastique, il sort une bière pour lui.

– Le combat vous plaît-il ?

– Je ne sais pas…

– C'est assez déroutant la première fois, mais on y prend vite goût.

Je hoche poliment la tête en me concentrant à nouveau sur le combat. Je grimace lorsque Buddy porte un coup dans le ventre de Jun, puis un autre.

Il parvient à reculer et à esquiver le suivant. Sans attendre, il fonce vers son adversaire et lui donne un coup de pied dans le torse. Il exécute les mouvements de taekwondo que je l'avais déjà vu pratiquer. Jun est plus rapide, plus agile, l'autre est plus costaud, plus percutant. Je n'y connais pas grand-chose, mais je dirais que les deux se valent, ils ont des atouts qui peuvent mettre l'autre KO.

Sous les acclamations du public, leurs poings se rejoignent, se heurtent et se fracassent les uns contre les autres. Je suis bluffée par leur endurance, leur résilience, et par la rage qui les anime. Et malgré moi, je suis émerveillée par Jun et sans doute un peu émoustillée aussi. Son aura est toujours aussi sinistre, mais elle n'en est pas moins captivante. *Au contraire.* Je ne saurais expliquer pourquoi je le trouve aussi beau dans l'effort, aussi intense à chaque coup qu'il donne, aussi fiévreux dès qu'il bouge…

Jun se prend alors un coup en pleine mâchoire, il trébuche contre l'une des parois de la piscine. Mon cœur se soulève quand l'autre tente de l'écraser de tout son poids, mais Jun roule sur le côté et désoriente son adversaire. Profitant de ça, il lui assène un coup de pied dans le dos. Buddy s'effondre à son tour contre la paroi et Jun se baisse vers lui, en appuyant son genou sur son sternum, puis il lui donne un coup de poing. Puis un autre. Et encore un.

Quand il se redresse, en vainqueur du combat, les hurlements pleuvent et l'ambiance festive reprend. Shelby annonce le gagnant, alors que Jun est déjà en train de remonter de la piscine. Son regard croise le mien quand il arrive. Il est toujours torse nu, et je le dévore des yeux. Son visage est un peu rouge, gonflé, son torse aussi et sa respiration est chaotique, mais il a l'air d'aller bien.

– Ça va ? demande-t-il en s'approchant de moi.

Ses mots me font fondre : c'est lui qui vient de se battre et il me demande comment je vais. Il n'y a pas que l'alchimie qui a changé depuis cette nuit, lui aussi. Enfin, il n'a pas vraiment changé, mais il fait plus attention à moi. Je caresse son menton, là où il s'est pris l'uppercut. À mon grand étonnement, il me laisse faire.

– Oui, et toi ?

La façon dont il me sourit me laisse pantoise et ne fait que nourrir le désir que je ressens déjà pour lui. Il ne m'avait jamais encore jamais regardée ainsi… comme s'il avait faim et ne pouvait plus le cacher.

– Tu veux toujours ton renseignement ou je dois vous laisser cinq minutes tranquilles ? raille Shelby.

– Balance-moi tout ce que tu sais, grommelle Jun.

Shelby secoue la tête. Lorsque Jun fait un pas vers lui, il sort de la poche de sa veste un bout de papier.

– Il y a tout ce que tu dois savoir ici.

– Merci.

– Puisque cette histoire est réglée, vous voulez profiter de la fête ?

– Je passe mon tour, je préfère les petits comités. À la prochaine, Shelby.

– Quand tu veux, je suis ton homme.

Sur ses mots, Jun me prend par le poignet et m'entraîne avec lui.

CHAPITRE 29

JUN

Si vous êtes arrivés ici, c'est que vous avez enfin décidé de ne plus résister à votre folie et que vous avez besoin de nourrir la bête qui est en vous.

Ici au ***Wonderland****, nous avons de quoi vous rassasier. Nous avons de quoi assouvir vos travers les plus tordus, vos vices les plus déjantés.* ***Wonderland****, le pays où il est impératif d'être dépravé, où il est impératif d'assumer sa folie furieuse, où chaque artiste peut exprimer sa créativité comme il l'entend.*

Nos petits lapins blancs n'attendent que vous...

Bang. Bang. Bang.

Si l'enfer est sur Terre, je foule son territoire.

Si la Folie a un nom, elle porte le mien.

Entre les murs noirs et blancs du Wonderland, les monstres et leurs proies se côtoient. Cet endroit n'est pas le paradis des enfants, mais des rebuts du genre humain. Comment décrire l'abomination à l'état pur ? D'un côté des femmes et des hommes transformés en monstres ; de l'autre, des enfants offerts à toute leur perversion.

Bang. Bang. Bang.

Si l'Ignominie a un visage, elle ressemble à ces gens.

Si la Mort a un visage, elle me ressemble.

Entre les murs du Wonderland, j'incarne la haine. Elle est tellement puissante et violente qu'elle me chuchote des choses : *Morts. Carnages. Souffrances.*

Ce soir, ce sont les monstres qui vont souffrir.

Ce soir, ce sont les montres qui vont mourir.

Bang. Bang. Bang.

Entre les murs du Wonderland, la rage pulse dans mes veines, elle est le prolongement de mon corps, de mes armes. Elle fait des ravages, elle exécute, elle fait couler le sang, elle aligne les cadavres au sol. Au milieu de cette ignominie, je suis un démon assoiffé. Un démon qui assume sa folie et qui ne se nourrit pas des enfants mais de leurs monstres.

– Pitié.

Je suis l'indifférence, l'insensibilité, la froideur.

– Si j'ai bien saisi les règles, au Wonderland, il n'y a pas de pitié…

Bang. Bang.

Le monstre hurle tandis qu'il tombe aux pieds de sa proie dont le corps nu est recouvert de bleus et de lacérations.

Bang.

Ici au Wonderland, c'est moi qui sème la terreur et qui libère les petits lapins blancs…

CHAPITRE 30

HAZEL

Je suis réveillée en sursaut. J'ignore ce qui m'a tirée de mon rêve, mais je me sens oppressée. Les draps collent à ma peau à cause de cette chaleur étouffante. Malgré tout, je fais partie de ces gens qui sont incapables de dormir sans un drap ou une couverture, même lorsqu'il fait quarante degrés dehors. Je soupire et soulève mes cheveux pour les attacher et éviter qu'ils collent à ma nuque. Je ne sais pas pourquoi, j'éprouve une drôle de sensation.

J'ai besoin d'air et de boire quelque chose de frais. Avant de sortir, je passe par la salle de bains, mais je pousse un cri lorsque je tombe sur Jun. Torse nu, il est penché sur le lavabo et le reflet que me renvoie son visage est celui d'un démon qui vient de commettre un crime.

– Jun…

– Casse-toi, Hazel !

Je secoue la tête :

– Non.

Il se tourne vers moi et je vois le sang qu'il a sur les mains, dans les cheveux. Son arcade saigne. Son torse se soulève avec difficulté, j'ignore si c'est sous l'effet de la rage ou de la fatigue. Un mélange des deux sans doute. Je ne sais pas ce qu'il a fait cette nuit, mais dans son regard, je comprends qu'il s'est déchaîné. Et tout ce qui m'importe, c'est qu'il soit là, en vie.

– Je n'ai pas envie que tu me voies comme ça, gronde-t-il.

– C'est trop tard. Je te vois.

Je devrais avoir peur, je devrais être terrifiée, mais aussi dingue que ça puisse paraître, ce n'est pas ça que je ressens. J'ai envie de prendre soin de lui. J'enjambe les vêtements qu'il a laissés au sol et je m'approche de lui.

– Tu…

Il fait un pas en arrière. Je ne me dérobe pas, je reste là, les yeux rivés aux siens.

– Pourquoi tu ne veux pas me laisser, Hazel ?

Sa voix a pris un ton suppliant pour la première fois. Et pour la première fois, je décide d'être égoïste et de le forcer à reconnaître ce sentiment troublant qu'il semble ressentir en ma présence.

– Parce que tu es blessé, et que je veux te soigner, réponds-je.

Il secoue la tête, mais puisqu'il ne me fiche pas à la porte, j'en déduis qu'il n'a pas envie que je parte.

– Hazel, j'ai tué des gens cette nuit, grogne-t-il.

– Je sais.

– J'ai besoin que tu me foutes la paix, tu comprends ? J'ai pas envie que tu sois là. Je veux être seul, j'en ai besoin après ce que j'ai fait.

– Si tu le voulais vraiment, tu m'aurais déjà fichue à la porte.

Jun grommelle entre ses dents, son regard devient aussi noir que le charbon. Il se dégage de lui quelque chose d'inquiétant, mais ça ne me touche plus comme avant.

– J'ai tué des gens, putain ! Des dizaines de gens ! Et j'ai leur sang sur les mains, et toi, ça t'excite ? Tu crois que c'est un jeu ?

Je sais ce qu'il fait, je crois que je commence à mieux le cerner maintenant. Je fais un pas de plus vers lui. J'ai conscience de ce qu'il est, de ce qu'il fait, de sa dangerosité, de sa force, mais je commence à comprendre que j'ai le pouvoir de le dompter, même si je ne sais pas bien comment ni pourquoi.

– Je n'ai jamais dit ça.

– Arrête de faire comme si ça t'était égal, arrête de faire comme si de rien n'était alors que j'ai encore le sang de ces mecs sur les mains. Arrête de faire comme si tu n'avais pas peur de moi.

– Je n'ai pas peur de toi. De ton monde, de ton métier, oui. Mais je n'ai plus peur de toi, Jun.

Je fais un pas supplémentaire dans sa direction. Mon cœur bat comme un fou. Je ne suis pas vraiment certaine d'avoir conscience de ce que je fais, mais je continue d'avancer.

– Dis-moi de te laisser seul et je sortirai d'ici. Dis-moi autre chose et je prendrai soin de toi. Je ne t'ai pas demandé ton avis pour te soigner la première fois, je peux recommencer.

– Fauteuse de troubles, râle-t-il.

Ces trois petits mots, cet étrange surnom, c'est sa façon d'abdiquer pour de bon. Je ne comprends pas encore très bien ce pouvoir que j'ai en ma possession et qui le perturbe à ce point.

– Je sais.

Je me souviens avoir vu une trousse à pharmacie dans le placard que j'ouvre.

– Assieds-toi sur les toilettes.

Jun s'exécute, alors que je sors ce dont je vais avoir besoin. En silence, j'attrape une des serviettes et je nettoie la plaie qu'il a à l'arcade.

– Je te fais mal ?

– Au contraire.

Je souris. Une fois son visage débarrassé du sang, je constate, à mon grand soulagement, qu'il n'est que légèrement blessé, en dehors de l'arcade qui nécessite des points de suture. Je me mets alors à trembler. Au plus profond de moi. Il a dit qu'il avait tué plus d'une dizaine de personnes et il s'en sort avec quelques égratignures ? Je baisse les yeux sur son torse, en quête d'autres blessures, mais il n'y a rien.

– Tu n'as pas d'autre blessure ?

– Non.

Comment c'est possible ? Je ne sais pas ce qu'il s'est passé, mais il me semble tout à coup inhumain, monstrueux, bestial. Il est… *incroyable*.

– Tu as…

Mes mains tremblent, mais je ne parviens pas à le lui cacher. Il grogne :

– Tu trembles de peur.

– Non, de soulagement. Je prends conscience que tu n'as rien et que tu aurais pu mourir et…

Ses doigts couverts de sang séché attrapent mon menton. Je suis sincèrement, irrévocablement, heureuse qu'il soit sain et sauf. Je n'aurais pas supporté qu'il subisse le même sort que Hank. Lentement, il scrute mon visage.

– Impossible. Tu m'as demandé de ne pas crever.

– Tu as de la chance d'être en vie, je t'aurais tué, sinon.

Je secoue la tête et j'attrape le fil et l'aiguille.

– Je vais te recoudre.

Jun hoche la tête et me laisse le soigner. Il ne dit rien, il se contente de m'observer. Au début, c'était troublant, voire un peu gênant, mais je comprends maintenant que c'est pour analyser la situation ou les émotions qu'il ne comprend pas. Je le recouds, et j'ai la sensation de retrouver un peu de normalité. Prendre soin des gens n'était pas ma vocation première, mais je comprends aujourd'hui que je suis plutôt douée pour ça.

– C'est étrange.

– Quoi ?

– De te soigner à nouveau. Ça me fait du bien, je dis en souriant.

– Je ne mérite pas que tu fasses ça pour moi. Tu aurais dû me laisser me démerder.

– Pourquoi tu ne le mériterais pas ?

– Parce que je n'en vaux pas la peine. La première fois non plus. Tes mains sont faites pour s'occuper des gens qui le méritent et les miennes sont faites pour tuer les gens qui le méritent.

– Est-ce que, comme toi, j'ai le droit de choisir à qui je donne mon aide ou pas ?

Je jette le matériel que j'ai utilisé et je me lave les mains.

– Tout le monde a le droit à un peu d'aide. Je sais que tu ne me l'avoueras jamais, mais tu voulais que je prenne soin de toi.

J'entends qu'il se lève, dans mon dos. Alors que je me lave les mains, il se penche sur moi, ses bras s'enroulent autour de ma taille et il se met à laver les siennes. Le seul bruit est celui de l'eau qui coule, nos corps se pressent l'un contre l'autre, nos mains et nos doigts se frôlent par moments. L'atmosphère est intense, lourde. C'est affreusement sensuel. Je n'ose pas regarder dans le miroir, j'ai peur que la magie s'envole, j'ai peur qu'il ne s'échappe. Quand Jun se penche davantage sur moi, une nuée de frissons glisse le long de mon échine. Je me demande si c'est mal d'éprouver du désir dans un moment pareil, alors que l'eau au fond de la vasque est rosée à cause du sang de ses victimes. Pourtant c'est dans l'air, dans mes entrailles. Et je crève pour que ce soit dans les siennes.

– Tu as fini ? demande-t-il.

– Oui.

Il ferme le robinet, se collant davantage contre moi. Jun pose ses mains de part et d'autre de mon corps, me retenant prisonnière du sien. Sans un mot, il enfouit le visage dans mon cou, et cette fois mes yeux rencontrent notre reflet dans le miroir. Je suis troublée par ce que je vois. Il est grand, inquiétant, tout en muscles et je suis minuscule, bloquée dans son étreinte. Pendant une seconde, je me demande pourquoi cet étau que je trouvais si sinistre me semble aujourd'hui aussi sécurisant, aussi protecteur.

– Merci d'avoir pris soin de moi.

Je me tourne tant bien que mal face à lui. Il baisse la tête jusqu'à coller son front contre le mien, je glisse mes doigts sur son torse.

– De rien.

– De quoi on a l'air, Hazel ?

– Je ne sais pas…

Et c'est vrai, je ne sais pas. Notre langue possède beaucoup de mots, mais parfois, il y a des choses inexplicables. Ce qui se passe entre nous, je ne peux pas l'expliquer, c'est là, tout simplement. Deux individus différents qui se perturbent l'un et l'autre. Mes doigts caressent les tatouages qui ornent son corps, ses muscles dessinés. Je sens qu'il se crispe sous le contact de mes doigts.

– Tu devrais être horrifiée par moi, tu devrais me craindre et me fuir. Au lieu de ça… tu me touches.

– Tu n'aimes pas que je te touche ? je demande.

Il soupire d'exaspération.

– Tu te salis les mains en les mettant sur moi et tu ne devrais pas avoir envie que les miennes en fassent autant…

– Et c'est mal que je crève d'envie de ce contact ? C'est mal si je n'éprouve aucun remords à parcourir ton torse ? C'est mal, ce désir qui me tiraille si fort ?

– Oui.

– Dans ce cas-là, casse-toi, Jun. Ne reste pas contre moi. Donne-moi de l'espace, laisse-moi respirer… (Je tremble de frustration.) Ou alors tu assumes ton désir et le mien. Je n'approuve pas ton métier, je ne l'aime pas, mais je ne peux rien contre le désir que je ressens pour toi.

Jun se redresse légèrement. Frustrée, je m'attends à ce qu'il m'abandonne, mais il pose délicatement une de ses mains sur ma gorge.

– Je suis sinistre, Hazel. Tu mérites mieux que moi, mieux que…

– C'est troublant, mais c'est comme ça, le coupé-je. Je n'y peux rien et toi non plus… Jun, il y a du beau en toutes choses, même dans les plus sinistres. Il y a du beau en toi et tu n'es pas si mauvais que ça.

– Tu ne devrais pas m'accorder ton attention ni même l'honneur de ton désir, de ton toucher.

Je me presse davantage contre lui.

– Je suis libre de choisir à qui je donne mon plaisir, mon désir. Comme toi.

Difficile de prévoir ses actes, ses mots, ses décisions, aussi quand ses lèvres fondent sur les miennes, ça me coupe le souffle. La seconde main de Jun se cale contre mes reins. Ce baiser est différent des autres, il est lent, doux, sensuel. La sensation est merveilleuse, grisante. Tellement que je me raccroche à lui. Sans un mot, Jun se penche, ses mains quittent mon corps pour m'attraper par les fesses. Il me hisse jusqu'à lui et alors que je m'attends à ce qu'il me pose sur le meuble vasque, il sort de la salle de bains.

Quand le matelas s'affaisse sous le poids de nos deux corps, mon cœur se comprime douloureusement. Le voir au-dessus de moi dans ce lit, c'est intense. Presque indescriptible. Je me sens ridicule d'avoir ce genre de pensées, d'autant que ce n'est pas la première fois que je me retrouve dans un lit, allongée sous un homme, mais c'est lui. Et dans mon esprit, c'est différent.

Nos regards étonnés ne se lâchent pas et comme bien souvent avec Jun, c'est son corps, ses regards, ses grognements qui parlent plutôt que des mots. Je crois que je n'aime jamais autant le silence que dans ces moments-là. Nos lèvres reprennent là où elles s'étaient arrêtées et il m'offre un baiser langoureux. La passion enfle dans mon cœur, dans mon bas-ventre. Je suis soufflée par sa façon de m'embrasser, par son corps puissant au-dessus du mien et par la puissance du désir que je ressens pour lui. Nos baisers s'éternisent, durent à l'infini, si bien que je perds la notion du temps. Lorsqu'il tire sur mon tee-shirt, je me redresse légèrement afin de l'aider à le retirer. Son regard devient plus ombrageux quand il découvre que je ne porte plus qu'une culotte. Je n'ai pas le temps de me sentir vulnérable qu'il me presse alors contre lui comme s'il avait besoin du contact direct de mon corps et de nous…

Je caresse ses bras, ses épaules, je remonte lentement mes doigts vers son visage. J'effleure la ligne de sa mâchoire, ses lèvres. Quand il presse ses lèvres contre ma paume, je comprends que je suis en train de faire trembler son âme, son armure. J'ai besoin de lui donner ce qu'il se refuse depuis longtemps.

Toujours sans un mot, il enfouit son visage dans mon cou, il embrasse, caresse, lèche ma gorge, puis descend explorer mon corps comme il ne l'avait encore jamais fait. Il lèche le galbe de mon sein avant d'aspirer mon téton entre ses lèvres. Mon corps s'arc-boute de plaisir, et je laisse échapper un gémissement. Jun continue son exploration, il dévore et sublime mon corps avec délicatesse, volupté. Ses gestes silencieux sont une ode, un poème à nos deux âmes. Lorsqu'il dépose un baiser sur mon ventre, il ravive la flamme qui se consume au creux de mes entrailles. Puis, se redressant lentement, il vient à bout de l'élastique de ma culotte. Le temps qu'elle glisse le long de mes jambes, je reste en apnée sous son regard charbonneux. Mon cœur manque un battement lorsque Jun embrasse le creux de ma cuisse.

– Respire, Hazel.

Je grogne.

– Respire, je suis loin d'en avoir fini avec toi.

C'est une promesse et son regard me le confirme quand il croise le mien. Je déglutis nerveusement alors qu'il se penche vers moi. Il embrasse mes cuisses, ses lèvres laissent des traces humides et indélébiles sur ma peau. Et soudain… je tremble comme une feuille.

Oh merde.

Un cri m'échappe quand sa langue glisse le long de mon sexe une première fois. Mes doigts agrippent les draps au moment où il recommence. Je perds complètement pied lorsque sa langue caresse mon clitoris. *Bon sang, c'est bon !* Jun grogne, joue avec moi. Il ne me laisse aucun répit, il semble se délecter de moi, se rassasier. Il me dévore comme s'il était affamé et bien que je veuille ressentir ce plaisir à l'infini, je me sens beaucoup trop sensible. Je glisse mes mains dans ses cheveux tandis que mes hanches répondent à chacune de ses caresses. Nos regards se croisent et je me perds dans ses yeux. Le regarder me faire du bien est affreusement sensuel. Pire, ça décuple mon plaisir.

On bouge à l'unisson, et soudain, les membres saisis de spasmes et de tremblements, je sombre.

Jun se redresse doucement et se penche vers moi, mais je le repousse, je le force à s'allonger sur le lit et je m'installe à califourchon sur lui. Son regard me semble perdu et troublé. Je le considère de haut pour une fois, de façon aussi hautaine que je le peux, pour lui montrer que je suis sûre de moi, que je n'ai pas peur.

– Qu'est-ce que tu fais, Hazel ?

– Tu m'as dit que tu baisais tout le temps, que tu ne savais pas ce que c'était de faire l'amour, n'est-ce pas ?

– Et alors ?

– Alors, je vais changer ça, dis-je en me penchant vers lui.

Jun glisse ses doigts dans mes cheveux tandis que je l'embrasse. Nos langues se mêlent dans une danse lascive et sensuelle. Ses mains finissent par quitter mes cheveux et, telles des lianes, ses bras se resserrent autour de ma taille pour me presser le plus possible contre lui.

– Tu ne devrais pas tenter de m'habituer à la douceur, Hazel. Je ne sais pas faire.

– Je ne te demande pas de faire, mais de me laisser faire.

En me redressant, je caresse son sexe dur et érigé. Sans cesser de me fixer, il grogne. Je crois qu'ainsi soumis à mes envies, à ce trouble que je fais naître chez lui, il n'a jamais été plus beau. Lentement, je guide son sexe en moi et je bouge les hanches jusqu'à m'empaler entièrement sur lui. Tandis que je remue lentement les hanches contre lui, il m'observe. Incapable de réprimer le désir que me procure son sexe dans le mien, je laisse échapper un gémissement qu'il a tout le loisir d'entendre. Dans le bruit de nos respirations, je continue de le chevaucher, mais lorsqu'il se redresse brusquement en m'attrapant les fesses, mon cœur manque un battement. Pendant une fraction de seconde, je crains qu'il n'aime pas, je crains qu'il ne veuille pas de nous comme ça.

– Encore, grogne-t-il.

Ce mot me ravage de part en part. Je bouge les hanches et rencontre les siennes une nouvelle fois. Mais dans l'intimité et la chaleur de cette position, c'est encore meilleur. Je suis troublée par son regard, par ses bras qui s'enroulent autour de ma taille, comme s'il ne voulait jamais que je parte. Ses yeux noirs sont emplis de désir, sa mâchoire est crispée par le plaisir. Doucement, je la suis du bout des doigts, puis je me raccroche à ses épaules. Nos corps s'emboîtent parfaitement, nos peaux se caressent à chacun de nos mouvements, nos respirations et les battements de nos cœurs sont en harmonie. Jun pose son front contre le mien et son regard me confie tout ce qu'il ne dit pas de vive voix. Que je suis belle, qu'il aime ça, qu'il a envie de nous et je me perds dans l'immensité de ces aveux silencieux. Jun me tire de ma rêverie quand il caresse mes lèvres avec les siennes. À l'instant où il m'embrasse, on ne fait plus qu'un, lui et moi.

Sans nous séparer d'un millimètre, sans quitter ses lèvres, je continue de le chevaucher, de lui répondre. Quand ses mains glissent sous mes fesses, je comprends que, comme moi, il est à bout. Chaque fois qu'il se perd en moi, la flamme dans mon ventre grandit et menace de me ravager. Quand je sens son sexe gonfler davantage en moi, je m'accroche à lui et m'empale une fois encore. Jun grogne et dans un dernier échange de coups de reins, il nous fait basculer dans le plaisir.

CHAPITRE 31

JUN

Meurtres, sang, cadavres. Sexe, transpiration, frénésie.

Deux salles. Deux ambiances.

Je tente de comprendre comment je suis passé de l'un à l'autre. Comment j'ai laissé cette femme me montrer sa douceur après avoir froidement exécuté toutes ces pourritures. Ma tête devrait logiquement être remplie des images de la boîte, je devrais penser à ces hommes que j'ai exécutés… Mais tout ce à quoi je pense, c'est elle qui me chevauchait il y a à peine quelques heures. Difficile d'oublier un KO aussi monumental. Difficile d'oublier quand une femme vous donne autant qu'elle vous prend. Impossible de me sortir de la tête ses mots, sa fougue, son corps, ses cris, ses yeux… Ses foutus yeux dont je ne sais pas décrire ce qu'ils me font. Et ils ont encore plus de pouvoir quand ils sont emplis de désir. Impossible également de me convaincre que je n'ai pas envie de recommencer. Tendrement, sauvagement, j'ai envie d'elle.

– Est-ce que tout va bien ?

Hazel me sort de mes pensées alors qu'elle me rejoint sur le balcon. Il est encore tôt, alors la rosée du matin apporte un peu de fraîcheur. Hazel pose ses avant-bras sur la rambarde, comme moi. Elle a enfilé une robe, celle avec les citrons qu'elle portait le soir où on a bu un verre ensemble. Elle est toujours magnifique dedans. Aujourd'hui peut-être plus encore puisque j'ai complètement abandonné l'idée de lutter contre le trouble qu'elle provoque chez moi.

– Oui.

Elle tourne la tête et plonge son regard dans le mien, puis sans un mot, elle s'avance vers moi.

– J'aurais cru que tu te serais enfui plus vite que tu ne l'as fait.

Elle me surprend en passant sous mes bras toujours appuyés contre la rambarde afin de se glisser entre elle et moi. Le plus logique serait de reculer, le plus rationnel serait de l'envoyer balader, mais j'en suis incapable. C'est vrai, je n'ai pas fui après l'amour. Je ne pouvais pas. Pire, je ne voulais pas. Après avoir décimé tous ces porcs, me perdre dans sa douceur était mon putain de Nirvana… Je ne méritais pas qu'elle me soigne, je ne méritais pas de poser mes mains sur son corps ni de faire l'amour avec elle. J'en crevais d'envie, mais putain, après m'avoir vu en sang, elle aurait dû partir. Au lieu de ça, elle m'a arraché à mes démons, à la noirceur de mon univers et de ses travers en m'offrant la douceur du sien.

– Qu'est-ce que tu fais ?

Je tente de paraître détaché, de ne pas lui montrer qu'elle exerce ce pouvoir sur moi, mais ses doigts qui dessinent les tatouages sur mes bras en ont décidé autrement. Et je me sens incapable de bouger. *Putain, j'aimerais comprendre pourquoi !*

– Je ne sais pas. J'improvise.

Elle est envoûtante et je suis faible. Je l'admets, je l'ai sous-estimée. Parce qu'elle possède des armes que je ne connais pas. Elles sont différentes de celles que j'utilise, mais je ne baisse pas les bras. *Pas encore.* Je ne compte pas m'arrêter d'essayer de comprendre comment elle fonctionne.

– Est-ce que c'est fini, maintenant ? Je veux dire, ce confinement, cette angoisse…

– Oui. Tu vas pouvoir retourner à ta vie, tout va rentrer dans l'ordre.

Elle esquisse un sourire, mais il ne me semble pas si joyeux que ça. J'aimerais connaître ses pensées, savoir ce qui la chagrine. Je lâche la rambarde et je caresse sa gorge. Un nouvel éclat brille dans son regard. L'idée que ça soit moi qui la rende heureuse me rend dingue. Je n'arrive pas à concevoir que je sois capable d'une telle chose. Ça me semble surréaliste. Je ne sais pas faire ce genre de chose et pourtant elle me prouve le contraire.

– Je n'arrive pas à croire que tu aies mis fin à ça. Est-ce que tu veux me parler de ce que tu as fait ?

Non.

Je ne parle jamais de mon boulot quand j'exécute des gens. Hank ne connaissait pas les détails non plus. C'est lui qui me donnait certaines de mes missions, mais j'ai toujours travaillé seul. Il était comme un filet de sécurité au cas où j'aurais pu commettre une erreur, mais j'ai toujours été méticuleux pour qu'il n'ait jamais à couvrir mes arrières. Maintenant qu'il est mort, je continuerai comme je l'ai toujours fait. Il faudra juste que je sois plus vigilant pour terminer l'enquête de Hank car la police va probablement la poursuivre aussi. J'aurai juste à avoir une longueur d'avance.

– Jun ?

Je secoue la tête, me reconnectant à notre conversation. Je n'ai jamais pensé ni même imaginé que je serais assez intime avec une femme un jour pour qu'elle connaisse mon métier, alors lui parler des détails, encore moins. Et je n'ai pas envie de le faire. Je ne veux pas qu'elle prenne peur, qu'elle me considère comme un monstre. D'accord, ce serait plus rationnel, mais je ne veux pas. *Je ne veux plus.* J'aime son honnêteté, qu'elle n'approuve pas ce que je fais, mais qu'elle m'apprécie moi, alors que je suis un criminel.

– Il n'y a pas grand-chose à dire. Il y avait des gosses abusés, des enflures. J'ai buté tout le monde… sans remords, sans état d'âme, sans scrupule.

– C’est glaçant, dit-elle d’une petite voix.

– Moi ?

Je me rends compte que mon pouce caresse nerveusement sa gorge. Il faut croire que j’accorde plus d’importance à ce qu’elle pense de moi que ce que je l’imaginais.

– Non, ce que les enfants ont vécu… et que tu aies arrêté ça aussi. Toute cette histoire depuis que je t’ai surpris dans cette ruelle est glaçante.

Elle ne me donne pas l’impression de m’en vouloir.

– J’ai probablement encore plus traumatisé ces gosses.

– Non, tu les as sauvés. Tu es un héros masqué. Un vengeur.

– J’en sais rien, je leur ai dit de s’enfuir. Et je me suis déchaîné…

– Tu es soulagé ?

– Comment ça ?

– Je sais que cette tâche, c’est la dernière que t’a confiée Hank, alors, tu dois être soulagé de l’avoir terminée.

Cette femme…

Elle pourrait me dire qu’elle n’approuve pas, au lieu de ça, elle… Je fais glisser ma main derrière sa nuque.

– Tu ne devrais pas être si douce ni me demander ça comme si tu approuvais.

– Je n’approuve pas, je veux juste savoir si tu es plus serein.

– Je crois, oui.

– Tu veux m'en parler ?

– Tu n'as pas envie d'entendre ça, réponds-je en secouant la tête.

– Je peux si tu as besoin d'en parler.

J'esquisse un sourire.

– Non, je t'assure que tu n'as pas envie d'entendre ça.

– D'accord. Alors, on va trouver un juste milieu : si tu me parlais de tes tatouages ? J'aimerais savoir ce qu'ils signifient.

Elle passe du coq à l'âne. Et elle n'a pas l'air déçue. J'apprécie qu'elle ne cherche pas à me poser plus de questions, qu'elle ne veuille pas plus de détails. Le plus important, c'est qu'elle soit saine et sauve, et qu'elle puisse enfin retourner à sa vie.

– Ces deux-là par exemple ? demande-t-elle en désignant la fleur de lys.

Je crois que je n'ai jamais expliqué à personne leur signification. Pas même à Hank. Du moins, pas pour tous. Je ne suis toujours pas à l'aise avec l'idée de me dévoiler, mais je fais des efforts. *Pour elle.* Hank avait raison quand il disait que la meilleure des sensations, c'était quand une femme a le don de vous faire lâcher prise. Hazel est de ce genre et ce que je ressens à chaque fois que je suis avec elle est grisant, perturbant.

– Ce sont mes parents.

Elle esquisse un sourire.

– Ma mère avait une fleur de lys tatouée sur le bras et mon père avait cette phrase sur la poitrine. C'était une façon de ne pas les oublier.

– C'est un bel hommage, une très belle façon de penser à eux. Si j'avais fait un tatouage pour me souvenir de ma mère, ce serait un pinson.

Elle semble éprouver de la joie plutôt que de la tristesse à cet aveu.

– Elle était si joyeuse que ça ?

– Un vrai rayon de soleil. C'était épuisant à la longue. Même à la fin quand elle savait qu'elle allait partir, elle irradiait. Aujourd'hui quand je fais des courses, je regrette de ne pas l'entendre s'extasier sur l'odeur délicieuse des fraises, des melons, ou se réjouir de trouver les céréales qu'elle mangeait quand elle était petite.

– Tu as probablement hérité de cet aspect de sa personnalité, dis-je maladroitement.

– Tu trouves ?

– Oui, tu es la personne la plus lumineuse que je connaisse.

Elle baisse la tête, mais je distingue la rougeur qui colore ses joues. Je suis sincère. Les gens prennent trop souvent des gants pour dire ce qu'ils pensent ou alors ils sont hypocrites, moi, je dis ce que je pense, je dis la vérité. Je ne connais personne de plus joyeux et joli qu'elle.

– Et celui-là ?

Cette fois, elle désigne le guépard. Je me laisse imprégner par ses doigts qui dessinent les formes du dessin. Celui-là a sans doute la signification la plus stupide ou la plus simple, je ne sais pas.

– C'est moi, tout simplement. Le guépard est un chasseur solitaire, et c'est plus ou moins ce que j'ai toujours été.

Hazel hoche la tête sans prononcer un mot. Parfois, je me dis que c'est ma faute si elle se force à être silencieuse. Alors, cette fois, c'est moi qui guide ses mains jusqu'au tatouage suivant. Car je comprends, en revanche, que l'origine de la flamme dans ses yeux, c'est ce que je lui dévoile de moi.

– Ce sont tes racines ? demande-t-elle alors que j'arrête son doigt sur le temple de Tongdosa.

– Je ne m'étais jamais intéressé à la culture de mon pays jusqu'à ce que je passe un hiver en Corée du Sud. Mon père pensait que c'était important que j'en apprenne plus sur mes origines. La culture, les gens, les coutumes, les paysages, ça n'avait rien à voir avec la vie ici, aux États-Unis.

– C'était beau ?

– C'était grandiose, réponds-je en souriant. J'ai découvert les temples partout dans le pays et je me suis intéressé à ma culture.

– Il a un nom, ce temple ?

– Oui, c'est le temple de Tongdosa. Il avait neigé la veille quand nous l'avons visité. Il y avait une épaisse couche de neige sur le toit rouge, c'était magnifique. Ça me paraissait irréel, gigantesque.

– Tu n'y es jamais retourné ?

– Non, mais je compte bien le faire un jour.

– Si tu devais me représenter avec un tatouage, ce serait quoi ?

Voilà une question qui me prend au dépourvu.

– Si je devais t'écrire sur ma peau, je ferais tatouer « Troublemaker » parce que tu sèmes le trouble dans mes pensées.

– À ce point ?

Je ne veux pas partir sur ce terrain, il est bien trop dangereux pour moi, surtout avec une adversaire comme elle.

– Juste parce que je t'ai soigné ?

– Non, pas juste parce que tu m'as soigné.

Je me penche vers elle.

– Parce que tu m'as soigné alors que je n'avais rien demandé, parce que ton foutu regard m'a forcé à ressentir de l'empathie alors que j'en ai rien à foutre des gens, parce que tu m'agaces autant que tu m'amuses, parce que je te désire autant que j'ai envie de te repousser. Parce que je ne veux pas changer, mais il est évident que j'ai changé avec toi. Parce que je ne pensais être doué que pour tuer, pour être égoïste, et tu me prouves avec tes putains de sourires que je peux être attentionné avec toi. Parce que j'aime être seul, mais que j'aime quand tu es là. Parce que tu devrais avoir peur de moi et visiblement, ça ne fonctionne pas. Tu es une vraie fauteuse de troubles, Hazel.

Elle me regarde comme si j'étais fou, ce qui est probablement le cas.

– Je suis désolée que tu ressentes ça.

Un magnifique sourire étire ses lèvres. *Putain.*

– Alors pourquoi ton sourire me dit l'inverse ?

Je me penche davantage et pose mon front contre le sien.

– J'adore que tu sois si franc tout le temps, que tu dises ce que tu penses sans prendre de pincettes et sans avoir honte de ce que tu ressens. Et si ça peut te rassurer, tu me troubles toi aussi…

– Je trouve ça plus flippant que rassurant.

– Qu'est-ce qui pourrait arriver de flippant ?

Hazel se presse contre moi, elle pose ses mains sur mon torse. Dans un grognement, je m'incline en la serrant contre moi.

– Que tu te blottisses contre moi, que je sois visiblement trop faible pour te repousser et qu'on baise.

– Connaissant ton univers, ce chaos me semble plutôt soft.

– Tu es tout sauf soft, Hazel. Et le désir que je ressens pour toi quand je place ma main sur ta gorge comme tu aimes est bien là, je peux te l'assurer.

– Je n'ai pas peur.

À ces mots, je la plaque contre la baie vitrée, et je pose mes paumes de part et d'autre de son visage. Elle plante son foutu regard dans le mien. Elle me rend complètement fou. Je devrais être en train de la ramener chez elle, on devrait ranger nos affaires, je devrais réfléchir à la suite maintenant que Hank est mort et pourtant ma bouche fond sur la sienne.

CHAPITRE 32

HAZEL

– Elle est parfaite, cette tension, dis-je en retirant le tensiomètre.

Kassie me sourit en hochant la tête.

– Je suis contente que tu sois revenue.

Ce n'est pas la première personne qui me le dit et ça me touche réellement.

– Moi aussi, vous m'avez tous manqué.

Quand j'ai enfilé ma blouse et que j'ai enfin pu errer légalement dans les couloirs de mon hôpital psychiatrique, et non pour interroger des enfants, je me suis sentie comme à la maison. J'avais déjà conscience en étant coincé avec Jun que ça me manquait de travailler, mais reprendre mon job me l'a confirmé.

– Tu as fait quoi pendant tes vacances ?

Comment la réponse à une question aussi anodine peut-elle être aussi compliquée ?

– J'ai rencontré quelqu'un et j'ai passé un peu de temps avec lui.

– C'est une fille ou un garçon ?

– Un garçon.

– C'est ton petit ami ?

Je me retiens d'éclater de rire. Jun, mon petit ami, voilà un truc qu'il trouverait hilarant. Il n'a tellement pas le profil pour ça. Il est du genre à ne jamais s'engager. Je le vois solitaire jusqu'à la fin de sa vie. Même si pour être tout à fait honnête, je me demande quel genre de relation on a, lui et moi.

– C'est un ami, réponds-je finalement.

Kassie soupire. Je sens qu'elle est frustrée. Elle espérait sans doute du croustillant, mais je ne vais pas lui en dire plus. Il y a certaines limites qu'on doit garder entre soignant et patient.

– Tu mens, lâche-t-elle en soupirant. Moi, j'aimerais bien sortir d'ici et avoir une petite amie.

– Et tu ferais quoi avec elle ?

– Tout et n'importe quoi. On ferait l'amour aussi.

Je souris, ça me semble être un super deal, ça.

– C'est une bonne idée. Mais tu sais que tu peux sortir, Kassie.

Son état est stable, elle a fait d'énormes progrès en étant ici. Quand elle est arrivée, elle ne sortait pas de sa chambre, elle avait peur de tout le monde, elle ne parlait à personne. Il lui a fallu du temps. Et procéder par étapes pour qu'elle se sente en confiance et à l'aise. Maintenant, elle parle avec certains patients, elle mange à la cafétéria avec tout le monde et elle participe aux jeux collectifs.

– J'ai peur.

– Je sais, mais tu es forte. Plus que tu ne le crois.

Elle hausse les épaules. Elle est juste effrayée par l'extérieur. Ici, elle se dit qu'elle a rencontré des gens qui ne la jugent pas parce qu'ils vivent eux-mêmes avec des peurs, des addictions… Et quelque part, c'est vrai. Mais je suis persuadée qu'elle pourrait être heureuse et mener une vie normale si elle parvenait à faire confiance aux gens.

– J'ai peur de rencontrer des gens.

– Pourtant tu en as rencontré ici et ça se passe bien. C'est pareil à l'extérieur.

– J'aurais trop peur de rencontrer quelqu'un et puis de me mettre à hurler la nuit.

Je presse son épaule avant de me reculer.

– Ce n'est pas grave ça, tout le monde fait des cauchemars. J'en ai fait récemment devant mon ami.

– Il ne s'est pas moqué de toi ?

– Pas du tout. Je dois y aller, on en reparle tout à l'heure, si tu veux.

– Tu viendras te promener dans les jardins avec moi ?

– Oui.

Je continue mes visites. Retrouver mon quotidien me semble tellement extraordinaire. Malgré tout, je ne peux pas m'empêcher de penser à Jun… de me demander quand je vais le revoir. Après tout ce qu'on a vécu ensemble, après nos derniers moments plus tendres, j'ai envie d'être avec lui. Je me dis que c'est complètement dingue parce que Jun est un tueur, que je déteste son monde, et parce qu'il n'est pas le genre d'homme à avoir la moindre relation. Pourtant…

Je me gifle mentalement pour me reconcentrer sur mon boulot. Vérifier les constantes, parler avec les gens, leur administrer leurs médicaments, prendre soin d'eux, je suis tellement heureuse de retrouver tout ça. Je n'aurais pas supporté d'en être définitivement séparée.

Quand je retrouve Rosie dans le bureau des infirmières après mes visites, elle me sourit timidement. J'appréhendais de revenir, j'avais tellement peur qu'elle ne veuille même pas m'adresser la parole. Son sourire me semble plutôt encourageant.

– Bonjour, lancé-je.

– Alors, c'est fini ? dit-elle tout bas.

– Oui…

Elle hoche la tête tout en m'observant.

– Tu es en sécurité maintenant, tu… Bon sang, je ne sais même pas quoi te demander.

– Oui, tout va bien. Tu penses qu'on peut se voir ce soir ou demain soir ? En dehors du boulot, je veux dire, si tu en as envie.

– Si je veux… Hazel, ce que je veux, c'est te retrouver et comprendre ce qui a bien pu t'arriver.

– Je ne suis pas certaine de pouvoir tout te dire ni même d'être capable de te l'expliquer, mais je vais essayer.

***

Il est tôt quand je quitte le boulot. Je ne suis pas vraiment pressée de rentrer chez moi. Le temps a beau s'écouler, je n'oublie pas ce qu'il s'y est passé. Quand Rosie m'a proposé de me rendre visite, j'ai tout de suite décliné en lui disait que je préférais qu'on se voie chez elle. Bon sang, elle doit me prendre pour une folle. Mais je ne me sens absolument pas capable de faire comme si tout était normal chez moi. Je ne sais même pas si je pourrais tout avouer à Rosie. De plus, ne serait-elle pas considérée comme complice si elle savait tout ?

Je me masse la nuque en me dirigeant vers ma voiture quand je croise un homme sur le parking. Il me fait penser à Jun avec sa tenue sombre. Il me salue lorsqu'il arrive à mon niveau, mais bat rapidement en retraite quand Rosie me bouscule.

– Putain tu m'as fait peur, soupiré-je.

– Tu as oublié ton téléphone, dit-elle en l'agitant devant mon nez.

J'ai vraiment la tête ailleurs. Il va falloir que je retourne à ma réalité.

– Merci.

– J'ai trop hâte qu'on se voie ce soir. Tu m'as tellement manqué.

– Toi aussi. Je ne te mérite pas.

– C'est peu de le dire. Tout le monde a besoin d'une Rosie dans sa vie.

– Tu m'étonnes.

Elle sourit et repousse ses cheveux noirs derrière ses oreilles, l'air plus sérieuse soudain. Je l'observe.

– Tu sais, Hazel, tu n'es pas obligé de parler si tu ne peux pas. Ce n'est pas grave. J'ai simplement besoin de savoir que ça va.

– C'est pour ça que je t'aime. Tu pourrais faire la gueule et m'en vouloir, mais non…

– Je ne peux pas t'en vouloir pour un truc que j'ignore.

Je souris.

– C'est vrai. Je te rejoins ce soir.

Elle pivote sur ses talons et je la regarde partir quand je croise le regard du type qui m'a saluée. Pourquoi me regarde-t-il comme ça ? Une peur plutôt irrationnelle me remue les entrailles. Est-ce qu'il me suit ? Impossible.

Je balance mon sac sur le siège passager, je branche mon téléphone sur le support accroché au pare-brise et je mets le contact. Comme nous sommes en début d'après-midi et que l'heure des visites approche, il y a du monde. Je fais attention en reculant et je roule jusqu'à la sortie du parking.

Alors que je m'insère dans la circulation, je pense à Jun. Que fait-il et quel avenir envisage-t-il ? Continuer son métier si particulier ou pas ? Quand il m'a raccompagnée chez moi, cette question me brûlait les lèvres, mais je n'ai pas osé la poser. Je me disais qu'il ne me répondrait pas et quelque part, je n'avais pas envie de l'entendre me dire oui. Il a tellement de morts sur la conscience, il est clairement condamnable pour ça et pourtant je refuse d'envisager qu'il puisse finir mal. Je ne comprends pas ma réaction, il est opposé à ce que je suis… Bon sang, faut vraiment que j'arrête de penser à lui. Ça ne sert à rien. Tout est fini maintenant, je suis de retour dans mon monde et c'est tout ce qui compte.

Alors que je suis arrêtée à un feu, je bouge légèrement mon rétroviseur. Mon sang se glace quand je vois l'homme du parking. *C'est pas vrai…* Est-ce qu'il me suit ? Je devrais continuer tout droit, mais je décide de tourner sans mettre mon clignotant. Quand il tourne à son tour, mon cœur se met à battre comme un malade. Il me suit, c'est certain. Comme je suis tout à fait certaine qu'il allait m'aborder sur le parking, mais que Rosie l'en a empêché. Qu'est-ce qu'il me veut ? Est-ce qu'il est lié à Jun ? Ou à l'affaire de Hank ?

Mon esprit divague complètement et mes mains tremblent. Je les crispe sur le volant pour ne pas faire de conneries.

Jun…

Je décide de l'appeler.

– Hazel ? dit-il en décrochant.

– Jun…

Je réprime un sanglot.

– Qu'est-ce qui se passe ?

Sa voix est calme, mais blanche.

– Je crois que je suis suivie.

– Comment ça ? Explique-moi calmement.

Je suis soulagée qu'il ne me prenne pas pour une folle et de l'entendre au téléphone

– Un homme a voulu m'aborder sur le parking de l'hôpital, mais je crois qu'il ne l'a pas fait grâce à Rosie. Quand je suis arrivée à ma voiture, j'ai eu l'impression qu'il m'observait de loin et maintenant, il est derrière moi. J'ai tourné sans mettre de clignotant et il a fait la même chose.

– Tu es où ?

– Dans un quartier pavillonnaire non loin de l'hôpital. J'allais rentrer à la maison.

– Continue de rouler tranquillement. N'augmente pas ta vitesse.

– Pourquoi ?

– Parce que même si visiblement il n'est pas discret, il va comprendre que tu l'as repéré et il vaut mieux que ce ne soit pas le cas. Continue de rouler normalement.

– Jun, j'ai peur…

– Je sais que tu as peur, mais écoute-moi, d'accord ?

– Oui…

– Je ne vais pas t'abandonner, je vais rester au téléphone avec toi et je vais essayer de te guider.

Je sursaute quand j'entends un bruit sec. Je suis tellement perturbée que je ne sais pas si ça vient de la rue ou du téléphone.

– C'est quoi, ce bruit ?

– Moi. Je me mets en route.

– En route ?

– Je viens te rejoindre, mais je ne suis pas en ville, Hazel. Il me faudra une bonne heure.

Mon cœur fait un nouveau bond dans ma poitrine.

– Mais je vais rester au téléphone avec toi, je vais essayer de t'aider le mieux possible pour que tu réussisses à le semer et à te mettre en sécurité.

– Jun, je ne suis pas Dom Toretto[4].

– Hazel, bon sang, écoute-moi ! Je sais que tu n'as jamais appris à semer quelqu'un, mais ce n'est pas impossible. Hazel ?

À la façon dont il prononce mon prénom comme il ne l'a encore jamais fait, je crains d'entendre la suite.

– Oui ?

– Il est très possible qu'il veuille te kidnapper. S'il avait voulu te tuer, il l'aurait déjà fait. Il a certainement essayé de t'enlever sur le parking, et s'il te suit en voiture, c'est qu'il a pour ordre de te garder vivante.

Ses mots résonnent au fond de moi.

– Tu dis ça pour…

– Je sais que c'est effrayant et je sais que tu as peur, mais je te promets que ça va aller. Si je te dis tout ça, c'est pour que tu commences à gérer ton stress et ta peur. Hazel ?

– Oui…

– Dans l'hypothèse où je n'arrive pas à temps, et que tu ne parviennes pas à lui échapper, garde en

4. Personnage principal de la série de films *Fast & Furious*.

tête que je ne t'abandonnerai pas. Jamais. Je t'en fais la promesse. Je n'aurai aucun remords ni scrupule à mettre le monde à feu et à sang pour te retrouver et te libérer.

– Je sais.

– Bien. Écoute-moi attentivement : s'il t'attrape, il est très possible que ce soit pour m'atteindre et j'en suis désolé. Je ne comprends pas encore pourquoi, mais crois-moi, je vais régler ce problème rapidement. Il va te menacer, te poser des questions. Dis-lui tout : adresses, nom et prénom, tout ce que tu sais, tu le dis. Tu m'as bien compris ?

– Oui…

J'ai la sensation de perdre complètement pied, j'ai tellement de pensées confuses à l'esprit que j'en perds littéralement la tête. J'ai du mal à l'écouter, à conduire et à gérer la terreur qui sévit dans ma poitrine.

Ce qui se passe est irréel, ses mots le sont aussi.

J'ai peur.

– Hazel, je ne vais pas te promettre qu'ils ne te feront aucun mal.

Je tente en vain de refouler les larmes qui me nouent la gorge et roulent sur mes joues.

– Mais je ferai tout pour t'en préserver et si je n'y arrive pas, je serai ton arme, je te vengerai. Il te suit toujours ?

Je regarde discrètement dans mon rétro.

– Oui.

– Continue de rouler. Mais ne tourne pas en rond, il va s'en rendre compte.

– Est-ce que je peux retourner à l'hôpital ? Il ne tentera rien si j'y vais.

– Si tu fais demi-tour ou s'il se rend compte que tu retournes sur tes pas, il va savoir que tu as compris. Le mieux est de tenter de le semer dans la circulation.

– Je vais essayer.

Malgré la peur qui me tiraille, je me concentre sur la route et sur Jun. J'essaye de faire le vide dans mon esprit, mais encore une fois, ce n'est pas facile.

– Maintenant, je veux que tu me donnes des détails sur lui, ses vêtements par exemple. Est-ce qu'il a un tatouage, est-ce qu'il porte des lunettes ? La marque de sa voiture, sa plaque d'immatriculation, je veux tout savoir, Hazel.

Je garde un œil sur la route alors que j'arrive non loin du centre-ville. Il y a un peu plus de monde. J'ignore si ça me rassure ou pas.

– C'est… un homme de race blanche, il a une trentaine d'années, peut-être plus. Il porte des lunettes de soleil, il est habillé tout en noir, je n'ai pas entendu sa voix alors j'ignore s'il a un accent, il ne semble pas avoir de signes distinctifs.

– Et sa voiture ?

– C'est un coupé sport noir. TB01JH pour la plaque d'immatriculation.

Tandis que Jun se fait silencieux, je me déporte sur le côté pour doubler un véhicule. Je ne sais pas quoi faire. Je ne suis pas très à l'aise au volant, je suis incapable de me comporter en pilote. Mais là, c'est presque une question de vie ou de mort. Et même s'il y a une circulation assez fluide aujourd'hui, je pense que c'est à mon avantage, ça me permet de slalomer entre les voitures pour tenter de le semer. Je continue de rouler pendant plusieurs minutes, en essayant de garder une conduite naturelle, comme si je savais où je me dirigeais, mais je n'en ai aucune idée. Je ne suis jamais venue dans cette partie de la ville, il se peut même que je l'aie quittée sans m'en rendre compte.

– Jun, je ne sais pas où je suis, je pense que je me suis perdue.

– Ce n'est pas important, Hazel, reste calme et continue de conduire.

Je l'écoute me parler, la peur me paralyse toujours. Mais sa voix m'apaise et le fait qu'il soit en ligne avec moi me fait du bien.

– Décris-moi ce que tu vois autour de toi, dans quel genre de quartier tu es ?

– Je vois de belles maisons, des villas. Je m'enfonce dans les quartiers retirés, sur les hauteurs de la ville.

Après quelques instants passés à rouler, je me rends compte en regardant dans mon rétroviseur que je ne vois plus la voiture qui me suivait. Je ne crie pas victoire trop vite, mais il semblerait que j'aie réussi à la semer, finalement. Je me sens un peu soulagée.

– Jun, je ne le vois plus dans mes rétroviseurs.

– OK, continue de tourner encore un peu, pour être certaine qu'il est parti. Si c'est un homme de la trempe de ceux à qui j'ai eu affaire dans le bar, il ne baissera pas les bras si facilement. Reste sur tes gardes, Hazel.

Soudain, le choc est terrible. Et inattendu.

– Hazel ?

Ma tête cogne contre l'airbag et je perds le contrôle de mon véhicule qui heurte un poteau électrique dans un bruit sourd. *Putain, qu'est-ce qui se passe ?* J'ai mal à la tête, et mon cœur tambourine violemment sous ma poitrine.

– Hazel ?

J'essaye de comprendre, de retourner dans la réalité, mais ma tête bourdonne. Je tente d'en faire abstraction, de me gifler mentalement pour sortir de ce cauchemar. Quand la réalité me rattrape, je déglutis.

Il m'a foncé dessus. Délibérément.

– Hazel ? C'était quoi ce bruit ?

Jun… Sa voix résonne dans l'habitacle et dans ma tête.

– Il m'a foncé… dessus, je souffle.

Je regarde dans le rétroviseur, mais je ne vois que sa voiture dont l'avant est enfoncé et cabossé à cause du choc. Je suis de nature très optimiste, mais je ne suis pas du genre à croire aux miracles non plus. Une part de moi trouverait drôle qu'il soit en piteux état lui aussi, mais je pense qu'il savait ce qu'il faisait.

– Hazel ?

La voix de Jun est rauque, éraillée, sombre. Il va me sauver, je le sais. Il ne me laissera pas…

– J'ai peur, soufflé-je.

Une peur viscérale comme je n'en ai encore jamais ressenti de ma vie.

– Je viendrai, Hazel.

Je refoule les larmes qui me brûlent les yeux et je tente de récupérer mon sac afin de prendre le spray au poivre et le taser, mais déjà la portière s'ouvre et l'homme du parking m'empoigne.

– Lâchez-moi, je hurle. Lâchez-moi !

Il défait ma ceinture et me tire de la voiture sans le moindre ménagement. Il porte toujours ses lunettes, je ne vois pas ses yeux. Tout ce que je distingue, c'est sa mâchoire crispée et un air sévère.

– Lâchez-moi !

Il empoigne mes cheveux et plaque un flingue contre ma tempe.

– Ferme ta gueule.

L'angoisse me lape la peau. C'est terrible, j'ai la sensation que tout mon être se tétanise. Parce que même si je sais que Jun viendra, même s'il m'a prévenue de ce qu'il va se passer, ils vont me faire du mal.

Je secoue la tête, je refuse.

Et dans un accès de rage et de colère, je frappe l'homme au visage. Il grogne furieusement et m'en colle une en retour.

– C’est pas parce que je ne peux pas te tuer que je ne peux pas te casser un peu, grogne-t-il.

– JUN !

– Ta gueule, putain !

Quand il me pousse pour que je m’éloigne de la voiture, je me débats de toutes mes forces pour le faire lâcher prise, pour fuir. Mais il me serre davantage et soudain, une douleur violente me fait sombrer dans le noir.

CHAPITRE 33

JUN

« C'est pas parce que je ne peux pas te tuer que je ne peux pas te casser un peu. »

Cette phrase passe en boucle dans mon esprit et contracte mes muscles de rage à chaque fois. J'ai l'esprit vengeur. Et créatif. Plus encore quand on kidnappe quelqu'un pour m'atteindre.

Ils n'ont pas choisi le bon gars.

S'ils veulent s'amuser, je saurai me montrer à la hauteur de leurs espérances. Et même plus, je peux me surpasser, niveau inventivité. Je leur rendrai au centuple ce qu'elle subira. Peu importe qui ils sont et ce qu'ils veulent, ils n'auraient jamais dû la mêler à ce genre de jeux.

Je tente de rester calme et rationnel, mais imaginer Hazel être la proie de mecs violents menace de me faire vriller. Je devais la protéger, je pensais qu'elle était en sécurité, mais visiblement, j'ai merdé quelque part. Étant donné que je fais mon job de façon plutôt impeccable, et que j'assure toujours mes arrières, ce contretemps ne peut venir que de l'affaire de Hank. J'étais persuadé d'avoir buté tout le monde. Ce soir-là, parmi toutes les sombres merdes qui se baladaient dans cet endroit sordide, il y avait Ludvik, le frère de Mikhailo Ivanov que Hank a envoyé en prison. J'ai forcément merdé à ce moment-là, mais comment ? Et, à cause de moi, elle se retrouve à la merci de types aussi fous et dangereux et assoiffés de vengeance que moi.

Pantalon cargo, sweat, bottes, ma tenue est toujours la même, mais aujourd'hui, c'est différent. Je ne suis pas payé pour ce que je vais faire, je vais mettre ma vie en jeu et terminer de faire le ménage, je dois aussi sauver Hazel.

Comme à chaque fois, Hector est assis à côté de mes affaires et me regarde me préparer. J'agite les doigts pour attirer son attention.

– Je devrais être plus présent après ce soir.

Il se redresse et je caresse son menton.

Quand je suis arrivé à l'endroit où l'accident de Hazel a eu lieu, les flics et bon nombre d'abrutis trop curieux étaient amassés autour de la voiture. Impossible d'y accéder. Bien évidemment, Hazel et son kidnappeur avaient disparu. D'après ce que j'ai entendu au téléphone, ils veulent se servir d'elle comme appât. Je me laisse volontiers attirer, je n'ai pas peur.

Tandis que je m'habille calmement, mon téléphone sonne. *Enfin.*

Je décroche :

– Si tu ne veux pas que ta copine crève, je te conseille de faire ce que je dis.

Poli dès le début. Au moins, on ne tourne pas autour du pot.

– Donne-moi l'heure et l'adresse.

– Je vais t'envoyer les coordonnées par SMS, je veux que tu les notes et que tu te débarrasses de ton téléphone après.

– Je veux l'entendre. Je veux m'assurer qu'elle est en vie.

Il y a un blanc et puis une voix faiblarde, apeurée, suppliante se fait entendre contre mon oreille.

– Jun…

Je perçois ensuite un gémissement de douleur qui nourrit lentement la rage qui m'habite depuis la mort de Hank. Savoir qu'elle a peur et qu'ils la maltraitent renforce ma colère. Je suis plutôt calme et posé, mais je n'en suis pas moins dangereux. Ils n'auraient pas dû la mêler à ça, car je vais me montrer impitoyable.

– Voilà, tu l'as entendue, reprend mon interlocuteur. Si tu veux revoir ses beaux yeux, je te conseille de faire exactement ce que je te dis. N'appelle pas les flics et ne compte pas venir armé non plus, parce que je l'exécuterai devant toi.

– Ne t'inquiète pas, je n'aurai pas besoin des flics.

Et pour les armes, je compte me servir des leurs. Je suis sensible à la peur, mais je fais partie de ceux qui bossent bien sous la pression. Il éclate de rire au téléphone et donne un ordre, et dans la seconde qui suit, j'entends le cri de Hazel. Sa douleur résonne dans ma tête. Il n'a aucune idée de ce que je lui ferai pour ça.

– Je me souviendrai de ça, dis-je d'une voix blanche. Je vais venir, mais crois-moi, je vais être un vrai cauchemar pour toi et tes petits camarades. Tu aimes jouer, moi aussi.

– Ferme ta gueule et contente-toi de venir, on a des choses à régler, toi et moi.

Sur ses mots, il raccroche. Dans les secondes qui suivent, je reçois un SMS avec les coordonnées.

S'il veut jouer, allons-y.

CHAPITRE 34

HAZEL

J'ai mal partout. J'ai l'impression de brûler vive.

J'ai peur de ne jamais sortir d'ici, de ne pas revoir les gens que j'aime, de le perdre, lui aussi. J'aime me dire que Jun n'a aucune importance à mes yeux, mais lorsqu'ils me frappaient, c'était à lui que je pensais. À sa force, à ses mots, à l'espoir qu'il vienne me chercher. À chaque coup, je pensais à la douceur des derniers instants que nous avons passés ensemble pour compenser la douleur.

Je ne veux pas mourir, je veux sortir d'ici, je veux retrouver Jun, l'arracher à son monde et lui montrer qu'il y a du bon dans le mien. Je ne sais pas à quoi je m'accroche, entre lui et moi, c'est… compliqué, surréaliste. Je ne sais même pas ce que j'espère vraiment de lui ni de nous. Ce que je sais en revanche, c'est que je veux le revoir.

Je m'efforce de me réfugier dans mes pensées en attendant le coup suivant, mais une puissante déflagration secoue les murs de l'entrepôt. Le sol tremble lui aussi. *Que se passe-t-il ?* Je lève les yeux vers mon tortionnaire. À en juger par la panique sur son visage, ça ne doit sans doute pas faire partie du spectacle.

L'espoir renaît dans ma poitrine.

Jun…

Alors qu'on entend une nouvelle déflagration cette fois probablement due à une arme, mon bourreau m'attrape par les cheveux et les empoigne pour me mettre debout. La douleur me semble bien fade comparée à ce qu'il m'a infligé juste avant.

– Debout, siffle-t-il. Et n'essaye pas de t'enfuir sinon je te plombe la gueule.

Sous la pression, je me redresse. Mon cœur est fou, il bat comme un malade, mais cette fois la peur est accompagnée d'adrénaline. Je retiens ma respiration quand un homme entre dans la pièce, son aura saturant aussitôt l'espace. Bien qu'il soit aussi ténébreux qu'un démon, mon monde s'éclaire. Le soulagement et le bonheur de le voir pansent mes blessures.

Jun nous regarde à tour de rôle, mon bourreau et moi. Il s'effondre, raide mort, à mes pieds au moment même où j'entends la détonation de son arme à feu. Il a tiré sans ciller, sans se poser de questions… Le coup de feu qui a sifflé à mon oreille et l'adrénaline qui me traverse me font perdre l'équilibre. Jun accourt vers moi ; je tremble de tous mes membres. Il s'abaisse à mon niveau et ses mains saisissent mon visage avec crainte et possessivité. Je l'imite, poussée par le même besoin de le toucher. On s'observe en silence, il a des marques sur le visage, des traces de brûlure, du sang sur ses vêtements. Il a subi des violences lui aussi, plus qu'il ne le laisse paraître. Il est venu pour moi, il s'est battu pour moi. Le connaissant, il s'est laissé torturer pour pouvoir me sauver. La haine sur son visage est manifeste, son aura est plus noire que les ténèbres et ses yeux sont fous. Lentement il m'inspecte et à mesure qu'il constate les dégâts, sa fureur s'amplifie.

– Tu es là, soufflé-je.

Je lui souris, du moins j'essaye. Je veux lui montrer que ça va, que je suis en vie et lui aussi et que c'est tout ce qui compte. Même si j'ai mal, même si je suis terrifiée, je ne veux pas me plaindre, car il est là.

– Je suis désolé de leur avoir laissé le temps de te faire souffrir, dit-il en passant son pouce sur ma lèvre.

Je secoue la tête, je ne veux pas qu'il se sente désolé, ce n'est pas lui qui m'a fait ça.

– Ça va, je suis en vie et tu es là… C'est tout ce qui compte pour moi.

– Mais ils t'ont touchée, ils t'ont torturée, Hazel. C'est impardonnable pour moi.

Sa voix est rauque, son souffle est court. Lorsqu'il se rend compte qu'il a du sang sur le pouce, il grimace. Mon cœur s'affole davantage quand il me presse contre lui. Il souffre pour moi et ça me blesse autant que ça me soigne.

– Je vais les briser jusqu'au dernier.

Je secoue la tête et je recule suffisamment pour poser mon front contre le sien. Je veux parler, mais les mots ne sortent pas. Quant à Jun, il pèse les siens, il les pense. Comme toujours avec lui quand il profère une menace, elle est à prendre au sérieux. Je me sens soulagée en dépit de la situation.

– Je veux juste rentrer avec toi, Jun. Je veux m'allonger dans un lit, poser ma tête sur ton torse, fermer les yeux et me laisser bercer par les battements de ton cœur.

– Je devrais me dépêcher alors, raille-t-il. Tu peux marcher ?

– Oui.

Il hoche la tête et se penche sur le cadavre de l'homme qu'il vient de tuer. Il prend son flingue et me le donne. Je referme mes doigts dessus sans discuter. Je me remémore ses enseignements à propos des armes.

– N'hésite surtout pas à t'en servir. Tu te sens menacée, tu tires. Tu vois un de ces fils de pute, tu tires. Eux, ils n'hésiteront pas.

– Je sais.

– TROUVEZ-MOI, CE FILS DE PUTE ! gueule la voix de leur chef dans le talkie-walkie qu'avait l'homme qui m'a frappée. BUTEZ-LES TOUS LES DEUX !

Je sursaute. Jun me prend par la main et m'entraîne contre le mur.

– C'était toi, l'explosion ? je demande.

– Oui, j'ai planqué du C4 dans ma bagnole avant de venir. Je devais juste résister jusqu'à la fin du compte à rebours pour que ça explose ensuite, je me suis libéré de mes chaînes.

Il me dit ça avec son flegme légendaire, on dirait qu'il me raconte une journée à la plage.

– Comment ?

– En me démettant le pouce, répond-il calmement.

– En te…

Mes yeux s'écarquillent. Bien qu'on puisse remettre en place un membre déboîté, la douleur est insupportable. Sans parler des tortures qu'ils lui ont infligées, et pourtant il est… Il est là, debout, à veiller sur moi, à me protéger, à mettre sa vie en péril pour la mienne. Il est fort et fier alors qu'il doit souffrir autant, voire plus que moi.

– Tu me laisseras prendre soin de toi quand on sortira d'ici ?

– Voilà la meilleure proposition que j'aie eue ce soir. Je ferais mieux d'en finir au plus vite, dans ce cas-là.

Mon cœur papillonne pendant une seconde. Mais cette accalmie est de courte durée, car on entend des pas courir vers nous. Jun m'intime au silence d'un geste et se place de sorte à me protéger. Deux hommes armés entrent dans la pièce. Comme nous sommes collés au mur attenant à la porte par laquelle ils arrivent, ils ne nous voient pas tout de suite. Jun tire dans le dos de l'un, mais n'a pas le temps de viser le second. Je reste prostrée quand une balle passe au-dessus de nos têtes et je prends réellement conscience des mots que Jun a répétés. C'est nos vies ou les leurs.

Jun tire à nouveau et la balle atterrit dans la jambe de l'homme aux cheveux blonds. Il tombe à terre en gémissant et Jun s'avance vers lui. Je le vois se pencher puis lui tirer dans la tête cette fois. Il ne lui a laissé aucune chance, il n'a pas hésité une seconde. Son visage est à la fois dur et calme. Jun fait preuve d'un redoutable sang-froid. Il balance son arme et en récupère deux sur les cadavres au sol.

– SORS DE LÀ, SALE FILS DE PUTE ! Ramenez-le-moi vivant, je veux lui crever la gueule moi-même.

– On va sortir d'ici, dit Jun. N'aie pas peur.

– Je ne sais pas si j'arriverai à me comporter comme toi.

– Je ne veux surtout pas que tu sois comme moi, Hazel. Je veux simplement que tu te défendes si tu es en danger. Tu restes auprès de moi, surtout. Allez, je vais te sortir de là.

Je n'ai pas le temps de respirer que Jun nous conduit déjà vers la sortie. Les tirs fusent, mais nous arrivons à quitter l'entrepôt et nous mettons à l'abri derrière la voiture en feu.

– Ils sont derrière la bagnole en feu, siffle une voix.

– Abattez-les !

Je ne bouge pas tandis que Jun échange des coups de feu avec les autres. La brutalité de la scène est terrifiante. C'est assourdissant, glaçant. Et ça me pétrifie complètement, je ne comprends pas comment ils sont tous capables de jouer à ce jeu en sachant que la moindre balle peut les envoyer *ad patres*.

Chaque balle est potentiellement mortelle.

Chaque tir peut nous tuer.

Je sursaute quand Jun laisse tomber son arme, et il sort celle qu'il avait cachée dans son dos. Sans un mot, sans un regard vers moi, il se redresse. Alors que je suis paralysée, Jun tire, Jun touche, Jun esquive. Et je suis toujours prostrée dans mon coin, incapable de l'assister. Jusqu'à ce qu'une ombre surgisse sur le côté. Il s'apprête à tirer sur moi, mais mon corps réagit instinctivement et mes doigts appuient d'eux-mêmes sur la gâchette. Ma balle le touche en pleine poitrine et il s'effondre non loin de moi.

J'ai… tué un homme.

Mais c'était lui ou moi.

Je me suis choisie, car j'avais envie de vivre.

Quand les coups de feu cessent, j'apprécie le silence. Jun n'a plus de balles, mais visiblement son adversaire non plus.

Je pousse un cri quand il se retrouve à terre, un type au-dessus de lui assène un violent coup de poing. Je veux tirer pour l'aider, mais Jun riposte avec un coup de tête. Sonné, le gars s'écroule sur lui. Jun s'en libère et se redresse. Cette fois, c'est lui qui est en position de force. Agenouillé au-dessus de lui, il l'attrape par le col.

– Il est où, ton boss ? hurle Jun.

– Il s'est barré, répond l'homme en éclatant de rire.

Le visage de Jun change, se métamorphose. J'ai l'impression que cette nouvelle emporte sa tranquillité et son self-control

– Mauvaise réponse.

Il frappe.

– Il est parti où ?

– J'en sais rien.

– Mauvaise réponse, répète-t-il.

Il frappe encore.

– Jun… C'est pas grave.

Il se tourne vers moi, ses yeux sont rouges, mais son regard est noir, son visage, crispé et déformé par la colère. J'ai l'impression qu'il pleure, mais je n'en suis pas certaine. Il ressemble à une bête sanguinaire qui n'aspire qu'à tuer, qu'à se venger. Je comprends qu'il est frustré, qu'il est accablé et qu'il a besoin de se soulager, mais…

– Ça l'est pour moi, gronde-t-il.

Sa voix semble venue des limbes, je ne la reconnais pas.

– Je veux rentrer avec toi, Jun…

Il détourne le regard et se concentre à nouveau sur son adversaire.

– Il est où ?

L'homme ne répond plus. Il ne réagit même plus.

Je me rends alors compte qu'il est… mort. Jun l'a tué avec ses poings et il continue de s'acharner malgré tout. Il faut que je l'arrête, que je réussisse à lui faire comprendre que le plus important, c'est qu'on soit en vie tous les deux.

Jun…

Je me redresse pour tenter de lui faire comprendre que c'est fini, quand j'aperçois un homme, une batte à la main. Je me rends compte qu'il veut frapper Jun et profiter de son égarement. Une peur panique gonfle sous ma poitrine en imaginant cette batte lui fracasser le dos et, avant même que je ne comprenne l'essence même de cette peur, je me jette sur lui.

La douleur qui survient la seconde suivante me cloue sur place et me brise en deux. Quelque chose se casse en moi, des os, un organe, je ne sais pas bien, mais je le sens et la brûlure est insoutenable.

– Hazel…

Le cri de rage de Jun me maintient éveillée. Le désarroi et le chagrin dans sa voix me donnent des frissons et me font peur. Dans un effort surhumain, j'ouvre les yeux pour tenter de comprendre ce qu'il se passe.

– Tu aurais dû te barrer quand tu m'as vu massacrer ton pote.

Je le vois s'avancer lentement vers l'homme à la batte. Avec son visage rendu méconnaissable par la fureur, son torse qui se soulève difficilement, il ressemble à un démon. Il paraît indestructible, vicieux, vengeur. On dirait que rien ne lui fait peur, pas même la mort. Mais, je sais qu'il souffre le martyre et qu'il est malheureux. Je voudrais avoir la force de me redresser, de le prendre dans mes bras et de lui dire que j'ai besoin qu'il me revienne, mais j'en suis incapable.

– Qu'est-ce que tu attends ? gronde-t-il. Viens !

J'ai l'impression que bien qu'il soit armé, contrairement à Jun, son adversaire recule. Il bondit sur lui comme un animal. L'homme tente d'asséner un coup de batte à Jun, mais celui-ci esquive en s'abaissant et enfonce son poing dans le buste de son adversaire, puis il enchaîne par un uppercut qui l'envoie au sol.

Jun...

Soudain, quelque chose m'enveloppe dans un cocon chaleureux. Au prix d'un effort surhumain, je parviens à ouvrir les yeux. Jun semble penché au-dessus de moi. Enfin je crois, car j'ai l'impression que ça bouge et que je flotte dans les airs. Peu importe, je blottis mon visage contre sa poitrine.

– Reste avec moi, souffle-t-il.

Je veux lui répondre, mais je n'y parviens pas. Tout ce que je réussis à faire, c'est le regarder dans les yeux. Je sens que je pleure quand je comprends qu'il a retrouvé son calme et qu'il est revenu parmi les vivants.

– T'as pas le droit de me quitter après avoir semé autant le trouble dans ma vie.

Ses mots sont les derniers que j'entends, car mes yeux se ferment de nouveau.

CHAPITRE 35

JUN

Je reviens de loin. *Très loin.*

Je n'avais jamais ressenti une colère aussi virulente et concentrée. Je n'avais jamais hurlé de chagrin. Je n'avais jamais perdu la tête à ce point.

Quand elle est retombée au sol en gémissant, quelque chose s'est brisé dans mon esprit et dans ma poitrine. Quand je l'ai vue inerte, le visage défiguré par la douleur, des sentiments dévastateurs m'ont ravagé de part en part. J'ai craint de la perdre et ça m'a dévasté au plus profond de mon être. La violence inouïe que j'ai ressentie à cet instant a bourdonné à mes oreilles, m'a aveuglé et m'a possédé. Je n'avais jamais atteint un tel niveau de rage tout comme je n'avais jamais ressenti un tel chaos dans mon esprit.

Bien que cet état de transe soit passé, je n'oublie pas les ravages qu'il a causés en moi ni les stigmates qu'il a laissés dans mes pensées. Je ne veux plus jamais me perdre de la sorte, je ne veux plus me noyer.

J'ai mal quand j'y pense.

Elle s'est sacrifiée pour moi.

La douleur qu'elle ressent devrait être la mienne. Je me sens redevable, mais aussi frustré de ne pas souffrir à sa place. Pourquoi a-t-elle fait ça ? Sans doute pour la même raison qui m'a fait perdre la tête.

Putain !

Je jette un coup d'œil derrière moi. Il me suffit de la regarder pour comprendre pourquoi mon cœur bat désormais. Elle est mal en point, il faut que je l'amène à Rosie. Je sais qu'elle prendra soin d'elle et qu'elle saura quoi faire. Moi, je ne peux pas et je ne saurais pas m'y prendre.

Je dois terminer tout ça, et prendre du recul sur la situation. J'ai massacré des hommes. Beaucoup trop en si peu de temps. J'en ai tué énormément depuis que j'exerce ce métier, alors il serait hypocrite de dire que je suis choqué aujourd'hui. Non, c'est autre chose qui me hante et me perturbe. J'ai tué ces hommes sous ses yeux, et surtout, je les ai tués en étant complètement enragé. D'habitude je suis maître de mes émotions ; ce soir, je ne l'étais pas. D'habitude, je ne ressens rien quand j'ôte la vie à un détraqué ; ce soir, j'ai ressenti du plaisir à les massacrer, je voulais qu'ils crèvent tous. Ce soir, Hazel m'a vu devenir une véritable bête, elle a même essayé de m'arrêter, mais j'ai continué.

Comment je pourrais espérer qu'elle me regarde de la même façon qu'avant ? Comment je pourrais espérer que mes mains sales puissent encore la toucher ? Je n'aime pas ce drôle de sentiment d'empathie qui me submerge quand je pense à elle. Je me complaisais mieux dans mon égoïsme quand je me foutais de ce qu'elle pensait de moi.

La nuit est déjà bien entamée quand j'arrive à destination. Comme les lumières sont éteintes, je me précipite pour tambouriner à la porte avant de retourner auprès de Hazel. Je la sors de la voiture avec précaution et je la serre contre moi. Elle geint dans son inconscience, ce qui ne fait que raviver les sentiments que je ressens.

– Tu es en sécurité, dis-je en posant mes lèvres sur son front. Il ne t'arrivera plus rien.

Les lumières s'allument dans la maison et la porte s'ouvre au bout de quelques longues secondes. Une femme aux cheveux noirs me dévisage, d'abord horrifiée par mon état et mon allure, puis pose les yeux sur Hazel.

– C'est…

– Je peux la déposer chez vous ? Elle a besoin qu'on prenne soin d'elle.

Ses yeux se remplissent de larmes, mais je n'ai pas le temps ni l'envie de gérer ça, j'ai plus urgent à faire dans l'immédiat. Déposer Hazel ici était la première étape de mon voyage.

– Je peux ? demandé-je d'une voix plus bourrue.

L'air étourdie, elle se pousse pour me laisser entrer. Je dépose Hazel sur le canapé. J'ai du mal à arracher mon regard d'elle. Je constate que les bleus qu'elle a sur la peau me font mal, contrairement aux premiers qu'elle avait pu avoir. Je voudrais la libérer de toutes les douleurs qu'elle a subies depuis qu'on s'est rencontrés.

– Qui êtes-vous ? Qu'est-ce qu'elle a ? Qu'est-ce qui s'est passé ?

Beaucoup de questions auxquelles je n'ai pas envie de répondre. Mais comme je requiers son aide, j'imagine que je n'ai pas le choix.

– On l'a utilisée pour m'atteindre. Elle a beaucoup souffert, elle a besoin qu'on prenne soin d'elle.

Je tourne la tête vers Rosie qui est en train d'attacher ses cheveux. Sans un regard pour moi, elle s'agenouille au chevet de Hazel.

– Mon Dieu, elle…

Cette fois, elle plante son regard dans le mien.

– Elle m'avait dit qu'elle était en sécurité, je l'ai attendue ce soir…

– Je pensais qu'elle l'était, je me suis trompé.

Rosie se redresse en secouant la tête.

– Vous vous êtes trompé ? C'est tout ce que vous avez à me dire alors que vous vous pointez chez moi avec Hazel dans cet état ? C'est une blague ?! Elle est couverte de coups, de sang, elle…

Des sanglots l'empêchent de poursuivre.

– Je n'ai pas besoin d'un putain de constat, grogné-je. Je sais à quoi elle ressemble.

– Moi, j'ai besoin de le faire, ce constat, j'ai besoin de comprendre ce qui s'est passé, râle-t-elle. C'est irréel…

Je pose mes yeux sur Hazel. Comme à chaque fois, je suis déchiré par des sentiments dévastateurs que je ne comprends pas. Ils ont pris une telle ampleur que c'en est terrifiant. Tout est monté *crescendo* depuis son enlèvement et ce *tout* a atteint son paroxysme lorsqu'elle s'est effondrée contre moi.

Bon sang, je me gifle mentalement.

– Je sais que je n'ai pas le droit de vous demander quoi que ce soit, que vous ne me connaissez pas et que vous n'avez aucune raison de me faire confiance. Tout ce que je peux vous dire, c'est que ceux qui lui ont infligé ça l'ont amèrement regretté.

Rosie ouvre la bouche, visiblement choquée, mais aucun son n'en sort.

– Après ce qu'elle a vu et subi ces derniers temps, j'ai besoin de savoir qu'elle est entre de bonnes mains, qu'on prend soin d'elle comme elle le mérite.

Nous nous regardons quelques longues secondes. Elle me sonde, elle me juge. Je comprends son désarroi, sa panique. Hazel est dans un état inquiétant et moi, je ressemble probablement à une bête féroce. Tout ce que je peux espérer, c'est qu'elle comprenne que je ne veux que son bonheur et sa sécurité.

– Et maintenant ? demande-t-elle, d'une voix moins irascible.

– Maintenant, elle ne craint plus rien.

– Vous en êtes certain ?

– Oui.

– J'aimerais comprendre. Vous êtes son voisin ? C'est vous qui l'avez envoyée parler aux enfants de cette affaire à la télé ? Il y a quelque chose entre vous ?

– Oui…

Rosie laisse échapper un ricanement.

– Vos réponses sont frustrantes, je ne sais pas à quoi correspond ce « oui ».

– On me l'a déjà dit.

Je détourne le regard une dernière fois vers Hazel. J'aurais aimé revoir ses yeux. Mais ce n'est pas grave, je les connais par cœur. Je n'ai qu'à fermer les miens pour qu'ils s'affichent devant moi.

– Je vais prendre soin d'elle.

– Merci.

Je décroche enfin les yeux de Hazel. Il faut que j'arrête de me faire mal comme ça. Toute cette connerie de sentimentalisme, c'est pas pour moi. Je ne peux pas me pourrir l'esprit alors qu'il me reste des choses à faire.

– Elle vous expliquera tout quand elle ira mieux. Je n'ai pas le temps.

– Vous ne restez pas ? demande Rosie, visiblement étonnée.

– Je ne peux pas.

Elle me regarde curieusement.

– Pourtant on dirait que vous en crevez d'envie.

Je lui lance en coin un regard qu'elle décide d'ignorer en se penchant au chevet de Hazel.

– C'est pour ça que j'ai dit « peux ». Je dois terminer quelque chose et…

Je m'interromps ; je garde ces pensées pour moi. Déjà que je ne les comprends pas, je n'ai pas envie d'en parler avec une inconnue. Ce que je ressens est tellement compliqué.

– Je vais chercher de quoi la soigner, vous pouvez la surveiller quelques minutes ?

Je hoche la tête et je la vois quitter le salon. Je me penche sur Hazel. Est-ce normal de désirer être auprès de quelqu'un et de ne pas avoir la force de le faire ? Je glisse mes doigts dans ses cheveux et je comprends que je dois fuir loin d'ici quand elle tourne la tête vers moi dans son inconscience.

Je crève d'être aussi fou d'elle.

Je crève qu'elle souffre ainsi par ma faute.

Je crève d'être obligé de la laisser.

Je crève d'avoir envie d'être près d'elle.

– Vous allez la laisser comme ça ? Vous n'allez pas revenir ?

Ses mots ne font qu'agiter le capharnaüm que sont devenues mes pensées.

– J'aimerais que vous lui donniez ceci, dis-je en sortant une paire de clés de ma poche. Dites-lui qu'elle pourra s'y rendre quand elle le voudra, quand elle en aura besoin.

– C'est tout ? Vous allez partir comme ça ?

Je ne réponds pas, je tourne déjà les talons.

CHAPITRE 36

JUN

Une semaine plus tard…

Le sang va couler.

Tapi dans un recoin de la pièce, j'attends bien sagement.

De mon pantalon cargo à mes bottes en passant par mes mitaines noires, je ne suis qu'une ombre qui se confond avec les ténèbres. *Une ombre qui attend patiemment son heure.* Enfiler cette tenue m'a donné de l'inspiration, je ne serai jamais payé pour ce meurtre, mais il était important pour moi de finir le boulot.

– Oh oui, encore…

Je ne suis pas un voyeur de base, mais pour créer un réel effet de surprise, il faut choisir parfaitement son moment. Tandis que Ludvik est à poil en train de se faire sucer, je fais lentement tinter les glaçons dans mon verre de whisky. Lui et sa nana sursautent, puis se tournent vers moi. Il se décompose et je lui souris en le saluant d'un mouvement de tête, puis je porte le verre à mes lèvres. Je me délecte. Ce mec est une sombre merde, mais son whisky est délicieux.

– Salut Ludvik.

– Tu…

– Lud, qui est-ce ? Je…

Je le mets en joue avec mon flingue et je le braque vers la nana qui me regarde, horrifiée. Vu son expression, elle n'a pas l'air d'être au courant des affaires de son mec.

– Si tu ne veux pas crever, je te conseille de te barrer. Je ne me répéterai pas, si tu es encore là dans une minute, je t'explose la cervelle.

Elle hurle et se blottit contre Ludvik qui la repousse.

– Tu l'as entendu, casse-toi !

Elle se redresse et part en courant. Je m'avance vers Ludvik. Il a un mouvement recul, il rampe au milieu du lit.

– Tu pensais vraiment que je t'avais oublié ? lui demandé-je. En me sachant en vie, tu crois vraiment que je n'allais pas venir ?

Je le regarde essayer de trouver le flingue qu'il avait caché sous son oreiller. Il était tellement absorbé par sa partie de jambes en l'air qu'il n'a pas fait gaffe et j'ai pu l'attraper. Quand il se rend compte qu'il n'est pas là, sa frustration est palpable.

Je me régale. Je vais lui faire perdre tout espoir.

– Si c'est ton flingue que tu cherches, regarde dans mes mains, connard.

Il tourne la tête vers moi.

– Attends, je vais te le montrer de plus près.

Je crois qu'il me supplie ou qu'il m'insulte au moment où je le frappe avec son arme, laissant une première marque sur son visage. Il pourra me supplier pendant des heures, les dés sont déjà jetés en ce qui le concerne.

– Redresse-toi !

– Quoi que tu veuilles, je te le donne…

– Ferme ta gueule, Ludvik.

Ce connard ose vraiment me lancer un regard rempli de pitié.

– Des femmes, des gosses, des voitures, une maison où tu veux, du fric à ne plus savoir qu'en faire, tout ce que tu veux je te le donne. J'ai les moyens de te rendre heureux et de te donner tout ce dont tu rêves.

Ce que j'avais, il me l'a déjà pris.

Ce que je veux, j'ai dû le délaisser pour être ici.

– Ce que je veux ce soir, c'est jouer avec toi, Ludvik. Tu veux bien m'aider ?

À la manière dont l'expression de son visage change, on dirait qu'il comprend enfin que je suis très sérieux. Il essaye de se redresser, mais je lui tire dans la jambe. Son hurlement est presque aussi bruyant que la détonation. Je me penche sur le lit alors qu'il se tortille en gueulant qu'il a mal.

Lentement, je verse ce qu'il reste de whisky sur la blessure et il serre les poings pour ne pas crier.

– Ce que je veux, je vais te le montrer et tu vas le sentir, je te le garantis.

Je le fais tomber hors du lit. Je n'oublie pas de lui mettre un coup de pied dans le ventre quand je me redresse, puis, l'attrapant par les chevilles, je le traîne jusqu'à la cuisine. Il se débat comme un dément, mais je parviens tout de même à l'attacher sur une chaise.

– Tu savais ce que je faisais comme métier avant de faire de toi ma priorité ? On me payait pour tuer des gens.

Ludvik écarquille les yeux. Je lui souris avant de passer derrière lui.

– Qu'est-ce que tu fais ?

Il tente de tourner la tête alors que j'attrape sa main.

– Qu'est-ce que tu…

Je lui brise l'auriculaire en premier et son cri résonne à mes oreilles. Contrairement à ceux d'Hazel, les cris de Ludvik me remplissent de joie. Il faut que j'en finisse, je ne pourrais jamais vivre en sachant qu'il vit encore.

– Donc, je reprends où j'en étais, on me payait pour tuer des pédophiles, des hommes violents, des dégénérés dans ton genre.

Je continue avec le doigt suivant.

– Arrête !

Il gémit mais ce n'est que l'épilogue. Pour un dernier assassinat, ma cible est une proie de choix. Et pour arriver au niveau des atrocités qu'il a faites, je n'aurai jamais assez d'une vie de châtiments. Il ne payera jamais suffisamment pour Hank, pour Hazel, ni pour les enfants qu'il a maltraités et tués.

– Et je suis plutôt bon dans ce domaine, j'ajoute. Ça faisait quelques semaines que je n'avais pas fait ça et le pire, c'est que je ne suis même pas payé cette fois.

Je continue de lui briser les os.

– Si… tu es… pourquoi tu… fais ça… si t'es pas payé ?

– Tu me dois des comptes à moi et je viens les prendre. Mis à part les horreurs que tu as faites, tu as tué l'homme que je considérais comme mon père et ensuite, tu as enlevé la seule personne que j'aimais.

Alors que je le fixe, mes derniers mots me percutent. Je l'avais bien compris, mais l'avouer tout haut et aussi clairement, c'est… perturbant. Finalement lassé par ce petit jeu, je me replace devant lui. Il me considère avec horreur, avec dégoût.

– Tu es un fou furieux.

– Je sais.

– Je te donne ce que tu veux…

Je lui donne un coup de poing.

– Je ne veux rien de toi. Tu croyais vraiment que j'allais te laisser filer ?

Je ricane.

– Tu vas me le payer.

– Lud, je dis en secouant la tête. Tu aurais pu te terrer en Argentine, tu aurais pu te cacher au fin fond de l'archipel de Tristan da Cunha, je t'aurais quand même traqué et trouvé.

Il m'insulte tandis que je fixe l'immense cuisine ouverte en marbre blanc. J'allume les brûleurs de la gazinière avec un petit sourire.

– Arrête, supplie-t-il.

– Arrêter quoi ? je demande d'un air abruti.

Je tourne en rond, je prends mon temps, je veux qu'il en perde la tête à se demander quand je vais lui tomber dessus. Tout ce que je veux, c'est qu'il en crève de peur, qu'il me supplie comme Hank, Hazel et tous les gosses qu'il a malmenés ont dû le supplier.

Je m'arrête sur le porte-couteau et j'en sors un.

– Tu ne veux pas qu'on joue un peu ? je lui demande.

– Va te faire foutre.

Je range le couteau de cuisine, et je sors celui qui est attaché à ma ceinture. Celui de Hank.

Je vais te venger. C'est comme s'il participait.

– Tu vois ce couteau, il appartenait à Hank, je vais me délecter de voir s'il coupe bien, histoire de le venger un peu.

Je m'avance vers lui. Ludvik se recule autant qu'il le peut quand je colle la lame sur sa gorge.

– Je t'avais dit que je serais un vrai cauchemar pour toi. Je t'avais dit que je me souviendrais de tout. Et je me souviens de tout, Ludvik. De tes mots, de ma douleur et des cris d'Hazel.

Surtout les cris d'Hazel.

– Tu n'es qu'un fils de pute. J'aurais dû la baiser sous tes yeux, cette salope, ça t'aurait brisé pour de bon…

– Tu aurais dû me buter, c'est certain.

Le couteau de Hank est le prolongement de mon bras. Comme un peintre habité par son art, je laisse ma créativité prendre le dessus. Chaque cri devient une ode à la haine que je ressens. Elle s'en nourrit et s'apaise. Je n'ai jamais vraiment haï les hommes et les femmes que j'ai tués en faisant mon métier, mais lui, je le déteste au plus profond de mon être. Il n'y a aucun suspense : à la fin, je vais le buter, point.

Je me recule pour admirer mon œuvre alors que Ludvik souffle.

– Ne me dis pas que tu es déjà crevé, tous les gosses que tu as détruits ont subi bien pire que toi.

– Je t'en supplie…

– Après avoir utilisé tous ces enfants pour vos plaisirs tordus, à toi et tes potes, tu crois qu'il suffit de supplier ? Tu n'auras même pas assez de cent vies pour expier tes péchés.

J'ai envie de le frapper, mais il mérite des sévices pires encore. J'attrape une casserole que je remplis d'eau et que je dépose ensuite sur le feu.

– Qu'est-ce que tu vas faire ?

– Dans les rapports de police, une gosse a raconté qu'elle a assisté à la torture d'une de ses camarades d'infortune. Elle aurait été ébouillantée et flagellée. La gamine raconte qu'elle en est morte. Je n'ai pas de fouet et je n'ai pas envie de salir ma ceinture avec ton sang. C'est dommage. J'aurais bien foutu de l'huile à la place, mais tu crèverais trop vite.

– C'est pas moi, geint-il. C'est pas moi. C'est pas moi qui leur infligeais ça, aux gosses, ce sont mes clients. Je ne les ai jamais touchés, moi.

Sa voix est suppliante, à la limite du désespoir.

– Dis-moi ce que tu veux, ton prix sera le mien. Je peux t'avoir tout ce que tu désires.

Quel dialogue de sourds.

Je m'avance vers lui et je le chope au visage de la même façon qu'il a fait avec moi quand je suis venu libérer Hazel.

– Ta mort, c'est ça que je veux. Je suis venu la prendre.

J'attrape le manche de la casserole et je m'avance vers Ludvik.

– Non, s'il te plaît. S'il te plaît…

Il est pitoyable, il ne fait qu'augmenter mon niveau de colère. Il a fait tellement de mal et, à titre purement égoïste, il m'a privé de mon père. Je n'arrive pas à croire qu'une sombre merde comme ça ait pu le tuer.

– Dis-moi comment il est mort.

– Quoi ?

– Hank Briskar, dis-moi comment il est mort. Et je te conseille de me dire la vérité sans quoi je verse ça sur tes couilles.

– Il n'a… rien dit. Il s'est débattu jusqu'à la fin et nous a dit qu'on allait le regretter.

J'aime à croire qu'à ce moment, il parlait de moi. Hank avait l'esprit revanchard lui aussi. Après tout, la première fois, il cherchait un pauvre type pour tabasser le mec de sa nièce, ensuite, il l'a fait exécuter. Je veux croire qu'il savait que je le vengerais.

– Pitié…

– Ne demande pas la pitié alors que tu n'as jamais été capable de la donner. Tu n'as pas le droit, pour tes victimes, accepte ton sort.

Les secondes qui suivent, je redeviens la mort, comme je l'ai si souvent été. Je n'ai aucune pitié pour lui, au contraire, je me délecte de ma créativité et de ma cruauté. Je lui inflige des sévices à la hauteur de ceux qu'il a probablement infligés.

Comme je le vois souffrir, ma rage se calme, s'apaise. Sa souffrance, je la dédie à toutes les personnes qui ont rêvé de la lui infliger pendant qu'il les faisait souffrir. Je la dédie à Hank.

Ludvik respire difficilement, il supplie encore, mais ce n'est qu'une fois las et libéré de ma haine que je donne le coup de grâce.

CHAPITRE 37

HAZEL

Deux mois plus tard…

L'été est passé, mais il fait toujours chaud à Phoenix. Les rayons du soleil sont plus agréables avec quelques degrés en moins. Je les apprécie chaque jour, car ils me rappellent que je suis en vie et ils m'apportent un réconfort que je ne trouve nulle part ailleurs. Ni auprès de mes amis, ni dans mon boulot…

Je me sens seule et rien ni personne n'arrive à combler ce vide. Jun me manque. Son absence est viscérale. Je la ressens partout dans mon corps et dans ma tête. Et je n'arrive pas à m'en soigner. Cet homme n'est en rien comme les autres, il dit ce qu'il pense sans détour, il est trop souvent silencieux et ce qu'il fait est exécrable et pourtant, j'en suis amoureuse.

Ce constat ne me rend pas triste, au contraire.

Malgré notre rencontre et toute cette histoire, tout ce à quoi je pense, ce sont nos rires, nos affrontements et nos moments tendres même s'il n'y en a pas eu beaucoup. Entre nous, il s'est créé un lien que je ne parviens pas à expliquer. Je n'ai même pas essayé de me voiler la face, dès que je me suis réveillée, tout ce que je voulais, c'était qu'il soit là, malheureusement, il était déjà parti depuis longtemps. Le dernier souvenir que j'aie de lui, c'est cette fureur dans son regard, cette rage au bout de ses poings, cette volonté de me venger sur son visage crispé. J'aurais voulu avoir la force de me réveiller, avoir la force de lui dire que je voulais qu'il reste auprès de moi et que je l'aimais.

J'ai veillé pendant des jours, guettant son retour dans son appartement, mais il n'est jamais revenu. Jun a disparu, il s'est envolé et après deux mois, je crains de ne jamais le revoir. Tous les jours, je feuillette les journaux, je regarde la rubrique nécrologique. Chaque jour, j'ai peur d'y trouver son nom ou alors de lire un article sur un type retrouvé mort. Je ne sais pas bien si je suis soulagée de ne rien trouver… Parce que ce qui n'était que des jours s'est finalement transformé en semaines, puis en mois. C'est long, deux mois…

Peut-être qu'il a aussi disparu de ma vie.

Ce constat me brise le cœur, en revanche.

– Meooow !

Je baisse les yeux. Hector se frotte contre mes jambes. Je me penche pour l'attraper et je le pose sur le plan de travail. Tout ce que Jun m'a laissé, ce sont les clés de la maison de Hank sur le lac ainsi qu'Hector, son chat. La présence de ce matou qui me rappelle Jun à bien des égards me fait du bien. Parfois, je souris en me disant qu'avec ses « meow », il parle plus que Jun et souvent, quand il me ramène fièrement des oiseaux ou des rats qu'il a tués, je me dis qu'il ressemble vraiment à Jun. Je vais dans cette maison tous les week-ends et tous les week-ends, j'espère y trouver Jun. Bien qu'on soit encore voisins techniquement, une part de moi pense que s'il m'a donné les clés, c'est pour m'y retrouver. Bien que cette maison soit remplie de lui, de Hank et de nos souvenirs en commun, je m'y sens bien. J'ouvre les placards et je sors une boîte de nourriture pour chat. Hector miaule à nouveau.

– C'est la dernière, je lui dis. J'irai en acheter d'autres demain.

Je prépare sa pâtée puis je la lui dépose au sol. Tandis qu'il se régale, je sors sur la terrasse. Cet endroit m'apaise toujours autant. Je reste des heures à observer cette vue que je commence à connaître par cœur. Le lac à l'eau bleu-vert, les pins vertigineux qui le surplombent et le calme apaisant de la nature… ces derniers temps, je me sens mieux ici plutôt qu'en ville. Je ne sais pas vraiment expliquer pourquoi.

Je me sens seule, mais je vais bien. Je sais la chance que j'ai d'être en vie. Aujourd'hui, le seul stigmate qu'il me reste de ce soir-là, c'est son absence.

***

Trois mois plus tard…

Comme je me suis levé de bonne heure pour admirer le lever du soleil, il est tôt quand je reviens des courses. Je rentre à la maison du lac, les bras chargés de mes deux sacs plastiques. Je ne sais pas encore ce que je vais faire aujour…

Oh, merde…

Le cours de mes pensées m'échappe et mon cœur devient fou lorsque j'arrive sur la terrasse. Les plastiques me tombent des mains et s'écrasent au sol. Les bouteilles en verre semblent s'être brisées au vu du bruit, mais je m'en fous. Nonchalamment appuyé sur la rambarde de la terrasse, il se redresse, puis plante son regard hautain dans le mien. Il porte un jean noir craqué aux genoux ainsi qu'un tee-shirt noir qui laisse entrevoir ses tatouages. Je n'arrive pas à dévier mon regard de lui. La dernière fois que je l'ai vu, il ressemblait à une bête. Aujourd'hui, il semble… serein. Je ne sais pas ce qu'il a fait ni ce qui lui est arrivé durant ces derniers mois et il ne me le dira peut-être jamais. Mais je crois que je n'en ai rien à foutre, tout ce qui m'importe, c'est la manière dont mon être tout entier se galvanise par sa seule présence.

Parce que je sais.

– Je t'avais fait la promesse de rester en vie, dit-il avec un irrésistible air hautain.

– Tu avais intérêt, sinon, je t'aurais retrouvé, ressuscité et tué.

Il hausse les épaules.

– J'ai pris mon temps, mais je devais terminer le travail.

– Je sais.

Je ne sais pas vraiment pourquoi ça fait *pop* dans mon esprit soudain, mais j'ai la sensation que je comprends son désespoir quand il a tué l'un des hommes à mains nues. Je crois qu'à ce moment il a assimilé que ce n'était pas fini, qu'il allait encore devoir traquer Ludvik pour « clore » cette affaire. Il était fatigué de devoir courir, peut-être aussi désespéré de devoir me laisser comme il l'a fait…

– Tu l'as traqué pendant six mois ?

Jun secoue la tête.

– Je l'ai tué une semaine après. Je lui ai fait regretter de t'avoir enlevée et de t'avoir fait du mal et j'ai su me montrer créatif pour Hank également.

Je grimace, ce qui fait naître sur son visage un petit rictus. Je préférerais ne jamais savoir ce qu'il lui a fait subir. Mais j'adore sa sincérité et je crois que je l'aimerai toujours, comme sa façon de répondre sans prendre aucun détour. Je ne connais personne comme lui. Jun est singulier, et c'est ce qui le rend aussi spécial à mon cœur.

– J'avais d'autres choses à régler et à terminer avant de te rejoindre.

Je mentirais si je disais que je n'ai pas envie de savoir ce qu'il a fait pendant tout ce temps, mais je crois qu'être passée à côté de la mort plusieurs fois m'a fait revoir le sens de certaines priorités. Et le fait qu'il soit ici, c'est tout ce qui compte à l'heure actuelle.

– Je ne voulais pas revenir, dit-il en passant une main dans ses cheveux. Pourtant il était viscéral que je le fasse. Je t'ai dans la peau, dans la tête, dans les tripes. Je pourrais mettre toutes les distances du monde entre nous, mes pensées te ramèneront toujours auprès de moi. Je ne peux pas t'échapper. Je n'y arrive pas.

Je souris.

– Et je ne veux pas. Tu es une redoutable fauteuse de troubles.

Ce que j'éprouve, c'est du bonheur à l'état pur, brut, sauvage ! Ce que je ressens dans mon cœur, c'est mieux que tout, mieux que la vie.

J'enjambe les sacs au sol et je m'avance. Sans un mot, je m'arrête à quelques centimètres de lui et je caresse la cicatrice qu'il a sur la joue. Celle-ci elle est nouvelle. Jun pose délicatement sa main sur ma gorge. Le contact de ses doigts sur ma peau m'ébranle. Il m'a manqué de façon viscérale car ce n'est pas seulement mon corps qui réagit, c'est mon cœur aussi. C'est instinctif et primitif : je le veux, je suis heureuse.

– Tu mérites autre chose que moi. Tu mérites un amour vertigineux, un homme moins égoïste et qui ne t'a pas fait souffrir comme je l'ai fait… Pourtant je lui dévisserais la tête s'il existait, ce connard.

J'éclate de rire. Un rire teinté de tant de joie qu'il me met les larmes aux yeux. J'ai l'impression que ça fait une éternité que je n'avais pas ri aussi fort. Je ne sais pas comment décrire ce que je ressens actuellement. Je suis passée par tellement de choses et d'émotions compliquées ces derniers temps… Et là, je suis tout simplement heureuse, légère. C'est comme si tout s'était envolé d'un seul coup, comme si ses mots avaient balayé la noirceur et le négatif que j'ai vécu et accumulé.

– Mon vertige, ce sont tes grognements, tes silences, ton air suffisant, ton aura, toi…

Je pose mes mains sur son torse.

– Mon vertige, c'est de savoir que je te perturbe, c'est de te savoir ici. Si tu n'avais pas envie d'être là, tu serais loin de moi, je le sais et ça me suffit, Jun.

Il me sourit en enroulant son deuxième bras autour de ma taille.

Il sourit…

D'un vrai, grand, large et beau sourire. Du genre à faire tomber amoureuse. Son foutu sourire éclaire mon monde. J'ai l'impression que c'est la première fois que je le vois.

Non, c'est vraiment la première fois.

Il est tellement magnifique que j'en reste ébahie, que je veux le dévorer, l'embrasser, m'en imprégner.

Jun doit lire ce désir dans mes yeux, car il s'incline vers moi et pose ses lèvres sur les miennes. Mon cœur explose dans ma poitrine et contre ma paume posée sur sa poitrine, je sens que le sien n'est pas en reste. Je m'accroche à lui avec force. J'aimerais dire que ce baiser est romantique, mais en vérité, je ne sais pas à quoi il ressemble. La passion nous submerge, nous envoie directement au tapis. Nos lèvres se dévorent, nos souffles ne font plus qu'un.

Je sais juste que c'est le meilleur baiser du monde, le genre qu'on n'oublie jamais, le genre dont on se souvient toute une vie et qui ravive la flamme au creux de votre cœur même après des années.

Ce baiser, c'est de l'amour.

Sa main sur ma gorge, c'est de l'amour.

Sa présence, c'est de l'amour.

Je l'embrasse comme une folle, de tout mon cœur et de tout mon être. Et Jun répond à ma folie, à mon cœur, à mon être.

– Tu m'as demandé si j'avais un rêve il y a quelques mois, souffle-t-il contre ma bouche.

– Je m'en souviens.

Jun pose son front sur le mien.

– Mon rêve, c'est toi. Laisse-moi le vivre, Hazel.

REMERCIEMENTS

La fin a longuement été incertaine. Je ne savais pas ce qu'il adviendrait de Jun ou de Hazel. Mais une personne chère à mon cœur m'a cependant interdit de faire mourir Jun. La fin ouverte me semble, dans leur cas, parfaite. Libre à vous d'imaginer leur vie ensemble, la retraite de Jun… Mais si vraiment vous insistez, alors, je vous répondrai qu'ils se vivent l'un l'autre sans compter et qu'ils avancent au jour le jour en s'apprivoisant.

Je crois n'avoir jamais été autant stressée pendant l'écriture d'un manuscrit, et pourtant j'y ai pris un plaisir fou. Plutôt masochiste, le métier d'écrivain. J'avais peur de l'échec, tant au niveau de la réalisation de cette histoire que de la maison d'édition qui l'accepterait. Écrire ces remerciements, c'est un grand soulagement.

Gaëlle, je n'aurais pas pu écrire cette histoire sans toi. Tu m'as aidée tant de fois que je ne compte même plus nos conversations, nos messages, nos rires diaboliques, nos débats, nos « tout ». Même si *je sais que tu sais*, merci. Je t'aime.

Colyne, merci d'être toujours là pour veiller sur mes histoires, pour tous tes conseils, ta bienveillance, je me sens si chanceuse de t'avoir près de moi à chaque histoire. J'ai hâte de t'embarquer dans mon prochain manuscrit.

Noémie, Victoria, merci également d'avoir rejoint mon armée de bêtas pour ce manuscrit, merci d'avoir donné de votre temps et de m'avoir aidée à le rendre meilleur encore.

Merci à Hugo Publishing de m'avoir offert ma chance, de m'avoir accueillie dans leur *team* et d'avoir rendu l'histoire de Jun et Hazel réelle. Et particulièrement à Sylvie, mon éditrice.

Et merci à vous qui lirez ce livre.

RETROUVEZ L'ACTUALITÉ DE NOS SÉRIES NEW ROMANCE SUR :

Instagram : @hugonewromance

TikTok : @hugonewromance

Facebook : @hugonewromance

Twitter : @hugonewromance

www.hugopublishing.fr

REJOIGNEZ-NOUS SUR :

www.festivalnewromance.fr
www.hugopublishing.fr

Composition et mise en pages
Nord Compo à Villeneuve-d'Ascq